U0940792

森布肉宗

《格萨尔》藏译汉项目领导小组办公室

落桑旺秋　　翻译

龙 仁 青　　译校

刘 红 娟　　编校

西藏藏文古籍出版社

图书在版编目（CIP）数据

森布肉宗 / 落桑旺秋译. -- 拉萨 : 西藏藏文古籍出版社，2020.11

ISBN 978-7-5700-0474-4

Ⅰ. ①森… Ⅱ. ①落… Ⅲ. ①藏族－英雄史诗－中国 Ⅳ. ① I222.74

中国版本图书馆 CIP 数据核字 (2020) 第 209377 号

森布肉宗

译　　者　落桑旺秋
责任编辑　曾　恒
装帧设计　刘　炜
策　　划　天利文化
出　　版　西藏藏文古籍出版社（拉萨市色拉路 22 号）
　　　　　邮政编码：850000
　　　　　打击盗版：0891-6930339
印　　刷　大厂回族自治县德诚印务有限公司
经　　销　全国新华书店
开　　本　16 开（710×1 000）
印　　张　51.5
印　　数　0001-3000 册
版　　次　2020 年 11 月第 1 版第 1 次印刷
标准书号　ISBN 978-7-5700-0474-4
定　　价　98.00 元

《格萨尔》藏译汉项目领导小组

《〈格萨尔〉艺人桑珠说唱本》
汉译丛书编委会

目　录

总 序

白玛朗杰[1]

传承民族优秀传统文化是推动文化大发展大繁荣、建设社会主义文化强国、传承民族血脉、建设人民精神家园的必然要求。党的十八大提出，“建设社会主义文化强国，关键是增强全民族文化创造活力”“建设优秀传统文化传承体系，弘扬中华民族优秀传统文化”。2015 年，习近平总书记在中央第六次西藏工作座谈会上指出：“加强民族团结，不断增进各族群众对伟大祖国、中华民族、中华文化、中国共产党、中国特色社会主义的认同。”为了把西藏建设成为中华民族特色文化保护地，我们亟需将藏民族史诗《格萨尔》推向全国乃至世界，以进一步丰富中华民族文化宝库。2013 年 6 月，西藏自治区社会科学院向西藏自治区人民政府呈报了《关于启动自治区重大文化工程〈格萨尔〉史诗藏译汉项目的请示》。在洛桑江村主席的亲自关心下，2013 年 12 月自治区重大文化工程《格萨尔》藏译汉项目得以立项。如今，30 卷本的《〈格萨尔〉艺人桑珠说唱本》汉译丛书即将陆续与广大读者见面。这是党和政府大力关怀和支持的结果，是课题组的同志们辛勤努力的结果，也是中国《格萨尔》学界众多同仁通力协作的共同成果。

1 白玛朗杰：西藏自治区重大文化工程《格萨尔》藏译汉项目领导小组顾问，第十届政协西藏自治区党组副书记、副主席，西藏自治区社会科学院原院长。

一

人类的思想和文化是智慧的结晶、进步的阶梯、文明的象征。德谟克利特说："智慧生出三种果实，即善于思想、善于说话、善于行动。"为了实现中华民族伟大复兴的中国梦，一方面，我们要立足时代，放眼全球，锐意进取，吸取现当代人类社会的一切优秀文明成果，创造无愧于时代、无愧于人民、无愧于历史的文化成果；另一方面，我们还要向历史和祖先学习，发扬中华民族优良传统，保护和传承优秀民族传统文化，从中挖掘有益成分，汲取营养和精华以丰润己身。

藏族是中华民族的重要成员，是一个有思想、善说唱、富有智慧的伟大民族。英雄史诗《格萨尔》是被公认为"藏族文学之冠"的名著，在千百年来的流传演变过程中，它以高度的人民性和强大的艺术生命力在藏族民间不断得以充实和发展。直到今天，《格萨尔》说唱艺人仍以他们非凡的聪明才智和辛勤的劳动创作活跃在民间，为史诗增光添彩。从全世界史诗的情况看，首先，《格萨尔》与《伊利亚特》《奥德赛》《罗摩衍那》《摩诃婆罗多》等相比，其最大的不同是仍以活的形态流传于世。早在 1776 年，俄国学者帕拉斯在《俄罗斯帝国各省旅行记》中就对《格萨尔王传》给予了极高的评价。众所周知，无论是《伊利亚特》《奥德赛》，还是《罗摩衍那》《摩诃婆罗多》等著名史诗，都早有定本传世，但早已没有创作性说唱艺人可寻。《格萨尔》史诗不仅至今尚未有最后之定本，而且各种抄本、刻本、说唱整理本仍在不断增加，《格萨尔》民间艺人的说唱活动从未停止，至今仍有百余位《格萨尔》说唱艺人活跃在民间。从根本上讲，众多活跃在民间的《格萨尔》说唱艺人的存在，是《格萨尔》史诗仍然以活的形态传唱的现实基础。其次，《格萨尔》是一部结构宏伟、内容丰富、卷帙浩繁的史诗巨制。据研究人员不完全统计，《格萨尔》全传至少有 226 部，累计 100 多万诗行，这要比之前常说的世界最长史诗《摩诃婆罗多》的 20 多万诗行还要长。较早研究《格萨尔》的王沂暖（1907—1998）教授，曾经填写《凤凰台上忆吹箫·格萨尔颂》[1] 一词，把千年史诗《格萨尔》的神采风华歌颂得淋漓尽致。

中华文化是中华各民族成员在长期的生产、生活中积累形成的，是一笔宝贵的精神财富。《格萨尔》是中华文化中闪烁着熠熠光彩的魅力瑰宝，它集中代表了古代藏族文学的最高成就，是一部涉及古代藏族社会生活、民族历史、经济文化、阶级关系、民族交往、意识形态、道德观念、风俗习惯、宗教信仰的百科全书。自 20 世纪 30 年代始，任乃强、李安宅、谢国安、刘立千、马长寿、何剑薰、谭英华、陈宗祥、彭公侯等一批学者就对其作了详细述介和研究。中华人民共和国成立后，在马克思主义理论指导下，中国民族民间文化的发展迎来了新的春天，《格萨尔》也受到了前所未有的重视。著名文学家茅盾、周扬和老舍等人较早对《格萨尔》给予了关注。1956 年在北京召开的中国作协第二次理事会上，老舍做了关于少数民族文学创作和发展的报告，其中提及《格萨尔》并首次将其定性为“史诗”。1958 年，中央政府有史以来第一次在青海、西藏、甘肃、四川、云南等广大藏族同胞聚居地有计划、有组织地搜集、整理、抢救《格萨尔》，并取得了显著成绩。十一届三中全会后，随着国家对文学发掘和研究的深入，《格萨尔》的搜集、整理与研究在国内出现了无比繁荣的局面。1980—1981 年，全国七省区召开“格萨尔工作会议”，之后有关省区相继建立了“格萨尔”工作组及专门机构 [2] 积极从事《格萨尔》的抢救、搜集、整理、翻译、研究和出版工作。随着国内相关科研院所、高等学校格萨尔研究机构的纷纷成立，尤其是中国社科院《格萨尔》研究中心的成立，国内集中出现了一大批主

1　这首词的全部内容为：世界绝无，人间仅有，说来话粲莲花。似空中虹彩，天外奇霞。难尽无边才艺，何须借铁板红牙，只面对云山雪岭，传唱千家。堪夸，英雄儿女，有梵王神子，度母仙娃。任东西南北，雨露风沙。战罢天魔五百，让玉宇无限清嘉。舒放眼，泱泱万里，诗国中华。

2　参阅《记〈格萨尔〉工作座谈会》（载《民间文学》1980 年第 8 期）、《藏族英雄史诗〈格萨尔〉第二次工作会议纪要》（载《民族文学研究》1981 年第 1-2 期）、《西藏成立抢救、整理〈格萨尔王传〉领导小组》（载《西藏日报》1980 年 6 月 25 日）等。

要从事《格萨尔》研究的学者，成就斐然[1]。20 世纪 90 年代，中国学术界已经鲜明地提出建立“《格萨尔》学”[2]，这是中国现代藏学繁荣发展的重要表现。2001 年 10 月，在法国巴黎召开的联合国教科文组织第 31 届大会上，参会人员一致通过将我国“《格萨（斯）尔》千年纪念活动”列入该组织参与的周年纪念活动之中，这是迄今我国政府向该组织唯一申报成功的一项周年纪念活动。2009 年 9 月，在阿联酋首都阿布扎比召开的联合国教科文组织保护非物质文化遗产政府间委员会第四次会议上，我国的《格萨（斯）尔》被批准列入《人类非物质文化遗产代表作名录》。

二

人民群众是历史的创造者，是一切文艺创作的源头活水。《格萨尔》史诗是一部以抑强扶弱、除暴安民为主线的宏伟史诗，反映了人民群众与社会丑恶势力作斗争，消除青藏高原一切不平等和灾难，用自己的劳动和汗水缔造幸福生活的美好愿望。也正是因为如此，在“政教合一”的封建农奴制度下，统治阶级最害怕听到说唱《格萨尔》，最害怕听到这一歌颂人民的力量以及呼唤自由、平等和幸福的乐章。旧西藏地方政府利用统治农奴的各种手段，禁止《格萨尔》史诗的说唱和传播，把它当作“下等人”

1　从1989年开始，中国政府主导开展了七次《格萨尔》国际学术研讨会，时间分别为1989年11月（成都）、1991 年 8 月（拉萨）、1993 年（锡林浩特）、1996 年 7 月（兰州）、2002 年 7 月（西宁）、2006 年 7 月（玛曲）、2015 年 7 月（成都）。

2　王兴先：《关于建立“格萨尔学”科学体系的初步构想》，载《西北民族学院学报》1993 年第 2 期；王兴先：《〈格萨尔〉与“格萨尔学”》，载《甘肃科技》2003 年第 12 期；扎西东珠：《“格萨尔学”学科之我见》，载《中国藏学》2002 年第 4 期。王兴先在《〈格萨尔〉与“格萨尔学”的发展历史》中提到：“《格萨尔》研究之所以能够逐渐形成为一门独立的学科，就是因为既有《格萨尔》史诗本体提供的形成一门学科的基本要素和它所富有的历史文化之魅力，又有它的研究者们的创新思维和开拓性研究之功以及二者的有机结合。”

的“俗言俚语”，称其为“乞丐的喧嚣”，称民间艺人为“下贱的乞丐”。广大民间说唱艺人过着以乞讨为生的流浪生活。

西藏和平解放后，党和政府投入大量人力、物力和财力到西藏《格萨尔》的抢救、整理、出版、翻译等工作中，在党和政府的领导、关心、支持下，该项工作有了快速的发展。1980 年 4 月，国家批准成立西藏自治区《格萨尔》领导小组及抢救办公室，指定自治区党委宣传部、自治区社会科学院、自治区文联、自治区出版局的负责同志分别担任抢救领导小组正副组长，自治区文联代管抢救办公室。财政下拨抢救专项经费，建立了西藏有史以来第一个《格萨尔》抢救领导小组和抢救办事机构——西藏自治区《格萨尔》抢救办公室，核定编制为 15 人。同时，在西藏师范学院（西藏大学前身）成立了《格萨尔》民间说唱艺人扎巴抢救小组，当时受到中央有关部委的表扬，并成为七省（区）的榜样。1984 年，西藏自治区《格萨尔》抢救办公室正式划归西藏社会科学院管理，成为社科院下设县级部门，编制 10 人，专项经费每年 10 万元。1987 年机构改革时，《格萨尔》办公室降级合并到西藏社科院原语言文学研究所，并取消了专项经费。1997 年机构改革时，随着原语言文学研究所和民族研究所的合并，《格萨尔》办公室划归民族研究所管理，成为民族研究所的一个内设室，对外亦称自治区《格萨尔》研究中心。

西藏《格萨尔》抢救办公室成立之初，国家投入大量人力、财力和物力，为史诗的抢救、保护、整理、出版和研究工作奠定了良好的基础。30 多年来，《格萨尔》抢救办公室做了大量工作：

一是 20 世纪 80 年代开展大面积的艺人普查工作，对西藏范围内的重点说唱艺人及其唱本进行了录音、整理和出版。了解和掌握艺人的现状，记录艺人口头说唱本是《格萨尔》抢救工作的重中之重，在当时是一项非常急迫的工作。20 世纪 80 年代初，自治区人民政府投入大量资金，先后 20 余次派人到《格萨尔》史诗流传比较广泛的地区，进行了大规模的民间艺人普查，《格萨尔》史诗旧版本搜集以及有关传说、实物等抢救工作。经过这一阶段的工作，工作组先后共寻访到能说唱 10 部以上《格萨尔》史诗的民间艺人 57 名。根据“择优择缺”原则，按照“优先为老艺人录音”的指导思想，《格萨尔》抢救办公室进行了深入细致的录音整理工作。目前，西藏社会科学院已完成录制 100 多部《格萨尔》艺人说唱本，整理磁带 5000 多盘，笔录成文 90 部，《格萨尔》抢救工作的进度和质量均走在了全国各省（区）前列。

二是《格萨尔》旧版本及实物的登记和抢救取得历史性突破。过去，与《格萨尔》史诗相关的实物及旧版本零散地保存在民间，这些资料不仅从来无人问津，还极易损坏和丢失。在普查寻访艺人的同时，抢救办公室对这些有关《格萨尔》史诗的实物进行全面普查和鉴定，对其中具有一定历史价值和艺术价值的珍贵文物进行抢救和保护。这是《格萨尔》抢救工作的重要组成部分，对于史诗的全面研究具有不可替代的重要作用。随着工作的深入开展，西藏全区先后搜集和发现 50 多种与《格萨尔》史诗有关的民间人物传说和 10 件实物，搜集到 74 部 55 种《格萨尔》史诗旧版本和旧手抄本，整理出版《格萨尔》旧版本 32 部。

三是 2000 年之后启动了抢救、整理、编辑和出版《〈格萨尔〉艺人桑珠说唱本》的文化工程。桑珠（1922—2011）是杰出的《格萨尔》说唱艺人，也是一位被人津津乐道的奇人，他目不识丁，却能说唱 50 万诗行。这是藏民族独有的一个文化现象，“桑珠现象”可以说在全世界都绝无仅有。桑珠是西藏丁青县人，他在旧西藏和其他很多说唱艺人一样云游四方，以说唱《格萨尔》史诗为生，过着牛马般的乞丐生活。西藏和平解放后，他和百万农奴一起翻身获得新生，在拉萨市墨竹工卡县尼玛江热乡定居落户，建立了自己的家庭。1984 年，桑珠和其他十余名民间艺人一起受聘于西藏社会科学院，并与他们合作抢救说唱故事。桑珠艺人极富说唱天赋，说唱从不人云亦云，对《格萨尔》史诗有着自己透彻的认识和独特的见解。1991年，他被国家民委、文化部、中国文联、中国社会科学院四部委联合授予“《格萨尔》说唱家”称号。而后，他又被授予“国家级非物质文化遗产项目代表性传承人”，并被学术界誉为“语言大师”和“国宝级人才”。目前，藏文本的《〈格萨尔〉艺人桑珠说唱本》丛书45部（48本）经整理、编校人员的艰辛劳动，现已基本整理和出版完毕。这套丛书的问世，不仅创造了世界史诗领域个体艺人说唱史诗最长的记录，而且填补了迄今还没有整理和出版过单个艺人全套《格萨尔》说唱本的历史空白。若按平均每部（本）10000多诗行计算，这套丛书的诗行总数将超过520000，大大超过了《摩诃婆罗多》的207000诗行，创造了世界史诗文本新的吉尼斯纪录。2011年2月16日，桑珠老人不幸去世，这是《格萨尔》抢救保护工作的重大损失。我们只有加倍地努力，继续做好这项工作，才不辜负老人的期望，不辜负人民的期望。

三

翻译是语际交流和沟通的桥梁，是传播民族文化、促进文化交流的重要途径。历史上，西藏地方通过翻译佛教、医药、天文历算等书籍[1]与祖国

1　松赞干布时，从古印度翻译《十二缘起》《六日轮转》等占卜理算书籍；又如《松赞干布遗教》说，“法王松赞干布在位之时，从印度迎请鸠摩罗大师，由吞弥·桑布扎为他担任翻译，译出《阿毗达摩藏》的广、中、略三种写本；又迎请尼泊尔的锡拉曼殊大师，由尼泊尔妃赤尊公主担任翻译，译出《经藏》《华严经》《观世音菩萨经咒》等；又迎请印度的婆罗门夏迦罗，由阿札雅达摩郭夏担任翻译，译出《律藏》《迦陵迦光明律》《止雅经咒》等；又从汉地迎请和尚摩诃衍那大师，由汉妃公主和拉隆多吉贝担任翻译，译出众多汉地历算及医药之书籍”。赤德祖赞时，汉族人格谢哇翻译了《金光明经》《业缘智慧经》，比吉赞巴锡拉翻译了许多医药书籍。赤松德赞时，有所谓“译师六试人”出现，他们是努布·南喀宁布、孜·嘉哇洛追、如贡·比雅热扎、突厥吾比夏、朗·贝吉僧格、杰·古古热扎，他们翻译了许多密咒部的经续。达仓宗巴·班觉桑布著，陈庆英译：《汉藏史集》，西藏人民出版社，1986年，第87、89、95、99页。

内地及周边国家和地区保持了密切的文化联系[1]，丰富了西藏地方文化的结构体系和内容，也为藏文化的翻译积累了历史经验。《格萨尔》史诗是当今世界第一长诗，尽快完成从口头文学到文字文学的转化，尽快完成藏文本到汉译本及其他文字译本的转化，是一件功在当代、利在千秋的大好事，是中华民族对世界文化宝库所作出的重要贡献之一，推动了中华文化走向世界，同时也是我们有力回击和反驳达赖分裂主义集团和西方敌对势力长期恶毒攻击“西藏传统文化毁灭论”的现实需要。因此，实施《格萨尔》史诗系列丛书的翻译工程任务十分紧迫，做好这项工作具有重大的现实意义和深远的历史意义。

第一，形成丰硕的《格萨尔》翻译成果，有利于用事实说话，有力驳斥达赖集团的“西藏传统文化毁灭论”。西藏和平解放后，西藏虽然摆脱了帝国主义势力的羁绊，但1959年达赖集团叛逃以后，在西方敌对势力的支持下，长期在国内外从事针对西藏的分裂破坏活动。从国际大形势看，西方反华势力和达赖集团在西藏历史问题上一直歪曲事实，制造谎言，尤其是在文化上鼓吹“西藏传统文化毁灭论”，蒙蔽世界舆论，欺骗了不少不明真相的人士。在文化工作上，我们需要与其展开针锋相对的斗争，开展重大文化工程，以文化保护与创造成果的事实揭示谎言，廓清迷雾，以正本清源。从这种意义上讲，我们开展《格萨尔》藏译汉工程的任务就显得刻不容缓。《〈格萨尔〉艺人桑珠说唱本》汉译丛书的出版，不仅有助于鼓舞西藏人民推动文化大发展大繁荣的巨大热情，而且还将进一步促进

1　元代中央政府集合官员及西藏、北庭、汉地和印度僧人对汉藏佛教经典进行勘同、分类、纠误和拾遗，最后编写出了一部藏汉对勘的佛教大藏经目录——《至元法宝勘同总录》。（苏晋仁：《藏汉佛教学者团结合作的盛举——纪念佛经对勘七百周年》，载《西藏研究》1985年第4期，第37—47页。）自元以来，《大藏经》曾被译成蒙文、汉文、满文等多种文字，促进了佛教文化的传播和交流。如，元大德（1297—1307）年间，在萨迦派喇嘛法光的主持下，由西藏、蒙古、回鹘和汉地僧众将藏文《大藏经》译为蒙文，在西藏地区雕造刷印。又如，金代民间劝募的《赵城金藏》，1959年9月在西藏萨迦寺北寺图书馆发现31种、559卷卷轴式装帧木刻印本佛经，其编次和《赵城金藏》完全一致，从版式、字体和刻工等方面判断，基本上可以肯定是《赵城金藏》输版入燕京后的补雕印本。

民族文化的传播与交流，有力地粉碎达赖集团和西方反华势力鼓吹“西藏传统文化毁灭论”的无耻谎言，在国际视听中匡正言论，维护西藏地方之于中国的无可争辩的主权，维护西藏社会稳定和民族团结，是一项具有重要政治意义的文化工程。

第二，开展《格萨尔》汉译工程，有利于弘扬西藏优秀传统文化的传承体系，建设好中华民族特色文化保护地，促进西藏的文化认同。2014 年 9 月，习近平总书记在中央民族工作会议上特别强调：“繁荣发展各民族文化，要在增强对中华文化认同的基础上来做，对本民族历史坚持正确的观点，不能本末倒置。”这对于我们开展《格萨尔》藏译汉项目、繁荣和发展西藏优秀传统文化，提供了正确的工作方向和有力的理论指导。习近平总书记还讲到：“加强中华民族大团结，长远和根本的是增强文化认同，建设各民族共有精神家园，积极培育中华民族共同体意识。文化认同是最深层次的认同，是民族团结之根、民族和睦之魂。文化认同解决了，对伟大祖国、对中华民族、对中国特色社会主义道路的认同才能巩固。”[1]2015 年 8 月，习近平总书记在中央第六次西藏工作座谈会上指出：“必须全面正确贯彻党的民族政策和宗教政策，加强民族团结，不断增进各族群众对伟大祖国、中华民族、中华文化、中国共产党、中国特色社会主义的认同。”要想把《格萨尔》变成中华民族共同的精神财富，进而成为全人类的共同财富，就需要通过翻译，而做好汉译本的翻译，是至关重要的。可以说，开展《格萨尔》藏译汉项目，有利于将藏民族千百年来世代传唱的英雄史诗翻译成国家通用语言文字，使之传播于全国乃至全世界，有助于增强西藏各族人民对于中华民族的文化认同，进而增强各族群众对伟大祖国、中华民族、中华文化、中国共产党、中国特色社会主义的认同。

第三，开展《格萨尔》汉译工程，有利于推动西藏文化大发展大繁荣，

1　习近平：《在中央民族工作会议上的讲话》，2014 年 9 月 28 日。

促进西藏哲学社会科学和藏学研究事业。作为民间文学，特别是具有世界级重要成果的《格萨尔》是藏学研究的重要领域之一，对其进行系统整理和翻译，对于繁荣发展我国哲学社会科学和藏学研究事业将发挥积极作用。藏学的故乡在中国，西藏是藏学研究的发祥地，藏学的旗帜理应由我们高高举起。然而，长期以来在藏学研究上“西强我弱”的被动局面始终没有被根本扭转，给我们的涉藏外事外宣工作带来了诸多麻烦。西方反华势力和达赖分裂主义集团企图长期把国际藏学研究当成阻止中国前进步伐的工具，现行的国际藏学学术研讨会，时常由国外研究机构操作，反华势力幕后插手，明确设置我国参会人员的资格、论文评定等学术“门槛”，企图把持我国涉藏外宣在国际舆论舞台上的话语权。积极主动改变这种不利的被动局面，已成为当前藏学工作迫在眉睫、势在必行的大事。我们开展《格萨尔》翻译工作，即是瞄准这一方向的有益文化工程。有一次，时任中央外宣办副主任的崔玉英同志曾与我交流涉藏外宣问题，她鼓励我们将来把藏族英雄史诗《格萨尔》翻译成外文，将其拿到国际藏学研讨会上和涉藏外宣活动中，这是对我们继续开展好《格萨尔》传承工作的莫大鼓励和鞭策。

第四，我们有能力、有信心、也有勇气做好《格萨尔》翻译工程。中华人民共和国成立后，党和政府高度重视《格萨尔》史诗的抢救、整理、保护、出版和翻译等工作，经过 30 多年的艰苦努力，该项工作取得了令人振奋的丰硕成果。然而，整理出版的《格萨尔》文本绝大多数是藏文书籍，能够阅读原文的人很少，更不必说概知其全貌。与此同时，现实中的《格萨尔》译本屈指可数，根本不能反映全传的完整面貌，让这部世界级的民族史诗埋没于世实在可惜。这种严酷的现实告诉我们，必须下大决心攻坚克难，及时启动《格萨尔》史诗的翻译工程。经过几年的努力翻译，我们这套《〈格萨尔〉艺人桑珠说唱本》汉译丛书即将与世人见面，可以使全国各族群众都有机会了解《格萨尔》史诗，实现了我国政府向联合国教科文组织申报世界遗产时许下的“要在几年内让《格萨尔》工作取得显著成效”的承诺，又能以此丰富中华民族的文化宝库，为实现中华民族伟大复兴的中国梦提供文化智力支持。

四

翻译工程必须遵循翻译标准，实施精品战略。中国的翻译理论和实践在世界上有显著的地位。《格萨尔》藏译汉项目是西藏自治区重大文化工程，为了保证翻译工程的质量，项目领导小组办公室专门制定了《翻译要则》，统一了名词术语。在项目开展中，要求项目参与人员树立精品意识，实施精品战略，将“科学本”与“文学本”相统一，力求达到艺术翻译的高度，使《格萨尔》汉译本成为经得起时间和实践的检验、经得起人民群众的检验、经得起国内外专家学者的检验的典范之作。在质量上，译文总体上遵守“信、达、雅”相统一的原则，以信为本，遵实崇本，雅不背信，辞尚体要。同时，忠实于原作的内容、形式和风格，保持译文的真实性、文学性和文化性，充分展现《格萨尔》史诗所蕴含的文化内容和民族地域特色。在技术上，译文总体上遵守原则性和灵活性相统一的原则，韵散结合，直译与意译相结合，坚持真实性，把握文学性，体现时代性和文化性及民族、地域特色。

当然，《格萨尔》史诗是一门内容丰富的学科，它包罗万象，错综复杂，涉及政治、军事、历史、地理、民俗、宗教、语言（方言、词汇）、文化等各个方面，在研究和翻译过程中也会遇到各种各样的困难。可以说，系统地翻译一整套《格萨尔》史诗丛书，我们没有可供借鉴的有用经验，只能摸着石头过河，慢慢地去研究和探索。对于我们自身而言，整部地翻译《格萨尔》史诗故事，要求译者既要专精，又要博通，而事实上对于每部史诗故事的翻译，又必须经历一个初译、译校、编校、再校的反复过程，一个人很难独立完成全部的工作内容。尽管如此，我们并不回避这些困难，有些时候还将课题组的参与人员集中起来进行统稿和研讨，尽量达成基本统一的意见，诸如《〈格萨尔〉藏译汉项目规范术语》（样本）就是这样反复琢磨出来的。我们付出了艰辛的努力，这项工程基本已经完成了，然而我们却越来越感到翻译工作的艰难，项目开展中有许多问题还值得深入研究和完善解决。即使丛书得以出版，其中依然会存在这样或那样的不足甚至错误，希望广大读者和专家批评指正，以便我们以后有机会进一步修改、补充、完善和提高。

在《〈格萨尔〉艺人桑珠说唱本》汉译丛书即将出版之际，我们衷心感谢自治区党委政府对这项重大文化工程的高度重视以及在财力、物力等方面给予的大力支持和关心。同时，还要感谢自治区社科院几届领导，长期从事《格萨尔》抢救、录音、整理的科研人员的大力支持和辛勤劳动，感谢中国社会科学院民族文学研究所及全国《格萨尔》工作领导小组办公室、西藏大学、自治区档案馆、自治区电视台、布达拉宫管理处、西北民族大学《格萨尔》研究院、青海省文联等相关部门专家学者的鼎力帮助。正是在多部门的专家学者的通力合作下，才如期圆满地完成了这项文化工程。

2015 年 12 月

于拉萨

内容梗概

岭部格萨尔王将边地的四大魔王以及大食、汉地、天竺等地凶恶的魔国收归治下后广施善法，使佛法之胜幢飘扬在空中，使六道众生免于战乱，获得了短暂的安宁。不久，在藏地西南一个叫森木龙仁的佛法绝迹的化外之地，魔王九眼查瓦同魔后红面阿夏将千万人往来的法路和商路阻塞，干起了食肉饮血的勾当。他们将血肉当作饭食，将人皮当作衣裳。罪孽的浓雾弥漫在空中，甚至挡住了日月的光明。辛赤河一时间变成血海，可怜的众生被恐惧和痛苦折磨，失去了生活的希望。姑母南曼杰姆知晓了人间的惨状，流下了慈悲的眼泪，并昭示格萨尔王要尽快消灭魔王。岭格萨尔王根据姑母的命令，将岭国的神兵引至罗刹之地，惨烈的战事随之打响。起初，因为森布国的君臣们拥有法力且凶猛异常，所以岭国损失了以董迥达拉赤噶为首的许多兵将。但因有着神明的护佑，加之格萨尔王在战事中像万兽之王雄狮一般勇猛，岭军逐渐占了上风，最终将以魔王魔后为首的众魔尽数消灭，并在森布国弘扬佛法。随后森布国遣使至岭国，宾主同欢，共同沉浸在吉祥的盛宴中。

一

桑钦王格萨尔王乃救世根本上师、众魔的克星、南瞻部洲[1]的支柱、能充来世的上师、解救现世的君王、释迦佛祖的护法、莲花生大师的使者、大神白梵天王[2]的亲子。其原名唤作神子推巴嘎瓦，首先降生在神界，其次又依次投胎至厉鬼界和龙界。有了神年龙三界[3]的庇佑之后，格萨尔王投胎至人间，消灭了无数魔王。镇妖之铁锤、扶弱之父母及佛法之支柱等美誉自此传扬四海。他年少时便将玛曲下部魔域松多的妖魔及罗刹、厉鬼、泰让[4]等十八种妖魔鬼怪均一一制伏。十三岁时，他参加了岭国的赛马，途中打开了玛域下部的宝藏之门，并取得了兵刃的福力，最终夺得魁首，成为岭地之王。十五岁时，他率兵首战北方羌塘，用箭射中鲁赞王的额头；再战霍尔国，制伏白帐王[5]；三战紫色姜域，用毒水杀死了萨丹王[6]；又收伏了南部襄赤林之王、西部大食财之王、上部天竺法之王、下部汉地律之王等。

此时，在藏地西南、邪恶妖魔盛行的偏僻之地，由魔王九眼查瓦与魔后红面阿夏繁衍的三头虎眼罗刹、哈拉火焰罗刹、龙妖那卡罗刹三兄弟逐渐势大。三兄弟以凡人的血肉为食物，罪孽之大可遮住天上的日月，人间鲜血流成了河，尸骨堆积得像山一样高。地上莫说是人，连蝼蚁都难以行走，即使是飞鸟也难以飞行在空中。众魔的戾气将上部天竺、中部藏地法

1　南瞻部洲：在佛教宇宙观中，同一日月下的天下为一个小世界，以须弥山为中心，东有东胜神州、西为西牛贺洲、南有南瞻部洲、北为北俱芦洲。

2　白梵天王：婆罗门教和印度教的创造神，格萨尔王之父。

3　三界：指欲界、色界和无色界。在佛教宇宙观中，三界是一切众生六道轮回的处所。

4　泰让：独脚小鬼。

5　白帐王：霍尔国的部族首领，后被格萨尔王处死。

6　萨丹王：姜国部族首领，与岭国交战，兵败后被格萨尔王杀死。

门、下部汉地律门等统统挡住，气焰嚣张得仿佛南瞻部洲里没人能敌过他们。尤其是十八罗刹繁衍的千百个魔怪更是毫无男女长幼之分，彼此噬肉，没有一丁点儿父子情谊和母系的慈悲。魔怪们在平日里更是无肉不食，无血不饮，身若未披戴动物皮毛便觉得不暖，时时刻刻皆是罪孽的化身。

如此一个无恶不作的魔域，若是不能将之消灭，南瞻部洲的芸芸众生便不会有机会得到永恒的解脱。于是，藏历水龙年六月十五日夜，威震世界的格萨尔王正安眠在桑珠达孜宫的空性大悲寝殿。半夜时分，能指点未知之途，预示未来的姑母南曼杰姆[1]出现在格萨尔王的梦境中。只见天空显出道道彩虹，落下花瓣雨，姑母南曼杰姆胯下骑着白色的雄狮，旁边的侍从牵着青龙，形似人猿的黄色云朵在前指引，形似龙体的白色云朵在其身右，周围众多仙女将其环绕；居中的南曼杰姆不变金身似仙体婀娜，不变头颅发髻高耸，不变玉足似瓣瓣莲；右手拿着檀木手摇鼓，鼓声铿锵有力；左手拿着银质铃铛，铃声清脆悦耳；颈上戴着水晶项链，项链的光芒照耀四方。

姑母南曼杰姆对格萨尔王说道："战神将军格萨尔，莫要停留在此地。在那之前时日里，你已降伏诸多魔，虽将敌人首级取，但是世事哪能歇！西方罗刹之地方，两个妖魔势渐大，将那上下之路阻。在那罗刹之地方，哪有机会闻梵音？更是莫提慈悲心。飞行之物断其翼，爬行之物断其足，将死未死吸其血。如此罗刹之部众，若是今年不降伏，佛祖之法必灭绝，凡人勿再眠此地，我之预言便是此。"南曼杰姆说完，便对格萨尔王唱了一支仙女自鸣曲：

唵嘛呢叭咪吽！

1　南曼杰姆：格萨尔和岭国的保护神，史诗中称她为天上白梵天王之妹，也就是格萨尔在天上的姑母，故常称其为天姑或天母。她是一位神通广大、能预知未来的女神，常以白梵天王和莲花生大师的传言人身份出现，向格萨尔或岭国传达上天的旨意，因此格萨尔的许多活动皆为"天神授意"。格萨尔遭遇困惑时，她会立即出现为其指点迷津；格萨尔遇到危难时，她会及时出现，使其化险为夷。总之，在史诗中无时无刻不有南曼杰姆的存在。

阿拉[1]塔拉塔拉歌。

上师本尊与三宝，
空行与那护法神，
请将敌人全降伏，
弘扬佛法震浩空！
祈愿僧侣日强盛，
法身报身和化身，
或闻或思或禅定，
今日请助凡人力！
上界诸位空行母，
箭旗枪旗皆凛凛；
中界诸位年神们，
仙音年音声隆隆；
下界诸位龙之女，
水中旗帜皆猎猎，
今日请做凡人友！

除非今日不唱歌，
唱歌便在空中唱，

1　阿拉（塔拉）：在《格萨尔》史诗中，艺人演唱时常常以“鲁塔拉”或“鲁阿拉”等作起音，是开始吟唱史诗时有音无意的衬词，作为唱腔的起音曲已成定格。

歌声须像天般高；
唱歌便在海中唱，
歌声须像海般深，
咒语大地中央施。

如若不识此地方，
天空彩虹帐房中，
彩虹升在无量宫，
是那白云密布处，
亦是红云之间隙，
实为仙女之行途。

如若不识我辈人，
天竺地方这一边，
泥婆罗之那一边，
天竺泥婆罗边界，
在那木里海中央，
实为仙女之魁首，
南曼杰姆便是我！
我能预知未来事，
亦能指点未知途。

再说还有相似事：
杜鹃双翼似松石，
春季到时至藏地，
松树之上唱六音，
并非炫耀那歌声，
只为从天祈甘霖，
大地变绿之征兆，
众生自然能安乐；
野鸭双翼金黄色，
从那南方至北地，
并非炫耀金黄翅，
只为解封北地冰，
湖水泛波之征兆，
鱼虾自然得安乐。
南曼我乃预言师，
所说之言不虚假，
驱使岭王成誓愿，
要将魔道尽消灭，
藏人自然能安乐。

格萨尔王听我言，

勿要分心仔细听：
今年新年到来时，
妖魔刮起嫉妒风，
岭国君臣叔父们，
不能屋中安眠卧，
需要离家上沙场，
须将妖魔全消灭。
岭国之王格萨尔，
晨间你虽是屠夫，
夺了千万人马命，
夜间你便是上师，
能让地狱变空荡。
南瞻部洲之君王，
藏地众民之上师，
护佑生灵之长官，
慈爱之心似父母。

不能在此安闲坐，
西南森布狭长地，
魔王九眼查瓦下，
还有魔臣三十九，

周围还有妖魔众。

妖魔城中之部众，

所食皆是凡人肉，

所饮皆是凡人血，

所披皆是凡人皮，

此地罪恶之城堡，

鲜血成河不停歇，

日夜罪孽蔽乌云，

若不收伏此魔王，

世界怎能得安乐？

佛法怎能传四海？

格萨尔实乃虚名！

岭国众将有何用？

如若魔王统四方，

上部天竺法之路，

下部汉地律之路，

还有藏地之商路，

均会断裂如刀切。

凡人庄户被魔噬，

佛祖佛法被魔灭。

桑钦君王至尊宝，

勿再耽搁速起身，

身躯似山遮世界，

声音似龙震三界，

心似日月明世间！

今须带领白方兵，

前往西南魔之地，

将那魔王尽数灭，

黑头藏地洒阳光！

世间谚语如是说：

上师修习为众生，

若是不能扬善法，

头戴黄冠是累赘；

地方长官持律法，

若是法纪不严明，

身在高位是枉然；

叔父似那伟岸山，

言语能使夏花残。

听懂君王请谨记，

不懂歌亦无错漏。

姑母南曼杰姆唱罢，摇着檀木手摇鼓和银质铃铛，往空中的净土——木里塘的宫殿飞去。格萨尔王心想：听姑母南曼杰姆的预言，如今应是到了收伏西南魔地敌人的时候了。于是，格萨尔王将霹雳金刚橛往桌上敲了三下，司膳米琼索玛贝杂和玉杰班丹连鞋带和腰带都来不及系，便匆匆赶到了格萨尔王座前。格萨尔王端坐床榻，说道："巧言的米琼司膳，座前的内侍玉杰班丹且听我言，昨夜子夜时分，我得到了姑母的预言，我们岭国的神兵，需要前往西南地方。你二人速速前去上部赛巴八部、中部文布六部、下部木江四部[1]传我号令，让所有叔父兄弟和长官首领三日之内齐集我帐中。"说完，格萨尔王在白狮圣旨上盖上蝎印后，将圣旨交给了两人。于是，米琼索玛贝杂和内侍玉杰班丹迅速来到宫殿顶上，奋力敲鼓，拼命吹号，摇起旌旗，向岭国境内的各部发出了谕旨。

三日后的早晨，当阳光好似金色的冠帽一般洒在山顶时，岭国上中下三部及其他属国的王臣都雄赳赳、气昂昂地聚集到岭国的通娃贡曼地方。各部人马亮着各色军旗，整个场面似上师传道之道场，似长官执法之法场，似叔父舌战之会场，似姨娘聚酒之酒场。随后众人便齐聚达塘查木的帐房通娃让追，看这帐房，外无需拉绳而有仙女所幻之白绳，内无需中柱而有空性自生中柱。进得帐内，众人便各自依自身之地位，在前后左右的金座、银座、玉座、海螺座、红玛瑙座、水晶座上坐定。座上各自放着虎垫、豹垫、熊垫等九十九级垫子。众人坐定之后，觥筹交错，你言我语，一片喜乐。

此时，从左席上首的银座锦毛虎垫上站起一人，此人乃王子扎拉的战友、格萨尔王之噶伦[2]丹玛赤杰桑珠，生得不似凡人，像是腾空而飞的青龙。他头戴玉盔，身披玉甲，右边玉箭，左边玉弓，身后是白色的披风，身前是银光闪闪的护心镜。丹玛赤杰桑珠装束齐全，气势逼人，让人眼光不敢直视，

1 岭国有长系色巴、中系文布、幼系木江之分。

2 噶伦：地位与辅政之大臣相仿。

心中不敢胡想，因其乃得道者萨热哈[1]巴的化身、丹玛萨霍尔[2]的儿子、格萨尔王的噶伦。

丹玛赤杰桑珠从胸前的项下宝盒天地合一中取出一条镶满金银珠宝的哈达献到格萨尔王座前。随即，他又向岭国的叔父兄弟们一一献上白昼吉祥的哈达，接着丹玛[3]用塔拉六变的曲调唱了一支吉祥的歌：

唵嘛呢叭咪吽！
阿拉塔拉塔拉歌，
塔拉是歌之唱法。

要唱就唱塔拉六变曲，
为何必唱塔拉六变曲？
蓝天普降甘霖塔拉拉，
大川奔流不息塔拉拉，
薄雾笼罩高山塔拉拉，
大河水波滔滔塔拉拉，
英雄勇武之歌塔拉拉，
上师教诲之歌塔拉拉，
君王谕旨之歌塔拉拉，

1　萨热哈：古印度著名的密宗八十大成就师之一，为印度佛教中观学说鼻祖龙树的老师。

2　萨霍尔：原是古印度孟加拉王国名，因受佛教史观影响，藏地多有李代桃僵之举。如五世达赖喇嘛亦自誉其父系出自古印度萨霍尔王族。

3　丹玛：格萨尔手下不可或缺的人物中最为忠心不二、智勇双全的人物之一。他的光荣业绩伴随着格萨尔一生，对其称谓也随着《格萨尔》故事的进展与其本人特征的显现而有所变化。这些不同的称谓有擦香•丹玛强查、丹玛玉杰托桂、丹玛赤杰桑珠等。

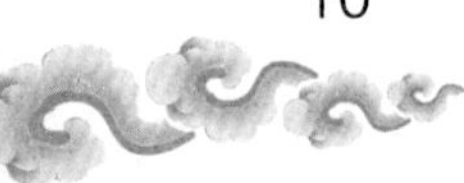

骏马疾飞之蹄塔拉拉，
唱出塔拉之曲事必成！

无恙君王位显赫，
得道上师悟空性，
只为度那众生灵，
此乃唱出塔拉因。
顶礼三宝诸上师，
正理祈祷自心间，
六道地狱扬善法。
将那邪魔通通灭，
佛祖盛名响浩空，
吾母众生引正途！

如若不识此地方，
玛隆大地之中心，
玛隆似那神仙境，
金灿玛域山岗上，
是那岭国达塘地，
好似悬挂猛虎皮，
好似母虎出洞口，

好似幼虎伸利爪，

好似虎头探天处。

有那战神[1]之神弓，

虎心置于大地外，

居有达戎之部落；

在那猛虎四肢位，

居有长幼中三系；

在那猛虎獠牙间，

居有岭国三十将；

在那浓密睫毛间，

居有嘉洛富饶部；

眉毛以及须鬓间，

居有鹞雕狼三将，

还有岭国七贤人。

此乃岭国之情形。

今天喜庆红日升，

漫天桑烟来缭绕，

顶礼上界诸神仙，

珍宝缀满哈达上，

1 战神：意为御敌之神，原指专门保护藏地男人的一类神灵。据说，每个男人都有自己的战神与阳神，战神居于男人的右肩，阳神居于男人的右腋。《格萨尔》史诗中特指岭国骑士的个人保护神。

顶礼位高诸长官。
叔父齐聚欢言日，
美言镶嵌哈达上。
母姨齐聚对酌日，
哈达引出话头来。
今日哈达缀珍宝，
献给战神格萨尔，
祈愿洪福似日光，
阳光照耀满苍穹。
祈愿岭国诸猛将，
似那天空中繁星，
划破夜晚之黑暗。
岭国人马聚齐日，
上界天仙露欢颜，
中界年神喜上眉，
下界龙王暖心脾。
此乃岭国之福德，
上师岭王格萨尔，
南瞻部洲之核心，
释迦牟尼之护法。
岭国众位神勇将，

红色闪电风火水，
敌似岩石也能破，
敌如暴风亦能灭。

如若不识我辈人，
夏隆日楚宫殿里，
勇猛岭国丹玛将。
遇见仇敌似闪电，
遇见亲友似柔绵。
上师聚众讲法日，
说我丹玛强查将，
是那悟得佛法人；
君王聚众执法日，
说我丹玛强查将，
是那秉公执法人；
叔父聚集谈话日，
说我丹玛强查将，
是那通情达理人；
母姨聚集饮酒日，
说我丹玛强查将，
是那福泽深厚人；

青年聚齐比箭日，
说我丹玛强查将，
是那百步穿杨人！

今天实乃吉祥日，
岭国众将齐聚此，
美言开端丹玛启，
祈望所愿均成真！
伟岸似山桑钦王，
众将似那雪狮绕，
银鬃飘飞是丹玛。
大海无边洲土上，
岭国母姨似鱼群，
金鳍挥动是丹玛。
岭国君臣听我言：
东方红日耀光芒，
照暖冬季之大地，
围绕世界不停歇。
护佑还有圆明月，
其余亦有众星围，
何愁不能破黑暗？

格萨尔王神男子，
好似闪电之妖魔，
岂忧不能将其伏？
手下辅弼鹞雕狼，
还有岭国三十将，
何愁不能破敌仇？

言语要义在以下，
昨日白色殊胜日，
空行之母有预言：
西南森布龙仁地，
九眼查瓦魔王名，
红面阿夏魔后名，
一脉饮血众小魔，
传出三十五魔地。
三头虎眼罗刹魔，
号称世上无敌手；
哈拉火焰罗刹魔，
叫嚣踏平岭国地；
龙妖那卡罗刹魔，
叫嚣打败超同将。

如此三个罗刹魔，
和那三十五魔地，
三十岭将必诛灭！
古时藏人谚有云：
身上所中之毒素，
若不用药早清除，
有朝一日侵全身；
零星火苗燃起时，
如不用水早浇熄，
有朝一日火烧山！

听此比喻岭国将，
西南魔国诸罗刹，
如不派兵早消灭，
便阻天竺佛之门，
便扰汉地之法纪，
便断藏地通商路。
将那佛法连根灭！
无那严明之法纪，
悲惨众生遭厄运。
天上飞鸟地上虫，

直立之人俯行犬，
均无自在路途行，
亦无安心居住处。
再看此一凄惨景，
从那十八魔域中，
所有流水均成血，
尸体层叠似宫殿，
随处都是罪孽人，
将那佛法连根除。
如不将此魔王除，
南瞻部洲近危亡。
如今君臣细细想，
丹玛所说话在前，
心中话语口中歌。

听懂歌请记心间，
不懂歌亦不解释，
君臣敬请记心间。

丹玛赤杰桑珠擦香丹玛强查唱毕此曲，岭国的叔父兄弟及长中幼三系的首领们都知道丹玛是萨热哈巴的化身、出征军之先锋、凯旋军之核心、消灭敌人之重锤、普度众生的父母，所以大家都觉得丹玛所言必是极有道理的。

随后，君臣们开始享用奶茶、美酒、各种肉食等美味佳肴，并继续商量对策。此时，从中席的上首环形的孔雀宝座上站起一人，只见此人上下眼皮之间由金匙撑住，头发花白似雪，身形佝偻似一头老牛，深陷的眼窝像是陷进沼泽的芦苇。形似白骨的身体挎着兵器，恍惚间既像青年之躯，又似老年之体。此人仿佛是创世时的老人、万物形成时的山神、消除迷障的明灯。他便是能知晓过去、现在、未来的总管王戎擦查根。总管王从宝盒中取出一条吉祥的哈达放在了诸位君臣前面，以总管长调唱了一首悠长之曲：

唵嘛呢叭咪吽！
阿拉塔拉塔拉歌，
吟唱不变佛法理，
顶礼上方诸神佛。

上请白梵天王知，
中请念青大神知，
下请顶宝龙王[1]知，
白岭三位神明知。

如若不识此地方，
岗巴藏人土地上，
不变部落穆布敦，

1　顶宝龙王：又译邹那仁青，马品木湖（又译马盆湖）龙王，格萨尔的外祖父。由于湖中龙族违反天条，因而天降瘟疫，龙族全部染病。莲花生大师施法治愈龙族，龙族为了感谢大师恩泽，除奉献龙宫奇珍异宝外，还应大师所求，龙王邹那仁青奉献上三女梅朵拉泽。后来，梅朵拉泽与岭国幼系首领僧隆匹配成婚，生下格萨尔，故史诗中称格萨尔为龙甥，即由此而来。

不变山峰玛杂山，
达塘查姆是其名。
其形好似猛虎立，
其状像是出洞虎，
身俱斑斓之花纹。
岭国众将所居帐，
见者解脱是帐名。
此乃紫色之宝垫，
岭国众席之上首。

如若不识我辈人，
在那高高天空上，
红日自是居中间，
光芒照耀千万物；
在那广阔大地上，
水波荡漾是大海，
鱼儿自是聚其间；
在那寺庙僧众间，
心最至诚是上师，
于是众僧才皈依；
东方岭国神仙地，

能顾大局总管王，
完成大业之支柱。
要说为何有此言，
一曰冈底斯山脉，
二曰玛旁雍措湖，
三曰戎擦总管王，
藏地初成时便有。

岭国叔父听我言，
叔父像是七金山，
雄狮青龙自来聚；
母姨像是七玉湖，
海底珍宝自能得。
岭国六部定大计，
格萨尔王之叔父，
叔父当中我居长，
辅佐君王定计人，
计策好坏定夺人。

要说此言之因由，
一心向善众教民，

上至白发之老者，
下至弱冠之幼童，
均是父母恩养育，
均需依止根本师，
均要阳光来照耀。

就似方才之谚语，
岭国诺布占堆王，
所伏敌人无计数，
所获珍宝亦无数，
四方魔国引向善，
佛法泽及边陲国。
打开无数矿之门，
英勇福瑞霍尔国，
土地福瑞南诏国，
珍宝福瑞门隅国，
奇珍福瑞大食国，
全部引到藏地来，
黑头藏人享安乐！

就在今年年关时，

一为众生之福祉，

二乃神佛之旨意，

三是岭国命定敌。

西南森布之地方，

九眼查瓦之族脉，

共有魔部三十五，

森布魔臣三十五，

魔兵多似地上尘。

三头虎眼罗刹将，

哈拉火焰罗刹将，

龙妖那卡罗刹将，

红面阿夏魔后名，

夏嘎萨基魔子名，

查嘎童吉魔臣名，

魔域饥馑自围绕。

如若魔域不倡佛，

便将天竺佛门阻，

便将汉地法门阻，

便将卫藏商门阻，

南瞻部洲无安宁。

依据上方神预言，

今岁所遇之敌人，

便是西南森布国。

岭国神佛之国度，

各部长官及将军，

速速整兵来待阵。

北方雅康山岭间，

阿达鲁姆[1]来听令，

青温英雄之麾下，

调集精兵一万七，

本月二十三日前，

聚齐在那纳玛塘。

阿钦霍尔之地方，

猛将辛巴梅乳孜[2]，

大力唐孜玉珠将，

调集精兵四万七，

聚齐在那阿钦塘。

紫色姜域之地方，

1　阿达鲁姆：魔国鲁赞王之妹，是一位能征善战、武艺超群的女将，后归降岭国。

2　辛巴梅乳孜：霍尔国大将职位，辛巴原意为屠夫，此处含英雄之意。因辛巴梅乳孜为霍尔辛巴级大将之首，故简称其为辛巴。

姜子玉拉托久[1]将，

英雄玉赤贡杰将，

从你杜鹃部麾下，

调集精兵三万八，

聚齐在那甲木塘。

南方辛赤门隅地，

富饶东日天之宗，

董迥达拉之麾下，

调集精兵十万五，

到那白玛日出地，

整兵蓄势并待发。

还有岭国上下部，

白如黑如色如部，

都将本部神兵聚，

齐集绒布帕塘地。

丹玛十二万户地，

嘎巴仁钦六部落，

木江奔巴诸部落，

各自点齐本部兵，

本月一十八日前，

1　玉拉托久：姜国萨丹王之子，亦称玉拉。姜国被岭国降伏后，玉拉被委以姜国国王，深得格萨尔王信任，伴随格萨尔王南征北战，立下赫赫战功。

聚齐在那特雅塘。
部队集结照此法，
森龙仁木之地方，
岭国众军必能至，
将那魔宫尽摧毁，
将那珍宝悉数取。

岭国君臣听我言：
明日太阳升起前，
上至君王下乞儿，
岭国叔父英豪们，
还有母姨众女子，
都需聚齐特雅塘。
为了有个好彩头，
载歌载舞饮茶酒，
赛马射箭敬战神，
爬至山顶挂风马，
吉祥兆头自然成！

听懂众人记心间，
不懂歌亦不解释！

众人听完总管王戎擦查根唱毕这一首排兵布阵的歌后，连连称是，并说将谨遵命令，随即又把盏畅谈了一番。翌日天刚亮时，岭国的叔父们整装待发，母姨们便来到玛域特雅山顶煨桑祈福，霎时间山间桑烟缭绕。特雅山的山神感受到岭国众人的诚意，在天空布起了彩虹，一时间，上下其乐融融。众人又来到格萨尔王的王帐，对格萨尔王、总管王、王子扎拉等人献上了赞美之词。

此时，叔父超同心底暗自思忖，俗话说："乞儿若得势，必有厉鬼缠。"这句话确实有理。我超同在王叔之中居长，兄弟当中为尊，贵为达戎部落的酋长。红似猛火，蓝似深海，似雄狮挺立，又像青龙怒吼，像锦毛猛虎一般装点着洛戎森林。若要降伏敌人，少了我达戎部落，他乞儿觉如[1]能做些什么？岭国的这些孤儿又能有什么作为？但是看如今的情形，他乞儿觉如仗尊凌人，戎擦查根倚老卖老，嘉擦仗自己势大，全不将我放在眼中，岂不欺人太甚！思至此，超同便将金黄的铜镜置于胸前，将左右两边的发辫拢到一起打了九个结，又将黑黄相间的长鬓编成五个小辫，捋了捋须髯后，将右脚置于左脚之上，用口哨吹起了曲子。戎擦查根和丹玛等人虽知超同心中所想，但又不想在这吉祥的日子里扫了大家的兴，所以就缄口不语。

叔父超同看着岭国众人的举止，心中着实不悦，便从红檀香木的座位上站起，红髯向天，半面似猴、半面似狗般地用一首猛虎怒吼曲吐尽心中不快：

嗡嘛呢叭咪吽！

阿拉歌在空中唱，

塔拉歌在原野吟。

1 觉如：格萨尔王幼年时期使用的名字。关于此名的含义有多种说法，有的说是康区方言中对双耳竖立者的称号，有的说是圆球，也有的说是丑陋者，凡此种种。

敬请马头明王[1]知，

还请护佑勿要小，

敬请火焰虎神知，

雍仲苯教诸神知，

礼敬雍仲苯教神，

祈愿老人愿成真，

所行诸事俱顺利！

如若不识此地方，

从前叔父占此地，

如今满眼皆儿孙，

岭地通门是其名，

实乃岭人气短地，

神同妖魔俱混淆。

如若不识我辈人，

从前在我得意时，

达戎部落之长官。

在那坚固城堡中，

父似猛虎来坐镇，

1　马头明王：密宗佛教中观音菩萨的六种形象之一，即马头观音。马头明王是观音菩萨的怒相身，多为红色。六观音分别是圣观音、十一面观音、千手千眼观音、如意轮观音、准提观音、马头观音。

儿孙亦是猛如豹，
属下猛兽听号令。
父似苍穹如大高，
儿孙亦像日月星，
划破黑暗启光明。

如今叔父年事高，
乌云遮住天上光，
日月星辰行亦缓。
藏人古谚曾有云：
儿孙长成叔父苦，
女子成人母姨苦，
奴仆势大主家苦，
此言说得真在理。

岭国英雄听我言：
男儿强健土地固，
男儿勇猛国家强。
岭国男儿俱勇猛，
虽有强敌何惧哉？
森布魔国不足惧！

古盛今衰达戎部，
父子怯懦好似狐，
能守家园已是强，
哪能去战森布国？
驴子长耳不善跑，
不能与马相匹敌。
我部达戎照此谚，
来占后方安眠窝。
岭国君臣勇士们，
超同自认无脸面，
还请怜惜弱势者，
还请免了出征事，
达戎军队本就弱，
不能为匪不能战，
能守己地已是福，
能守己营是万幸。
不能同那别部争，
驴子不同马赛跑，
不同勇士赛勇猛，
更是不能比巫术。

听懂君臣记心间，

不懂歌亦不解释！

超同唱完，将须髯竖起，白了席上的君臣们一眼，面露不悦之色。岭国的其他君臣叔父们面面相觑，一时间竟说不出话来。此时，左席席末的米琼卡德[1]心想：岭国的猛士们将行大善之事的时候，超同竟说出这么多败兴的言语，且看我来用言语回击，令他颜面扫地。随即，米琼卡德便用那被花茶青叶的汁水擦拭过的金瓶为叔父超同倒了茶，从胸前宝盒中取出一条哈达放在叔父身前，唱了一首这样的歌：

唵嘛呢叭咪吽！

阿拉拉姆是阿拉，

塔拉即是词之果。

敬请三宝诸神知，

保佑六道得解脱，

保佑老人得福瑞，

保佑城堡能坚固，

保佑大桥能长存。

岭国叔父似雪山，

恩深恩浅须谨记。

如若不识此地方，

1　米琼卡德：意为巧嘴矮人。

大山大川及大庄，
三种大者均聚齐。
自是贵人行运地，
大山虽高足可踏，
山谷虽深足可至，
大川虽宽可架桥。

要说群山至高者，
实为藏地冈底斯；
要说大地至阔者，
实为羌塘广无垠；
要说水上无桥者，
实为蓝色之大海。
贵人喜放狂言者，
达戎部落之超同。
古人谚语曾有云：
盗匪之言岂可信？
乞丐之食岂有味？
妇人之言岂可凭？
乱纪之人言无信。
乞儿虽卑自视高，

无纪长官凌弱小，
无父孤女气焰高，
除此之外皆有度。
上师佛法有始终，
来世能免堕地狱；
长官法度亦有度，
辨别黑白同对错；
富户之家仓廪实，
可解地方之饥荒；
大智之人心有度，
定夺大计便靠此。

所说谚语实有理，
达戎部落超同官，
哪有一日不气愤？
恶言随风迅疾传，
格萨尔王往下数，
屋后婢女往上数，
歹心所说之恶言，
就像枪尖涂剧毒。
古时藏人谚语云：

小儿饭前每啼哭，
岂是福泽深厚相？
出征之前阋于墙，
岂是叔父之作为？
家和之时媳妇哭，
岂可安稳度生活？
似此真乃需摒弃。

米琼卡德便是我，
米琼位卑心至诚，
我乃木部董氏裔，
身材虽小得灵性，
四肢五官俱健全，
亦有凡人般心智，
口舌巧言又善辩。

上师善法度地狱，
巧舌善言勾人心，
妇人善积家富足，
此乃世间三样智。
米琼虽无大智慧，

所说之言通情理，
所行之事为岭国，
是否属实神明知。
叔父超同听我言：
世间哈达色彩多，
白色哈达献神明，
黄色哈达献上师，
蓝色献给空行母。
今日事本不应出，
花花哈达长尾巴，
就如风儿扰思绪，
军心不稳起争端，
不做吉兆做凶兆。
如今献给超同叔，
花花心肠致疯癫，
花花之语扰地方，
花花之眼阻方向，
是否此理众君臣？

岭国君臣如日月，
一二乌云岂能遮？

叔父好似汪洋海，
一二小溪无增减。
西南食肉森布国，
并非寻常之敌人，
不作出征誓师前，
反将谣言风中传，
再用妄语扰军心，
如此这般为了啥？
无端将那纲纪毁，
虽是君王亦同罪。
你乃老人头已白，
一生行事像小童；
你乃行将就木身，
口中所说皆妄语；
你乃风中烛火心，
一生乖张脾性坏。

上述所言汝之事，
若不依法来严惩，
岭国恐难再发达，
还请君臣细细想！

米琼卡德唱完这支恶言之歌后，叔父超同气得咬牙切齿，两肩也不住地抖动。他心想：这黄口小儿米琼卡德平日里便在君臣之间用恶毒的话语使我抬不起头，早欲杀之而后快，却又无计可施。若是能戳一下他的小眼，掐一下他的小嘴，把他的舌头割掉，那该有多好！

超同心中如此想着，双眼直勾勾地瞪着米琼卡德。岭国的其他君臣们听了米琼卡德的一番话，都觉得大快人心。此时，从中席上首的紫色宝座上站起了苏钦卫玛拉达，他拿出三条哈达，献在了格萨尔王、总管王及叔父超同身前，说道："岭国的叔父兄弟们，今日空中曜星聚，乃地上好时辰，中间人气合之兆。在如此这般吉祥之日里，女子们应当起舞，男子们应当赛马，英豪们应当射箭，叔父们应当吟诵。"苏钦卫玛拉达说完，唱了一支止息内斗的歌：

唵嘛呢叭咪吽！
阿拉塔拉阿拉歌，
塔拉是歌之唱法。

敬请上天诸神知，
敬请佛法三宝知，
六道轮回之众生，
望能全部至极乐！
供奉天上诸神明，
供奉中间诸年神，
供奉下部诸龙神！

如若不识此地方，
不变八瓣莲花上，
不变八轮天空下，
岗巴藏人之地方，
玛杂色莫之岗上，
实乃达塘查姆原。
见者解脱神帐中，
坐在神帐之右角，
神子在此如日升，
众臣在此似明月，
猛将在此似群星。

如若不识我辈人，
洁白羊毛皮袄上，
绣上龙凤图案者；
金黄巴扎嘎乌上，
镶上珊瑚绿松石；
在这天与地之间，
智慧游历诸国者。
岭国长系赛巴部，
叔父长者主事人，

苏钦卫玛拉达将。
出言好似霹雳火，
上命岂能去违抗？

岭国兄弟听我言，
今日是个吉祥日。
明月空中展容颜，
春风吹来引乌云；
雪山耸立在空中，
春日天暖引水源。
君臣请照此谚语，
岭国叔父放狂言，
米琼恶语针锋对。
在这大地河川间，
自从冷暖有度后，
夏日怎会有冰冻？
在那君与臣之间，
虽会偶尔起争执，
但是不能伤和气。
头颈须臾不可分，
口舌片刻不可离。

黄色金来白色银，
二者相辅更美丽。
红色珊瑚绿松石，
装饰少女美容颜。
叔父舅父及外甥，
相聚紫色城堡中，
部族以王为荣耀。
丰年时节之麦穗，
人畜兴旺之保障。
叔父舅父及外甥，
遇到外敌需齐心。
贵人好似山伟岸，
树木花草长其上，
米琼所说幽默语，
是为饮宴添气氛。
兄弟间虽开玩笑，
但亦需要有分寸，
出口之言须细想，
不可因言而记恨。

古人谚语早有云，

不可记恨事有三：

上师责骂学生者，

长官责骂部众者，

父母责骂儿女者，

此乃三种不记恨。

今日直到克敌日，

叔父超同与米琼，

二人不可再龃龉，

须得当众写约定，

立下重誓不可违，

书后还须画下押。

二人若是违此誓，

君王法度由我行，

不念君臣之旧谊，

若用金钱欲买通，

便会立刻变仇敌。

听罢苏钦卫玛拉达的歌，叔父超同心想：今日真是应了那句谚语："乞儿想吃饭时，糌粑袋子被封了口；屠夫想宰杀时，刀鞘被封了口"。想要给米琼略施颜色，苏钦却站了出来，苏钦这人不仅位高权重，且言出必行，还是暂时忍耐为好。君子报仇，十年不晚，总有一天要让这米琼好看。超同边想边露出窃喜之色。

米琼听完苏钦的话，也觉得今日奚落叔父超同的话语确实过分了一些，于是便拿起花色锦旗，向叔父超同赔罪道："叔父请息怒，我米琼一时口不择言，多有冒犯。大人的心胸似天空，还请叔父大人有大量，不同小人一般计较。"叔父超同对米琼的赔罪之言并未作答，面色黑得好似乌云密布。因苏钦的居中调停，气氛又变得欢愉起来，众人享用着丰盛的美酒佳肴，载歌载舞，骑马射箭，快乐地度过了整日。

二

十八日晚，人中红日格萨尔王正在睡梦中时，得到了大神白梵天王的预言。大神白梵天王告诫格萨尔王，森布国森拉果古唐斯法力高超，恐其知晓岭国即将出兵之事，如若不速速前往森布之国，对岭不利。格萨尔王从睡梦中惊醒后，便下令岭国的叔父兄弟们速速集结。格萨尔王也在鹞雕狼三将及七贤人的陪同下，从桑珠达孜宫来到了达塘查姆的见者解脱神帐。但见中席上首、金色九层宝座上用金、银、绿松石等宝物镶嵌出吉祥八宝[1]、虎狮斗、金鱼宝、国政七宝等图案。格萨尔王端坐宝座上，容光焕发。从前看他，似得道上师；从右看他，似无敌战神；从左看他，似天威上将；从后看他，似人中龙凤。其威严之像，令人目不敢直视，言不可胜数。端坐下方九十九个席位上的岭国勇士及女眷们齐齐跪在地上，口中都说着敬词，手中的洁白哈达像雪片一般献在了格萨尔王座前。

这一日，天神及所有年神龙、神等也齐齐来到岭国上空，保佑岭国军队旗开得胜。格萨尔王斜坐在宝座上，命令岭国众军速速出发，用威服大众之曲调唱出了行军布阵之法：

唵嘛呢叭咪吽！

阿拉阿拉阿拉歌，

阿拉三声歌始唱，

叔父像是红日升，

1　吉祥八宝：又称“八瑞相”，由白海螺、祥法轮、胜利幢、宝伞、莲花、宝瓶、金鱼、吉祥结组成，是藏族人民最喜欢的吉祥组合图案之一。这种图案常常涂绘在寺院、民居、帐篷及各种生活器皿之上。

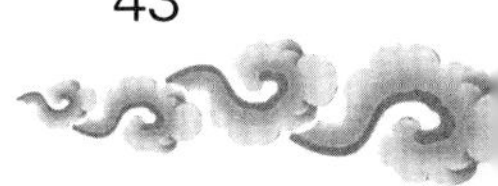

兄弟像是绕世界。
塔拉塔拉塔拉歌，
三声塔拉原上唱，
愿那痛苦之众生，
均能解脱抵极乐。

上界天空神之地，
彩虹升空似神帐，
青龙之声似玉音，
细雨落下似繁花，
此乃岭国吉祥日。

如若不识此地方，
岗巴藏人土地上，
不变玛杂色杂地，
不变玛曲杂曲水，
不变玛隆达隆地，
是我觉如初占地。
从前此地地之名，
玛隆鬼域名松多，
如今白色神佛地，

年龙诸神齐聚地，
亦是上师传法地，
岭国叔父计议地，
青年勇士显威地，
善跑骏马驰骋地，
岭国勇士比箭地，
青春女子放歌地，
牛羊水草丰美地，
稻田五谷丰登地，
青龙阵阵啸吟地，
杜鹃优美啼叫地，
实为世界之中心，
白岭形成之坛城，
岭国叔父之故乡。
众人可知吾乡乐？

如若不识我辈人，
初时称我奸觉如，
玛麦地方食田鼠。
而后变成占堆将，
四方魔国均降伏，

大恶魔头收其命，
十八大宗归藏地，
小宗更是不胜数。
如今要做三世佛，
度那众生得解脱。

岭国众人听我言，
吾有二三赤诚言：
岭国兄弟诸勇士，
虽说吾乡极安乐，
但是上天有旨意，
须扫人世之灰暗，
须解众生之恶趣。
如今吾之西北方，
森布魔国日繁盛，
与那善业相抵牾，
是我玛域之敌人。
岭国君臣诸勇士，
敌人未有灭尽时，
虽灭未有平定时，
虽定未有安乐时，

此乃世间之常理。

今岁水龙之年头，
西北森布之地方，
岭国神兵如天降。
在那森布之国度，
森布虎眼罗刹将，
森布龙妖那卡将，
森布查瓦九眼将，
森布国王三兄弟，
麾下大臣三十五，
红面阿夏魔后名。
森布部族有千万，
森布君臣似虎狼，
兵马如熊如牦牛。
虽说降伏非易事，
如今却是平定时，
一为众生之安乐，
二为神明之预言，
三为岭国命中敌，
四为人世之常理。

话说森布之地方，
各色珍宝有千万：
通身乳白之海螺，
海水亦难侵蚀之；
火神虹彩之套索，
熊熊火焰亦难蚀；
九纹镔铁之宝物，
霹雳闪电难奈何。
此外宝物有许多，
不能一一来详述，
均能成为岭国宝。

岭国众将听我言：
本月待到十九日，
各自带上本部兵，
扎唐山前来聚齐。
在那本兵基础上，
亦须些许援助兵。
所有出征岭国兵，
赏赐长生不死丸，
还有王后长生结，

同那不灭金刚器，
诸种护符保平安！
岭国勇士出征后，
到达敌方森布国，
森布之敌异常勇，
所携之刃俱锋利，
是生是死皆未卜。
森布钢铁之城堡，
好似血肉躯体筑，
十八大川皆尸味，
是否染疾亦未知。
洗礼赐福等仪式，
均由国王来完成，
能保性命无危险，
能保诸人齐相聚。
口中诵经等善业，
众人亦须时时行。

听懂歌请记心间，
不懂歌亦不复唱。

格萨尔王唱毕，岭国的勇士兄弟们异口同声地点头称是，均称格萨尔王乃南瞻部洲的支柱、岗巴藏人的救星、度来世的上师、叔父们的战神、母姨们的食神、十万佛的佛子、十万空行母之眼目，所以格萨尔王的话语便是神的旨意，于是众人纷纷俯身跪拜领命。

此时，丹玛赤杰桑珠站起身来，但见他形似空中青龙，身边兵器似青龙火翼。他从胸前的嘎乌里取出一条嵌有十五枚金币的吉祥哈达献在了格萨尔王的座前，又向前后左右九十九个席位上的岭国长中幼三系的勇士们无一遗漏地献上了哈达后，用六变塔拉的曲调唱了一支先锋如何行军、后方如何保障的歌：

唵嘛呢叭咪吽！
阿拉塔拉塔拉歌，
敬请根本三宝知，
加持空性圆满成。

上请白梵天王知，
中请诸位年神知，
下请顶宝龙王知，
敬请护佑丹玛将。
吟歌吟得好开端，
唱曲唱出好兆头。
法身报身和化身，
三身当须顶礼敬，
祈愿岭国诸事成。

出征魔国能降伏，
并将魔国矿门开，
南瞻部洲聚宝物。
今日所唱此歌曲，
丹玛六变塔拉曲。
为何要唱塔拉曲？
天上细雨塔拉拉，
地上草木塔拉拉，
上师梵音塔拉拉，
长官法声塔拉拉，
塔拉不变丹玛曲。

如若不识此地方，
暗绿无垠苍穹上，
日月星辰齐相聚；
空中层层白云间，
青龙展开双火翼；
空阔无边原野上，
聚得叔父及兄弟，
达塘查木此地名。

如若不识我辈人，
丹玛卡热地往上，
哈热地方再往下，
上部曲热佛堂里，
夏隆日楚宫殿里，
萨霍国王之族脉，
噶伦丹玛是吾名，
赤杰桑珠是乳名，
如假包换是噶伦。

古人谚语早有云，
男子可分上中下：
上等男子向佛法，
今生来世皆得益，
谨记善恶因果法，
真假黑白能辨别，
对待敌人似钢锤，
对待弱小似父母；
中等男子善其身，
整兵之时立军令，
部落之中会逞威，

财富自给并自足；
下等男子为若何，
平日双亲尽欺侮，
将那敌人来礼敬，
好似摇尾哈巴狗，
看到亲朋反来咬，
此乃吾所不能容。

岭国旗下众兄弟，
皆是一家之族脉。
岭国长中幼三系，
并非尊卑来排序，
而是前世早排定。
一母所生之同胞，
何来孰尊或孰卑？
若遇敌人同举矛，
若有食物对半分，
不将外敌引入内，
不将内密泄于外，
岭国兄弟之作风。

君臣兄弟听我言，
岭国丹玛有话说。
今年年初之时候，
人中红日桑钦王，
听得神明之预言。
在那吉祥日子里，
众人聚集神帐时，
叔父恶言满臭味，
神明之心岂会乐？
就当君臣齐聚时，
心地狭窄出恶言，
好似广袤大海间，
缓行海龟真无耻。
岭国神兵要出征，
前往森布国度时，
叔父用场非一般，
岂能不同部队往？
此事亦关众生计。

还有米琼听我言，
岂可恶言对叔父？

米琼恶言冲撞事，
罚金十枚略施惩。
叔父超同请息怒，
似山伟岸之贵人，
今日被那小人搅，
乃至波及岭国计。
米琼所犯之罪行，
我已罚他十枚金。
丹玛之言从来是，
开弓没有回头箭，
众人谁敢来违抗！
岭国叔父及兄弟，
还未向敌施一箭，
兄弟内斗真可愧，
此举直到身死后，
骂名仍会留地上。

今岁劲敌森布魔，
是我岭国命定敌，
如今到了克敌日，
勿要分心听我言：

紫色姜域之兵马，
已经到达达塘原，
玉拉王子麾下兵，
皆是忠心之部队；
西南大食之兵马，
已经抵达查玛塘，
霞嘎三将同四臣，
均已带来本部兵；
南方门隅达拉将，
已经抵达甲木戎。
岭国各部所有兵，
接待全由岭如来，
粮草岭如来筹备。
再说岭国本部兵，
岭国长中幼三系，
丹玛阿拉黑同白，
琼布黑白黄三部，
带齐数量相等兵，
准时抵达集结地。

霍尔辛巴梅乳孜，

日西阿达鲁姆将，
天竺大臣贝嘎等，
纳玛大湖往上行，
行至朱日山边上，
便是湖源长原上，
需得齐聚不分离。
拉贵奔罗戎王子，
玛尼嘎热吾王子，
尼宗长官拉杰等，
俱引兵马向前行，
君臣敬请记心间。

丹玛赤杰桑珠一唱毕，岭国众人都觉得丹玛所言在理。叔父超同及米琼卡德均向丹玛交出十枚金币，并当面保证从此口不恶言，眼不恶视，手不执恶鞭，足不去恶踩，众君臣皆连连称善。

此时，嘉洛森姜珠姆在七名婢女的簇拥下，头上戴满绿松石、珊瑚、珍珠等十八样珍宝，身上穿的五色绸衣上边镶了百只公旱獭皮，下边镶了百只母旱獭皮，百只小旱獭皮缝成腰带，豹皮的衣领用虎皮镶边。珠姆向前进一步令百匹骏马倾倒，向后撤一步让百头犏牛倾倒，两眼一看让百头绵羊倾倒，回眸一笑则可让百头山羊倾倒，一缕发辫使骡子倾倒。身姿颀长好似竹，脸颊白处似日照雪山，红处似火焰。再看那眼眸，好似空中明星；那红唇，似莲花初开。身上有十八样美相，叔父也不免回头，小伙儿必定倾心，小女子必会嫉妒。森姜珠姆举起一只碗口镶金、碗内镶银，盛过雄狮之奶，刻有天龙纹饰的碗献到格萨尔王跟前，并将岭军凯旋得胜、最终家人团聚的祈愿，用九狮六变的曲调唱了出来：

唵嘛呢叭咪吽！
阿拉塔拉塔拉歌，
阿拉从那空中唱，
像是日月照国度，
众多星辰边上升；
塔拉大水顺流曲，
似那大海不知底，
歌词像是金钱松。

唱曲须唱六变曲，
喜时九狮六变曲，
哀时安慰自心曲。
一敬佛法僧三宝，
二敬度厄之上师，
三敬诸天空行母，
出征将那森布灭，
回返满载宝物归。

如若不识此地方，
不变特亚达塘地，

好似猛虎出洞穴，
好似虎吼震深林，
好似虎子醉血中，
岭国君臣齐聚地。

如若不识小女子，
嘉洛顿巴家之女，
森姜珠姆是吾名，
出生非夏而是冬，
冬日雪山雄狮立，
茫茫羌塘奔狼群，
雪将落时青龙吼，
森姜珠姆始得名。
左右之发脑后发，
好似空行母之虹。
发尖为何不直立？
六白松石戴其上，
并有珊瑚十余颗；
两边之发不直立，
白色天珠戴其上；
脑后头发不直立，

日月同辉自然升。
衣物薄厚刚刚好，
能识便见神年龙，
上为神明空性衣，
中为年神战神衣，
下为龙王珍宝衣，
此三装饰珠姆身。

今日君臣齐欢聚，
吉祥祝词珠姆献。
今日欢乐日子里，
嘎乌之中取哈达，
南曼杰姆福瑞绫，
卡切国度珍稀绫，
一尺来长之哈达，
拜谒格萨尔王用。
哈达之首向天空，
祈愿吾王福运高；
哈达中端向岩石，
岭国英豪性命全；
哈达末端向江河，

财富如水无穷竭。
长生富贵颈上绫，
三绫献给桑钦王，
赤诚之心附绫上，
并无一丝不敬心，
珠姆心中依归处，
前世今生并来世，
唯有桑钦格萨尔。
金瓶之中倒香茶，
银瓶之中倒美酒，
手中龙纹之宝碗，
盛满银狮之乳汁，
献于格萨尔王前。
祈愿吼声似青龙，
祈愿君心似日月，
祈愿君王震三界，
祈愿君王克魔敌。
君臣出征森布国，
我将日夜求神明，
保佑平安全无恙。
上要供奉诸神明，

下要施舍众乞丐，
君臣出征魔国后，
祈愿能够平魔国。

格萨尔王听我言：
对敌不可有仁慈，
魔王岂能循循诱？
古时藏人谚有云：
对付敌人需利刃，
行路远时需骡马。
森布国之不义兵，
需用武力迅速灭，
尽早凯旋返家乡。
法身虹体格萨尔，
祈愿法体身康健。
梵音甘霖无所挡，
祈愿诸事都顺遂。
心胸宽广似天空，
祈愿预兆能明示。
君臣抵达沙场日，
祈祝性命无危险，

莲花大师请来佑；
祈祝君王安无恙，
白梵天王来保佑；
祈祝威勇勿减损，
威玛[1]战神来保佑；
祈祝珍宝如所想，
顶宝龙王来保佑。
我在后方守家园，
你在前方勇杀敌，
祈祝日后齐团聚。
珠姆所说之愿望，
想来都能如愿成，
三宝俱能促我愿。

听懂君臣记心间，
不懂只当耳旁风。

森姜珠姆唱完这一支祈祷的歌之后，从右边的金壶中倒出香茶，从左边的银壶中倒出美酒。岭国的叔父母姨们在所有山顶煨起桑烟，挂起风马旗，使出征的英豪们见了心里暖，使土地山神见了心中欢喜。随即大臣丹玛强查着青袍，骑青马，手执兵刃作为先锋走在兵马之前，身后的岭国军队也

1　威玛：古象雄语，藏地古老苯教神灵系列中的一类重要神灵，在《格萨尔》史诗中通常与战神一词并列使用，意义相同或相近。

披挂整齐、拔寨启程。

桑钦格萨尔王也从达塘查木出发。只见他似神不似人，像是白色天神从天而降，周身集齐头顶白色盔旗、身上白色胄带、身后白色箭旗、手中白色明镜枪、胸前白色明镜盾等九样白色装备。他胯下骑着白鼻神马，将名唤心想事成的三节鞭挥向空中，神马每踏一小步，只听得耳边风声阵阵；踏一大步，只听得脑中嗡嗡作响。踏踏的马蹄声在风中呼啸，遇小庄时跨小步，遇大山时跨大步。

从达塘查姆出发，马蹄迈向了崇山峻岭间的小道。约两日之后，岭国的军队按照约定的时间，同玉拉托久所部会师一处。当晚，岭姜二军在东方扎西塘扎营，前来送行的叔父母姨们为岭国所有君臣们献上了哈达，并奉上茶酒、奶制糕点、牛奶及酸奶、各色水果，共同饮宴玩乐了许久后，众人皆尽兴而归。

翌日天明时分，送行的叔父母姨们同出征的岭国君臣一一话别，祈祷之声不绝于耳，随即送行的众人便返回岭国。岭国的军队也开始往森布国的方向进发，只听得步兵脚步声绰绰，马蹄声嘚嘚作响，身上兵器光影粼粼，色彩缤纷的军旗浩浩荡荡。

十二日夜之后，岭军来到了纳木措与措玛湖之间形似莲花的原野上，阿达鲁姆及辛巴的部队，还有大食和辛赤等诸邦国为岭国军队扬起风马旗，奏起乐歌，表示隆重的欢迎。霍尔辛巴、日西阿达鲁姆、卡达大臣青温、门隅达瓦车赞、达拉赤噶、大食霞嘎丹巴及多杰仁青扎巴等迎请格萨尔王来到中军营帐。霍尔辛巴王、玉拉托久、日西阿达鲁姆、董迥达拉赤噶、大食霞嘎丹巴等邦国的英雄们纷纷拜谒格萨尔王，并献上各色珍宝，随后众人便议论起日后的安排。格萨尔王赏赐了大家兵刃奈何不得的金刚护轮、战神的护身结，并为众人举行可以抵挡鬼魅尸腐伤身的洗礼，众人皆大悦。

正当众人齐聚，望着格萨尔王，等待他降下如何排兵布阵的旨意时，从右席席首的锦毛虎垫上站起了总管王。这总管王形似狮来不似人，好似雄狮挺立，虽年事已高，但威风丝毫不减。总管王身带兵器说道：“今日，我白岭国的神兵齐聚此地，一来是为战事开了个好头，二是今日也是个好日子。不过我军均是远道而来，人困马乏，不如在此地休养七日。在今天这个吉祥的日子里，由我这个创世之初的巨石、黑头藏人中的老人来煨桑呼叫战神及诸土地山神！”只见总管王头顶戴白盔，白盔上是白色盔旗，身上披白甲，白甲后插一支白色令旗，令旗上系白绳，胯下骑白马，白马上放白鞍，白鞍上置白垫，齐集九种白色物品。其状威震三千世界，收伏三界，法化四洲，降伏四方之敌。总管王似白仙天降站在云端，似青龙穿破苍穹，似闪电火光四射，似锦毛猛虎出林，似大鹏空中展翅，双翼划破长空。

只见他拿出一条长哈达，献于格萨尔王之前，唱了一支呼唤年龙诸神及山神土地的神韵六颤曲：

唵嘛呢叭咪吽！
阿拉塔拉塔拉歌。
上师三宝本尊神，
供奉自是从心起。

上请天上诸神知，
在那彩虹升起地，
三十三天宫殿中，
在那白色法座上，
不变白色宝顶者，
高耸发髻白色巾，

周围千万神兵护，

咯嗦[1]之声何悠扬，

上仙梵音塔拉拉，

将那宝剑执右手，

敬请白梵天王知，

襄助我来勿分心。

我用桑烟及甘露，

供奉上方梵天神。

中间年神宫殿中，

顶上金色来装饰，

手执银色之箭枪，

周围千万战神护，

年神咯嗦久如如[2]，

格左年神敬请知，

襄助我来勿分心。

万川奔流终入海，

大海龙王宫殿中，

松石之光何灿灿，

1 咯嗦：祭神时所发出的召请神及为神助的一种高亢呼声。

2 如如：象声词。

松石之旗立中间，
松石之马胯下骑，
龙军千万身边护，
拥有无穷财宝库，
敬请顶宝龙王知。

如若不识此地方，
欢喜好似天初亮，
四湖交界之地方。
西北千万魔国地，
东南千万藏家地，
至东实乃岭国土，
至西实乃魔国地，
纳木天湖再往西。
雄楚是此原野名，
岭国君臣相聚处，
在那白色神帐里，
神兵神将共相聚。

如若不识我辈人，
现今存世之躯体，

族脉追溯上方神，
创世之初之老人，
胸中智勇皆兼具，
戎擦查根是吾名，
格萨尔王之叔父，
岭国英雄定策人，
计谋好坏分辨人。

岭国君臣听我言：
按照神明之预言，
今岁岭军向西行，
铲除恶魔森布国，
是我岭国之己任。
今日我来求神明，
上至神水及甘霖，
中间柏树神仙树，
还有山野之白蒿，
下有龙族之桑烟，
煨起遮天又蔽日，
桑烟香满天地间。
茶新酒新青稞新，

各色美食之头初，
乘风供奉诸神明，
上请诸位天神享，
中请诸位年神享，
下请诸位龙神享。

煨起如此桑烟后，
上神以及龙年神，
能祛妖魔之害障，
福运自是高高涨。
我等皆来行洗礼，
洗礼所用乃甘霖，
能解饥馑和病疫，
能除征途中障碍，
能降敌方之魔国，
成就财富得手中。
礼敬战神九万九，
护佑我方岭国军。
礼敬千万威玛神，
善方佛法必兴盛，
恶方魔业必消亡。

礼敬诸方护法神，
上方预示请勿少。
礼敬山神及土地，
还请指引前方路，
祈望勿要突生变。
礼敬诸方空行母，
还请指示愚钝心。

今日所煨之桑烟，
只为宽慰诸位心，
所求事宜能顺遂。
上方诸位龙年神，
以及战神空行母，
还有土地和山神，
还请记住吾之言，
襄助岭国取胜利，
护佑佛法广传扬，
将那魔敌顶上压。
祈愿藏人福运高，
咯咯嗦嗦拉加洛！[1]

1 拉加洛：祷祝神明之词。

总管王唱毕这支煨桑的歌后，上中下界及四面八方的神明、龙神、年神、战神、护法神、空行母、山神土地等顿时聚齐，好似大地铺满绿茵、空中白云层叠、满天繁星点点。诸神祷祝之声响彻天际，骏马奋蹄，战神三械齐整。得见此景，叔父心中升起暖意，母姨心中安乐，女子自信陡增，岭国诸人均感心满意足。

翌日，当高山戴上阳光的金冠时，随着一阵阵鼓声，军中诸人开始食用早饭。待白螺号响起之时，众人开始整兵备马。等到令旗挥动，岭军用整齐划一的步伐向森布国进发，其状红似火焰升腾，黑似黑云压境，蓝似波澜大海，花似山花烂漫。

七日后，岭国诸军便到达森布国境。此时，东部雪山之邦已在其右，南方玛域十二部已在其左，北方朱古国已在其东，各边国均在其西南。这食肉饮血的西南森布国，红色岩石像是一个个朵玛[1]，黑色岩山像是乌云密布，左右流过的河水红得像鲜血一般，满山遍野都是人尸及马尸，散发着一阵阵尸腐味。当森布国的罗刹及罗刹女聚齐时，日月星辰好像也暗淡无光；罗刹女长嚎时，好像高山也要崩塌；小罗刹食肉饮血时发出的咂颚声，好像会使大海也变成陆地。

森布国的每个山头及路口都设有岗哨，所有通往森布国的路都由十八罗刹臣把守。森布国中的钢铁岩石铸成的城堡前后左右都是岩石及流水环绕，对岭军进攻极为不利。这一日，当九眼查瓦罗刹睡在自己的钢铁城堡里，天将明未明之际，他突然从梦中惊醒，思忖着：如不早做防范，恐遭岭军暗算，先到天竺地方吃九百个戴僧帽者，再到汉地吃九百个戴布帽者，后到卫藏之地吃九百个戴黄帽者固然好，不过若能生啖觉如之肉更是美妙。如此想罢，九眼查瓦罗刹随即在他那一匹黑马上同时放上鞍鞯及辔头，身披黑色蔽日甲，头戴黑色遮天盔，身后插上黑色乌云旗，腰间系黑色毒蛇绦，

1　朵玛：由糌粑捏成用以祭祀的食品，其色一般为红色。

小腿系上黑熊鞋带，手中抓起一把鱼蛙放入嘴中，嘴里流着血，发着咂颚之声便向北方扬鞭而去。而百余个小罗刹及十五随侍，也一同往北方风驰电掣般而去。

姑母南曼杰姆见此景，便想：若是九眼查瓦罗刹与岭军正面相遇，恐怕岭军会有失。于是，姑母南曼杰姆在千万彩虹间显现法身为格萨尔王降下预言，其不变慧智法身上有空行母之火纹，不变莲花法足上显现法旗隐动。姑母南曼杰姆右手摇动檀木手摇鼓，左手摇动银色法铃，身后千名空行母围绕，用慧智解脱曲唱出了对格萨尔王的预言：

唵嘛呢叭咪吽！
阿拉塔拉塔拉歌，
塔拉是歌之唱法。

今日来看贤人计，
敬请知晓并护佑。
东方多吉空行母，
南方仁钦空行母，
西方白玛空行母，
北方善业空行母，
佛陀善业空行母，
敬请诸空行母知，
天上千万空行母，
南曼杰姆来引领！

如若不识此地方，
风云交汇天际上，
天上彩虹营帐中，
空性预言降施地。

如若不识我辈人，
预言未知诸事者，
指引迷茫前路者。
天竺泥婆罗交界，
穆里汀之宫殿中，
南曼杰姆姑母名，
格萨尔王之姑母，
来自上方神仙界。

格萨尔王听我言，
你看是否如此理：
东方红日耀光芒，
破晓之时升空中，
能使众生眼中明；
冈底斯山自耸立，
山下水波荡漾流，

鱼虾畅游在其间。
姑母自是从天来，
来将预言降予你，
如此藏地方安乐。
神子贤人听我言，
勿要安眠速速起，
沉溺睡梦有何用？
上师若睡佛法衰，
长官若睡法纪乱，
男子若睡刀枪锈，
叔父若睡诤言消，
母姨若睡美酒臭，
女子若睡居处乱，
小儿若睡玩乐少。
河水若睡被冰封，
岩石若睡被冰冻，
树木若睡根茎朽。
谚语是否有道理？
你看是否还能睡？
无法无天森布国，
腐肉坏血及脓流，

腐臭之味漫空中，

上方天界莲花枯，

中部凡间树木枯，

下方龙界珊瑚枯！

妖魔恶业似大雾，

要阻上界善方业。

妖魔黑毒似狂风，

不止众生有疾苦，

护法之神亦有忧！

如不将那妖魔除，

黑头藏人难安乐，

众生生计难维持，

佛法更是难传扬，

格萨尔王亦难安，

你看何能再安坐！

早在今年年初时，

岭国就已动兵马，

不嫌路遥至此地。

格萨尔王听我言：

昨夜夜至中宵时，

九眼查瓦罗刹魔，
半夜突然动恶念，
想将世界吞口中。
百余罗刹十五从，
俱将魔器带身上，
开始踏上食肉路，
要往天竺及汉地，
还有岗巴卫藏地。
恐将人世吞口中，
恐将遮蔽上天界，
恐将污染下龙宫。
今日天色微明时，
好似毒蛇罗刹魔，
狂妄妒火心中烧，
业已出发往藏地。
如若岭军正面遇，
罗刹释放毒气雾，
若是格萨吸入口，
虽然不能危及命，
也恐魔毒迷心智。

若问谁为先锋将?
阿尼玛卿之化身,
达吉桑达阿东将;
萨热哈巴之化身,
擦香丹玛强查将;
乌鸦祖师之化身,
噶德曲迥贝纳将。
岭国鹞雕狼三将,
今日便是用场时,
最先比试穿杨箭,
黎明一同比枪法,
最后再来比刀法,
如若不能克森布,
鹞雕狼将是空名。
营中不可输锐气,
神子尼玛仁夏将,
不可与敌正面碰,
从今算起七日里,
魔障尸障及业障,
皆用神力洗涤尽,
而后再议如何敌。

至于五百小罗刹，

辛巴巴姆玉拉将，

董迥达瓦查赞将，

虎将霞嘎丹巴等，

十位大将做先锋，

余人暂时不需出。

明日待到蛇之时，

身带兵器勿损威，

天界洗礼从天至，

龙宫成就无穷尽，

中界年神护佑多，

勿要胆怯神父子。

听懂君王心中记，

不懂歌亦不解释！

姑母南曼杰姆降下预示后便像一缕青烟般消失在空中，格萨尔王从禅定中突然惊醒，随即召集岭国的叔父英雄们聚集在白色千人神帐中。众人一时间不知所以，面面相觑。格萨尔王以萨霍王的打扮坐在仁钦旺杰宝座上，似十五的月亮般，微笑地看着一众大臣，将神的预言及行军之法用降伏群雄之曲唱了出来：

唵嘛呢呗咪吽！

阿拉塔拉阿拉歌，

阿拉从那空中唱，
唱那天空无边际。
塔拉指引解脱路，
望得大乐之法身。

上师三宝本尊神，
今日请来护佑我！
战神威玛护法神，
还请迅疾如风至，
将那魔敌全消灭！
所有龙王及年神，
还有千万上界神，
今日都来护佑我。

本人一生礼佛法，
饮食之前先供奉，
如此成就如雨下。
就因平日常礼佛，
护佑自是随身边，
岂会不敌魔国敌？

如若不识此地方，
罗刹之城岩石城，
原野之上鬼卒奔，
大河之中鲜血流，
森布绰龙此地名。
森果觉拉此山名，
森曲查玛此河名，
屠场尸场此原野。

若如不识我辈人，
南瞻部洲初成时，
岗巴藏地之支柱，
诸天佛祖之佛子，
白梵天王之神子，
性命岂会有危险？
心智岂会被迷惑？
梵音岂会被阻挡？
弘扬善业之神子，
如今暂寄凡人躯，
本心仍是佛之心。
我乃岭国之猛将，

庇护诸位叔父者，
诸位英豪归依处，
英雄之所聚齐处。
男儿当我是战神，
女子当我食之神，
此非空话是实情。

在座兄弟听我言：
昨夜我在睡梦中，
发髻高耸空行母，
踏着空性彩虹路，
铃铛之声何悠扬，
心胸宽广似天空，
姑母降下预言来：
今日天色未明时，
黑色毒蛇之时辰，
罗刹九眼查瓦魔，
不知何心在作祟，
吞噬之欲如火烧，
想吞天竺卫藏地，
脚下好似生风般。

天上飞鸟地下虫，
大海深处游走物，
直立凡人四足兽，
凡此世上众生命，
均想当作口中食。
上界天神之预言，
九眼查瓦为首者，
麾下凶猛诸罗刹，
鲜血已将须髯浸，
尸腐味满天地间。
今日已往东方来，
或将与我岭军遇。
罗刹所骑胯下马，
好似雪山之雄狮，
亦像岩山牦牛跑，
所行之路无阻滞。
九眼查瓦罗刹魔，
一无难行之道途，
二无堪敌之对手。
岭国鹞雕狼三将，
此番须为先锋将，

哪有不敌魔将理！
不但如此还有言，
护佑先锋将军者，
威玛战神随身护，
上界天龙年诸神，
空行母等来护持。

虎父之子无需惊，
若是正面遇魔敌，
一是比试穿杨箭，
二是比试银枪法，
三是比试宝刀锋。
比武分出真英雄，
对战方知宝刀锋。
一求古拉格佐神，
二求玛杰奔热神，
三求塔赖威嘎神，
护佑我来勿分心。
神水仙水诸甘霖，
孤王自会来降下；
尸障魔障及业障，

自会由我瞬间消，

还请诸将勿挂心。

如若罗刹果凶猛，

勇猛辛巴梅乳将，

羌塘阿达鲁姆将，

英雄玉拉托久将，

王子达拉赤噶将，

天竺大臣贝嘎将，

大食霞嘎丹巴将，

好汉米颇曲珠将，

门子达瓦查赞将，

姜子玉赤贡杰将，

辛巴唐孜玉杰将，

英勇无敌十位将，

遇敌皆用宝刀劈，

遇魔俱用银枪挑。

去将胜取凯旋归，

勇猛将用旌旗表！

听懂歌请记心间，

不懂歌亦无二遍。

听罢大王此曲，巴拉、丹玛及噶德三人便按照大王旨意作为对阵敌军的先锋，身带兵器，并从格萨尔王处取得了天神的甘露、年神的金刚护轮、龙神的除障宝瓶等物，将诸神物戴在身上，将神水饮净。三人正欲带上毒刺开枝般的兵刃上马准备出发时，忽见西方天空中升起许多块山羊体形大小的乌云和绵羊体形大小的红云。片刻之后，乌云和红云交汇，空中刮起飓风。随后电闪雷鸣间，以罗刹九眼查瓦为首的所有罗刹魔都如狂风般而至，瞬间遮天蔽日。岭国众人都以此为凶兆，一齐向此方向望去时，在层云间看见一个人影，眉毛胡须及头发都竖向空中，口鼻中喷出一阵阵毒雾。此人正是罗刹九眼查瓦，其身后跟着小罗刹们，正向岭国的营帐飞奔而来。岭军中的许多人被魔威震慑，不敢直视，只得用手抱头。

此时，东方的玛杰奔热大将幻化成人形，头戴银色头巾，胯下骑一匹白云似的马，身上带着兵器。他右手取刀，左手取出套索，身边前后左右均有许多年兵围绕，十分勇猛地冲向魔军。罗刹九眼查瓦心想：谚语也说“流水之路岩石阻，烈火之势被水浇”。今日这个身着白衫，形似年神一般的人阻挡住了我的去路，不知他究竟是何方神圣。如此想罢，罗刹九眼查瓦于是从右边箭袋中取出扁红罗刹箭，从右边的弓袋中取出瓦玛瓦钦弓，伴着尸腐等臭味，挽着弓唱了一支食肉饮血曲：

唵嘛呢呗咪吽！

食肉罗刹魔神知，

罗刹食肉饮血神，

魔神嘎热曲炯知。

天印中印及地印，

今日还请来护佑。

故土罗刹护法知，
今日还请辅弼我，
希望罗刹事能成。
千万食肉饮血中，
哈如罗刹喜玛魔，
鲁玛罗刹等诸魔，
还请诸位魔神知。

如若不识此地方，
森龙仁木之地方，
血肉之道骨骼途，
是我罗刹所行路；
血水脓水及黄水，
是我罗刹所戏水；
血湖脓湖黄色湖，
是我罗刹生魂湖。
高高岩石之右边，
乌鸦罗刹敬请知。
在那独木之左边，
猛虎罗刹敬请知；
千万食肉饮血绕，

保佑我方之恶业，
阻断岭国之善途！

如若不识我辈人，
在那十八国度中，
罗刹血铸之城堡，
我乃罗刹之头领，
带领勇猛小罗刹，
九眼查瓦是吾名。

白衣先锋听吾言，
岩石虽想阻流水，
我有雪山来襄助，
要将此地变荒漠，
岩石欲阻是妄想；
虽想用水浇烈火，
满山都是干枯草，
我有狂风来襄助，
火借风势烧漫山，
流水欲阻是妄想。
魔王行走之路途，

岂是你辈能阻挡?
吾之手掌能触天,
梵天宫殿收掌中,
似你先锋岂能敌!

今日且看我之威,
手中钢铁嗜肉箭,
天印大神赐力量。
若将此箭射空中,
遮蔽日月俱无光,
三十三天全黑暗,
上界天神福运衰;
若将此箭射山上,
年神所居之宫殿,
会似鸡毛随风飘;
若将此箭射水中,
顶宝龙王所居宫,
好似沙丘被水冲。
瓦玛瓦钦之神弓,
不变外貌生铁弓,
弓上立有人头巾,

弓身是用人皮做。

瓦玛瓦钦之神弓，

是用红色人皮弦，

百公罗刹向右拧，

百母罗刹向左拧，

百小罗刹中间拧。

弓弦色有黑白花，

还有人骨制箭筈，

世上除了我拥有，

再无二人可拥有。

食肉饮血之铁箭，

泰让[1]三杰命运箭。

拉瓦库纳骏马名，

行走飞奔似疾风。

对面白衫骑白马，

青龙穿梭云间时，

小蛇岂敢来迎接？

雄狮炫耀须髯处，

小犬岂敢自取辱？

1 泰让：在藏地传说中类似于精灵，善铸刀剑，喜掷骰子。泰让可分为天泰、中泰、地泰三种。

大鹏空中展翅时，

猫头鹰儿岂敢来！

魔王前往汉地时，

你辈岂敢阻路程！

不瞒实言说与你，

听懂就要记心上，

不懂歌亦无二遍。

唱完此曲，罗刹九眼查瓦在箭尖点上火，手按箭筈，口中腐肉腐血的恶臭飘散得四处都是。玛杰奔热见状，喝住了自己的坐骑金轮马，从右边取出伏魔金箭，搭在年神火焰所覆盖的金弓之上，也按住箭筈，用青龙怒吼的曲调唱道：

唵嘛呢叭咪吽！

阿拉拉姆阿拉歌，

塔拉是歌之唱法。

东方玛杰奔热神，

南方朱拉坚参神，

西方日玛旺秀神，

北方念青唐拉神，

上部冈底斯山神，

觉沃觉钦东热神，

玛域阿尼拉赞神，
杂杰阔吾琼普神，
门隅卡瓦嘎布神，
查堆南卡朱杰神，
汉地神山五台山，
汉地神山峨眉山，
藏地十二圣山神，
今日均来护佑我！

如若不识此地方，
妖魔罗刹所居处，
名唤钢铁石头宗。
查瓦罗刹魔王前，
食肉饮血众魔绕，
将那世界众生灵，
不分善恶均屠戮，
自身均布满罪孽，
世界亦是满业障。
魔王自忖震四洲，
如不安分并守己，
不听好言之劝慰，

必引战神来灭之。
黑方森隆四周围，
魔王用那铁钩擒，
黑色宗堡终完结。
行动全无自由言，
饥渴折磨伴终身，
是否如此你细想。

十五银白之月亮，
虽说黑夜照光亮，
一旦红日升上天，
月亮之光几微渺。
魔部即是如此谚，
罗刹虽有十万兵，
如若遇上岭国兵，
最终还是灭己威。
你虽自忖世无敌，
我将布下天罗网，
从那天上将你擒。
唯恐从那中路逃，
镰刀橛子似刀利，

剜出红心抛地上。
唯恐罗刹逃地下，
天杵橛了摔岩上，
下面自有龙妖候。

你手所持之钢枪，
虽用精钢所制成，
而我手中之金箭，
空性虹体自然成。
周围十万空行母，
男英女杰在右侧，
善方山神在头顶，
你便想逃无路逃！
狂傲魔王听我言：
自从今日之后起，
直立凡人四足兽，
不再残害须立誓，
心向善方之佛法，
恶方业障须远离，
如此半生可安乐。
如若不听吾之言，

今日便是你末日。

如何抉择在你手！

听懂歌儿听耳中，

不懂歌亦无二遍，

魔王你还须谨记。

唱罢此曲，玛杰奔热弓箭在手，思忖九眼查瓦的食肉箭对格萨尔王必有大用，需从他手中夺过来。九眼查瓦一听说来人是岭国人，像受了刺鞭的毒蛇一般，怒不可遏，来不及回话，便将黑色罗刹钢箭射向了玛杰奔热胸前的铜镜上。这一日，玛杰奔热有诸方山神护佑，就在箭快要触到铜镜上时，便被北方念青唐拉捉住箭头，觉沃觉钦东热捉住箭尾，献于玛杰奔热手中。九眼查瓦看到毒箭没有发挥威力，一时怒火中烧，挥起手中缀满金银松石及琥珀珍珠等各色宝物的光耀天空罗刹刀，向玛杰奔热连砍三刀。玛杰奔热迅即变化成了一块巨大的岩石，九眼查瓦的刀落在身上，虽见火光四射，却不能伤玛杰奔热分毫。此时，念青唐拉等诸方山神前来助阵，抓住九眼查瓦的双手，扯拽了一盏茶的工夫，夺了他手中的罗刹刀。九眼查瓦接连失了刀和箭，气急败坏地撸起袖子，朝岭军示威，接连打倒了百余名岭兵。此时只见岭军阵中，达杰桑达阿东、擦香丹玛强查、噶德曲迥见纳三人跳到阵前。达杰射出一支食肉箭，将九眼查瓦胸前的铜镜击落。丹玛也射出一支食肉箭，将查瓦头顶一百零八斤重的头盔击落。查瓦见状，觉得今日胜算已不在自己一方，便开始心生怯意。正当此时，噶德曲迥贝纳跳到查瓦面前，将弯刀朝着查瓦的头颅砍去，砍到了离脑壳只差分毫的部位。九眼查瓦痛得哇哇乱叫，叫声传遍山谷，查瓦受伤严重，骑着自己的黑色香獐马落荒而逃。

魔王手下的小罗刹们得知自己的主帅受伤后，罗刹南卡朱杰、罗刹查玛多钦、罗刹其达亚美三人便挺着破晓苍穹枪扑向了达杰、丹玛及噶德三人。岭将达杰挥动手中的苍穹刀，只一刀便将罗刹南卡朱杰的首级斩落马下。在他们右方，罗刹查玛多钦对阵噶德曲迥贝纳，查玛多钦向噶德连砍数刀，均未击中。噶德右手抓住查玛多钦的头颅，左手扯住其经脉，将他在空中甩了几下后摔在地上，查玛多钦口吐五脏，随即毙命。罗刹其达亚美见兄弟均惨死，便欲一搏，丹玛一箭射穿他的心脏，他当即落下马来。

岭军见己方获胜，纷纷呐喊，其声如青龙震天之吼。余下的魔兵见大势已去，便四散逃命，有的逃向山上，有的遁入水中，有的更是跳下悬崖。此时，岭国军中鸣金收兵，众人欢天喜地地回到了营帐。玛杰奔热和其他护佑善业的诸方山神也从五颜六色的虹路上走下，来到岭军帐中，将查瓦的刀箭等日后必备的器物献给了格萨尔王，众人俱大喜。

叔父超同心想：若不是我坐镇当中，罗刹的雷电早将岭国的营帐夷为平地。若论英雄，我最英雄，奈何岭国年长的人装作不知，年轻的人们更是像长耳的毛驴般浑然不觉。当日在岭国，他们已是用言语辱我，今日必须得用言语回击一番。超同遂在锦毛虎垫上，左手捋着胡须，左手扶着腰，说道：“今日若没有我，岭军就，哈哈哈……”他随即用猛虎怒吼曲唱道：

唵嘛呢叭咪吽！
阿拉拉姆拉姆歌，
阿拉是歌之唱法。

念请上方诸神知，
红色马头明王知，
今日请来助叔父。

先祖苯教诸神知，
请来护佑达戎部。
达拉火焰之神知，
祈求诸事遂我意。

如若不识此地方，
西北罗刹之故土，
红色岩石红色原，
河中流水鲜血色，
罗刹红岩鲜血宗。
乌云遮蔽业障地，
恶方势力最盛处。

如若不识我辈人，
日沉西时光芒小，
年岁老时无人问。
我乃达戎超同叔，
在那从前之时日，
天地混沌初开时，
开疆拓土叔父王。
变化岭国神仙土，

不变叔父名超同，
不变之子名拉桂，
达戎父子董氏后。
曾是鏖战世界人，
如今沦落门外仆，
不许我等商计谋，
不许我等享佳肴，
虽立战功无犒赏。

古时谚语曾有云：
乞儿发达似芒刺，
狗儿饱肚咬主人，
山羊饱时毁圈墙，
岭国儿女似此谚！
此言非是戏谑言，
今晨早间之时候，
九眼查瓦罗刹魔，
食肉饮血性情暴，
身边五百魔兵围。
空中云朵用手抓，
高高岩山用脚踩，

身带兵器满天地，
能将日月用舌舔，
能将大海一口饮。
九眼查瓦罗刹魔，
威风尽显天空中，
即使叔父也胆颤。
昨日魔王到来时，
岭国英豪似虎狼，
谁人堪为先锋将！

古时藏人谚有云：
上阵方知真英雄，
饥荒方知家底厚，
辩论方知学识高，
出门方知身颀长，
此言真是有道理。
今日罗刹前来时，
虽不英勇叔父出，
念出克敌制胜咒，
霹雳雷电俱成水。
今日岭军能获胜，

噶德丹玛及达杰，
还有叔父功最大。
男儿征战英勇绫，
骏马疾驰善跑绫，
若问属谁属我们。
今日岭国之神兵，
能够安然齐相聚，
谁之恩情无需说，
还属岭国之叔父。

你看是否是此理：
口中啸吟似青龙，
若是无雨空啸吟；
骏马虽有颀长蹄，
若不善跑便是驴；
美貌女子眼界高，
若未远嫁需羞愧。
岭国君臣及叔父，
平日俱是称英勇，
遇见敌人影无踪，
身带兵器该羞愧。

是否此理众兄弟？

今日四人夺胜利，

声威自会传后代，

叔父当是如这般，

如此方是英豪样。

无勇执刃似妇人，

巧言反将兄弟乱，

似此行径留何用？

听懂君臣细细想，

不懂歌亦无二遍，

君臣还请记心间。

叔父超同唱完这一支无勇扮勇的歌之后，米琼心想：叔父逞勇好似猴，叔父逞威好似狐，今日必得用言语回击他一番。米琼正想起身时，只见右席上首站起扎拉孜杰，扎拉孜杰说道：“岭国叔父似山峰，儿孙像是草木生，今日齐聚恩情深。岭国叔父似大海，儿孙像是海中鱼，游荡水中恩情深。今日，罗刹九眼查瓦虽到我阵前，气势逼人。但有赖年龙诸神及威玛战神等善方神佛护佑，我方克敌制胜，且没有伤亡，此诚然是大好事。但今日在这叔父大人齐聚的场合，我这个小人有几句不当讲的话，实是不吐不快。”扎拉孜杰说罢，便用白色六变的曲调唱了一支歌：

唵嘛呢呗咪吽！

阿拉塔拉塔拉歌。

敬请上师僧侣知，

法身化身报身知。

上请白梵天王知，

中请念青唐拉知，

请将敌人全降伏，

下请顶宝龙王知，

祈望福瑞不会少。

如若不识此地方，

此乃黑方魔之域，

森隆红岩大平原。

如若不识我辈人，

岭国善方诸部落，

一论胸中之气概，

二论眼中之眸子，

三论对岭之忠心，

若找楷模舍我谁。

格萨尔王之侄儿，

嘉擦大将之儿子，

王子扎拉是吾名，

扎拉孜杰是全名，

岭国形成之太阳，
众生所需之温暖，
开启黑暗之月亮，
此乃众人之美誉。

今日话语之最初，
高山竖起洁白旗，
是为岭国福运高；
大河之上架起桥，
是为众人要过河；
为那英雄竖旌旗，
是为岭国大业计。
夺取战功之战将，
有所犒赏是应当。

你看是否是此理：
凡夫俗子之智慧，
如何能跟神仙比，
若有天下无难事；
子侄神勇及胸怀，
如何能跟叔父比，

若有何须老人智。
叔父兄弟照此谚，
犒赏功劳有大小，
除去金银赏赐物，
先需献上白哈达。
今日哈达第一条，
献给玛杰奔热神，
为辅凡人战罗刹，
夺下罗刹手中刀，
此刀实乃世间宝，
献于格萨尔王前。
还有罗刹食肉箭，
南瞻部洲转方向，
藏地诸兵它居首，
一并献于王座前。
罗刹所持蛇头弓，
弓弦是用人皮造，
弯下弓来射日月，
此弓实乃绝世宝，
也来献于君王前。
立下如此之功勋，

如何赏赐不嫌多。

再将犒赏白哈达，

献于岭国四员将，

罗刹面前展刀术，

取下罗刹三首级，

声威似龙震天吼。

四人功劳有大小，

丹玛达杰及噶德，

取下罗刹之首级，

赏赐金银各十枚，

还有珍珠盛满斛。

超同叔父虽未战，

所施巫咒亦有功，

赏赐战马并盔甲。

听懂君臣请分辨，

不懂歌亦无二遍，

君臣还请记心间。

扎拉孜杰唱完这支论功行赏的歌之后，众君臣虽暗自发笑，但都不敢看叔父超同的脸，于是低下头来。

此时，魔国的君臣们也齐聚城堡中，都对岭国的白马白衫者惊为天人。正在众人长吁短叹时，从右席上首的人皮垫子上站起了罗刹红面敏珠，他取出一条缀有金银珠宝的黑绫献在了魔王九眼查瓦面前。随即，他如出洞的黑蛇一般，口中吐着黑色的烟雾，唱了一支勇立军令状的歌：

唵嘛呢呗咪吽！
阿拉泰让诸神知，
塔拉礼敬诸罗刹。

此地实乃罗刹宫，
我乃红面罗刹臣，
罗刹军中领头将，
敌人愈强我愈强，
遇见好汉心中喜。

君王还请听我言，
世上古人谚有云：
好汉争斗分胜负，
只是一日之时运；
两军交战定输赢，
只是上天早注定。
岭国之军无需惧，
一时战败勿气馁。
罗刹君王之麾下，

还有雄兵百十万，
更有能臣及猛将。
再说红面敏珠将，
英勇过人技艺高。
莫说岭国之诸将，
天竺汉地亦不怯，
谁是英雄日后知。
人皮所造之法器，
本属泰让三兄弟，
只要抛其向空中，
日月星辰亦难逃；
若是放在平原上，
有形无形俱难逃。

自从今日之后起，
本人红面敏珠将，
要引罗刹十万兵，
去战岭国做先锋。
即使最后殒已命，
亦要去战岭国敌！
恶母之子觉如贼，

将那兵火四处燃，

已经收伏诸小国。

今年将兵引向西。

小鸟安乐在窠臼，

鹞鹰挥翅来相扰；

小鱼畅游在水中，

鳄鱼张嘴来相食。

西北我部罗刹邦，

初成之时到今日，

安居乐业似酸奶，

被那觉如搅成血。

令我罗刹俱气愤，

如今岂能再安坐？

即刻执兵上战场。

一有森贵闪电将，

二有赞堆亚美将，

再带二十罗刹将，

去灭岭国显威风，

去为森布夺胜利。

若是不能胜岭军，

与其苟活在世上，

不如趁早寻墓冢。

一斩岭国恶觉如，
二斩鹞雕狼三将，
三斩扎拉孜杰将，
斩谁首级都一样，
若能生擒更是好，
可做比箭之活靶，
再剜内脏分众人。
还有君臣及诸将，
一战失利勿灰心。
即使天上之日月，
有时明来有时暗；
漫漫人生长久路，
有时忧来有时喜；
即使富家之财物，
有时多来有时寡。
凡人时运有高低，
一夜睡梦有好坏。
男儿分出好与差，
只是一日之时运；

骏马分出好与差，

只是饲料足与否。

是否此理请君思，

君臣且请放宽心，

在此立下军令状，

胜负如何到时知。

听懂君臣记心间，

不懂耳中之甘露。

罗刹红面敏珠唱毕此曲，便将人皮华盖拴在腰间，头戴镔铁罗刹盔，身披有十八条黑色带子的黑色刺天罗刹甲，往右边的火山虎袋中装入五十支食肉毒箭，往左边的斑斓火纹豹袋中装入千角弓，将劈天罗刹刀装入花纹刀鞘中，刀柄上系上五彩彩带，盔旗上再缀上十八条黑带，骑着追风罗刹马，扬鞭出发。其身后跟着罗刹猛将及二十五个小罗刹，往红岩山进发，这阵势真是懦夫见到胆颤，英雄见到欣喜。罗刹军行了许多山路，走过许多平原后，到了岭国霍尔及姜域军营前，岭国的哨兵见状，便发出敌人进犯的信号。岭国众将一听到号令，便拿起兵刃，随时准备出战。尤其是达伦多杰扎巴策马，英武地冲到罗刹军前。此时，罗刹长臂红肩在离达伦多杰扎巴一箭之遥的地方勒住马，手并不去触碰刀箭，而是拖住下巴唱了一支展示勇猛的歌：

唵嘛呢呗咪吽！

阿拉塔拉塔拉歌，

礼敬赞堆神请知，

如扎黑色魔神知，
今日请来佑我军。
黑白花色泰让知，
今日请来护佑我。

如若不识此地方，
西北罗刹故土中，
红岩森隆之地方。
如若不识我辈人，
红色食肉宗堡中，
如扎魔王出生地，
嘎热护法神殿里，
长臂红肩是吾名。
手下掌管三万兵，
万中选一大将才。

你等边地乞儿兵，
须知西北森布国，
财力雄厚比龙宫，
兵马强壮比赞神，
天竺法王汉地君，

听见罗刹俱胆寒。
无奈恶母子觉如，
未有争端先启衅，
领兵来到森布国，
此事究竟是何理？

今年你到西方来，
心中所念是财物，
此乃灾祸所催者，
断送小命之先兆。
今日阵前先锋将，
究竟是从何地来？
祖上是贵还是贱？
名讳究竟唤作甚？
身居岭国何要职？
今日你到此地来，
实乃一件不祥事，
与我相见是灾祸。
雄鹰展翅起飞时，
凶兆乌鸦岂能比？
青龙空中游走时，

地上毒蛇岂能比？
金色鱼儿畅游时，
老朽青蛙岂能比？
罗刹神兵出战时，
岭国乞儿岂能比？
是否此理细细想，
若觉有理便归降，
后代之福我可允。
若要负隅来顽抗，
今日你命即终结。

听懂耳中之甘露，
不懂歌亦无二遍。

罗刹长臂红肩唱毕，达伦多杰扎巴勒马说道：“呀，老妖魔且听我一言，你虽食肉饮血到过许多地方，我也是征战过十八属国的好汉。今日你我正是棋逢对手。谚语有云，‘好汉对阵时，既有说来也有听；烹煮牛肉时，既等熟来也等凉’。且听我唱完这支歌。”达伦多杰扎巴随即用英武长调曲唱道：

唵嘛呢叭咪吽！
阿拉塔拉塔拉歌，
塔拉是歌之唱法。

上请天上诸神知，
中请五部空行母，
下请索多山神知，
噶穷宗拉山神知，
天母索嘎山神知，
今日来引歌之头。
今日我来唱此曲，
诸方战神来护佑，
将那仇敌全消灭。
威玛战神格萨尔，
速来护佑勿分心。

如若不识此地方，
森布地方血海翻，
业障遮蔽之地方，
阎王魂灵在此间，
罗刹妖魔聚齐地。

如若不识我辈人，
高高天上之日月，
照耀四洲自由行，

何愁不照南瞻洲？
纳木天湖波光粼，
水深几许无人知，
何愁其间无鱼虾？
得道上师之法力，
可从地狱道中度，
何愁不能引乐土？
岭国君臣及兄弟，
实乃上方神所派，
何愁不能震三界？
何愁不能灭魔敌？
似我威名之英雄，
来自西方大食国，
大宗白色琉璃宗，
多钦国王之大臣，
多杰扎巴是吾名，
格萨尔王殿前臣，
扎拉王子之辅援，
霞嘎丹巴之副将。

红面妖魔听我言：

我方岭国之天兵，
实乃神界下凡来，
总管南瞻部洲事。
护佑岗巴藏人者，
白梵天王之神子，
投胎到得玛域地，
神子人中之太阳，
既是百神之神子，
亦是千佛之弟子，
聚合空行母神力。
在那早年时日里，
格萨尔王桑钦王，
先将雄兵引北方，
箭射鲁赞王前额。
随即又去征霍尔，
灭掉霍尔白帐王。
又去收伏紫色姜，
毒酒鸩死萨当王。
随后来到门隅地，
斩杀门隅辛赤王。
不止如此另还有，

大食蒙古和阿扎，
卡切象雄及歇日，
以上诸国均收伏，
声名显赫震四方。

今岁来到森布国，
食肉饮血罗刹魔，
危害世间之根本。
九眼查瓦罗刹魔，
黑头藏人刽子手。
逞勇来到岭军前，
罗刹手执刀枪箭，
损我一两员兵马，
不知后来不如意，
手中兵刃及法宝，
最终都被岭军夺。

变作金鱼之老蛙，
岭军将你双眼剜；
变作大鹏之老牛，
岭军将你筋骨抽。

今日你我在此遇，
谁是英雄且待看！
看我手中红柄刀，
好似阎罗手中刀，
能将岩山分两半，
今日劈你你命休！
再将魔身分两半，
灵魂度引至乐土。

听懂妖魔记心间，
不懂歌亦无二遍。

达伦多杰扎巴唱毕此曲，罗刹长臂红肩恼羞成怒，挥起手中的红柄琉璃罗刹刀往多杰扎巴的头盔上砍去，因威玛战神及诸护法神卸去了刀的力量，所以只是砍断了盔旗上的几条丝带，未能伤及多吉扎巴分毫。多吉扎巴登时怒极，挥刀向罗刹胸前斩去，也是当日罗刹命不该绝，加之有嘎热护法保佑，亦未能伤他性命。罗刹长臂红肩见罗刹刀奈何不了多杰扎巴，便收刀入鞘，从右臂肋下取出人皮华盖抛向空中，将多杰扎巴连人带马收入华盖后，用左手握住，右手挥刀继续向大食军冲去。大食军中，大将霞嘎丹巴怒火中烧，头戴白色遮天盔，身披白色日升甲，身上刀箭齐备。一眼看去，他不似凡人反似神，似那白色天神从天降。霞嘎丹巴胯下骑着雪狮马，迅疾来到长臂红肩面前，用猛虎怒吼曲的曲调唱道：

唵嘛呢叭咪吽！
阿拉拉姆阿拉歌，

塔拉是歌之唱法。

敬请红虎年神知，
威玛战神来护佑，
日玛查赞英雄知，
山神察莫索噶知，
今日护佑霞嘎将。

如若不识此地方，
此地实乃死亡域，
红岩地方大平原，
森布妖魔之故土。

如若不识我辈人，
在那从前之时候，
大食国里美名扬，
我乃国中之重臣，
手下掌管五万户，
霞嘎丹巴是吾名。

南瞻部洲诸地方，

名唤霞嘎有三人：
一乃拉萨霞嘎佛，
释迦牟尼之法身，
雪域藏地之福祉；
嘉擦霞嘎岭国将，
昂亚法王之化身，
岭国神子拔萃者；
三乃小人霞嘎将，
虽说不是神之子，
英勇并不差分毫。
从前大食乱三年，
便对岭王生敬慕，
本想两国能和睦，
不料此事后落空，
最后投诚岭国下，
如今岭王殿下臣。
而我大食之国王，
全赖格萨王恩情，
魂灵已度至天界。

长臂罗刹听我言：

花色营帐满列者，
是我西方大食军，
此军世上战无敌，
是否属实立分晓。
你这长臂罗刹魔，
真是狂妄不自量，
单枪匹马闯军营，
还想将我兵将斩。
古时藏人谚有云：
英雄若是不自量，
一山还比一山高，
英雄之上有英雄。
本人岭国霞嘎将，
至今还未遇敌手，
此前未尝过败绩，
似你先锋怎敌我？
古时谚语又有云：
雄鹿眼界似天高，
将那鹿角炫世人，
却被猎犬赶下山，
鹿角成为猎人物。

长臂罗刹如此谚，
身带三兵到此地，
不幸遇上霞嘎将，
兵器俱由我来夺！
我手所持神之箭，
白色神箭金箭筈，
格萨尔王赏赐物，
既能将那岩石碎，
亦能击碎金刚石。
今日该当你殒命，
小命须臾便消亡，
魂魄飞天似鸡毛。
神龙年等诸护法，
威玛战神及山神，
今日请来助霞嘎，
将那魔敌尽数灭！

听懂还请记心间，
不懂歌亦无二遍。

一曲唱毕，霞嘎丹巴射出流星般的一箭，箭直奔罗刹长臂红肩胸口，罗刹闪避不及，箭穿过其心窝从脊背露了出来。但因他是罗刹妖魔，并未毙命，反倒拿起罗刹泰让钢鞭，向着霞嘎丹巴挥了三下，因霞嘎丹巴有护法神护佑，并未能伤及性命。霞嘎丹巴的副将玉琼拉杰随即扑向罗刹，罗刹反手一刀，便将玉琼拉杰的头颅斩下。霞嘎大怒，将宝刀往罗刹肩上砍去，只一刀便将他劈作两半。霞嘎从马上拾起长臂红肩的首级，又冲入魔军中，斩杀了百十余人。罗刹达玛赞加见霞嘎丹巴杀死了己方大将，便咬着牙，红着眼冲了过来。霞嘎丹巴的另一员副将尼玛让赛亦拍马迎上，只一刀便将达玛赞加斩于马下。大食众军见己方获胜，大呼咯嗦，簇拥着霞嘎丹巴等诸将返回营帐。这一日，罗刹军输了锐气，便开始往后撤军，并将失利的消息禀报给了魔王。

三

再看岭军的见者解脱帐中，那两员魔将的首级被悬挂于帐前。当众人将大食玉琼拉杰将军的遗体置于格萨尔王之前时，格萨尔王平日如日光照射般的面庞立刻阴云密布。格萨尔王算出玉琼拉杰命犯罗睺，所以殒命。他更恐今年之战事，会有更多岭将罹难，一时不发一言。片刻之后，格萨尔王发菩提心进入禅定，将玉琼拉杰等阵亡将领的亡灵引向了天界，随后封赏霞嘎丹巴等将军，并用英雄封赏的曲调唱道：

唵嘛呢叭咪吽！
阿拉塔拉阿拉歌，
塔拉是歌之唱法。

敬拜岭国诸位神，
上界福田净土中，
遥呼上方诸上仙，
祈望能将魔劫除；
中呼中界诸年神，
岭军威力莫要小；
下呼下界诸龙王，
祈望福运日日高。

如若不识此地方，
森布红岩大平原，
见者解脱营帐中，
善方诸将聚齐地，
英雄君臣齐集地。

如若不识我辈人，
万里苍穹之日月，
散发光芒升空中，
照耀四洲恩情深；
大地上面江河水，
日夜川流不停息，
众生解渴恩情深。
我乃大地桑钦王，
一世降妖并除魔，
要让黑头俱安乐，
恩情可堪比父母。
我乃桑钦格萨尔，
南瞻部洲财之主，
释迦牟尼之护法。

在座君臣听我言：
今日早间之时候，
绝难教化之魔兵，
今到岭营逞威风。
大食国中霞嘎将，
斩得敌首百余枚。
怎奈斩我玉琼将，
并将军中至勇将，
多杰扎巴收盖中，
如此之仇誓要报。
霞嘎将军真英雄，
将那敌人射穿胸，
并将敌人首级取。
为此犒赏勇战绩，
金币银币各十枚，
还有珍珠绿松石，
虎皮豹皮及熊皮。
尼玛让赛小将军，
将那达玛赞加将，
宝刀一挥取首级。
为此犒赏勇战绩，

金币银币各十枚，
并有白色吉祥缎，
以及坐骑和盔甲。

叔父兄弟听我言：
大食玉琼拉杰将，
万众挑一之猛将，
损此一将真憾事！
如今追悔已无用，
魂魄升天由我度。
至于此将之后事，
无需水葬或土葬，
直将遗体祭火中，
祈望神明能知晓。
从那明天之日起，
勿要停留往西行，
去往摧毁魔宫殿，
回返将那宝物取，
此乃吾王之想法。
在座诸将听吾言，
在那从前时日里，

曾有恶仗无数场，
吾国岭军均取胜。
九眼查瓦罗刹魔，
今年便是殒命时。
三十五个罗刹臣，
将由岭军一一灭！

若要在此比一谚：
熟肉摆上宾客桌，
无缘吃肉怪刀钝；
山坡之上满牛羊，
无法猎杀狼无能；
荆棘丛中众鸟飞，
不能取食鹞无能。
吾军勿要如此谚。
再说今年之战事，
梦中预言非吉兆，
唯恐我军有危难。
如何行军和布阵，
一切均需依神旨。
古人谚语早有云：

如若违反神旨意，
除却地狱无处去；
如若违反君王旨，
除却牢狱无处去；
如若违反父母言，
除却边地无处去。
以上谚语是真理。

岭国众臣听我言：
一生敌人无穷尽，
一波平去一波起，
战事一起怎安坐？
命中注定无法躲，
额上皱纹无法平，
众臣细细想此谚。
如若坐以待毙命，
敌人更是会嚣张，
到时吾之大营帐，
如何能够安坐之？
岭国诸部各军中，
每日轮流派岗哨，

各军鞍须不离马，

各人兵刃不离身。

一旦敌人有动静，

马蹄齐整须一致，

人需一齐惊坐起！

听懂众臣记心间，

不懂就请抛耳后。

格萨尔王一曲唱毕，众人都连连称是，随即返回自己所部，开始依照格萨尔王的旨意进行部署。此时，罗刹九眼查瓦和罗刹红面阿夏得知自己视若眼珠和心肝的罗刹大将长臂红肩殒命，悲伤得无语凝噎。二人面无表情，眼睛也因悲伤过度，泪眼迷蒙，以致看不清东西。森布国王心想：今日连损几员大将，又被岭军夺了兵刃，真是折了锐气。我不能在此安坐，誓要与觉如战个你死我活。正当森布国王像野牦牛般长吁短叹时，他的右手边站起了罗刹女猴头阿夏，眼中留着血泪，咬着斧头一般的牙齿，牙齿中间伸出一丈长的舌头，用食肉饮血的曲调唱道：

唵嘛呢叭咪吽！

哈拉哈拉黑方歌，

哈拉实乃森布歌。

唱出食肉饮血曲，

上请嘎热大神知，

中请扎如护法知。

如若不识此地方，
高高红岩肉之宗，
确系白骨垒起宗。
如若不识本女子，
还未蹒跚学步前，
即已生啖生母肉，
三月未满食父肉，
食父肉来饮父血。
天地之间所生物，
遇上我便夺其命，
一生所食人血肉，
身上所穿俱人皮。
不知悲悯为何物，
罗刹阿夏是吾名。

森布君臣听我言：
今年之中多怪事，
本无一点小争端，
敌人却已抵门前。

边地岭国之军队，
好似从那空中降，
又似从那地底冒。
天上并未聚乌云，
地上已经下起雨；
雪山亦无积雪水，
近处已是水满谷。
在我罗刹尸骨地，
罗刹之地遍尸骨，
如今又多送命人。
福深大户之门前，
饿鬼自来无需请，
牛羊满地无需寻。

岭国乞儿照此谚，
我虽未去索他命，
今日却来送门前。
森布国家诸猛将，
美味血肉在眼前，
快快披甲执兵刃，
一齐去享血和肉。

我要赶往岭国营，
一去如若无战功，
阿夏不作生还计，
无需遗憾诸君臣。
高山就似冈底斯，
三冬阳光也融化，
但是岩石无变化，
无岩狮子怎生息？

森布君臣听此谚，
岭国虽杀我大将，
还有千万森布将，
森布不会陷敌手。
若陷森布是空名，
君臣还请记在心！

闻听罗刹女猴头阿夏所唱此曲后，森布国众人都想：本国之中猴头女阿夏的火爆脾气远近皆知。如此想罢，众人决定皆依她所说。以红面哈香为首的二十三个罗刹从下方人皮坐垫上站起，表示愿前往辅助罗刹女。众人决定带上五百名罗刹兵，明日出发前往岭国营帐。

天将黑时，格萨尔王在见者解脱大帐中进入了禅定。此时高山还未戴起阳光的黄帽，大海还未闪耀太阳的金光，鹦鹉还未开始叫唤，在云端之上、层层白云之右、雄鹰展翅之地、虹光瑰丽间，姑母南曼杰姆出现了。只见她胯下骑着雄狮，青龙牵在身旁，云彩抓着辔口，左右簇拥着十万条预言；足踩不变莲花法座上，头顶有空行母的发髻，周围的五部空行母发出清脆悦耳如杜鹃般的声音。南曼杰姆用仙女预言的曲调唱道：

唵嘛呢叭咪吽！
阿拉仙女预言曲，
阿拉三声开始唱，
不变悯然众生心。
塔拉不能严谨唱，
还需引导解脱道。

三位空行母请知，
中请三位年神知，
下请三位龙女知，
空行母来引歌头。
上方神佛勿分心，
今日不是分心时，
孙儿人世桑钦王，
好似天上一青龙，
声音时小又时大，
遇见乌云降大雨，
此时吼声显用场，
若遇狂风天色变，

吼声虽大用场小。
格萨尔王听我言，
若无神佛相护佑，
想灭魔王难上难。

如若不识此地方，
苍穹中间云朵上，
空行彩虹色缤纷，
杜鹃啼声悠扬地，
细雨自然落地上。

如若不识我辈人，
从那大海至深处，
杰姆实乃长生神，
南曼杰姆是吾名。
能来预知未知事，
能引迷茫前路途，
上方神佛所派遣。
来为孝子同贤孙，
来解迷茫引路途，
何愁万事不如意？

岭国所为众生事，
格萨尔王为众生，
今日姑母来预言，
何愁妖魔不能灭？

格萨尔王听我言，
莫要再睡快快起！
昨日擒杀红肩事，
是否还在梦中现？
如今魔国来还击，
猴头阿夏罗刹女，
随后二十五罗刹，
引着五百罗刹兵，
正向岭营方向来。
猛将辛巴梅乳孜，
日西阿达鲁姆将，
门隅达拉赤噶将，
噶德曲迥贝纳将，
去迎阿夏打头阵，
齐头将那刀枪挺，
勿将魔女放入营。

班丹拉姆之神索，
马头明王忿怒索，
一索执于辛巴手，
一索执于噶德手，
同时套在魔女头，
上方神佛自护佑，
看看能否擒魔女！
玉拉将及霞嘎将，
勿要出现魔女前。
此外岭国诸将领，
心中无需再惊慌。

听懂国王记心上，
不懂预言次第来。

听到姑母南曼杰姆唱完这支预言的歌后，格萨尔王诺布占堆思忖神佛的预言不会有错，万事定能顺心如意。于是，格萨尔王便按照姑母的预言排兵布阵。次日，太阳升上山顶的时候，猴头阿夏罗刹女带着五百名罗刹兵从血海径直来到了岭国军营的西南界。岭国哨兵见状，便发出了有敌入侵的警报。岭国诸将纷纷整兵备马，像霜雹阵阵般出门迎敌。罗刹女手下的罗刹兵们前仆后继朝着阿达鲁姆奔去。日西阿达鲁姆红甲红马，右手执红箭旗，左手握红枪旗，胸前戴着红色护心镜，周身有九样红色，好似玛索杰姆下凡一般。阿达鲁姆来到罗刹女面前，罗刹女觉得她惊为天人，仍故作镇定地牵住马说道："前方来人女似男，身带威猛之兵器。你我都是女将军，今日相遇在战场，既有说来又有听。二雄相遇在战场，可以慢慢比武艺；二王若是要相遇，可以慢慢比计策；二位上师若相遇，可以慢慢比道行。你先听完我这一支歌。"猴头阿夏罗刹女说完，眼中喷着血泪，用罗刹恶言的曲调唱道：

唵嘛呢叭咪吽！
黑色阿拉九变曲，
塔拉业障似迷雾。

上请嘎热护法知，
中请英雄如扎知，
下请热霍国王知，
今日来引歌之头。
从那今日清晨起，
祈望黑方恶业盛，
佛陀之法望寂灭。
罗刹福运日日高，
将那敌人俱消灭。

如若不识此地方，
西方罗刹之故土，
名唤红岩罗刹原，

西方罗刹之国都。

罗刹嗜肉并饮血，
身上所穿俱人皮，
喜做残害性命事。
上至天上所飞鸟，
下至地上蛇鼠蚁，
还有水中鱼虾蟹，
都是罗刹口中食。
边地觉如恶母子，
我曾听得传闻说，
你曾食用地鼠肉，
身上所穿地鼠皮，
还敢妄称桑钦王？
我看实是森布魔。
我国西方森布国，
南瞻部洲威名扬，
上至天竺之法王，
泥婆罗王于阗王，
均将宝物来上供，
不敢与我罗刹敌。

下部汉地律之王，
所贡宝物无断绝，
律法绝难奈何我，
我之威风便在此。

但在今年之时候，
无仇之敌到门前，
杀害我方无辜人，
兵祸引至森布国。
遍地孤儿听我言：
既无钱财之纠葛，
又无血肉之怨仇，
无仇无怨来启衅，
世上安有此道理？
觉如君臣须清楚，
你来此地乃失算，
今日罗刹狂怒后，
除了死路无处去。
我手所持之长矛，
天印地印及中印，
还有泰让九兄弟，

白昼不停来锻造，
神妖之力全聚齐，
能将日月全劈开；
黑夜不歇又锻造，
日夜不断锻造成，
能将高山从底掀。

我之长矛无人敌，
今日便要刺向你。
若有遗言尽快说，
歌儿还须记心上。

猴头阿夏罗刹女用恶言曲调唱完歌后，上唇顶天，下巴触地，一条舌头在空中挥舞，像斧头一般的牙齿咬出声响。日西阿达鲁姆并无一丝惧意，说道：“你这罪孽深重的红眼罗刹女，就像之前你所言，若是要比你和我，我似柏树之芳香，你似饿鬼之腐臭。你出口即是恶语，怎比我妙语梵音？看似相同实不同。”阿达鲁姆说完便唱道：

唵嘛呢呗咪吽！
阿拉塔拉塔拉歌。
佛法上师及僧侣，
礼敬三宝得福力，
祈望成就勿要小。

上请三位神佛知，

中请三位年神知，

下请三位龙女知，

今日来引吾歌头，

神佛护佑勿分心。

祈望凡人计能行，

祈望众生得解脱，

祈望诸罪能消除，

祈望佛运日益高。

如若不识此地方，

红岩罗刹大平原，

西南二方之分界，

鲜血从那右边流，

尸脓从那左边流，

业障将那天遮蔽，

尸腐气味飘四方。

喜爱恶方妖魔法，

厌恶善方佛陀法。

今年岭国天神兵，

来到偏僻妖魔地，
恰如红日升天上，
魔地黑暗快消散，
大地将暖显生机，
草木亦将重生长，
众生快要得安乐。

如若不识我辈人，
我乃龙女之后代，
生在吉祥草之上，
玛索杰姆之化身，
阿达鲁姆是吾名。
在那汉藏交界地，
女杰之名我独有，
在我岭国国度中，
身携兵器女英杰，
除我之外再无人。
我乃降伏魔敌人，
单枪匹马征战人，
所射之箭似霹雳，
所持之刀似阎罗，

所挺之矛似闪电，
所骑之马似疾风。
从前跟随桑钦王，
前往雅康北边地，
箭射鲁赞王额头，
做我岭军之辅弼，
因我信念至真诚，
故此成就绝不少。

如今君王座下臣，
猴头魔女听我言：
勿要分心仔细听，
格萨尔王威名震，
空性法身虹体成，
法身刀枪皆不入，
实乃世上佛化身。
如果你能来皈依，
今生能够得成就，
来世亦能至乐土，
此事我可来保证，
孰好孰坏你思量。

如若依旧不知错，
妖魔猴头罗刹女，
同我阿达鲁姆将，
今日就要定生死。
无法无天罗刹女，
你虽自忖世无敌，
荆棘丛中狐之毛，
同那深林虎之毛，
看着相似实不同；
哈巴狗儿嘴上须，
雄狮项上银色髯，
乍看近似威力异；
毒蛇爬行在地上，
青龙盘旋在空中，
看着形似吼声异。
今日你我在此遇，
多说话语废时辰，
如若要战挺枪来，
要降便把兵刃卸。

听懂魔女记心间，

不懂歌亦无二遍。

唱毕，阿达鲁姆拿起班丹拉姆护法神加持的光耀苍穹矛，矛尖燃起了驴身大小的火焰。猴头罗刹女见状，大怒，眼中冒着血，脸上笼上一层青烟。罗刹女拍马上前，往阿达鲁姆身上刺了三下，但因阿达鲁姆是玛索杰姆的化身，故只是在甲胄上留下几道划痕，而丝毫未受伤。阿达鲁姆亦挺枪回刺，枪尖虽冒着火焰，但只是烧到了罗刹女的甲胄，并未能伤及她。此时，辛巴前来驰援，将冒着火焰的班丹拉姆神索抛向猴头罗刹女，罗刹女的头立刻被套住。辛巴用神索拉了几下罗刹女，班丹拉姆神索冥冥中虽有年龙诸神施力，但未能将罗刹女拉下马。罗刹女急忙拿出红柄罗刹刀，想砍断神索，但神索有仙女的法力，故未能被砍断。辛巴用臂力将罗刹女往回拉时，罗刹女又抽刀砍向辛巴左肩，使辛巴左肩负伤。黑衣黑帽的噶德曲迥贝纳见状毫不犹疑地用捆日缚月索将罗刹女像鹞鹰擒兔般抓在空中，随即将罗刹女往地上摔了三摔，罗刹女口鼻登时血流如注。

罗刹热夏怕罗刹女殒命，便挥毒锋刀砍向辛巴，但并未伤到辛巴。罗刹热夏见状，只得带着二十名罗刹兵，冲入门隅军中，像饿狼赶羊般将门隅士兵冲得四散。董迥达拉赤噶大怒，未等得及开口唱歌，便连续射出十三支食肉箭，射伤三员罗刹将及百余罗刹兵。罗刹热夏也大怒，挥刀冲到达拉赤噶前，从刀鞘里拿出刀，想与达拉赤噶比试，达拉赤噶因不知虚实，往后退了几退。罗刹热夏便冲入门军阵中，左冲右突，杀得门军像被收割的麦子一般。达拉赤噶心里一阵凄凉，觉得与其如此后撤，不如拼掉性命与他一搏。达拉赤噶便骑差花鼻马向罗刹热夏冲去。罗刹热夏说道："呀，岭国狐子听我言，勿要逃走上前来。男儿生于天地间，就是为了与敌战。若是不敢冲锋阵，身带兵器有何用？"罗刹热夏说完，便用勇士豪迈曲的曲调唱道：

唵嘛呢呗咪吽！

黑方食肉妖魔曲，
祈望能将岭军灭。

白衣之人听我言，
你看是否如此理：
高高岩石上雄鹰，
为展翼力飞天际，
怎奈遇上雷闪电，
身躯被那闪电烧；
南戎林中之狗熊，
敢去挑衅野牦牛，
牦牛威力何其猛，
狗熊体毛皆血色。
岭军一生敌北方，
号称俱是雄狮子，
今日男儿相遇时，
夹起兵器逃命去。
岭军所为真无耻，
英雄见了引耻笑。

如若不识此地方，

森布血色大平原。
如若不识我辈人，
黑面热夏罗刹名。
天上所飞之飞鸟，
飞行途中用手捉。
雪山顶上雄狮鬃，
若有需要用刀割。
南戎林中锦毛虎，
套索擒来拴门口。
我便是此真英雄，
执掌红血之宗堡，
一生所食皆血肉，
遇敌便会起愤怒，
能像雄鹰一般飞，
黑面热夏是吾名。

白衣之人听我言，
你是姓甚名又啥？
我在今日一日内，
将你岭军变血海，
与那英雄比试刀。

今日遇我你短命，

绝不留你在地上。

你若真勇便上前，

先来比试刀锋锐，

中间可再比试枪，

实在不行再比箭。

听懂还请记心间，

不懂歌亦无二遍。

曲一唱毕，罗刹热夏略微放松。达拉赤噶听了他的恶言，心中好似被刺扎了一般，便摸着宝刀的刀尖，用威震御敌曲的曲调唱道：

唵嘛呢呗咪吽！

阿拉塔拉塔拉歌。

门隅朱拉查赞神，

今日请来护佑我。

卡夏木日赞玛神，

请将妖魔全消灭。

南拉额玛觉丹神，

请赐宝刀杀敌力。

如若不识此地方，

森布原野业障地，
实乃血海翻滚地。
热夏罗刹听我言，
古时藏人谚有云：
行走高山之雄鹿，
头上鹿角虽瑰丽，
最后落入猎人手；
南戎林中锦毛虎，
斑斓花纹虽美丽，
最后惨死陷阱下。
罗刹黑面热夏将，
自忖无敌上战场，
小兵之上逞威风，
须知人外还有人，
须知山外还有山。
去年酿下之苦果，
今年已到成熟时，
只能由你自己尝。
之前造下之恶业，
今日到了赎罪时，
因果报应如何躲？

黑面热夏听我言：
雪山之乡罗刹盛，
众生哪有安乐时？
若是没有魔君臣，
岭军何来出兵理？
一为根除罗刹敌，
二为魔国传佛法，
三为生民得安乐，
若不成功非岭军！

如若不识我辈人，
南方门隅林之地，
卡夏玉日之山下，
噶木久智宫堡中，
我乃十万军首领，
名唤达拉赤噶将，
美名在那世界扬。
锋利宝刀为其一，
套索神钩为其二，
黑铁神箭为其三，
吾之三样神兵器，

实乃美名之根源。

西方罗刹诸君臣，
想与南瞻部洲敌，
将那上部法门阻，
又将下部律门阻，
中间还将商路阻，
众生哪有安乐时?
岭国君臣及部众，
来到此地是天意，
来时迅速如疾风，
身怀六艺似阎罗，
利刃像是阎罗令，
似你怎能同我敌!
若你还想来逞勇，
项上首级我来取。
小鸟自忖双翼美，
鹞鹰便将羽毛拔，
是否如此拭目待，
听懂就请记心中。

曲一唱毕，达拉赤噶便挥起手中的宝刀朝罗刹热夏连砍了几下，却没能伤到罗刹。这时，罗刹黑面热夏刀枪齐发，向达拉赤噶刺来，只是打掉了达拉赤噶身上的几片甲片，也没能伤到他。随后，二人捋袖战了一盏茶的工夫，也未能分出胜负，各自退到一旁休息。此时，门隅达瓦查赞前来助战，用蓝钩索往罗刹头上套去，但罗刹热夏反身用毒舌剑几下斩断了蓝钩索。随即，罗刹热夏扑向达瓦查赞，用剑连砍了他几下，不过达瓦查赞有格萨尔王的金刚护身符护体，故安然无恙。达拉赤噶恢复气力后，又用宝刀猛地向罗刹左肩砍去，罗刹一时血流如注。他虽疼痛难忍，但仍不退却，挺剑与达拉赤噶厮斗，令其左肩负伤。岭国众将想拼死救出达拉赤噶，但罗刹却不退步。凡是逼近他的，都被他用刀剑砍死。此时，姜子玉拉托久如雄鹰般俯飞来到罗刹热夏近前，对他唱出一支英雄之歌：

唵嘛呢叭咪吽！
世事虽说多变化，
永无变化姜之歌。

日月星辰天不变，
花草树木地不变，
紫色姜人人不变。
我来唱支不变曲，
敬请紫色姜神知。
上印中印下印知，
木雅红山查赞知，
占堆诺布查宗知，
山顶红岩查赞知，

今日请来护佑我！
平日就是常礼佛，
生死关头自护佑！

如若不识此地方，
雄鹿将那岩山占，
善嗅狗儿到山顶，
无处走来无处停。
罗刹无勇逃本乡，
英雄玉拉赶身后，
哪能留你在世上？
今日一日之时辰，
我来结束你性命，
将那魂魄度曲径！

如若不识我辈人，
在那以前之时候，
紫色姜域之地方，
萨当君王伟岸山，
膝下子女群星中，
视若眼中之眸子，

视若胸中之心肝。
萨当君王之族脉，
武艺高强自不同；
展翅大鹏之后代，
翼力高强自不同；
雪中雄狮之后代，
威风银髯自不同；
锦毛猛虎之后代，
斑斓花纹自不同；
格萨尔王之大臣，
威风凛凛自不同。

你之所言是事实，
今朝将那岭帐搅，
还有伤我董迴将，
转动杀戮之转轮，
此即你我成仇由。
似你这般懦弱将，
如何能够取胜利？
岭国军中诸战将，
亲如兄弟是一家，

守望相助自不同；

好似同师之弟子，

修法习佛自不同；

同一君王之臣子，

志向信念自不同。

南瞻部洲之地方，

能似岭将无他人。

似你罗刹不堪战，

今日再不让半步。

今日撞见正是好，

末日到来你须知。

最后一次望见天，

最后一次地上走，

最后一次看人间。

你虽幻化自泰让，

天地之间威势猛，

玉拉我心似火猛，

誓将你魂祭风中，

是否如此即揭晓！

我手所持之宝刀，

与那其他刀不同：
是用精钢猛火萃，
还用生铁来打磨，
能剜野牦牛之心。
若说宝刀从何来，
紫色姜域之地方，
帕热先王之族脉，
显贵之人名达奔，
前往下部汉之地，
高超匠人打磨成。
一样宝刀共三把：
嘉擦霞嘎有一把，
霍尔拉乌有一把，
姜域尼赤有一把，
三刀分赐三英豪。
姜域尼赤之宝刀，
如今在我玉拉手，
实为降伏诸方敌。
若是不晓宝刀名，
唤作破晓霹雳刀，
刀有食敌肉之牙，

刀锋能将敌人斩。
若是将刀挥空中，
在那日月之间隙，
星辰也被打四散；
在那河流土地间，
岩石也能变灰烬。

如此宝刀世罕有，
绝不轻易用此刀，
今日偏要用于你，
将你额头翻脑后，
令你下颚贴胸前，
一腔污血洒原野，
好让阎罗将你收。

听懂歌就记心中，
不懂歌亦无二遍。

曲一唱毕，玉拉托久便挥起手中宝刀将罗刹热夏的首级砍落在地，罗刹的脖颈血流如注，一双眼渐渐干涸，终成死灰。姜域的甲噶米玛和玉赤贡杰见玉拉获胜，大喜过望，大呼“咯嗦”，将魔将的刀枪甲胄都绑在了马上。众将骑马沿森隆的岩路返回时，撞见了前来援助的辛巴梅乳孜和阿达鲁姆等十五人，向他们说了取胜的经过后，便一同返回营帐。众将都走到格萨尔王的营帐见者解脱中，各自坐定，格萨尔王将董迥达拉赤噶唤到跟前，让御医为其疗伤。格萨尔王又为他施法还魂，众人之心渐觉宽慰。随后，姜王子玉拉托久将罗刹热夏的首级及刀枪甲胄置于众人之前，又返回到座上，其形威猛似青龙在天。格萨尔王大悦，言道：“今日玉拉灭得此妖魔，真是立得大功一个”。

此时，叔父超同心想：今日姜子玉拉托久和孤儿董迥达拉赤噶取了罗刹的首级，我这不懂事的侄子定会予以重赏。想我达戎十八部也是虎狼之师，我叔父超同更是法力高强，能将天空转动，能将大地丈量，能识雄鹰之声。若再不去取得威震天地的大胜利，我达戎部落的威名怕是要被这些犬儿遗忘了。超同如此独自思量着，便面带窃喜之色，捋着胡须，斜坐在虎皮垫上。董迥达拉赤噶见状心想：今日玉拉王子夺了头彩，叔父超同平日里就是个口蜜腹剑的小人，心里定是不悦。今日之战若是换成叔父超同迎战，他必定会像狐狸般将尾巴拖在地上，大败而归。且看我来奚落他一番。于是，董迥达拉赤噶便唱道：

唵嘛呢叭咪吽！
一声二声三声呜，
三声呜后唱支歌，
不变呜声神之曲。
不变呜声父祖音，
用来礼敬上方神。
敬请朱拉天神知，
卡夏玉日山峰上，
赞贵多吉玛布知，

今日请来助英雄。

上师护法本尊神，

还有岭国诸战神，

今日请看岭国战。

如若不识此地方，

红色森隆岩石角，

红色岩山之脚下，

去时获胜显威风，

返时取得敌首来。

在我君王神帐里，

且说你威我神勇。

如若不识我辈人，

门隅蓝色杜鹃鸟，

春季三月上枝头，

并非为了炫啼声，

只因前世早注定；

大雁本是南方鸟，

夏季三月往北方，

并非为了显翼力，

只因冬季雪消融，
南飞北往是注定。
董迥达拉赤噶将，
实乃南方门隅将，
并非显威兄弟前，
只为降魔来此地，
此亦前世早注定。

格萨尔王世间王，
四方魔王均降伏，
引得四位大噶伦，
一心共同建岭国，
哪有道理不同心？
兀鹫鹞鹰猫头鹰，
虽是站在同一土，
心中所想各不同；
上师弟子及施主，
虽说修习同一法，
修习方法各不同。
世间国家之政事，
诸位大臣须齐心。

在座君臣听我言：

今日晨间之时候，

黑面热夏罗刹魔，

将我岭帐用血洗。

想我达拉赤噶将，

并非无胆之匪类。

此敌真是难抵挡，

晴空之中闪霹雳，

众所周知难抵挡；

雪山消融雪水下，

众所周知难抵挡。

雄狮若是嗅血味，

众所周知不后退。

魔王前进大路上，

阎罗不免也后退。

但是董迥未怯退，

与敌共战三盏茶，

虽说武艺无上下，

但是魔刀将我伤。

若是玉拉不赶到，

如今已死无需疑。

你看是否如此理：

牦牛所扛之犁耙，

垂老黄牛虽想扛，

能否扛动无需疑；

骐骥奔跑之路途，

骡马也来试马蹄，

能否匹敌无需疑。

董迥达拉赤噶将，

须有豪言之辅弼，

若是不能齐心战，

其中心酸无人知。

同一父母之儿女，

同食同穿同居住，

情义方能比金坚；

同一上师之弟子，

共同修习佛陀法，

方能领悟空性法。

岭国兄弟如此谚，

实战未能取胜果，

心中恶念如浪涌，
恶言之箭向亲朋，
心中所向是敌人。
寡廉鲜耻之叔父，
已在心中定歹计，
从前坏事计无数，
此地君臣均详知。
此言只为搏一笑，
食用粘毛之酥油，
腐肉会使胃疼痛。
骐骥之马奔腾时，
毛驴惨叫亦无用；
大鹏腾飞天空时，
小鸟心伤亦无用，
此乃实属无必要。
岭国君臣听我言：
玉拉实乃真英雄，
如此男儿真罕有，
岭国众生之安乐，
有何道理不能得？
董迥达拉赤噶将，

虽在战斗中负伤，

直到未获大胜前，

皆在死拼永不悔。

负伤不减我斗志，

身虽会老心不老，

敌似阎罗又何惧！

此乃男儿之本色，

身携兵器正为此。

听懂君臣记心间，

不懂歌亦无二遍。

听闻董迥达拉赤噶唱完，叔父超同心中极为恼怒，在垫着火红虎皮的红檀香木座位上不停地捋着胡子，眼珠乱转、咬牙切齿地唱了一首恶言之歌：

唵嘛呢呗咪吽！

阿拉塔拉塔拉歌，

塔拉是歌之唱法。

上请马头明王知，

中请雍仲上师知，

下请红虎年神知，

祈求能将敌消灭，

不变人神来辅弼，

所呼之神勿分心，

还请速速护佑我。

要说世间之道理，

人老神都不护佑，

马老再无草料养，

父老儿孙不赡养，

此谚即是说叔父。

如若不识此地方，

黑方罗刹之故土，

纳瓦查列原野名，

岭国营帐驻扎地，

知耻无耻聚在此。

知耻之人能自持，

无耻之人夸自己。

如若不识我辈人，

夏季三月之细雨，

树木生长之根本，

动物聚齐之根本，

养育儿女之叔父，
紫色董氏之后裔。
达戎君主是吾父，
叔父超同吾之名。

诸位还请听我言：
绫罗绸缎之花纹，
毡子还想与之比？
雄狮项上之银鬃，
哈巴狗儿怎能比？
血脉高贵之长官，
盗匪怎能与之比？

我乃九子之父亲，
如今无子剩一人。
之前福运颇高时，
早起皆为岭国计，
晚睡皆为助侄儿。
达戎部落猛虎师，
若遇敌人做先锋，
生啖敌人之皮肉。

遇到争端从长议，

细思定下国之计，

从前叔父便如此。

如今侄儿长成人，

目中已是无叔父，

岭将目中无叔父。

雄狮后代生雪山，

来到深山老林中，

将那猛虎引为伴，

如此之事真神奇。

荆棘毒刺生一起，

恶人狼狈共为奸，

上向君王进谄言，

下将众臣均愚弄，

挑唆叔父之关系，

还能安否吾之王？

古时藏人谚有云：

失却叔父侄儿苦，

失却上师弟子苦，

失却父母孤儿苦，

失却主人商贸难，
此即黑头藏人苦。
叔父超同似孔雀，
却要与那鸦为伍；
叔父超同似明星，
却与扫帚星为伍；
叔父超同似大川，
却要与那沟渠比；
叔父超同慈如父，
却要将我看成敌。
世间安有如此理？
思来想去心苦闷，
越思越想心中寒，
伤心苦闷泪水流。
若不顾全大局计，
达戎部落所部兵，
若是岭军无需要，
在这无关战争中，
我部无需舍性命。
我部可怜弱小兵，
即可将那营帐收，

带着部队回岭国。
遇敌便是达戎敌，
失财也是达戎财。
门隅董迥玉拉将，
你等二人王大臣，
尽心辅佐侄觉如，
待得到达魔国门，
叔父来看是否勇？
如若取胜你之功，
若是失利亦是你，
与我达戎无干系。

听懂君臣记心间，
不懂叔父亦无语。

叔父超同唱完这一支恶言之歌后，在面前的桌上砸了三拳。拉桂奔鲁和玛尼噶然[1]心想：今日父亲在这里口不择言，岭国英雄获胜，父亲又何须生气？我达戎部落是岭国的先锋部队，如若就这样返回家乡，格萨尔王和扎拉王子必会大怒。姜王子玉拉和董迥虽都是属国将领，但对格萨尔王异常忠心，武艺超人，勇冠三军，已为岭国立下了汗马功劳。今日董迥险些丢了性命，幸得玉拉搭救，董迥对玉拉说几句赞美之词，父亲又何必如此生气呢！如此想着，二人于是沉下脸来坐在那儿。此时，米琼心想：这叔

1　二人均为岭国达戎部落首领超同之幼子。

父超同的见识比袖子还短，心中又狡猾无比，总是扰乱我岭国的军心。米琼遂气愤地发出了咂颚声，本想唱一支恶言的歌，但看见拉桂奔鲁黑着脸，因拉桂奔鲁同格萨尔王及扎拉王子一样威严无比，怕惹恼了他，便暗自忍住了。

而玛尼嘎热心想：今次我岭国大军前往罗刹之国，还未灭敌，先自乱了阵脚。火未生起先冒烟，雨未下前风声响。所以要在事态严重之前，说几句话，调停这一纷争。玛尼嘎热于是说道：“今日早先之时候，将猛兵勇战敌人，战事胜果在我方。兄弟内斗比火烈，恶言恶语快似箭，此乃我们该摒弃。”玛尼嘎热说完，用江河正流的曲调唱了一支调停之歌：

喃嘛呢叭咪吽！
阿拉塔拉塔拉歌，
阿拉是歌之唱法。

敬请上方神明知，
威玛战神及护法，
还有诸位空行母，
襄助将那敌人灭！
上师三宝敬请知，
紧要关头请护佑！
若是不听上师法，
后世之事无着落；
若是不听长官话，
如何能在世上行？

若是不听父母话，
本身福运怎会高?

如若不识此地方，
罗刹妖魔之故土。
且待我来打比方:
绵羊在那山上跑，
正是饿狼口中食，
饿狼不知何时来;
无林地方荆棘上，
画眉鸟儿栖其上，
不知鹞鹰何时来;
红色岩石宗堡上，
到我岭国之神帐，
不知罗刹何时来。
罗刹之兵随风行，
行走四方俱自由，
实是难轻易抵挡。
岭军若是不齐心，
敌军若是来突袭，
没有先锋便是耻。

若是外敌未降伏，
岭国难有安乐日。
岭国叔父及兄弟，
如若岭国不取胜，
黑头藏人难安乐。
战事还未定胜负，
兄弟就先阋于墙，
如此之事不愿见。

如若不识我辈人，
不变河水雪山来，
不变高山岩石来，
不变英雄达戎来。
东方岭国上部地，
人中太阳格萨尔，
其心宽广似苍穹，
座下众臣如群星，
兄弟好似连片云。
红日能使大地暖，
群星能破夜黑暗，
白云能降连绵雨。

此乃众生之福祉，
生活安乐之根本，
指引众生之明灯，
君臣请说是与否。
天上若是无红日，
即使群星漫天空，
天边仍然是黑暗；
青龙若是无层云，
即使吼声响彻天，
仍然不能降妖魔。
不止如此继续听：
辽阔大地中央部，
猛兽威猛各不同，
雄狮在那雪中立，
猛虎在那林中威，
饿狼在那原上奔。
以上所言还需看：
能顶寒风是雄狮，
能霸深林是猛虎，
能绕草原是饿狼，
若非如此是空名。

在我岭国诸部中，
各人都说己英雄，
有人说道父英雄，
有人说道子英雄，
有人说道侄英雄。
能守故土是英雄，
不能守土是游魂，
此乃不易之真理。
我乃达戎之王子，
玛尼嘎热是吾名。
雪山雄狮之族脉，
何愁身上无银鬃？
兼有大鹏展翅力，
何愁不能破苍穹？
还有大河波涛涌，
何愁不能冲泥沙？
董氏后裔黄金支，
何愁不能守故土？

今日兄弟亲友间，
巧舌如簧互侮辱，

恶言相向实不该，

若然都是忠诚心，

何苦来扰君王心？

讲法有度真上师，

拓土有度真君王，

教诲有度真叔父，

奔跑有度真良马，

征战有度真英雄，

饮食有度真贤妇。

市井之间恶泼皮，

见到谁人都挑衅，

最终枉自送性命；

乡村妇女美姿容，

老少皆去送秋波，

最终却成野种母；

金座之上坐长官，

不分尊卑去嫉妒，

最终失却荣宠位，

如此之事做不得。

岭国诸将可听到？

好似青龙超同王，
格萨尔王亲叔父，
不变身躯似山峰，
还望安守自己位。
门姜董迥玉拉将，
虽说生在魔国域，
忠心侍奉格萨尔，
一生所为皆善业，
遇敌好似霹雳闪，
对内性温似棉花，
何忍苛责此等人？
还请众臣安本位，
恶言在心多把持，
不善之言抛脑后。
泼皮欺骗他人言，
妇女议论他人语，
哈巴狗儿恶吠声，
此三世所不喜者！

岭国叔父之言语，
好似径直射出箭，

好似细雨渗入土，
好似耳中动听曲，
好似心安佛法音。
岭国叔父兄弟们，
若是内部不团结，
外敌必会来耻笑，
岭国大业谁完成？
格萨尔王谁辅佐？
是否如此请细想。
玛尼嘎热如此想：
还未降伏魔王前，
枪口对外须一致，
谁立功劳到时看，
勇立战功有褒奖，
怯战退缩有斥责。
只要战事结束后，
可在日夜来辩论，
不因太阳而融化，
不因狂风而消散，
道理便来当众讲，
谁有道理到时知，

谁勇谁猛到时知，

谁是铁躯到时知，

谁是肉体到时知。

你之所言真奇妙，

将那超同比狐狸，

若是超同似狐狸，

谁人堪辅格萨尔？

将那达戎比似犬，

达戎若是类似犬，

岭国大业谁来成？

还是少说无用语，

乃我玛尼之心声，

不偏不倚诉于前，

君臣还请多担待，

若有冒犯请宽恕。

听到玛尼嘎热唱完这支调停的歌之后，格萨尔王、总管王戎擦查根、僧伦卡玛[1]、尼奔达雅[2]、巴拉僧达阿冬[3]等人都觉得王子玛尼嘎热所言甚是，今日若是再辩下去，门姜二部与达戎部落便永无握手言和之日。众将都觉得目前还需君王来下旨，命他们言归和好才是上策，随即便一齐看向了王子扎拉孜杰。王子扎拉孜杰作嗔怒状说道：“今日，莫谈降伏外敌，我们

1　僧伦卡玛：格萨尔及其兄长嘉擦的父亲名。

2　尼奔达雅：岭国长系后裔，鹞雕狼三将中的鹞，名列岭国三十员大将之一。

3　巴拉僧达阿冬：岭国中系后裔，岭国三十大将及七君子之一。

内部先恶言相向，就差动刀动枪了。这是下下之举，是会沦为笑柄的。我觉得大家还是各安其位的好，如若再不能安分守己，便将他的舌头割掉，双唇撕开，再将他投入暗无天日的地牢，永世不得安宁。我们岭国诸将位无高低之分、贵贱之别！此乃我岭国得以立足世上之根本。”扎拉孜杰说完，众人都不敢再看扎拉孜杰的面庞，纷纷垂下头来。格萨尔王闻言大悦，说道：“岭国诸叔父兄弟均是同一父母的子孙，应当万人同心、万马同蹄地经营岭国的国事及世间大业。王子扎拉孜杰所言甚是，如若有违，惩罚不分老少贵贱，到时不要再像黄口小儿般扮作不懂不知。你等均需谨记，其罪财不能宽，权不能宥。”众人连连称是，返回自己的营帐。

四

此时，在魔国森布宫殿中，罗刹九眼查瓦、红面阿夏、猴头阿夏等聚在一处，说起痛失爱将黑面热夏的事情，均泣不成声，其声大如牛鼾声。尤其是九眼查瓦更是嘴角抽搐，狂捶胸口，泪水涟涟地连连口称：“痛失如此爱将，森布国还如何在世间立足？”罗刹女红面阿夏心想：如今若再不想计策智取，再去一味力拼，怕是保不住自己的性命了。以罗刹黑面热夏为首的七人已经丢了性命，我方需取得觉如、丹玛或者超同等任何一人的首级来报仇雪恨。但是，要想用计谋骗取岭国诸人，实属难事。从前听闻，岭国的叔父超同喜好追名逐利，也颇爱女色，若是从此人入手，大事应当能成。如此想罢，红面阿夏于是说道：“在座魔国君臣们，现在伤心难过已于事无补。世上谚语有云，‘叔父胸怀之大小，战乱之时便可知；母姨持家之好坏，饥荒之时便可知’。你等与其在这里流泪，还不如想想对策。大智之人多计谋，无计之人空有身。”罗刹红面阿夏说完将自己的毒计唱道：

唵嘛呢呗咪吽！

黑色阿日妖魔歌。

不变食肉母语曲，

塔日降伏敌人歌。

要说高处是日月，

要说威猛是热赞，

要说高大玛扎魔，
要说护佑是父神。
今日呼唤一神明，
饮血护法战神知，
再无神明更高超。
还请护佑我魔国，
将我弱小皆扶持，
将那岭国全降伏，
襄助森布铸辉煌，
祈望福运日日高。

如若不识此地方，
红色山野鲜血色，
食肉罗刹父宫殿，
黑暗罗刹之大洲，
罗刹君臣共聚地。

似我女杰你所知，
罗刹繁衍之保障，
食肉饮血吾所喜，
红面阿夏是吾名。

新岁之后时日里，
岭国军队攻我国，
既无往日之旧怨，
又无今日之新仇，
未去挑衅反来攻。
母虎占据深林地，
雄狮山顶自生气，
虽说猛兽爪牙似，
却来觊觎他人地。
天空飞鸟共同地，
天鹅飞返自己地，
鹞鹰偏要来阻挡，
无辜天鹅鸟羽落。
安分守己森布国，
边地觉如来侵袭，
诬我多行不义事，
诬我夺取不义财。
若论此事之根由，
是想称霸人世间，
是想杀我魔君臣，
是想夺我魔国土。

觉如似妖不似人，
虽说觉如甚威猛，
但我魔国诸战将，
亦非执勺之妇女，
也非执棒之乞丐，
亦非孱弱之小儿。
在这罗刹城寨中，
实乃生啖人肉者，
实乃渴饮人血者，
不知慈悲为何物，
喜爱征战杀戮事，
遇见英雄心欢喜，
心中毫无一丝惧。

古人谚语曾有云：
骏马快慢看马蹄，
权位大小看能力。
岭国同我森布国，
谁是英豪且待看。
我虽愚笨有一计，
若是天空满飞鸟，

鹞鹰何处展翼力？
林中若是满陷阱，
猛虎何处施神威？
岭国众人即此谚，
声称世上无人敌，
若是细想此言虚。
从前老人曾有言：
男儿无志被药鸩，
马不善跑被贼偷，
细想此言有道理。
觉如叔父名超同，
见到妇女心智乱，
见到君王摇尾巴，
见到乞丐性暴怒。
对待兄弟如烈火，
遇见敌人脚抽筋，
无勇恶言似利箭，
虚幻猿手似魔爪。
想我罗刹之国中，
梅朵拉珍美姿容，
雅卡紫丹亦美艳，

布姆达鲁等三女，
派往岭国之营帐，
设法联络达戎部，
去往色诱超同心，
探听岭军之虚实，
打探哨卡分布图。
如此大事即能成，
到时岭国乞儿兵，
容易打败如反掌，
是否如此细细想。

君臣若不依我计，
勿要再想战觉如，
好战会使兵马失，
快跑会使马蹄损，
性猛反会丢性命。
莫再珍惜珍宝财，
均去献于觉如前，
或许还能得饶恕。
如何行事速速议，
君臣还请记心间。

听红面罗刹女唱完这一支出谋划策的歌之后，魔国诸君臣都觉得罗刹女乃贤达之女，智谋堪比男儿，都连连称赞，心想：若是对国家有所作为，又何须分男女？魔王九眼查瓦心想：此三女非寻常女子，送到岭国实属可惜。但如今我罗刹国遭逢损兵折将之时，也只能派这三个女子去当细作了。岭国觉如兵强马壮，马快刃利，想要打败他，实非易事。三女子若真能像红面罗刹女所说的那样去做，那还真是派上用场了。打从今年与岭国开战，夜里总是心口绞痛，无法安眠。白日里也是幻相丛生，心不能安，心智像被乌云笼罩一般，连卜卦的卦象都颠倒紊乱。姑且就按红面罗刹女的建议尝试一番罢。魔王随即下令宣召三女子即刻进宫。

三女子到达宫中后，魔王吩咐她们身佩眼花缭乱的首饰，在背囊里装满各色珍宝，又让她们每人执一木棒，装成前往天竺朝圣的信徒，往岭军的方向去了。三女子日夜赶路，两日后到达岭军营帐附近。只见岭帐的四面八方哨兵林立，即便一只苍蝇也难以入内，一时也寻不到路进去。其中梅朵拉珍比其他二人更为聪慧，于是便用口中三十余个牙齿变出了数千只绵羊，漫山遍野。三人又扮作牧羊女，升起阵阵煮茶的炊烟，唱着牧羊曲，玩着黑白石子的游戏，慢慢朝岭帐挪动。

此情此景，恰好被居于蔚蓝苍穹之上彩虹帐房中的白梵天王知晓。白梵天王即刻来到岭国见者解脱帐上空，头上旌旗挥动，身上衣裾飘飘，右手持一琉璃剑，左手持一琉璃法宝，向格萨尔王唱了一支说明预言的歌：

唵嘛呢叭咪吽！

上师三宝本尊神，

将那天空变法路，

五体投地拜诸神，

预言请勿有差错，

迷障用那神水涤。

如若不识此地方，
西方森布魔之国，
岭国兵将征战地。
如若不识我辈神，
空性虹路再往上，
在那十三高山上，
三十三天宫殿中，
白梵天王乃吾名。

不变法身格萨尔，
重要预示有三句：
昨日晨间之时候，
黑色妖魔宫殿里，
罗刹男女千千万，
喜爱食肉及饮血。
为报殒命罗刹仇，
罗刹君臣共商议，
红面阿夏罗刹女，
身怀百男大智慧，

兼有百女之聪慧，
心智安稳如高山，
足智多谋像大海。
此女定下如斯计：
说道岭将虽英勇，
如用计谋可战胜。
罗刹深知岭国事，
尤其叔父超同事，
引狼入室为其一，
贪恋女色为其二，
追名逐利为其三。
知此超同三弱点，
随即派出三美人，
身上戴着珍宝物，
想用计谋诱超同。
如今已抵岭国地，
化成三个牧羊女，
若近恐乱超同心，
若逼恐会扰士气，
妇女自来是祸水，
能使僧人破戒律。

叔父超同喜美色，
恐会扰乱岭国计。

魔国所派三美人，
美艳姿容似玉蜂，
高贵雍容似夏花，
声音甜美似画眉。
我所提到三女子，
已在卡夏山之下，
草坡之上满是羊，
口中唱着牧羊曲，
手里玩着石子戏。
魔国三女来我地，
应当设法为我用，
若是三女入我手，
消灭森布指日待。
格萨尔王善变化，
叔父超同武艺高，
勿让三女返魔国。
今日稍晚之时候，
岭军四方之营帐，

前往西方杂隆多。
水路山路之岗哨，
自有拉鲁年神守，
还有千万军援助，
岭国众人无需惊。

听懂君王耳中蜜，
还请君王记心间。

听完白梵天王的预言，格萨尔王急忙让米琼和雍仲诺布二人传令岭国众将前来商议。米琼便敲起了鼓，吹起了螺。听到鼓螺之声响起，擦香丹玛强查、达杰桑达、阿达鲁姆、辛巴梅乳孜、达伦霞嘎等人都对突如其来的号令感到诧异，猜测是不是有强敌突袭，纷纷迅疾来到格萨尔王帐前。帐中的侍从们将茶酒、肉食、水果等各色美食端了出来，格萨尔王以前所未有的威严端坐在王座上，向岭国诸将把白梵天王的预言及排兵布阵之法用神韵六颤曲的曲调唱道：

唵嘛呢叭咪吽！
阿拉拉姆阿拉歌，
阿拉在那空中唱，
塔拉是那解脱歌。

解脱众生上师知，
上请护法诸神知，

中请五部空行母，
下请顶宝龙王知，
祈望岭国大事成。

如若不识此地方，
黑方妖魔之故土，
瓶状魂山之下方，
是我岭军之营帐。
如若不识我辈人，
岭格萨尔桑钦王。

今日早先之时候，
当我还在美梦中，
忽闻杜鹃般啼声，
好似细雨绵绵下。
白梵天王银发髻，
身边护法神围绕，
还有诸多空行母，
说出预言似黄金，
美妙歌曲似细雨，
丰富内涵如五谷。

岭国诸军之营帐，
需行不能停此处，
岩山天宗为其一，
牦牛峙山为其二，
横卧草山为其三，
雪查平原为其四，
宗堡中间之大道。
如上重要关隘口，
需派哨兵似湖泊。
阿查原野之下方，
在那成群羊中间，
美艳罗刹三女子，
幻化成为牧羊女。
即使变化似虹体，
也要擒住勿要纵，
如若三女逃回国，
再想灭魔是难事。
三女声音均甜美，
男子一听便倾心。
外貌美似杜鹃花，
内心恶毒如哈拉，

花容好似五彩幡，
皮肤白皙似海螺。
见到如此之美女，
男子切记莫动心。
魔国美艳三女子，
身怀蛊惑人心技，
能够扰乱人心智。
如此女子巧舌言，
千万勿要被她骗。

此乃神明之预言，
如此魔国三女子，
谁能智取擒将来？
既要口舌善言语，
亦要身怀奇幻技，
还要武艺也高强。
古时藏人谚有云：
妇女之计不长久，
善跑马儿不长久。
虽说此谚有道理，
如此美艳三魔女，

若要收为己所用，

莫说兵刃不可动，

石头棍棒也勿施，

只须计谋来智取，

自告奋勇请速说，

众臣还需记心间。

格萨尔王唱毕，岭国的叔父兄弟们都觉得：格萨尔王是白梵天神的儿子，所以常得神明预言，亦有许多威玛战神护佑。今日神明又来援助，何愁敌人不灭？于是众人纷纷跪在格萨尔王脚下进行叩拜。众人听格萨尔王说此次需一员能说会道、法术高强的战将，便都在左顾右盼地猜测谁能胜任。此时，能说会道的米琼卡德从嘎乌中取出一条哈达献于格萨尔王跟前说道：“岭国上下六部，我藏地米琼卡德，能说会道出了名，今日我去对付这三魔女吧。”格萨尔王道：“你米琼好似含着钥匙，又足智多谋，你若愿往便是甚好。”噶德曲迥贝纳认为自己在岭国诸将中法力最为高强，今日的预言正是落在自己的头上，于是头戴黑帽执黑棒，右手盘着佛珠，左手拿出一条哈达，向格萨尔王表示自己愿往。格萨尔王大喜道：“你是贝纳护法的化身，有旁人不能匹敌的武艺法术，如果你愿意亲自前往，何愁大事不成！”叔父超同心想：觉如说降伏这三个魔女需要高超的法力，正需要我前往，还可一睹三个魔女美艳的面容和曼妙的身姿，着实不错。超同于是说道：“叔之爱侄仁波切，为了岭国之大计，需要智取三魔女。善言和那艺高者，已经展示在人前。我达戎叔父超同，法术虽非特别高强，但是对付三魔女，像是斧子劈树木。在座诸位法力强，但是如若无人应，老夫虽然年事高，亦愿为侄走一遭，即使殒命也无憾。” 超同说完，便捋着自己的胡须。格萨尔王一听面露喜色道：“叔父超同，今日派你三人前往着实关系到岭国的安危大计，如果不能招降三名魔国女子，那战事很难取胜。不但叔父你难以安乐，就连我岭国的传法大业也会受到阻滞。俗话说，‘父亲叔父无不同，父子无需再客气。若是没有大人物，怎能有那大智慧？若是没有天上日，大地便会无温暖。若没有叔父超同，怎能完成我的大业？”叔父超同听完格萨尔王的话后大喜，说道：“侄儿已是如此说，叔父我便不得不去了。不过若是我能降伏那三个美女，会有什么赏赐呢？”叔父超同话音未落，一旁的丹玛一脸不悦之色，说道：“叔王超同，俗话说，‘打到鹿之前便开始算计鹿角，买到马之前就开始赞美鞍鞯，都是应该感到羞愧的事情’。你在我岭国德高望众，不应该出此小人之言，就像是善跑的骏马不应该只是小跑。说出如此话语，真应该感到羞惭。”叔父超同听了丹玛的话，羞愧得一时语塞。

随后，叔父超同、噶德、米琼三人带着二百五十余名兵将从岭国营帐出发。他们来到西南两地交界处，一处像罗刹般耸立的黑色岩石之下的平原上时，天色已黑，便就地扎营。第二日，叔父超同用风轮隐形木[1]沿岩路上去，来到山口，往山那边打探情况。刚到便见到三个美艳绝伦的女子在草原上放牧羊群，点起炊烟阵阵，手中玩着黑白石子的游戏，互相逗着笑。于是，叔父便拿着隐身木凑到离三女一箭之遥的地方窥视，只见三女面若凝脂，身若细流，长发乌黑，皓齿明眸，身具所有美女的优势。叔父超同不由得看呆了，一时间色心上头，心想自己果真是艳福不浅，此三女堪比天上的仙女了。于是，超同收起隐身木走上前去。三魔女此时也看见了叔父超同，魔女梅朵拉珍知道来人便是叔父超同，便笑脸相迎，说道：“迎面走来的威武老者，看你的面庞紫红，定是贵人的后裔。你是何人？从何方来？”梅朵拉珍说完，便用杜鹃六变曲的曲调唱道：

唵嘛呢呗咪吽！

小曲开头唱得好，

1　风轮隐形木：传说对曾做鸦巢的树施法，持树枝即能隐身。

小女所想均能成，
祈望福运日日高。
礼敬长寿万年神，
今日护佑小女子。

如若不识此地方，
查隆便是平原名，
牧草丰美羊栖息，
流水众生之依归，
牛羊装饰此原野，
罗刹世代生息地，
是那罗刹父祖地。

如若不识我辈人，
森萨拉珍是母名，
达姆敏珠是吾父。
优良血统家中生，
梅朵拉珍是吾名。
但行善事是仙女，
若食人肉是罗刹，
此乃前世早注定。

杜鹃啼曲有六变，

口中食虫是注定，

全是为了保性命。

梅朵拉珍生此地，

血肉之躯在此长，

从小便被血肉育。

就在小女长成时，

来到此地牧羊群，

吉兆自是次第来，

羊群百只连一片，

恰是能赎前面罪。

市井之中小女子，

见识无法及四洲，

平生亦逢诸多难，

但也并非全凄苦，

畜群让我似仙女。

湖泊之中小鱼儿，

北风吹时小鱼苦，

冬季湖面结冰时，

被那鱼钩钓上岸，

小鱼哀苦之命运。
世上诸事天注定，
只能认下天定命，
自己何能做抉择？

前方威猛之长者，
请问来自何地方？
此番前往何地去？
所行之事是为何？
此地再往北方走，
除了森布无法行，
除了血肉无饮食。
若是来做一比喻：
无肉无油之骨头，
堕入恶趣之饿鬼；
肚子虽饿终不亡，
大海之中浮游物。
天定之事不可躲，
森布国中之行尸，
每思及此心便痛。
你虽身系重要事，

到了此地会懊悔，
若是英杰便三思，
对我将那实情讲。
今年新岁刚过时，
我虽眼中未见到，
但是耳中亦听闻，
岭国扎拉至此地，
小女早已仰慕久，
祈望魔域变净土，
若明此乃众生福，
不明亦做罪恶业。

需禀话语有三句：
九眼查瓦罗刹魔，
红面食肉罗刹魔，
将那善业抛脑后，
专行杀生罪孽事，
耳中不闻佛法音，
心中业障如层雾。
还未识得自身罪，
望这作恶之肉身，

将来能有佛法度。

若是在此一比喻：

好似流浪之乞儿，

顷刻获得万贯财；

好似无勇之懦夫，

瞬间获得一部兵；

好似苍穹之大鸟，

顷刻获得翎毛羽；

好似好男之族脉，

顷刻解开诸迷障。

熄灭火苗需用水，

烧水之时需用火，

此乃水火之关系；

水土二者亦相关，

雪山融水流大地，

大地生机需流水，

此乃水土之关系。

大地之上草木生，

实乃流水之恩情。

大地五谷能丰登，

实乃红日之恩情。

故此罗刹魔国地，
须有恩深之贵人，
须有得道之上师，
须有慈悲之父母。
大地五谷播种时，
若是能有春季雨，
五谷丰登是自然；
在那干涩羊皮上，
若是涂上酥油块，
鞣好羊皮是自然，
自能缝制好皮靴。
若是森布岭国仇，
能如此谚自然好。
若是此计能施行，
没有男儿女子顶，
若要金银小女予。
岭国和这森布国，
若是言和不再战，
小女供奉绝不少。

所言皆是心所想，

听懂还请秉公行，

不懂便回本地去。

叔父超同闻歌大喜，以为三女前来是为了岭国和森布国之间能够化干戈为玉帛，正所谓，“未将心事诉对方，对方先将衷肠诉”。他心想：三女定是为自己威风凛凛的雄风所折服，倾心于自己了。今日既成全了岭国的大事，又遂了我自己的私愿，真是一举两得。还需用一点言语曲调，去赢得三女的芳心。于是，超同手中拿着三节鞭，再向三女走近，盘坐在三女子玩黑白石子游戏的白色垫子上，两眼目不转睛地仔细打量着这三个美艳的女子，唱了一支歌：

唵嘛呢呗咪吽！

阿拉唱给母系神，

神明福运深时唱。

塔拉解脱路上唱，

成就空性之时唱。

唱曲要在空中唱，

要唱便在大川唱。

还请苯教大神知，

雍仲苯教辛饶知。

如若不识此地方，

高高红岩之宗堡，

罗刹地方大平原，
实乃牛羊栖息地。

如若不识我辈人，
羌域奇峰九转地，
红色九连钢铁宗。
世间人中之天子，
北方朱古国王兴，
威名震彻四洲地，
身躯伟岸似高山，
钱财富有比龙宫。
兵马多似河岸石，
座下群臣皆英豪。
要说守卫国门者：
阿贡恰若巴瓦将，
萨堆董玛绰杂将，
擦热扎巴巴贵将，
达姆夏堆颇拉将，
觉玛当吉垂杰将，
玉珠雄甲杜酷将，
查沃贡奔额玛将，

丁纳曲杰巴沃将，
辛吉霞森巴木将，
凡上所言九员将，
收伏南瞻部洲将。
若要为敌难抵挡，
若要为友难折服。
托贵上师便是我，
曲巴嘎热是吾名。
国王倚重股肱臣，
属民安乐之根本。

若说本人之历史，
从前来自卡切地，
岭国歹人名超同，
收伏吾国卡切地，
是故我便到朱古。
人地不熟边鄙地，
国王慈悲收为仆，
从此忠心侍君王，
君王座下来侍奉，
如此已有十二年。

就在今年之时候，
眼虽未见耳听闻，
西方森布之地方，
东方岭国来讨伐。
战事开启如山倒，
魔国君王虽威猛，
也是难敌岭国军。
北方朱古托贵王，
不知此事是如何，
所以派我来打探。
我已赶路逾三月，
身受饥寒不可数，
但是心系国王事，
忍饥挨冻属小事。

森布三女听我言：
高山之上雄狮立，
天空之中云彩飘，
二者均在山之巅，
将那猛兽均降伏。
兵强马壮森布国，

道法高强曲巴将，
二者若是联起手，
降伏岭国如打狗。
森布国度美艳女，
居无定处似杜鹃，
好似一棵孤苦树，
树鸟似可相互靠。
深林之中猛虎威，
岩山之上豹子猛，
有缘虎豹能相遇；
东方吹起一烈风，
西方竖起一经幡，
有缘经幡被风吹；
天空降下绵绵雨，
地上生出花草木，
有缘便在大地遇；
女子此地牧羊群，
曲巴跋涉至此地，
有缘便能心连心。
朱古上师道法高，
森布女子姿色美，

若是心意能相通，
两世安乐上师予。
若是你我无缘分，
自当举荐为王妃，
一生荣华由我保。

女子还请听我言，
世间天命有三样：
子孙何去父母定，
众生何去上师定，
奴仆何去主人定，
此乃三样早注定。
美艳女子肯不肯？
要财我可分一半，
要贵可做宝石链，
要乐便做我妻妾。
如若肯做请应答，
不应日后自后悔。

听懂女子记心间，
不懂歌亦无二遍。

超同唱毕此曲，梅朵拉珍心想：从今年年初起，岭军入侵我森布国，满山满谷都是岭国兵将，将我国的珍宝悉数夺去。我森布国虽也兵强马壮，能征善战，但仍是难敌岭国大军。我等从未听说有他国来驰援我国，今日超同在这儿装成朱古国的上师，说出朱古军势力威猛的连篇谎话。不过我三人来此地本就是为了此人，不如将计就计，先假装答应了他，再作计较。梅朵拉珍于是说道："如果你是朱古国王派来的使者，那便是我森布国的福气。朱古国王的威名响彻世间，如青龙之声，而你曲巴嘎热上师的道法高强我等也早有耳闻。你最好是没有诓骗我们，如骗了我等三人，你的性命也蒙危难，还请细细思量。若你真是朱古国王派来的使者，那我森布国与你朱古国心往一处想，兵往一处合。亦可以如你所说相互联姻，共育延绵不绝的子孙。你便随我们返回罗刹宫殿，我还有甜蜜的言语说予你听。"魔女接着就唱了一支算计超同的歌：

唵嘛呢呗咪吽！
阿拉塔拉塔拉歌，
塔拉是歌之唱法。

礼敬黑方罗刹神，
罗刹地狱宗堡中，
红色火焰在升腾，
蓝色江水在流动，
黑色如扎父系神。
敬请嘎热魔神知，
指引小女勿分心。

上请黑云诸神知，
中请年神魔神知，
下请黑土罗刹知。

如若不识此地方，
羌隆茂林富饶地，
边隆山峰之脚下，
大鹏红岩山上部，
羊群栖息生活地。

如若不识我辈人，
三女之中我居长，
梅朵拉珍是吾名。
诸女可知幸福事？
大地鲜艳花朵上，
降下甘霖是幸福；
高高山上之雄狮，
能有风雪是幸福；
翎羽美丽之孔雀，
雷声震动是幸福；
声音甜美之杜鹃，

夏季来临是幸福。

小女心中还在想：
高高山上风马旗，
东方吹来阵阵风，
有缘便是常相随，
旌旗飘动心欢喜，
若是无风心悲苦；
苍穹落下之细雨，
能使大地绿叶鲜，
树木成荫大地美，
冬季乌云布天空，
霜摧草木心悲苦；
羌塘地方小女子，
不知来处之巫师，
并未商量聚森布，
甜言蜜语虽好听，
无用便会殒自身，
若怀野种心伤悲。

你这长须之长者，

未死还说地狱事，
未老抑说老后事，
未游世界夸夸谈。
看去大智似贤人，
出口之言似海阔，
又用鱼钩收回来。
小女虽无大智慧，
若是投机当结好，
女子忌惮众人口，
若论缘分皆不顾。
黄金实乃至宝物，
光耀天空众人羡。
骏马行人之坐骑，
能走善跑人欢喜。
朱古上师照此谚，
来助我罗刹一臂，
勿停速速去魔宫。
九眼查瓦魔王名，
红面阿夏魔后名，
若是商议事能定，
看我三个姐妹中，

想要谁人由你选，
到时你我都欢喜。
天上落下之雨水，
还有引来沟渠水，
若是没有霜雹灾，
地方安乐是自然。
得道有法之上师，
福泽深厚之施主，
若是所求能相通，
因果福报自然好。
此时不再多赘言，
三女逃亡到此地，
不是为你巫师来，
森隆不稳生战事，
故此牧羊躲此地。
女子身后绿松石，
实乃心上小伙戴。
骡马背上紫背囊，
搬上撂下自有人。
身上所带之珍宝，
买卖自有经商人。

我等女子三姐妹，
并非孤苦无依靠，
依靠实为森布国。

自有牙齿合我口，
亦有食物合我齿；
自有毡帽合我头，
亦有翎毛合我帽；
自有属民属我君，
亦有族脉属我民。
三女森布之族脉，
巫师你看可中意?
合意需记三样事：
无智君王三大臣，
遇见危亡三想法，
落败亡国三念头，
不知能否得人心；
一位上师三种法，
堕到地狱三惊恐，
能否解脱三想法，
不知能否得解脱；

位卑男子三妻妾，
清晨起床三想法，
夜间睡时三想法，
不知能否得安乐。
此乃女子心所想，
老者两鬓皆斑白，
此乃饱经世事相。
勿歇尽快到魔宫，
与那君臣共商议，
要将岭国全降伏。
若是误了好时辰，
战局将会起变化。
天上繁星虽然高，
红日还在其上头；
此地岩山虽然高，
冈底斯山比它高；
大江大河虽宽广，
大海之水更宽广。
如上之谚需谨记，
兵贵神速不宜迟，
成功之事胜在快。

小女所说之言语，
老者若觉不可信，
亘古不变可立誓，
立誓可用吾双亲，
此事万世均不易，
亦可用我国起誓。
勿歇老者速速行，
前往魔国肉之宗。

听懂老者记心间，
不懂歌亦无二遍。

梅朵拉珍一曲唱毕，叔父超同听到美女的话语，早将格萨尔王派他前来的目的抛到了九霄云外，笑语盈盈地往梅朵拉珍身边凑去。此时，米琼卡德也已赶到，见此情景怒火中烧，赶紧将叔父超同往回拉扯。米琼卡德心想：叔父超同虽然法力高强，但一见美艳的女子，怕是连咒语也忘得一干二净了，甚至快要做出里通外国的事情了，还是得先用些言语骗住此女才行。米琼卡德于是说道："三位女子听我言，我等朱古三大臣，乃奉王命到此地。国王旨意自要行，此心也亦倾心汝，两全其美便甚好。今日实言说与你，女子还请听我言。"说完，米琼卡德便唱了一支诓骗梅朵拉珍的歌：

唵嘛呢叭咪吽！
阿拉塔拉塔拉歌，
塔拉是歌之唱法。

敬请羌地诸神知，
上请威玛战神知，
威玛战神威势猛；
中请赞拉曲木知，
下请黑土毒赞知，
还请本方护法知，
祈望所求事能成。

如若不识此地方，
北方羌域阿如塘，
纳瓦查塘此地名，
是你三女之家乡。
羊群洒满草原上，
好似天上之繁星。
你等三个牧羊女，
好似天边启明星。

如若不识我辈人，
北方朱古雅康地，
紫色钢铁城堡中，
一万兵马之统领，

阿勒托杰是吾名。
无敌威力展人前，
从来威言开话头，
做事从未有顾忌，
想法不共女子说，
自己之财不外泄。
羌域朱古国君王，
座下大臣三兄弟，
好汉虎将八十员，
在那满殿大臣里，
君王倚重如股肱。
好似酥油之精华，
好似眼中之眸子，
是这巫师名曲巴。

还有三女听我言：
我国朱古之大军，
数月之前已出发，
今夜可抵夏隆朵，
明日即可去森布。
同那九眼查瓦王，

以及红面阿夏后，
可以慢慢做商议，
商议排兵布阵法。
我等大臣共三人，
并非为财走边地，
并非无家来流浪，
并非无食来乞讨，
全属前世早注定。
猿人火石与火镰，
世界初成之三物，
缺少一种事难成；
福德天干及缘分，
人生路上须齐全，
否则大事便难成；
青稞清水酿母菌，
酿酒所需必备物，
缺少一样都不行。
以上均是古人谚，
天空之中起乌云，
云雾之间雨水降，
地上稻麦始生长，

五谷丰登吉祥兆。
年轻女子三姐妹，
以及食草绵羊群，
并非山间之走兽，
还需寻找主人家。
大军前进路程中，
山间财宝可自取，
牛羊亦可去食取，
女子也可引为伴，
你看是否此道理?
羌塘之地多盗匪，
何时出现不可知；
无父之子守家业，
何时染血不可知。
一语成谶真悲哀!

勿要耽搁速速行，
从来夜长梦便多。
牧羊女子听我言：
你之言语似彩虹，
实际内容是如何?

你之言语似海阔，

上面是否可架桥？

还是速速聚羊群，

不然日头已偏西。

小伙之口被女触，

女子之心无净时，

日后时日不好过，

此语自是有道理。

我等朱古三大臣，

今晚先返营帐去，

明日天色将明时，

你我相见森布宫，

七日之内议计策。

展示威猛之兵势，

定能夺得胜利果。

听懂女子记心间，

不懂歌亦无二遍。

米琼卡德一曲唱毕，那年纪较小的女子玉步摇晃地走上前来，只见她肤若凝脂，明眸皓齿，光滑洁白的脖颈好像戴了一条银色的颈链一般，她眼泛桃花地对米琼说道：“你先莫如此说，若是要去便同去森布宫殿，我们姐妹三人哪知道朱古营帐到底在哪里？你也无须怀疑我姐妹三人及满山的羊群是真是假，我姐妹三人命中注定是这样的际遇，除了此路也是别无他途。”此女说罢便唱道：

喃嘛呢叭咪吽！
阿拉黑方道法歌，
塔拉食肉饮血曲。

祈望森布能安乐，
祈望君王大业成，
礼敬嘎热护法神，
祈望小女心事成。

如若不识此地方，
森隆纳塘狭长地。
如若不识我辈人，
森布父祖宫殿中，
森布雌雄之血脉，
雅卡紫丹是吾名，
亦唤梅朵拉孜名。

古代藏人谚有云：
三心之人不长久，

三顶之山无脉络，
三源之水不长流。
夏季所现之白光，
能否照到冬三月？
夏季所开之花朵，
能否坚持到秋天？
此谚乃合世间理。
对面米琼听我言：
人小言语口气大，
口气大到似泼皮，
说出话语像利箭，
你乃口出狂言者。
你等来此之三人，
三人所说不同话，
好似不同三石块，
如此话语也神奇。
起先所来之一人，
自称曲巴嘎热者，
曲巴心小胆也小，
说话难以做决断。
如此之事也神奇，

好似敬奉不喜王，
好似结交不喜友，
好似陪伴不喜伴，
好似迎娶不喜女，
好似口食不喜物，
好似身骑不喜马，
你等所做实过分。

我等森隆三女子，
家中均有父母在。
平日父母有教诲：
不能喜新厌旧人，
男分有耻和无耻；
见财勿要跟人去，
跟去好坏不可知；
他人话语勿尽信，
有理无理不可知。
从前未将教诲记，
今日陡然来记起，
见财陡然才想起。
你等朱古三大臣，

口中之言似悬河，
言语齐整似舟船。
心中想带我等走，
若走便去森布宫。
查瓦九眼森布王，
红面阿夏森布后，
见肉嘴里便觉饥，
见血口中便觉渴。
若说森布之魔宫，
外人不能入内去，
里面亦难走出来，
城池坚固森布地。

今年年初之时候，
岭国军队真蛮横，
毫无缘由侵我地，
屠杀森隆之民众，
要将钱财尽数夺，
使我故土难安乐。
为了抵御外来敌，
不得不将边境封。

无暇细看来人面，

无暇你言还我语，

无暇细究物品价。

朱古大臣听我说：

若是不去森布宫，

我等女子三姐妹，

就要回到父母前，

来龙去脉禀君王，

计策自去问父母，

大事还能渐渐成。

人老便能成大事，

马老奔跑不觉疲，

鹰老划破苍穹际，

树老树枝开始长。

若去想计事自成。

听得君王圣旨意，

我等三人来引荐，

如何行事可再议。

觉如军前对阵事，

我等三女嫁娶事，

可想两全其美计。

若是你等到森布，

满钵金银财宝物，

身上盔甲及兵刃，

所有我皆可保证。

若说有何担保物，

家产以及女儿身。

父亲若是无异议，

我等女子三人中，

钟意哪个可选择。

若是同意留此地，

做我羊群之主人，

若是要吃不吝惜。

我便即刻回宫中，

禀告父亲此件事。

听懂还请记心间，

不懂歌亦不解释。

雅卡紫丹一曲唱毕，米琼心想：听此女之言谈，有着高山般的智慧，怕是会坏了我们的大事。米琼于是向噶德使了一个眼色，噶德便向三个女子抛出黑蛇大弯索，将她们牢牢套住，让她们无处遁逃，似困在阎罗狱中。随即，三人各自捉住一个女子，米琼和噶德将女子捆得像粽子一般。叔父超同并没有将女子捆住，只是随意地抓住女子的双手，好像随时会放走她。

米琼见状大喝道："你这个贪恋女色的小人，谁让你在此逞能！若是放走了这个魔女，便是违了格萨尔王的命令，莫怪我手下无情。"米琼随即抽出了刀，超同被吓到，连忙捆住那女子。三人将三个女子绑在马上，返回营帐，在黄昏时分抵达红岩山旁，便在此地安营。他们将三个女子投入三个帐篷后，各自派人把守。梅朵拉珍被关在叔父超同的营帐里，她心想：叔父超同虽然诡计多端，但他喜爱女色，这次没能诓骗住他，若是不快快设法逃跑，恐自己国中遭逢大难。于是，梅朵拉珍便在营帐中假寐。叔父超同虽喜欢梅朵拉珍，但怕无法向格萨尔王交代，于是便目不转睛地看守着她。夜半时分，叔父超同困倦至极，开始支持不住，上眼皮搭到了下眼皮上，发出如雷的鼾声。梅朵拉珍一听到鼾声，就变成一只画眉鸟，扇着翅膀飞走了。叔父超同在睡梦中好像听到了鸟儿挥翅的声音，觉得不放心，便起来查看，发现梅朵拉珍已经跑得无影无踪，在营帐周围查看后，也没有发现她的任何踪迹。超同便思量着：此番该如何跟噶德和米琼说？又如何跟格萨尔王交代？他心中焦急得像是锅里烧开的水一般。

次日天明时分，叔父超同不敢去见米琼和噶德，便在自己的营帐里来回踱步。士兵们煮好茶和肉之后，端进他的营帐。此时，米琼发现梅朵拉珍已经逃脱，便质问叔父超同。叔父超同汗流浃背，一时答不上话，心想：若是不能说出梅朵拉珍是如何逃脱的，岭国众将定饶他不过，如今除了将此事推在米琼身上之外别无他法。于是，超同故作无辜地对米琼说道："你自己看上了魔女的美色，昨夜半夜时分，你便在我的营帐外面鬼鬼祟祟。魔女跑去哪儿了，你自己应该清楚，怎么反倒来问我？"噶德曲迥贝纳闻言大怒道："穆布董氏的超同，自己做的好事，反来诬陷他人。有朋友时不珍惜，有佛法时反造孽，口中食物用舌头往外推。今日你做出此等吃里扒外的事情，还是尽早将魔女交出来，不然别怪我噶德不客气。"噶德说完便捋起袖子，叔父超同怕极，连忙说："噶德莫要说如此话语，还请将心儿放宽。

虽然一女逃脱，但仍有二女在手，不会出大的纰漏。我们不宜再停留此地，速速出发为好，恐怕会有敌兵追来。”米琼说道：“过去的事情再提也无用，是非黑白，在格萨尔王面前自有公断。”

于是，他们将二女缚在马上出发，天将黑的时候抵达岭国营帐。三人将二女带到格萨尔王帐中后，各自落座，喝着茶说起了此去的情形。叔父超同心想：米琼一定会在格萨尔王和众大臣面前奚落辱骂我，如果不把这次魔女逃脱的责任推到米琼身上，便难逃律法的追责。于是叔父超同便装作若无其事的样子坐在位子上，怎奈做贼心虚，不一会儿，他的脸上就落下斗大的汗珠子，呼吸也变得急促起来。此时，丹玛强查心想：格萨尔王的预言明明说了有三个女子，如今怎么只带回了两个？是不是狡猾的叔父超同又从中作梗？丹玛强查于是说道：“ 敢问三位大臣，前往森布国时，遇见了怎样的敌人？此行的任务到底有没有完成？不要隐瞒如实说。若是出现了什么差错，逃不过岭国的律法，权钱都没办法来抵消。”米琼说道：“丹玛大人，岭国的律法乃是立国的根本，自然是黑白分明，赏罚分明。根据格萨尔王的旨意，我等三人出发去森布国，即将大功告成的时候，出了一些差池。如今是公说公有理，婆说婆有理。我要说的都是实话，如若不是，可将我的舌头割掉，将我的心剜了去。”米琼说完，便将一路的情形用青龙怒吼的曲调唱道：

唵嘛呢呗咪吽！
阿拉塔拉塔拉歌，
塔拉是歌之唱法，
此乃韵律之法则。

敬请佛法三宝知，
明察世间发生事，

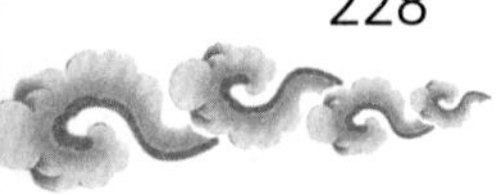

还请公正来决断，
将那不公预世人，
若有因果此时需。

如若不识此地方，
黑方罗刹之故土，
岩间草上罗刹水，
三水交汇之地方，
是那森布食肉宗。

如若不识我辈人，
实乃雪山之雄狮，
自能压服其他兽；
实乃天上昴宿星，
自能闪亮在夜空；
实乃南方之青龙，
自能划破乌云间；
实乃岭国神族脉，
所说之言俱属实。
百神功德颂扬者，
百王膝下侍奉者，

百叔身边辅佐者。
米琼虽然无权位，
君臣之间共欢聚。
岭国叔父君臣们，
不是说我米琼强，
心向国王至忠诚，
兄弟之间俱和睦，
所托之事速速办，
即使殒命也无悔，
是否如此君臣们？

若说此行之经过，
噶德曲迥贝纳将，
以及叔父超同王，
与我米琼共三人。
鹞鹰鸱鸮[1]与老鹰，
岩石之上排列队，
虽说叫声有相似，
心中所想实不同。
鸱鸮想要夜来临，

1 鸱鸮：猫头鹰。

鹞鹰想要天色明，

老鹰想要乌云起，

想法不同各是各。

山坡上面之饿狼，

想吃羊群到草坡，

吃肉之时来嚎叫；

自视甚高之女子，

想遇男子到市井，

遇见骗子毁终生；

装勇男子实无胆，

无事之时逞英雄，

真遇敌人心胆颤。

此喻之人真可笑，

年岁虽高贪情欲，

看见美女失魂魄，

看见钱财无羞耻。

对我族人似雷电，

对待敌人似软棉。

还有更为过分者，

做下人所不耻事，

还将责任推旁人，

言之凿凿装模样。

古时藏人谚有云：
无德君王之黑帽，
不应戴在高僧上；
五彩斑斓之宝冠，
不戴空行母头上；
黄羊头上之犄角，
若安野驴便不美，
此乃不合三样事。
几步闲言传坊间，
无耻女子之行径。
将那野马赶下山，
市井骗子之行径，
此乃世间无法事。

诸位君臣听我言：
昨日前去共三人，
为了大事往羌塘。
在那纳塘之中部，
看见牧羊三女子，

不知是实还是虚。

黑白牛羊放草原，

还有炊烟袅袅升，

并那歌声一阵阵。

超同色心开始动，

心中恶念陡然起，

冲到三位女子前。

见到女子美艳样，

叔父心中欲火起，

爱欲之心不遮掩，

想将女子纳妻妾。

虽然头发早花白，

心中还想娶美女，

早将国事抛脑后。

三女之中年长者，

口中话语似蜜甜，

花言巧语骗叔父。

森布女子真狡猾，

形容美艳似天仙，

甜言蜜语似箭发，

送出秋波一阵阵。
言语之中所说意，
想让我等赴魔宫，
还要许下婚约定，
还说生活何美满。
叔父被这言语诱，
怎能再做主张计？
无奈只能用套索，
先来擒住三女子，
各自关在营帐中，
商议天亮返岭国。
怎奈天明再看时，
三女已变作二女，
叔父超同营帐中，
女子已经无踪影。
此女在哪叔父知，
与我米琼无干系。
怎奈叔父无羞耻，
自己所做无耻事，
反过头来诬陷我。
天空之中降细雨，

地上水气在升腾，
若是不知黑与白，
天上层云可做证。
叔父所说之妄语，
米琼所说之实言，
若是黑白无法辨，
还有噶德来做证。

君臣细想是与否，
若有顶撞请恕罪，
若有冒犯请宽恕，
君臣还请记心间。

米琼唱完这支述说来历的歌后，叔父超同登时火冒三丈，血气上涌至面庞，眼中流出血泪，红黄相间的长髯向上倒竖，髯须上全是汗滴。他从檀木坐垫上猛地站起，说道："你这狂妄的小人，我叔父超同像是伟岸的高山，你这乳臭未干的嘴巴，满口胡言乱语，欺上瞒下，挑拨离间，有什么话不敢说？"随即，超同便唱道：

唵嘛呢叭咪吽！
阿拉塔拉塔拉歌，
阿拉是梵音开头。
塔拉拉姆塔拉歌，
塔拉是歌之唱法。

模棱话语得真昧，
干湿土里生树木，
两口即知食物味，
此谚所说是至理。

如若不识此地方，
森布红岩大原野，
岭国叔父聚齐地。
如若不识我辈人，
世界初成之历史，
乞儿若是不知晓，
老者我来说与你。
我已二百六十岁，
岭国长中幼三系，
达戎部落十八部，
贵族血脉之树根，
结出金枝和玉叶。
达戎名声震天响，
遇敌先锋是我部，
商定大计且看我，
没我岭国难成事。

黄口小儿听我言：
仆人所说之妄语，
严明法官岂会信？
黑岩鸱鸮之羽毛，
若在鹰身岂会美？
市井小犬之叫声，
怎能同那雄狮比？
女子争强哭诉语，
黄帽上师岂会听？
你非小人是妄人，
所说妄语满天飞。
前日你我等三人，
撞见三个魔女时，
叔父超同走在前，
扮作朱古之巫师，
曲巴嘎热是化名。
编造朱古国王语，
说道去年之时候，
西南森布之国度，
有那边地魔军侵，
朱古之军来援助。

编出瞒天过海言，
将那魔国女子骗，
最后女子落吾手。
森布女子三姐妹，
招手既能跟随来，
除我超同还有谁？
梅朵拉珍美人儿，
听我言语倾心我，
说是女儿自由身，
要走要停均由己，
要进要退全凭意。
就在紧要之关头，
心猿意马米琼迷，
于是谎话就连篇，
想要勾引女子心，
说要跟去森布宫，
并同女子长相守，
是何居心谁人知？
双手被缚之魔女，
睡前依然在帐中，
醒时早已无踪影。

到底谁错来争辩，
最后诬陷我超同？
究是谁错噶德知。

米琼岭国之孤儿，
勉强投胎男儿身，
心中贪恋美女色，
所想俱是美女色。
此女究竟逃何方，
无人可知唯米琼。
需知叔父我超同，
没有装入嘎乌中，
亦没包在衣服里。
岭国仆从你米琼，
此女究竟在何处？
要说便来如实说。
如若隐瞒不实说，
我之达戎十八部，
此生便与你成仇。
外敌内敌均需灭，
未得魔女因米琼，

兄弟失和因米琼，

制造坏事之米琼，

决不轻饶明君知，

君臣还请记心上。

叔父超同霸道地向米琼唱了这支歌后，帐中前后左右的岭国众将们虽都知道米琼所言是实，超同所言是虚，但想到此行岭军来到森布国是为了诛杀魔王九眼查瓦，尽取森布国的宝物，怕扰乱了格萨尔王的计划，于是都默不作声。

此时，坐在中席上首的总管王戎擦查根站起身来，但见他头发花白，神形枯槁，眼皮被金匙顶住，将额前的白发拢向脑后，说道："岭国的诸位叔父兄弟，三人去时吼声似青龙，归时尾巴垂地似犬儿。没有完成使命，还在这儿相互推诿，摩拳擦掌，破坏岭军内部的团结。你等今天之所为，即使哪天到地下，恶名还会留在世。"总管王随即用慢行不变长调曲的曲调唱了一支软硬兼施的歌：

唵嘛呢叭咪吽！

阿拉拉姆阿拉歌，

上师三宝本尊神，

空性法轮成佛法，

祈望诸神能知晓，

还请护佑岭国军。

今年吉祥之时日，

来到森布之地方，

希望大事能够成。

如若不识此地方，
实乃红岩大原野。
如若不识我辈人，
左边岩山右岩山，
玛杂色莫岗地方，
雄鹞叫唤咯咯地，
雌鹞叫唤嗦嗦地，
幼鹞锻炼翼力地，
老鹞享受日光地。
查堆富饶天之宗，
不变是我总管王，
好似天上之日月，
有光有暖众生知；
好似山顶之宫殿，
宫墙厚薄苍天知；
好似海底龙宫宝，
有何福力龙王知；
好似宝刹中上师，
有何道法僧人知；
好似大郡之长官，
律法严明属民知；

好似慈悲之父母，
饭菜可口子女知。
董氏戎擦查根王，
计谋如何岭国知。

岭国君臣听我言，
尤其叔父及米琼，
非是我之道行深，
经验之谈有三句：
本有重任似高山，
怎奈回返带纠葛？
眼界狭窄低似水，
妄语恶言吹风中，
播下不和之种子。
你等大臣共三人，
出发前往森布国，
噶德曲迥贝纳将，
岿然不动伟似峰，
不变之声似杜鹃，
不变之力似帝释。
如此男儿似日月，

驱散黑暗何须说!
将那魔女三姐妹,
全部用那神索套,
通通带回似牵狗。

不和叔父与米琼,
鞋子和脚不分离,
头和颈部不分离,
妖魔罗刹不分离。
口舌之争非英雄,
好汉莫提当年勇。
今日用这巧舌簧,
挑拨岭国之兄弟,
扰乱清净岭国地,
如此男儿应羞愧,
投胎男身应羞耻。
梅朵拉珍善计谋,
就在两人之眼前,
逃遁似风无踪影,
还在撇清互推诿,
众将面前开话匣,

好汉面前逞威风。
得取胜利需胜果，
夺得财物示众人，
你等二人之一生，
实在无话可夸耀。
无耻心儿随女子，
国王大计付流水。
如若此事不惩罚，
便似婴儿在母怀，
吃饱奶水咬母肉；
好似母马之马驹，
身膘肥时蹶马蹄；
好似市井中妓女，
看见男子远父亲；
好似门口看门狗，
吃饱肚后咬主人；
好似恶习之仆人，
还敢顶撞主人言！

如此之事是自然，
森布美艳小女子，

若知即刻带上前，

若无还需说踪迹。

空口怎敢说功绩？

放弃成就带厄运，

放弃财宝取狗屎，

放弃骏马牵毛驴，

放弃空行带魔女。

你等二人到敌方，

未捕敌人使其逃，

还在互相说恶言，

还说你勇或我勇。

若是没有取胜利，

与那女子有何异？

不用说你血统贵，

不用说你权位高。

今天之事真遗憾，

魔女本关岭大计，

如今逃回森布国，

反将兄弟之内乱，

喧闹带回岭国来。

二人早先已保证，

若有闪失有律法，
惩罚逃脱魔女责，
一人黄金一百一；
惩罚互相推诿过，
一人黄金十枚币。

如若争吵还不停，
一齐投入牢狱中。
其余森布两姐妹，
若是所言俱属实，
亦可编入岭国女，
丰衣足食无需言，
君臣请来细细想。

总管王一曲唱毕，米琼心想：虽然总管王不分青红皂白地将我和叔父超同都骂了一遍，但这也是为了岭国不出现内乱，我也该听命才是，于是便垂首而立。但是叔父超同听完总管王的话语后怒火中烧，心想：这老不死的戎擦查根平日里便嫉恨我，今日像是谚语所说的一般，“父亲叔父不分清，儿子侄儿不分清，外人亲人不分清”，反向着米琼这个外人，对我说了许多恶语。有朝一日我若是不能报此仇，我超同就如同死尸一样！如此想着，超同脸上冒着热气，坐回了原位上。其他人都觉得戎擦查根说得有理，便都笑语盈盈地回了自己的营帐。

次日天明之时，岭国中军营帐擂起战鼓，吹起军号，岭国长中幼三系的所有战将都迅速集中到了中军营帐。将士将两名魔女押出来，让她们跪在众人面前。此时，格萨尔王身上发出五彩虹光，用空性慈悲之心端详两名女子，发现两名女子果然是面容姣好，身材颀长，美若天仙。格萨尔王于是说道：“森布二女美姿容，好似天上之仙女，因为前生之孽缘，生于魔国森布地。从小食肉并饮血，慈悲之心未听闻。使用巫术造恶业，罪孽深重似浓雾。如此女子之身躯，真是可惜需哀叹。从此二人可皈依，我是三世佛化身。若能忏悔本罪孽，亦能往生极乐土。”大王说完便用神韵六颤曲的曲调唱道：

唵嘛呢叭咪吽！
阿拉塔拉阿拉歌，
一声从那法性唱，
所唱不变法之歌。
塔拉解脱之途唱，
解脱途中无阻曲，
祈望地狱能变空。

天上彩虹宫殿里，
十万幻化空行母，
快快来做凡人友；
中部年神宫殿里，
十万金甲威玛神，
指引前路勿分心，
不净之地变净土；
大地十三层级里，

成就福力拥有者，
顶宝龙王敬请知，
祈愿岭国福运高。

如若不识此地方，
威势森布之故土，
眼不可见俱迷雾，
未有佛法传此地，
罪孽肉宗血海液。
不做善业诸好事，
专造杀生罪恶业。
若说世间之冷暖，
细究便知是果报。
喜爱食肉及饮血，
细究地狱之底层。
心若善良来路宽，
发心稳固世道好，
严持戒律益身体，
若喜施舍获成就。
若是不明以上理，
便似生前不识宝，

死后方知来悔恨，
女子细想此中理。

如若不识我辈人，
生自上方神仙界，
三十三天宫殿里，
白梵天王之子嗣，
智美推噶是吾名。
之后投胎至年界，
威玛战神之辅弼，
所为南瞻部洲事。
之后投胎至龙界，
顶宝龙王宝藏门，
打开只为藏人地，
使那龙王无灾病。
我之一生三名号：
初时名唤作觉如，
玛域地方食田鼠；
中间诺布占堆将，
消灭妖魔仇敌者，
魔国变作佛域者；

后来唤作上师佛，
慈悲之心度世间，
功德种子播人间。

小女还请听我言：
你之魔域森布国，
业障迷雾将散去，
善方佛法将传播，
武力之事变和平，
恶业将能连根断。
你等二人生森布，
实乃前生所注定，
是否喜来是否悲？
是否有过后悔意？
若有后悔速忏悔。
食肉饮血之恶业，
虽说难以消除罪，
若你能将实情说，
上师活佛格萨尔，
用我智慧慈悲心，
将你身犯罪孽身，

度作空性之法身，
不堕恶途我保证。
岭国珍宝坛城中，
若来便可入妇列，
不分尊卑慈爱护。
言语要实不要虚。
西方森布国度中，
威势国王唤何名？
座下大臣有如何？
恶业老魔有几多？
魔国历史有几许？
途中山河有几处？
高山究竟高几许？
库中财宝有几多？
血肉筑成宫堡中，
罗刹兵刃有几多？

即从今年年初起，
西方森布魔之国，
同我东方岭国间，
征战已有两年余。
大地之间满白骨，

河水全部成血色，

斩首敌将八九人，

死伤兵将计万余，

此时森布已胆颤。

又见森姆三姐妹，

所赶牛羊满山坡，

此事是实还是虚？

九眼查瓦罗刹魔，

究是实体或幻身？

红面阿夏罗刹后，

法力究竟几高强？

长尾哈瓦罗刹马，

马蹄究竟几善跑？

罗刹手中之兵刃，

高超匠人谁来造？

勿要隐瞒照实说。

若是实说不欺瞒，

口中所吃之佳肴，

身上所穿之华服，

还有一生之伴侣，

孤王均可做保证。

到得我军取胜日，

魔域将会变佛邦，

到时故土归还你，

属民还在你治下。

何去何从你细思。

听懂就请记心间，

不懂歌亦不解释。

格萨尔王唱毕，岭国众将齐刷刷地望向魔女。两魔女中，小女雅卡紫丹向格萨尔王俯身拜了三拜，说道：“神圣的格萨尔王，今日你佛王在我面前，我竟有眼不识泰山，真是被罪孽遮住了眼。从前是森布族脉，希望今后能洗净罪孽，过上幸福的生活，依托格萨尔王您的庇佑。虽说注定生在了森布国，不过如今又幸运地到了岭国营地。森布魔国的历史我岂能不知，不向您说又要向谁说呢？我这就细细道来。”雅卡紫丹说完便唱道：

唵嘛呢呗咪吽！

阿拉塔拉塔拉歌，

塔拉是歌之唱法。

如扎玛扎魔之神，

嘎热实乃魔神主，

热霍魔中护法神，

魔神岂能不知晓？

上印中印和下印，
魔神之中父族神，
今日护佑不要小。

如若不识此地方，
森姆红岩大原野，
血水像那大河流，
人肉像是山般高，
尸骨满铺在河岸。

如若不识小女子，
红面阿夏罗刹脉，
雅卡紫丹是吾名，
百名美人名列前，
百里挑一俏模样，
千中无二美姿容。
面容虽然像银月，
心中灰暗岂能散？
心间虽宽似苍穹，
怎奈慈悲无踪迹？
身材颀长似细竹，

但是其心却不正。

森布女子美艳者，
所犯恶业是如此，
岭国上师格萨尔。
佛法之要是如何？
如何消除我罪孽？
善业果报是如何？
如何分辨黑与白？
心中无限之悔意，
以前为何心中无！
心不安宁似旗飘，
身不安宁疾病缠。
卧处进水无法眠，
喉中入骨无法食。
圣明君主听我言：
雅卡紫丹小女子，
离家已有一月余，
小女被你岭国擒，
既有好来亦有坏。
我已违反魔王命，

吾母吾父吾亲友，
魔王一定会正法，
能否活命不可知。
上师活佛格萨尔，
能否救下他们命，
地狱途中引路途，
祈望各个能活命。

不变之心似日月，
白昼黑夜不改变；
不变之心似日月，
春夏秋冬不改变；
不变之身似藤竹，
冬夏两季都挺直。
若是变心小女错，
若无慈悲君王过；
若无实言小女错，
若不怜悯君王过。
我之言语无改变，
即像深海无浪涌。
东方升起之红日，

天明即会照光芒，
天下自会有暖意，
直到天色将晚时，
一天日光无改变。

在那森布国度中，
九眼查瓦是魔王，
红面阿夏亦威猛，
九头虎眼罗刹魔，
三十大臣中居首，
即使阎罗亦难敌。
格萨尔王听我言：
牦牛九角之上头，
黑色蝙蝠有九九，
此乃罗刹衍生处。
森布国度海水中，
金眼之鱼三颗头，
上身在那海水上，
下身直达海底部，
此乃森布魂所在，
需用武艺巫咒术，

捣毁此处是关键。
九眼查瓦大魔王，
森布国中为首者，
法力高强无人比，
遇到此魔须小心。
红面阿夏罗刹女，
魔女之中她居首，
喜爱食肉饮血事，
法术幻化似疾风。
梅朵拉珍罗刹女，
九眼查瓦之孙女，
幻化与风几相似，
人称嘎热神之女。

在那魔王宫殿中，
魔鸟鸱鸮三兄弟，
光照苍穹松耳石，
还有红色檀香木。
以上小女之实言，
格萨尔王还须知，
布姆达鲁同小女，

所思所想皆一样，

同甘甜来共患难，

现来臣服亦一样。

慈悲勿小桑钦王，

同一想法无二语，

若有冒犯请赦罪，

本尊护法做靠山，

君王心里如此记。

雅卡紫丹一曲唱毕，便跪在格萨尔王面前一拜再拜。格萨尔王说道："如此你二人需口诵'皈依上师，皈依佛，皈依法，皈依僧，皈依诸天空行母及护法神'三遍。"二女按照格萨尔王的旨意吟诵了三遍，且祈祝六道众生离苦得乐。格萨尔王大喜，也希望二女能早日得到空行母的成就。随即，大王将二女安排回小帐中，安排美酒佳肴款待她俩。稍后，格萨尔大王于几日里不分昼夜地大做法事，祈愿二女所有的父母亲友等无病无灾。

逃回森布国的梅朵拉珍来到魔国宫殿中，前去觐见九眼查瓦。九眼查瓦心想这次三名女子一定是按红面阿夏的妙计完成了王命，回来复命来了。但当他见到梅朵拉珍时，发现她面色暗沉，捶胸顿足，跪在九眼查瓦面前，用母狼悲咽的曲调唱道：

唵嘛呢叭咪吽！

所唱阿拉塔拉曲，

二曲必须要唱全，

喜时鲜花欢喜曲，

悲时黑暗迷茫曲，

在那悲喜之交界，
好坏之曲都要唱。

一敬嘎热护法神，
二敬如扎三兄弟，
三敬萨堆红赞魔，
敬请食肉之神知，
祈望血肉成就足，
祈望君王福运高。

如若不识此地方，
安乐骨肉血之宗，
红肉垒成山般高，
鲜血似河在流淌，
吼似青龙震天响。
英豪转动杀戮轮，
威势比那闪电强。

如若不识小女子，
父似空中之青龙，
母似地上之狂风。
我似海底之花朵，

身材挺直如藤竹，
声音优美似画眉，
美誉传遍人世间。
要说小女几安乐：
若行像是一阵风，
若停海中珍宝洲，
若食茶酒俱甘霖。

此前还未不快乐，
缘何今岁不快乐？
梅朵拉珍为首者，
魔国美艳三姐妹，
为了国王之大计，
前往未知之地方。
古时藏人谚有云：
空中青龙若不吼，
地上岂会降冰雹？
冰雹若是不落地，
树木稻田不会毁。
若是高山无流水，
那便不会有山谷。

大地若未被水冲，
平地不会有石堆。
君王若是没下旨，
三女不会去敌方。
三女若未去敌方，
那便不会遇盗匪。

君王还请听我言：
我等美艳三姐妹，
去往敌方为国计。
纳玛原野之边上，
我将头发变牦牛，
我将睫毛变山羊，
我将牙齿变绵羊，
将那牛羊布原野，
不知大事能成否。
唱起曲儿随风飘，
试试能否引人来。
不知何处来三人，
带上百兵团团围，
羌塘地方满兵将。

想起临行之教诲，
叔父超同喜女色，
于是便将美色显，
还将美丽身姿现，
口中唱曲勾人心。
面色黑红似阎罗，
身上金银并绫罗，
叔父超同长鬃翁。
小女急忙把曲唱，
三句过后说来意，
劝说与我结夫妻，
里外并无不一样。
此时出现一矮人，
口舌伶俐似阵风，
所说之言似利箭，
机智敏捷似鹞鹰。
如此狡猾之小人，
先来所说温存语，
威言厉语在后头。
还有黑面长鬃者，
身材高似遮住天，

像是伟岸高山峰，

身穿苯教咒师服，

挺立好似雪中狮。

来回往还好几番，

言语都像是利箭。

随后矮人突然间，

站起身来喊三声，

黑面好似阎罗者，

便将套索抛身上，

反手缚住动不得，

便将我等驮马上，

行路约有一日余。

营帐内外有把守，

即使英雄也难逃。

等到夜深之时分，

转动变化之法轮，

侥幸逃脱我一人。

其余我之两姐妹，

如今还在敌人手，

如今生死还未知。

实乃此行之经过，

还请君王定计谋。

听懂君工记心间，
还请君王莫怪罪。

魔王魔后及其他人听完梅朵拉珍所唱之歌后，一时间心如刀绞，像是被刺扎到的毒蛇一般，血气上涌，面色绯红。他们怒极之后发出哑颚之声，气急败坏，一时间竟不知如何是好。此时，魔王左手席首的红色人皮坐垫上站起罗刹阿巴亚美，只见他从怀中取出一条缀满骷髅头及各色珍宝的黑绫，献于九眼查瓦前，用征服三界的曲调唱了一支歌，立下了军令状：

唵嘛呢叭咪吽！
阿拉塔拉塔拉歌，
阿拉从那空中唱，
嘎热护法能知晓。
塔拉从那本土唱，
神佛领兵十余万。

一敬热霍萨堆神，
二敬如扎玛扎神，
三敬赞吉热巴神，
祈望护佑不要小。

如若不识此地方，

西方森布之大地，
红色肉宗血之色，
敌人魂魄荡上空。
其间亲友食血肉，
幅员宽阔之森隆，
今日之前时日里，
好似银狮雪中立，
遇见猛兽心欢喜，
好似水中之鳄鱼，
遇见鱼儿食口中。
森布食肉饮血地，
凡人无法行此地，
飞鸟亦是无法飞，
地势险要是如此。

如若不识我辈人，
阿巴亚美是吾名，
三万魔兵之首领，
君王座前之大臣，
威势好似阎罗王。
今日之前时日里，

自那也远至大海，
直至北方大原行，
东方诺布亦塘地，
南方天竺和大食，
没有一地未去过。

南瞻部洲我所知，
死后若不堕地狱，
下界地狱是空名，
法王之名是空名，
以上之言是虚言。
实情人间之苦乐，
一日肚饱是一日，
一日穿暖是一日。
食肉饮血森布地，
所食动物之血肉，
所穿人皮之衣裳，
二者齐全人生乐。
此地君臣听我言：
南瞻部洲之地方，
罗刹亚美勇猛将，

再无勇将堪比拟；
兵刃红把罗刹刀，
再无兵刃堪比拟；
生命君王是查瓦，
再无君王堪比拟。
今日年初之时候，
出征未能取胜利，
将领无一生还归，
所行之事皆不顺，
敌人还像是闪电。
兵马布满山谷间，
没有恶业没做过。
亚美罗刹心中怒，
如若今日不还击，
身携兵器便无用，
空有男儿之名号。
不再停留携三械，
孰弱孰强比试知，
马之快慢比试知，
人之利钝比试知。

古人谚语曾有云：
空中布满乌云时，
狂风也在空中吹，
将那树木吹倒地；
达官重病缠身时，
若是不用猛药治，
气息再难留人间。
岭国兵将真猖狂，
亚美若是不出战，
森布便不得安宁！

觉如岭国魔之军，
边地骗子引为伴，
高低各国视作仇。
战完一人又一人，
收伏一国又一国。
首先兵事指北地，
亚康鲁赞威势猛，
威名世间广为传，
世上难有人能比，
最后被那觉如贼，

箭射鲁赞王额头，

最终胜果握手中。

随即兴兵霍尔国，

霍尔白帐天之王，

天印大神之化身，

国力世上少人敌，

座下辛巴狮虎将，

百万雄兵如繁星。

最终还是难逃脱，

如日君王遭灭顶，

好似雄狮脱银鬃，

一众属民沦为奴。

其后兴兵紫色姜，

萨当国王似青龙，

青龙一吼大地颤，

可知其威有几许。

岭国黑头觉如贼，

用其武艺及法术，

将那火翼之青龙，

打入地上成小蛇。

其后来到南方地，

南方辛赤林之王，
威猛好似斑斓虎，
如此英雄似猛兽，
兵马多似草和木，
属域广阔似大海。
辛赤神子终无奈，
难守故土逃空中，
觉如用刀砍地上，
掠走其地美颜女。
其后兴兵大食国，
此地世间财之源，
边地觉如口中说，
此财藏地所需要，
将那财宝武力夺。
觉如便是一贼子，
还敢妄称是君王！
岭国便是一贼窝，
妄称国家真可笑！

野蛮边地之军队，
今年来到森布国，

两雄相遇在战场，
你伤我死互往还。
身为男儿无不同，
身携三械无不同，
骨肉之躯无不同，
有何道理惧怕他！
男儿之间之争斗，
有时就是看时运；
马儿之间斗快慢，
有时就是料好坏。
此理世间皆一样，
若能取胜是英雄，
战死沙场亦无憾。

森布君臣听我言：
反击岭国非难事，
东边红岩天之宗，
南卡朱杰黎明至，
带上身边五万兵，
在那山水布岗哨，
勿失岗哨严守护，

若有进犯取首级，
莫使岭军进一人。
若杀一人一日食，
若杀百人食一月。
南边镇龙仁木地，
甲日亚美需前往，
带上麾下五万兵，
抵挡敌军做先锋，
若能取胜是英雄。
西边森隆玉塘地，
东堆亚美需前往，
带齐麾下五万兵，
身携威势之三械，
莫使外敌入我地，
若能杀敌更是好。
北边达姆纳塘地，
日扎达贵需前往，
最好杀敌取胜利，
最差也要守好路。
我和南卡丁美将，
以及宗本扎杰将，

北山之上守宗堡，
若遇强敌做先锋，
哪会想到有败绩？

九眼查瓦森布王，
红面阿夏森布后，
稳坐森布宫殿中。
我及其他森布将，
将与岭军决胜负。
就在九日时间里，
一曰老朽之超同，
二曰力大之噶德，
三曰巧舌之米琼，
抑或斩杀取首级，
抑或套索擒拿住，
九结黑索缚君前。
如此罪大恶极人，
先将红心剜出来，
然后投入黑狱中，
总之全尽我方兴。
如若不依我之计，

即使出征也无用。

听懂君臣记心间，

不懂歌亦不解释。

阿巴亚美一曲唱毕，九眼查瓦魔王听完阿巴亚美的话之后，深以为然。魔宫中的大臣们心想：我森布国有许多像阿巴亚美一样智勇双全的大臣，所以国王自能够稳坐王位，属民们也能够有无穷无尽的人肉和人皮享用，免遭饥寒之苦。尤其是森布国主福泽深厚，自能永享荣华，何用惧他边地觉如！魔王亦如此认为，他想：森布国的君臣们还需齐头并进，枪口一致对外，五日之内灭掉岭军。一时间，森布众将震天动地般的叫声使魔宫也动摇了，行军布阵的方法就此决定。

次日，森布南卡朱杰、甲日亚美、东堆亚美、日扎达贵等众将按军令前往自己的哨区。魔军黑压压一片似岩山，红灿灿似一片火烧森林，马蹄声此起彼伏，漫山遍野旌旗摇动。这天日将西斜时，只见魔军营帐白的似雪，好似繁星落地；红的像血，好似血滴大地；黄的像日光，好似日照雪山；黑的像岩石，好似牦牛之角；蓝的像宝石，好似青龙在渊。其余各色营帐更是目不暇接，言不能尽。众将按照先前的安排，各自安营把守住自己的哨区。然而大将达拉美巴及达拉赞贵二人自忖法力高强，决定单枪匹马前往岭军营中，看看岭军将领的本事到底如何。

五

这日傍晚，格萨尔王在白色千人神帐中卧眠时，姑母南曼杰姆来到了神帐之上，对格萨尔授记曰：“明日天明时，森布达拉美巴和达拉赞贵将带着一万兵马前来突袭。若不及早准备，恐岭军会伤亡惨重。”说完，姑母南曼杰姆便像彩虹一般消失在空中。格萨尔王突然惊醒，急忙让米琼传令众将迅速集结。米琼、唐巴、巴杰等人连忙敲鼓吹号，众人听见鼓号之声迅速汇集到神帐之中。岭国众将坐在自己的位子上，忐忑不安，纷纷猜测大王今日为何召唤众臣如此之急。格萨尔王用慈悲空性之眼环视了岭国叔父兄弟后，以威震八方曲唱出了姑母南曼杰姆的预言：

唵嘛呢呗咪吽！
阿拉塔拉塔拉歌，
塔拉是歌之唱法。

敬请上方神明知，
不变头上高耸髻，
右手宝剑左手盒，
琉璃宝镜在前方，
箭旗枪缨在挥动，
身边十万神兵围，

还请白梵天王知，

今日护佑我岭军！

天空之中帐房里，

在那高山之顶上，

箭旗枪缨在挥动，

黄色头巾之神明，

身边十万年兵围，

念青格佐大神知，

今日请来护佑我！

海底龙王宫殿中，

不变十万龙兵王，

水中旌旗在摇动，

实乃财富之宝库，

敬请顶宝龙王知，

今日请来护佑我，

请将敌人尽数灭！

如若不识此地方，

西方森布之地方。

如若不识我辈人，

世间之王格萨尔，

果萨之子名觉如。
我乃征战之王者，
岭军众将之主人，
降伏所有敌人者，
世间弱小扶助者，
消除一切灾难者。

叔父兄弟听我言：
今日早间之时候，
睡梦之间突然见，
彩虹之光现帐中，
姑母南曼杰姆至，
身上五色彩衣飘，
身边十万空行母。
向我说出预示言：
森布梅朵拉珍女，
已将事事禀其君，
森布国中诸大臣，
勃然大怒似火焰。
森布阿巴亚美将，
腹中满是奇谋计，

虎狼之躯英雄体。
摆开排兵布阵计，
派出森布四虎将，
每人自带五万兵，
在那森布之四方，
布下严密之岗哨，
要使外人不入内。
好似黑熊两兄弟，
实乃南方把守者；
好似母虎二姐妹，
实乃东山把守者；
好似饿狼两兄弟，
实乃北山把守者；
好似阎罗两兄弟，
实乃东山把守者。
在这魔国之中部，
九眼查瓦罗刹魔，
红面阿夏罗刹后，
还有虎眼九头魔，
以及鲁堆那卡魔，
坐镇在那王宫中。

还有明日天明时，
魔国达拉美巴将，
以及达拉赞贵将，
从那东北之边界，
会来突袭岭国营。
岭国兄弟英雄们，
今日对敌做先锋，
将那甲胄系紧带，
将那兵刃磨锋利，
将那弓箭全上弦，
将那战马备鞍鞯，
神帐四周守护好。
谁人可堪为先锋？
羌塘阿达鲁姆将，
霍姜二军做护佑。
如何行军布阵法，
神明预言如此说，
预言明细这般说：
神子扎拉孜杰将，
叔父超同及噶德，
同我安坐神帐中。

岭国众人皆须知，
神明预言无差错，
依靠神明不会错，
父母之心不会错，
上师教诲不会错。
岭国诸神勿分心，
上神中年下龙神，
请佑岭帐之四周，
保佑我方无灾难，
将那胜果取手中。

听懂耳中之甘露，
不懂歌亦无二遍，
君臣还请记心间。

格萨尔王一曲唱毕，岭国诸叔父兄弟及将领尽皆领命，各自欢喜地返回了自己的营帐，随即身系三械，戴好盔甲，备好马鞍，整装待发。次日天明时分，罗刹达拉美巴及达拉赞贵带着一万兵马，伴着杀喊之声来到岭军营帐，其势如大河滔滔、山石滚滚、大火在深林蔓延。岭国哨兵见状，便急忙吹号警示。

此时从西北边界地方闪出一员岭将，实乃日西阿达鲁姆将。此将虽是女儿身，其形却似男。她穿着一团红火似的甲胄，胯下一匹黄鬃马，便来战罗刹达拉美巴。阿达鲁姆在一箭之遥的地方停下，挥起手中的宝刀，唱了一支英雄之歌：

唵嘛呢叭咪吽！
阿拉塔拉塔拉歌，
塔拉是歌之唱法。

玛扎如扎魔之神，
今日护佑请勿小，
今日来引曲之头。

如若不识此地方，
实乃黑方森布地，
实乃北风呼啸地，
实乃罗刹食肉地，
实乃罗刹饮血地。

如若不识我辈人，
羌域万户之将领，
在那以前岁月里，
吃时喜食红色肉，
饮时喜饮红色血，
穿衣爱穿人皮衣。
如今心向佛陀法，

所有恶业均抛弃，
人肉人血不喜食。

森布魔子听我言：
天空之中大鹏鸟，
想展翼力飞苍穹，
若遇利箭射空中，
鸟羽四散落地上；
大海深处之鳄鱼，
鱼鳍翻动波涛涌，
若遇渔人抛鱼钩，
一下拖到岸上来；
森布国度魔之域，
专行杀戮无悲悯，
如今岭国天兵至，
将那魔兵全结束。
狼窝门口小羊跑，
狼牙自会咬食之；
鹞鹰巢边小鸟飞，
小鸟羽毛必四散。
森布君臣即如此，

阿达鲁姆来迎战，
你想抵挡敌不过，
你想逃脱亦不能。
山上落下之大石，
地上小虫怎抵受？
波涛滚滚之大江，
流过泥沙怎抵受？
大火烧在树林中，
一棵小树怎抵受？
如若你猛我更喜，
将这宝刀挥起后，
不会放过任何人，
短命人儿如此记！

闻听阿达鲁姆一曲唱毕，达拉美巴心想：这个阿达鲁姆生在北地，是一生靠掳掠征服诸国的鲁赞王的女儿班丹玛索杰姆的化身。此女身携三械，虽是女儿家，却长着一张阎罗似的脸。不过今日我与她相遇疆场，男女有何不同？只要能取得最后的胜利就行了。

风吹着达拉美巴，光照在他身上苍穹盔的盔旗上，他坐在黄螺野象马上唱道：

唵嘛呢叭咪吽！
阿拉塔拉塔拉歌，
塔拉是歌之唱法。

敬请嘎热大神知，
食敌肉来饮敌血。
玛扎如扎人神知，
食肉饮血山神知，
今日请做达拉友！
如若不识此地方，
西方森布故土中，
羌域纳塘仁木地，
英雄抵挡仇敌地。

如若不识我辈人，
高高宫殿食肉宗，
五万兵马之首领，
达拉美巴是吾名。
我有猛虎之斑斓，
我有熊罴之胆气，
我有雄狮之威风，
达拉威名传四方，
只有岭国不知晓。

短命女子听我言：

雄鹰所飞之苍穹，
小鸟岂能同样飞？
红日光照大地时，
天边小星有何光？
霹雳闪电齐发时，
树木挺直亦无用。
森布大军来到时，
羌域残兵岂可敌？
非男非女似妖魔，
身携三械上战场，
装作血脉几高贵，
实是失土孤儿仔。
羌域女子浪荡儿，
父祖基业让于人，
然后来做他人仆，
还觉脸上似有光。
眼界奇高之女子，
若说世间平凡女，
善持家计须贤惠，
亲戚子孙须善待，
粮食财富贮库中，

笑脸喜迎上门客，
如此方是好女子。
还是卸下三械刃，
跟我达拉一齐走，
口中食物身上衣，
你所想要我皆予，
幸福时光从此始，
还请女子细细想。

如若真想同我战，
达拉若恼似阎罗，
心中没有慈悲念。
将那宝刀挥起时，
岂是甲胄能抵挡?
胸膛剖开似大门，
美丽身姿血肉糊。
此事真是如反掌，
如何抉择要看你。

听懂耳中之甘露，
不懂歌亦不解释。

闻听达拉美巴一曲唱毕，阿达鲁姆怒火中烧，来不及回话便射出一支似流星般的食肉红翎箭。阿达鲁姆的箭飞似的射中达拉美巴胸口的护心镜，护心镜登时裂成四瓣。箭尖虽然射中了达拉美巴的心脏，但因他是嘎热护法的化身，加上有泰让甲胄的护持，仍安然无恙。达拉美巴一时间怒不可遏，用左手拔出胸口的箭，右手从刀鞘中抽出罗刹毒刀，往阿达鲁姆的肩上砍了三刀，阿达鲁姆肩上鲜血喷涌而出。霍尔辛巴见状心想：阿达鲁姆乃班丹拉姆的化身，以前从未受伤，今日真是遇见了真正的劲敌，若再不前去搭救，唯恐她性命难保。于是，辛巴便挥动手中的宝刀，扑向达拉美巴，二人厮斗在了一起。俩人斗了一盏茶的工夫，仍不分胜负，便各自跳出阵来。辛巴心想：这个达拉美巴实乃森布君臣里的好汉，身有妖魔和泰让的法术。若今日不除掉他，他恐会伤及我们岭国叔父兄弟的性命。于是，辛巴又站起身来，依靠索多护法及威玛战神的威力，再与达拉美巴比刀。达拉美巴的刀虽然砍了辛巴两下，但只是砍断了他身上几条甲胄的带子，并没能伤到辛巴。辛巴往毒火焰宝刀上吐了几口唾沫，再往达拉美巴身上砍去的时候，达拉美巴的首级像掉落包袱一般，一下掉到了地上，一时间血流如注。岭国诸将见辛巴杀死了达拉美巴，便像冰雹一般冲向了森布军队。辛巴将达拉美巴的首级挂在马上，在森布军中似狂风一般左冲右突。达拉美巴的同伴达拉赞贵心想：今日真是时运不济，这达拉美巴是我一生的伙伴、迷茫时的靠山、遇见强敌时候的帮手。这个红面阎罗般的辛巴，竟然取了他的性命，若不为他报仇雪恨，我达拉赞贵活在世上还有什么意思？于是，达拉赞贵便催动胯下之马迅疾地来到辛巴身边，说道：“你这杀人屠夫，你自以为英勇无敌，像是那青龙一般。但殊不知古时的谚语有云，‘一山还比一山高，英雄之上有英雄，只是一时之时运’。今日我要将你的长鬃浸泡在血中，取下你的首级，为达拉美巴报仇！”达拉赞贵说完便用食肉哈拉曲的曲调唱道：

唵嘛呢叭咪吽！

阿拉塔拉塔拉歌，
阿拉要在空中唱，
塔拉要在地上唱。

敬请嘎热护法知，
请将岭国尽消灭。
礼敬玛扎如扎神，
今日请来佑达贵。
敬请黑色泰让知，
边地魔军望扫尽。

如若不识此地方，
纳扎曲木北方山，
实乃骏马驰骋地，
看看谁快和谁慢；
实乃英雄争斗地，
看看谁能夺胜利。

如若不识我辈人，
三万户兵之首领，
高高食肉宗堡中，

达拉赞贵是吾名。
空中青龙之闪电，
达贵之箭堪比拟；
高山大川之浪花，
达贵之力堪比拟；
吹满山谷之山风，
达贵幻术堪比拟。
达贵一怒非等闲，
骏马飞驰之路途，
即使大鹏也退缩。
空中狂风骤起时，
雪中雄狮银鬃抖；
空中狂风呼啸时，
霹雳雷电落地上；
无敌宝刀挥起时，
将那神魔对半劈。

红面阎罗听我言：
就在今年之时候，
边地觉如乞儿军，
未去征战反来侵。

若将此事比一谚：

不安于位之君王，

带着盗匪去列国，

觊觎天下之财物；

道行不高之上师，

装作念经度灵魂，

眼珠乱转想钱财。

岭国号称佛法国，

日夜口念六字言，

一生却行杀戮事。

岭国真是盗匪邦，

岭国觉如盗匪王，

岭国佛域是空名。

自视甚高老匹夫，

虽说你已取一胜，

在我面前却无用，

好似自投我罗网，

像来鬼门去寻死。

就在今日一日内，

边地觉如乞儿军，

灰飞烟灭不存世，
好似绿草遭冰雹，
好似糌粑抛空中。
如没做到非达贵，
你有遗嘱速速留，
若要投降取哈达。

听懂耳中之甘露，
不懂心上之疖子。

唱毕，达拉赞贵持刀等在那儿。霍尔辛巴立在马上，将刀上的血迹往马的身上擦了擦，说道："你这个将死的罗刹魔，还没取胜便在这儿说了许多空话。说时易如指甲挑破皮，行时难似美女修虹身。我辛巴梅乳孜一生征战无数，所遇劲敌无数，所取胜利无数。今日我已经胜一筹，将那达拉美巴之首级挂在了马上。还得再胜一筹，将你的首级一并取了，扬威四方。"随后，辛巴唱了一支善取敌命的歌：

唵嘛呢呗咪吽！
阿拉塔拉塔拉歌，
北方雄曲是塔拉，
不变之声霍尔音。

上请天印大神知，
中请热查中印知，

下请黑色地印知，
威玛战神诸护法，
今日请做辛巴友。
上师三宝本尊神，
三圣怙主请护佑。

如若不识此地方，
高高苍穹之下面，
实乃森布之故土，
纳扎曲木北方山。

如若不识我辈人，
在那从前时日里，
阿钦霍尔之地方，
居住犏牛宗堡里，
英雄辛巴梅乳孜，
白帐王之殿下臣。
如今心已向佛法，
跟随岭国格萨尔，
列入岭国之将列，
实乃持法之大臣。

遇见敌人似阎罗，
取敌性命为慈悲，
未有敌人能胜我，
此非空言是事实。

世间谚语曾有云：
雄狮挺立雪山上，
为蓄银鬃下平原，
到得深陷泥沼日，
身上银鬃是负累，
眼含热泪是必然；
深林之中锦豹子，
为炫花纹行世间，
陷入猎人陷阱中，
身上花纹徒添悲，
心生悔意是必然。
前来挑战之达贵，
身携三械上战场，
今日遇我辛巴将，
挥起手中之毒刀，
小命殒时戚戚然。

我手所持之毒刀，

黑白泰让生魂铁，

一挥大山劈两半，

血肉之躯何消说！

今日宝刀挥你身，

一刀首级斩落地，

二刀鲜血洒空中，

三刀挫骨剁你肉，

然后尸首喂野狗。

听懂耳中之甘露，

不懂歌亦不解释。

辛巴一曲唱毕，手挥宝刀冲向达拉赞贵，达拉赞贵也朝辛巴的左肩砍了两刀，但因辛巴身上有格萨尔王的护身符及佛菩萨的佛衣毛发护体，故未伤分毫。辛巴用剧毒炽热刀回砍，达拉赞贵的右肩受了伤。但达拉赞贵仍然无恙，又连续挥刀砍向辛巴，但像是砍在空气中一般。达拉赞贵方晓得辛巴刀枪不入，于是调转马头返回阵中。辛巴军像饿狼追赶羊群般冲入森布军中，斩杀了二十余名罗刹兵。辛巴的副将辛楚美拉曲培和达纳亚美多杰一齐挺刀合围达拉赞贵，却被他一刀一个斩于马下。达拉赞贵随即冲入岭军中，斩杀岭兵无数，并朝辛巴梅乳孜舞枪挥刀，但仍是徒劳无功。达拉赞贵知道刀枪奈何不了辛巴，于是便收刀入鞘，从腰间取出罗刹套索，往辛巴颈上抛去。辛巴虽用宝刀连续砍击套索，但未能砍断罗刹索，反被从马上拉了下来。阿奴青温见状，提心吊胆，怕辛巴有什么差池，于是骑着胯下的青骢花翼马，忙射两箭，射穿达拉赞贵的肩部。但达拉赞贵仍不松手，继续拖着辛巴往前走。此时，日西阿达鲁姆赶来援助，用黑色威猛刀，一刀便砍断了达拉赞贵的罗刹索。达拉赞贵仍不退缩，挥刀又往阿达鲁姆身上砍了两刀，因阿达鲁姆也有格萨尔王的护身符护体，所以毫发无伤。辛巴、阿达鲁姆、阿奴青温三人一齐将套索抛向达拉赞贵，达拉赞贵用刀砍断了套索，后退了几步，心想：此三人都有法力护体，看来单打独斗是没有取胜的希望了，还是回去同君臣商量计议后再说。于是，达拉赞贵便传下号令，暂时撤军。岭军穷追不舍，斩杀了森布兵四百多名。达拉赞贵一路狂奔，跑到自己的营帐，安排好守护营帐的事宜后，迅速赶往了森布宫殿。天快黑时，他到了肉宗宫殿，气喘吁吁、捶胸顿足地跪在魔王魔后面前，将此次出征的细节，用哈马胡切的曲调唱道：

唵嘛呢叭咪吽！
阿拉塔拉塔拉歌，
塔拉是歌之唱法。

在那天空之上端，
嘎热护法我方神，
请佑达贵勿分心，
勿使国王大计失。

如若不识此地方，
森布肉宗紫色宫。
如若不识我辈人，

实乃出征保胜者，
回返胜利在敌手，
吾名达贵真羞愧，
号称勇猛真羞愧。

国王王后听我言：
昨日最初之时候，
按照亚美之部署，
作为先锋出森布。
到得东北交界处，
噶如原野之下方，
安下己方之营帐。
达拉亚美连同我，
带着手下一万兵，
来到岭国营地旁。
岭国东西南北方，
一似河水冲泥沙，
二似火烧连原草。
抵达岭营东北方，
红黑之营如血海，
守护营帐之将领，

非男非女魔女样，
阿达鲁姆是她名。
达拉亚美与她战，
与她战了几回合，
达拉亚美占上风。
此时红面红鬃者，
名唤辛巴梅乳孜，
不似凡人似阎罗，
好似阎罗到凡间。
身怀六艺技高强，
砍他便像砍彩虹，
回砍能将山劈开。
达拉亚美无时运，
被那辛巴斩马下。
与他同往便是我，
心想如若不报仇，
活在世上无意义。
转动宝刀行杀戮，
杀得岭国无数兵，
斩杀辛巴两副将，
再用套索套辛巴，

拖于马下似死尸，

顿挫岭军之锐气。

最后岭国部队中，

阿达鲁姆来助阵，

斩断套索救辛巴。

我用刀枪一齐砍，

怎奈三人是虹体，

如何砍杀均无用。

我看我部之残兵，

再去死战无胜算，

随即下令后撤军，

来到君王之近前。

岭国猛将确勇猛，

达拉赞贵败下阵。

出征之时一万兵，

如今只剩一千余。

如今战事之走向，

恕我直言实难说，

如何行事君王定，

还请君王记心间。

达拉赞贵一曲唱毕，森布君臣得知达拉亚美战死，都悲戚不已。魔王九眼查瓦心想：今年同岭国征战，苦无胜绩，反而损失了许多大将，不知如何才能战胜岭国，为死去的大将们报仇雪恨！一时间，魔王坐立难安。其他人看着国王焦急的面容，一时也说不出克敌制胜的方法。此时，老臣陈巴尼玛颤颤巍巍地起身，说道："老臣陈巴尼玛乃上个时代的老人，从前我森布国威猛过其他国，遇见敌人都是所向披靡。不料今年却遭逢如此败绩。我从前听闻岭国觉如的魔军，君臣皆是英雄猛将，男儿都勇武过人，兵刃都猛似雷电。如此之敌确是劲敌，若是硬碰只有吃亏，此乃老人真言。此战到最后，我们也不能取胜，我们的英雄们会像被霜打的稻谷，冰雹砸的青草一般。老朽认为，还是将无锋的刀儿收入刀鞘，无勇的身躯暂时歇息，将珍宝缀在哈达之上，来商量求和之事。若是求和成功，君臣便能安于己位，属民也能安居乐业。你等仔细掂量一下吧！"陈巴尼玛说完这一番话，有人连连称是，有人觉得求和只解一时之忧，还有人说跟岭国求和无异于俯首称臣。众人意见不一，难定其事。但老臣陈巴尼玛坚持求和之意，并说由自己前往岭国军中商量和议之事。魔王和王后也觉得老臣之计可行，便命令老臣运用自己的聪明才智，前往岭营进行议和，并嘱咐老臣，自己不会到岭营去，老臣需将岭国君臣带到自己宫中。老臣回复说："如此和议之事绝难成功，还需我王屈尊前往岭营。"于是，老臣便备了整整十八驮金银财宝，带上十余名随从，出发前往岭营。

此时，岭中军见者解脱帐中，格萨尔王及岭国诸位大臣将军均在饮宴。霍尔辛巴梅乳孜向大家讲述起战斗的经过，并将森布国达拉亚美的首级摆在众人面前。格萨尔王及扎拉孜杰等大喜，均称"要说利刃是毒刀，要说英雄是辛巴"。只见中席上首铺着虎皮的孔雀宝座上，总管王戎擦查根站起并说道："岭国的叔父兄弟英雄们，今日是个吉祥日，战神星光闪耀。今日是个好兆头，时运日高取胜利。要说英雄是辛巴，世所不容罗刹魔，毒刀将他砍两半，首级拿来助酒兴。古时藏人谚有云，‘锦缎装点女嫁女，酥油点缀福瑞畜，珍宝奖励勇猛将’。所以，今日必然要论功行赏。”总管王说完，便唱了一支慢行长调曲：

唵嘛呢叭咪吽！
阿拉塔拉塔拉歌，
塔拉是歌之唱法。

礼敬嘉哇莲足下，
祈望空性成佛法。
上请白梵天王知，
中请念青格佐知，
下请顶宝龙王知，
此生护佑勿要小。

如若不识此地方，
无边森布之故土，
岭国安营扎寨地，
格萨尔王仁波切，
见者解脱神帐中，
岭国君臣聚齐地，
英雄展示战功地，
岭国论功行赏地。

如若不识我辈人，

创始最初之老人，

实乃戎擦查根王。

不变之心如日月，

不变之意似海深，

不变之身似高山，

实乃岭国之根本。

牦牛似铁之双角，

行走岩上有用处？

身有火翼之青龙，

划破云层有用处？

白口善跑之马骡，

行走羌塘有用处？

黄帽上师坐庙宇，

超度地狱有用处？

就如此谚总管王，

要定大计需由我。

岭国君臣听我言：

岭国英雄辛巴将，

斩杀罗刹有赏赐，
黄金金币一百枚，
白银银币一百枚，
珊瑚项链一百串。
不止以上之赏赐，
森布达拉之兵刃，
以及胯下所骑马，
通通都归辛巴有。
阿达鲁姆和青温，
虽说未能取首级，
但亦辅助辛巴将，
你等二人亦有赏，
金银之币各十枚，
珊瑚松石各十串。

其后君臣请细听：
去年今岁之时日，
西方森布之地方，
好似魔力甚威猛。
梦中所现不清晰，
昨日梦中显彩虹，

初始细雨绵绵下，
其次花朵簇簇开，
最后梵音悠悠响。
奇异梦境中所说，
阿达鲁姆所受伤，
还需释迦之神丹，
天竺释迦佛陀前，
格萨尔王寄箭信，
禀告重要伤情事，
不过许久便痊愈。
不止如此还有言，
远方会来重要客，
身穿绸缎带宝物，
来做买卖不要利。
究是如何现难猜，
细证应是我方友。

在座诸位听我言：
昨日一日之对战，
尸首便将道路阻，
鲜血遍流满沟渠。

如今此地森隆地，
确实像是森布城，
双方殒命众尸首，
如此弃之招鬼魅。
从前之人有说法：
人死尸首需有主，
或是剁碎喂鹰鹫，
或是抛在江河中。
此乃前人之习俗，
合乎人情即礼教，
进而才能合佛法，
须知此事不能忘。
然后岭国诸猛将，
今后再上战场时，
戒骄戒躁须稳重，
不然性命会堪忧。

如何行来何时止，
细思才能得安乐，
还请君臣细细想。

总管王戎擦查根唱完这支论功行赏的歌之后，岭国长中幼三系所有大小将领均连连称是。格萨尔王得知总管王有如此梦中之预言，便依照总管王所说之法疗愈治好阿达鲁姆的伤，便开始准备箭信，并写下：“我乃于良缘时代从天上下到凡间，一生都在消灭妖魔，所灭之魔不可计数。还有许多魔国未能消灭，若是每消灭一个魔国，便牺牲如此之多的岭国神兵，那该如何是好？从我军开始出征森布国起，董迥达拉赤噶、阿达鲁姆等将军先后受伤，还请释迦佛陀能够赐下治伤良药及其他护体神丹。”格萨尔王写完，将书信缚在箭上，往南方天竺方向射去。

六

此时，佛陀释迦牟尼正在空行禅定之中，只见神箭穿过云层射来，诸仙佛用鼓乐迎接书信。此箭来到释迦众比丘之上，天上落下花瓣雨，箭也落到了众比丘中间。比丘取下箭上的书信拿到了佛陀眼前。佛陀看完书信的内容之后，说道："人中之王格萨尔，为解救南瞻部洲的弱小于苦海，将那些魔国一一消灭。如今森布国的妖魔伤了岭国大将，故来请我解救。所以，比丘贡嘎云丹、比丘西热诺布、比丘陈列公布三人，立刻前往各地，速速去求甘霖解药和神医口诀。"

数日内，三位比丘觅得各色神丹，让三名神行阿杂热火速送到了格萨尔王座前。三位神行阿杂热三日便到了格萨尔王的神帐附近，岭国众人见到三个身着花衣、头戴花帽、腰系花绦、足穿花靴的人，还以为是森布国的人，便都严阵以待。三位神行阿杂热拿出格萨尔王的神箭，众人方知是友非敌，便将三人迎进了神帐之中，广置茶酒佳肴予以招待。三人各自落座后，格萨尔王望向三人，他们便取出佛陀的长生不老神丹及其他神药，献于格萨尔王座前。格萨尔王大喜，将手放在心口，唱了一支神韵六颤曲：

唵嘛呢叭咪吽！
阿拉塔拉塔拉歌，
塔拉是歌之唱法。

法身报身和化身，

三门齐齐来顶礼。
上请白梵天王知，
中请念青古拉知，
下请顶宝龙王知，
佛陀释迦牟尼知，
今日请做凡人友。

如若不识此地方，
草山水山和岩山，
三山聚齐之下方，
尸横遍地之原野，
黑方森布之故土，
现在岭军扎营地。

如若不识我辈人，
刚出生时在仙界，
布多嘎布神子名。
而后投胎至年界，
念青古拉之侄子，
汀利卫嘎是吾名。
其后投胎到龙界，

顶宝龙王之侄子，
见者解脱龙子名。
最后投胎到凡间，
僧伦卡玛是吾父，
血脉实乃年神后；
果萨拉姆是吾母，
血脉实乃龙王后。
血肉之躯形成后，
拉隆松多之地方，
相依为命与母亲，
妖魔泰让共生活，
口中所食为田鼠。
到得行年十三时，
赛马称王岭国地，
武艺法术占王座。
娶得森姜珠姆后，
开始出发征四方，
大食阿扎及象雄，
歇日卡切及朱古，
收伏许多大宗堡，
小宗更是无计数。

金银珍宝绿松石，
胯下骏马牛羊群，
满仓稻谷引藏地，
黑头藏人之根本，
佛法根基得以立，
将那魔国变佛域。
一生用尽杀敌事，
一敌杀完又一敌。
今年便是森布国，
未取胜利先伤己，
已经连损几战将，
受伤之人更无数，
不知还会有何事。

请听我言阿杂热：
你从佛陀座前来，
践行佛法有几许？
空性之心如何修？
从那遥远天竺地，
谨记佛陀之教诲，
不辞辛劳到此地。

路上是否有劳顿？

衣衫是否染风尘？

法体是否染疾病？

心中是否生悲苦？

在那遥远天竺地，

瓦热奈斯法轮中，

佛陀之上日月升。

绵绵细雨落下时，

杜鹃啼声几悠扬？

佛陀自生之法体，

所说教诲是如何？

敬请详说勿遗漏，

佛子心中如此记。

格萨尔王一曲唱毕，身着花衣花靴的年长阿杂热起身，在格萨尔王面前拜了三拜，将佛陀赐下的神水、长生神丹、长生结等惠及所有人。随后他把自己的袈裟下摆往肩上一搭，将天竺金刚座上佛陀所说的话语唱道：

唵嘛呢叭咪吽！

阿拉拉姆阿拉歌，

塔拉拉姆塔拉唱，

礼敬佛法僧三宝，

祈愿心想事能成。

如若不识此地方，
魔域森布之故土。
如若不识我辈人，
从那天竺金刚座，
释迦牟尼法座下，
佛法使者阿杂热，
三人之中最年长，
唤作黄面阿杂热。
西方天竺之地方，
释迦牟尼如来佛，
为了众生无灾祸，
将那长生之神丹，
送至格萨尔王前。

格萨尔王听我言：
天竺实乃佛法邦，
佛陀之恩何其深，
比丘僧团日繁盛，
向佛之心几虔诚，
保佑四方无病灾，
保佑干戈化玉帛，

无外敌来无内斗，
共享太平千万世，
此乃天竺之历史。
我等阿杂热兄弟，
佛陀座前立下誓，
速速赶来未耽搁，
好似乘风一样来，
口中咒语催马蹄。
做成大事阿杂热，
驰骋原野一骏马，
划破苍穹一雄鹰，
川流不息一江河。
今日将要返故土，
祈望不久成法身，
格萨尔王与佛陀，
莲花之心奥义同，
祈愿人间能安乐，
早日变成极乐土！

黄面阿杂热一曲唱毕，格萨尔王大喜，称三位阿杂热完成了佛陀赋予的使命，解了众生之苦，消除了岭国的灾祸，实乃一件大功德。格萨尔王向阿杂热三兄弟赠送经过自己加持的护身符、千佛的长生结等神物，阿杂热三兄弟亦大喜，又拜了三拜。拜罢，三兄弟念动神行咒语，像是雄鹰飞天一般，返回了天竺。

三日之内，格萨尔王将佛陀神物的福力加持在每一个人身上，确保无一遗漏。阿达鲁姆则用佛陀的长生神丹治病疗伤，将息身体。次日，在岭营西方，出现了一队旅人，他们身上并没有携带兵刃，往岭营方向走来。姜部的守军见此，立即吹起了外敌进犯的号角。姜子玉赤贡杰骑马，拦在了路人之前。来者森布老臣陈巴尼玛取出一条洁白的哈达，说道："我们是森布国国王派来议和的使者，请带我去见贵国的格萨尔王。"姜子见来人甚是诚恳，便让他在此扎营歇息，自己回神帐请命。姜子骑马很快来到格萨尔王神帐，将来人情形细细禀报。格萨尔王说道："如果岭国同森布国能握手言和，能救生灵于涂炭，如此甚好！"还提出与敌国谈判的事情非总管王戎擦查根莫属。姜子得命后，将森布国众人带到总管王的莲花自生神帐之中。帐中已备好茶酒及美味佳肴，总管王隆重招待了森布众人。

席间，森布老臣陈巴尼玛从座上站起，取出一条洁白的哈达献于总管王座前，将双手放在心口，拜了两拜，随后唱道：

唵嘛呢呗咪吽！
阿鲁森布魔之声，
塔鲁食肉饮血曲。
嘎热护法大神知，
如扎玛扎大神知。

如若不识此地方，
西方森布之地方，
岭国神帐之内部。

边鄙无乐魔域地，
祈望变成极乐土。
森布地方兀佛法，
祈望佛法早日传，
早日修得佛法身。

如若不识我辈人，
九眼查瓦罗刹王，
座下大臣二十二，
其中最具智慧者。
喜食肉来喜饮血，
陈巴尼玛老臣名。

在那从前时日里，
天上所飞之飞禽，
水中鱼虫地上兽，
诸物皆去杀戮来，
食其肉来饮其血，
所造恶业如风吹，
慈悲之心从不知。
即使森布之地方，

早已传来佛陀法，
但是除去肉食外，
森布地方无稻谷。
故此我方森布地，
众人皆喜血腥物，
同时亦食本族类，
父子兄弟亦相残，
互食全看力大小，
强者口中食弱小，
少壮口中食老朽。
如此之地无慈悲，
口中无法诵真言，
上师亦无法之路，
每思及此心悲痛。

殊胜上师总管王，
你乃天上神仙子，
岭国人中之龙凤，
世间和平之支柱。
今日看顾老臣面，
并且看顾森布国。

紫色肉宗宫殿里，
骨肉之躯众罗刹，
森布广袤之地方，
悲惨属民千千万，
慈悲之心来怜悯。
老臣虽生森布国，
但对佛法早向往，
对那恶业心厌恶。
格萨尔王人中日，
一早视作吾上师，
希望森布归岭国。
如今心愿快要成，
岭国军队到西边，
若是佛法甘霖下，
何愁稻谷不生长？
何愁众生不安乐？
日薄西山森布王，
今日派我禀降意，
属民自然能保命，
何愁不能入法列？

上师总管听我言：
今日投降岭国下，
所献财物不胜数，
请将此意禀岭王。
今后岭国所需物，
俱有老臣来操持，
须发半百老臣我，
招降森布免战役。
森布君臣虽势猛，
如今已是不如前，
福力时运日日衰，
好似油枯之烛火，
好似西山之落日，
是否如此请细思。
老朽实乃将死人，
还请速速做决定。

听懂歌儿心中记，
不懂还请恕我罪。

老臣陈巴尼玛一曲唱毕，便献上了带来的金银财宝。莲花座上的总管王戎擦查根因年事已高，眼皮上的皱纹密布，双眼深陷，额上的皱纹也似水波一般，但心智如红日一般；心思深远似大海，稳重如高山一样，洞悉未知如宝镜一般。听完老臣陈巴尼玛的话之后，总管王大喜过望，说道："门第高贵的子孙不犯错，大智之后心胸宽广。在黑白善恶之间，能进善门的何其少。老臣陈巴尼玛虽年事已高，但仍为了森布岭国的大事奔走，这是取得善果的根本。"说完，总管王用慢板长调曲的曲调唱道：

唵嘛呢叭咪吽！
阿拉塔拉塔拉歌，
塔拉是歌之唱法。

不变阿声法身曲，
不变塔拉空中唱。
礼敬上方诸位神，
白梵天王为其一，
念青古拉为其二，
顶宝龙王为其三，
本尊之神为其四，
护法山神为其五，
索多战神为其六，
还有创世九大神，
今日请做岭国友，
来为戎擦起歌头。

如若不识此地方，
黑色岩原森布地，
实乃岭军扎营地。
如若不识我辈人，
实乃创世时老人，
戎擦查根是吾名，
要说年岁与天齐。
如今身体已日衰，
耳中话语听不清，
嘴中话语说不清，
想行之地不能至。

岭国老人戎擦臣，
随同君王格萨尔，
今日来到森布地。
自从岭军至此地，
征战使那天地转，
杀生之事不胜数。
若说魔神交战后，
最终胜利属神方，
此话自明无需说。

森布君臣自忖强，
如今命丧刀枪下，
然后大臣细思量，
前来共商和议事。
是否如此老臣心？
此事我来做比喻：
天上云头日光晒，
细雨不得不落地，
五谷生长有用处；
雪山冰雪渐消融，
雪狮不得不下山，
繁衍后代有用处；
森布锐气已被折，
今日屈就来议和，
属民保命有用处。
老臣陈巴听我言：
你乃出生森布地，
从小血肉喂养大，
如今年事已高时，
将那诚心向佛法，
从此依止格萨尔，

此乃善果之征兆。

不止如此还须知，
代表森布来议和，
此非私事乃国事，
关系属民之安危，
消弭战事解灾祸。
贵父之子好性情，
智慧深厚心胸宽，
但是岭国同森布，
黑白善恶有不同，
所思所想有不同，
能否同声并同气？
如若老臣所说语，
能够落在事实上，
西方森布众君臣，
须得勤修慈悲心，
所行之事须善事，
将那恶念连根除。
血肉之食须戒除，
乃食凡人之五谷。

人皮之衣须摒弃，
身着布衣或草衣。
如若能应以上事，
西方森布众君臣，
可列岭国神兵中，
尊卑与前无二致。
如若二国握手和，
弓箭之上系哈达，
将以兄弟情相处，
属民脱离战事苦，
森布渐成佛法邦。
开垦土地来耕种，
秋收五谷养牲畜，
口中食物俱丰富，
身上衣裳亦华美，
生活安乐可想知，
以上诸事我保证。

森布老臣再请听：
摈弃强横便用兵，
要对弱小施慈悲，

若是来降视若子，

此乃岭国之习俗。

若是真是要来降，

还请先回森布国，

君臣共同再商议。

若是此意能确定，

上至王侯下兵卒，

卸掉兵刃来投诚，

森布各地之岗哨，

同时撤掉是必须，

老臣心中如此记。

闻听总管王所唱，老臣陈巴尼玛心中大喜，脸上喜色难掩，向总管王又拜了三拜，并保证即使拼了自己的老命也要劝服森布国众人，早日同岭国握手言和。陈巴尼玛遂将随身携带的金银珠宝、松耳石、珊瑚等物敬献到总管王的营帐中。森布国众人回到自己营中，老臣陈巴尼玛的随行大臣们均说以前只听说过岭国叔父，今日得以亲见岭国叔父中的长者——睿智的总管王戎擦查根。还说："聆听总管王的话语可知他定是一个慈悲的人，如果我们森布国能够投诚，则战事消弭，黎民也将安乐。我等回到森布国之后，一定要劝我们的国王向岭国投降。如此，我们不止能保住森布国君臣的财富地位，还能像以前一样自己管理自己的地方，由我们君臣们商定国事。"众人一同起誓，在森布国王面前言语一致地劝降。

次日，当老臣陈巴尼玛一行人准备回森布国之时，岭国派人准备了丰富的食物予以款待，并赠送给每人金银绸缎等物，送行了半日路程。老臣陈巴尼玛一行十三人将岭国的馈赠驮在马上，行了数日后平安到达紫色食肉宗的宫门口。森布国的君臣们心想：老臣陈巴尼玛满怀希望地前往岭国议和，担负着如此大的使命前往边地觉如的地方，如今可能像被树木挂住翅膀的老鸟、谋略失算的老人一般了，与觉如议和应当是不可能发生的事儿。如此想着，君臣们都面露疑虑，坐在各自的座位上。老臣陈巴尼玛从胸口的宝盒中取出一条哈达，献于九眼查瓦座前，将前往岭国议和的前后经过用大河正流曲的曲调唱道：

唵嘛呢叭咪吽！
阿拉诺伯魔之歌，
塔拉食肉饮血曲。

我从苍穹之中唱，
曲从大海深处传。
上请嘎热护法知，
中请玛扎如扎神，
下请地印大神知，
黑方魔之大王知，
食肉罗刹众神知。

如若不识此地方，
黑暗森布之宫堡，
强横显示威力地。

食肉饮血森布地，

今日之前时日里，

将那苍穹当衣穿，

将那大地当垫睡，

将那日月做奴役。

上方仙界黑暗罩，

中部人间难呼吸，

热嘎之地成血泊，

业障好似浓雾罩。

在这南瞻部洲地，

号称森布几蛮横，

哪有敌人不可战？

森布日里食天竺，

森布夜里食汉地，

藏地实乃其早餐。

国王勇猛不可敌，

没有战役不取胜，

没有敌人不降伏，

南瞻部洲威名扬。

但是去年之时节，

从那乌云天空中，
一声高山般霹雳，
天地转动国难安。
从那毫无纠葛地，
派来西征之军队，
将我森布变血海。
森布国度众好汉，
争先恐后上战场，
未能取胜反失利，
枉送多命于敌手，
牺牲兵马不胜数。
从我出生之日起，
如此战役从未见，
莫说未见亦未闻。
古人谚语曾有云：
锋利宝刀之刀口，
锻造之时须有度，
过度斩肉亦会钝，
适度能将骨头劈；
大鹏神鸟翼力强，
频繁飞往高山上，

如若不能自把握，

鸟羽四散亦未知；

身居高位之法官，

辨别黑白断善恶，

如若凭此去敛财，

自己亦会落法网。

僧舍正中之上师，

身穿僧袍度亡魂，

如若费用取无度，

自己亦会堕地狱。

森布地方众君臣，

食肉饮血声音大，

自忖强盛征四方，

从前征服一二国，

今年之敌难战胜，

君臣应该已知晓。

号称勇猛众好汉，

对敌出战未回返，

所言胜利早成空。

格萨尔王法力高，

看似仙不似凡人，
拉鲁年神在身旁。
从前世界各地方，
号称威猛诸魔王，
自不量力战岭国，
最终均被岭国灭。
岭国勇士不可敌，
乃是神仙之族脉，
天竺法师之化身。
岭国军队不可数，
十八大宗之军队，
所部兵马不断绝。
以上所说之道理，
不知者们未听闻，
未闻之人当传说。

上座君臣听我言：
前日我去往岭国，
备好珍宝骡马驮，
前去岭国之营帐。
将那头上白盔脱，

解下身上之白甲，
扮作一队商旅人，
被那岭国哨兵拦，
立即将那实情说，
便被带至总管前，
诚心跪拜献哈达，
再说议和开头语。
森布战将俱勇猛，
征战决难遇敌手，
但是一旦战乱起，
杀戮之事恶业多，
属民将会有乱离。
禀明森布君臣意，
想要握手来言和，
特派老臣来说和，
还请怜我之诚意。
岭国戎擦查根说，
你乃睿智之老臣，
森布岭国和议事，
实现双方都得益。
说道若是投岭国，

先要摒弃恶业事，
还要口念佛经文。
森布从前之官位，
依然如此不更换，
自己治理自己土，
财富田土归本国。

不止如此还须知，
凡是我国投诚人，
不分大小与尊卑，
均有格萨尔王护。
若是外敌来入侵，
森布诸人皆父子，
同仇敌忾向外敌。
若是森布内和谐，
我来做出郑重誓，
将那马蹄绸来裹，
将那弓箭绸来包，
将那双拳绸来绑，
岭王视作吾上师，
所喻诸事须完成，

如此即可得安乐。
一生所需口中食，
将那五谷撒大地；
一生所需身上衣，
开启绫罗绸缎门。
若是和解不能成，
岭国众将似阎罗，
森布国之众将臣，
命丧沙场无需疑，
自忖勇猛反被杀，
最终森布成死城。
君臣议定如何做，
七日之内须答复。

听懂耳中之甘露，
不懂歌亦无二遍。

闻听老臣陈巴尼玛所唱此歌罢，九眼查瓦魔王心想：若是按照岭国总管王戎擦查根所说，投诚后我森布国列祖列宗的颜面何存？况且阴险狡诈的觉如不知又会生何变故？但若是拼死力战，双方的兵马、实力悬殊太大，或许就会像总管王所说，我们森布国沦为死城。如此想着，魔王一时间拿不定主意，踌躇不决。此时，左边上首红色人皮坐垫上的阿玛赞吉亚美也思量：从前我们森布地方，父食子肉，女食母肉，食肉饮血穿人皮。此乃我国从前之惯俗，如何能轻易更改？在南瞻部洲的各个地方，说无敌便是我森布英雄。若是今日我等投诚于岭国，还不如死上九次呢？阿玛赞吉亚美思至此遂说道：“森布国君臣虎狼子，从前威猛似山高，吼声堪比青龙吼，对敌征战似雷电。如今需时不中用，好似猛火被水浇，心智被那乌云罩，如此不堪真可怜。我阿玛赞吉亚美罗刹将，遇见好汉会更勇，如何能投诚于敌人？生为男儿身，从小弓箭不离手，此乃区别女儿身。如今上了战场，携带长短兵刃，若能取胜是好事，不能取胜也无悔。”阿玛赞吉亚美说罢便唱了一支勇士豪迈曲：

唵嘛呢呗咪吽！
黑色阿鲁魔之歌，
不变塔鲁森布曲，
唱歌须从空中唱，
英雄心胸宽广曲。

如若不识此地方，
此地宽广似苍穹，
稳健好似雄伟山，
财富可堪比龙宫，
实乃森布珍宝地。

如若不识我辈人，
二十二代森布王，

二十二位森布臣，
其中最称大用者，
是我赞吉亚美将。
在那从前时日里，
无人是我之敌手，
好似苍穹中日月，
谁人敢与我比试？
好似地上大江河，
凡人如何能阻挡？
我之无敌人皆知。

在座君臣听我言：
森岭二国之议和，
智谋好似被风吹，
只是想保自己命。
今日出此议和计，
实乃不智之举动，
最后必会生悔意，
国土沦陷何须疑？
治理一方之君王，
群臣智慧有高低，

到了战火纷飞时，
若是不用智慧谋，
夸耀智谋是空言；
骏马群中一骐骥，
四季喂养勤照料，
到了穿越荒原时，
若是四蹄不飞奔，
号称骐骥是空名；
君王座下一众臣，
岭国敌人犯境时，
须得杀敌上战场，
不战便思和议事，
号称英雄真羞耻，
身携三械属无用。

座上君臣请再听：
三位大臣九小臣，
前日前往岭营去，
并无一句说来历，
反出狐狸怯叫声。
你这陈巴尼玛臣，

人老额上满皱纹，
满口牙齿渐脱落，
衣衫褴褛似乞儿，
如何再报君王恩？
如何言语去取胜？

古人谚语曾有云：
点燃火焰烧自身，
乱说言语惹纠纷，
杀敌兵刃伤自己。
你若真是愿投诚，
待得森布国君臣，
战斗定出生死后，
那时再去投岭国。
古人谚语曾有云：
莫骑爱惊之马儿，
小心身体摔岩上；
莫信两面三刀人，
小心机密泄露出。
此谚实乃真道理。
忠诚不二之大臣，

跋涉万里之骏马，
陪伴一生之伴侣，
三样世上所难求。
全无智谋之老人，
胸无胆略怯懦儿，
安于己位守后方，
卸下三械执纺锤，
西方森布之国事，
莫来不懂乱定策，
莫来理会征战事。
从此议和之二字，
莫说行动不许提。
在这人间世界地，
不可和议三样事：
水火之间不可以，
相生相克各是各；
上天与地不可议，
高低不同各是各；
神仙妖魔不可议，
黑白善恶各是各。
无法实现之和议，

还是早日放脑后，
还是身带三兵器，
去与敌人共战斗。
杀敌一人算扯平，
杀敌二人赚一个，
即使战死无需悔。

尊贵君王听我言：
如何还能安坐此？
明日天明之时分，
阿玛赞吉亚美一，
东堆黑色多丹二，
汉地鸱鸮大臣三，
红眼饿狼为其四。
四将带上四万兵，
突袭岭国之营地，
使那岭营满死尸。

听懂还请记心间，
不懂歌亦无二遍，
君臣心中如此记。

一曲唱毕，阿玛赞吉亚美将衣袖捋起，长鬃上已满是血色，气冲冲地坐在那儿。九眼查瓦心想：我森布国就需要如此之能臣，像那驰骋荒原的骏马，像是操持一生之伴侣。于是，九眼查瓦在红檀木制成的孔雀三层宝座上作雄鹰俯瞰状，因食肉饮血欲念升起，上下颚发出咂颚之声，九个头颅上的十八颗眼露出凶光，心中对老臣陈巴尼玛的言语极为不满，嘴中和鼻中都喘着粗气，唱了一支母虎怒吼曲：

唵嘛呢叭咪吽！
阿鲁黑方魔之歌，
不变塔鲁魔之声。

今日来唱魔之歌，
敬请嘎热护法知，
中请十三魔神知，
食肉山神赞玛知，
护佑还请不要小。

如若不识此地方，
西方森布之故土，
森布食肉三尖宗，
享受血肉之地方，
天上所下是血雨，
业障之雾满空中。

我国森布之族脉，
从小喜食便是肉，
长成便喜杀戮事，
库中满是血和肉，
满山满谷俱尸骨。

如若不识我辈人，
玛扎如扎之族脉，
森布肉宗之国王，
九眼查瓦是吾名，
身怀六艺俱精通。
森布国王似阎王，
手下兵马十余万，
如我到达敌阵前，
像是罗睺空中行，
遇见先锋将他灭。
若要说说魔王史，
将那天空当衣裳，
将那大地当座垫。
以上所言非空话，
周围他国有万千，

虽说威猛也惧我，
都说无法敌森布，
都恐丢了自己命；
都说莫行巨石下，
小心头颅脑浆洒；
都说莫阻大河路，
小心山坡变平原；
都说莫近火焰处，
小心被火烧成灰。

今年之事真神奇，
空中冰雹未下前，
禾苗已被霜雪害；
大河波涛未起前，
小溪喧闹满村镇；
森布还未出征前，
岭国已来犯国境。
青龙在那海中眠，
乌云暴雨来侵袭，
青龙自要赶乌云。
森布之地本平静，

奈何岭军扰安宁，
反击岭军是必然。
森布君臣虎狼将，
若是好汉须出战，
若有利刃需杀敌。
若是不将岭军灭，
森布之臣无用场，
勿迟速做先锋将。

母虎森吉为其一，
阎罗雅美为其二，
红面热夏为其三，
大力扎巴为其四，
带领四部先头兵。
长臂红肩罗刹魔，
红面单眼雄鹿魔，
飓风火虎为其三，
曲沃奔钦为其四，
四人作为援助军。
大力红虎罗刹臣，
威嘎亚美罗刹魔，

赞拉扎杰冬秃将，
拉托多钦等四人，
渐次作为增援兵。
我同三眼虎头将，
王弟白甲拉赞将，
以及红面阿夏后，
实乃森布之支柱，
战若不胜做先锋，
战若无计定计谋。
边地觉如乞儿兵，
一时虽勇难长久，
岭国诸将俱骗子，
号称都是神化身。
实则若是骨肉身，
有何理由不能胜？
哪能抵挡寒铁刃？
勿要惧怕放宽心。

听懂耳中之甘露，
不懂歌亦无结果，
君王旨意勿违抗。

九眼查瓦唱完，所有人都道君王所言甚是。老臣陈巴尼玛等人一再哭诉，若是不与岭国议和，而去力战，无异于以卵击石。但九眼查瓦和阿玛赞吉亚美一拍即合，谁敢再提议和之事，便将他的舌头割掉，众人也就无可奈何了。

次日天未明时，阿玛赞吉亚美骑着一匹汗血追风马，头戴金刚铜盔，身披铜甲，右边拴识飞红铜箭，左边佩火山大弯弓，手中的黎明枪上刻满火纹，红刃刀装在红色人皮制成的刀鞘里，胸前是红铜护心镜，身后是红色的战旗。红色的面庞似阎罗，红色的须鬃似烈火，身上集齐了九样红色，威风凛凛，一副遇见何种敌人都不会退却的姿态。他身后是恰戎玉洁和赤多嘎杰两员副将，带着三万兵马，越过峡谷，走过平原，来到岭营附近。只见岭营中一将，头戴银制白盔，身披银色白甲，胸前是银色护心镜，右边箭，左边弓，手持银枪，他乃天竺大臣贝嘎。贝嘎拉住胯下的风翼马，手持三械，挡在路前。阿玛赞吉亚美大怒道："你这白衣白马人，我身集齐九样红，你乃集齐九样白。你是白云我是风，狂风会把云吹散。你是哈达我是火，猛火将你哈达烧。你穿白衣我穿红，血红将你白衣浸。若做不到非好汉。"阿玛赞吉亚美说完，便唱了一支勇士豪迈曲：

唵嘛呢叭咪吽！
阿鲁实乃魔之歌，
塔鲁不变食肉曲。

上请嘎热护法知，
中请热霍萨堆知，
下方黑色罗刹知。
天印中印和地印，
再无神明更高深，

今日请做阿玛友，
共襄森布之大业。

如若不识此地方，
食肉岩石之路口，
猛将虎臣之道途，
实乃消灭岭军地。

如若不识我辈人，
森布肉宗骨肉堆，
祭神所用人鲜血，
满山满谷皆人肉。
我乃森布之能臣，
手下统领三万兵，
阿玛赞吉是吾名，
世上无人能敌我。

天上狂风暴雨起，
地上岂会留尘土？
熊熊火焰燃烧时，
草木岂能留其身？

平原之上江河流，
河中泥沙岂能留？
若是遇见活阎罗，
来人岂能留性命？
在我阿玛将之前，
白衣之人命将休！

今日之前时日里，
未有他国似岭国，
食肉饮血森布地，
引来无数兵和马，
无辜人儿取性命，
弱小黎民陷囹圄。
此事该当何道理？
从前旧怨有几多？
如今新恨有多少？
失财丢命是为何？
对面岭国白衣人，
今日你即到命关，
遇见森布阿玛将。
就在今日之清晨，

你是白云我是风，

风儿将你白云吹；

你是哈达我是火，

猛火将你哈达烧；

你是白岩我是雷，

雷电将你白岩劈。

不然森布是空名，

你须记住我言语。

我也不再去多说，

你须将此记心间。

闻听阿玛赞吉亚美一曲唱完，天竺大臣贝嘎心中暗想：今日所遇非坏事，好汉上战场时，遇见好汉便欢喜。铁斧剁虱子罪过反而更大。贝嘎便说道：“你这罪孽深重的罗刹妖魔，莫要慌张心放宽，慌张之人无智慧，就像慌张之马跑不远。无事可做的妇女喜欢说长道短，无智的男子喜欢横冲直撞。我天竺大臣贝嘎，心胸似那天一般宽广，勇猛好似雷电，怎能不将你这岩石击碎？是否如此，我们一会儿便见分晓。”贝嘎说完从风翼马上挺起身，用食肉饮血的曲调唱道：

唵嘛呢叭咪吽！

阿拉塔拉塔拉歌，

塔拉是歌之唱法。

高歌一曲似大河，

好似大河一样深；
唱歌从那高山唱，
好似高山无变化。
上请嘎松丹炯知，
请将妖魔全消灭，
今日请做贝嘎友。

如若不识此地方，
天地岩山汇集地，
黑暗森布之故土。
如若不识我辈人，
在那久远上台时，
天竺转动法轮地，
释迦世传之族脉，
贝嘎拉珠是吾名，
如今岭国座下臣。
从我在我母怀起，
直到三十三岁前，
所战之敌不胜数，
头上白盔身白甲，
虽非岩石护我身；

腰上宝刀胯下马，
虽无神力却如风；
头顶白色之盔旗，
虽无能力达日月，
高山之上旗飘扬，
父神之力自加身；
身上所披之白甲，
虽不能与苍穹敌，
却能护住自己身，
乃有战神知法力。
我乃岭国贝嘎将，
格萨尔王座下臣，
掌管万兵之首领。
今年来到西方地，
除了杀敌取胜利，
没有苟全自己心。

森布魔域众妖魔，
像是饿狼窜山间，
站在山上寻猎物，
市井之间捉活物。

森布早有食肉俗，
南瞻部洲想称雄，
苦难加在生灵身，
如今仍是不收敛，
全然不想未来事。
将死人儿听我言：
今日你命就要休，
从此不能见太阳，
亦复不能行路上。
世间自有谚语云：
日月皆称是明灯，
若是不能破黑暗，
萤火之虫无区别。
良药皆称消剧毒，
若是不能治百病，
树皮草根无区别；
神佛皆称度众生，
若是不能降妖魔，
与那无赖无区别；
大臣贝嘎照此谚，
身带三械上战场，

若是未降阿玛将，
便与妇女无区别。

快快行来胯下马，
快快相战贝嘎将，
快快射出霹雳箭，
箭尖自有战神在，
箭身自有护法在，
箭尾自有大神在。
格萨尔王战神军，
神箭勿斜直直射，
将那阿玛心射穿，
莫使敌人能逃脱。

贝嘎唱完，射出之箭就像空中的闪电一般地射向阿玛赞吉亚美的胸口，使其胸口的护心镜登时裂成九瓣。阿玛赞吉亚美的胸膛像大门一样被打开，鲜血喷涌而出。不过因他是嘎热护法的化身，一时无恙，竟然用手将箭拔了出来。随即，赞吉亚美拿出嘎热护法的护身符、泰让上师的神药放入口中，不过此时的他已在马上摇摇欲坠。贝嘎拔刀出鞘，向他走近时，赞吉亚美突然缓过神来，从刀鞘中抽出光照苍穹罗刹刀，伴着刀刃上的黑烟，朝贝嘎砍了两下。第二刀正砍在贝嘎左肩上，砍下了一块肉来。贝嘎大怒，心里思量：今天必须与赞吉亚美斗个你死我活。如此想着，贝嘎便向他扑去。赞吉亚美见贝嘎受了刀伤，便想用套索擒他，于是便走向他。此时，姜子玉赤贡杰如神兵天降般来救贝嘎，待赞吉亚美扔出套索，玉赤贡杰便用刀将套索砍成两段。姜子又抡起手中的威势黑刃刀往赞吉亚美头上砍去，也因他寿数将尽，只一刀便将他砍得脑浆四溅，跌落马下。姜部众兵见主帅获胜，便大呼着“咯咯嗦嗦”冲向了森布军。赞吉亚美的副将达玛也像火焰燎原一般冲向岭军，斩杀了岭二十余人。随即，达玛又挺枪刺向贝嘎，将贝嘎刺死于马下。姜子玉拉托久瞬时像被剜了心一般，哪还有时间再说其他话，随即挥刀砍向达玛，只一刀便将他斩落马下。随后，玉拉托久朝森布军连射三箭，射死二十余名森布兵，森布兵见大势已去，便四散逃走。

战役结束，玉赤贡杰和玉拉托久将贝嘎的尸首驮在马上，半日内回到了格萨尔王的神帐里。二人将贝嘎的遗体放在岭国众将眼前，众人见了都伤心不已，长吁短叹。格萨尔王也在宝座上落下泪来。总管王见格萨尔王哭泣，便道：“人中太阳格萨尔王，如此哭泣又有何用？大事未成之前，已损了好几员大将。之前已折了董迥达拉赤噶等几人，今后还不知道会发生些什么。逝者已矣，我们便好生安葬，受了伤的兵将便好好医治。我们将贝嘎的后世好好料理了，再做好超度亡灵的事儿吧！”总管王说完，便吩咐岭国三位上师做好超度之事。此时，玉赤贡杰起身，将三名森布将领的首级摆在神帐门前，从胸前的嘎乌中取出一条哈达，献在格萨尔王、神子扎拉及总管王戎擦查根面前，随即将贝嘎战死的情景及战事经过用青龙怒吼的曲调唱道：

唵嘛呢呗咪吽！
阿拉塔拉塔拉歌，
塔拉是歌之唱法。

紫色姜域之地方，
红色老人敬请知。

萨当卡如天之宗，
东赞三脚骡马知。

如若不识此地方，
西方森布之土地，
九眼查瓦之领土，
黑方险恶之地方。

如若不识我辈人，
在那从前之时日，
紫色姜域之地方，
萨当国王之后裔，
姜子玉赤是吾名。
我乃大鹏之后裔，
定在空中展翼力；
我乃雄狮之后裔，
定于雪中亮鬃毛；
我乃猛虎之后裔，
斑斓花纹自会盛；
我乃岭国殿上臣，
必将敌人全降伏。

去时扎营指挥者，
返时部队断后者，
遇敌之时势无敌，
安定岭国大计人，
守护岗巴藏地人，
吾之威名传四方。

今年森岭起战事，
在此还需做比喻：
岭军好似空中鹞，
扑向森布众小鸟；
岭国好像天上雷，
劈向森布红岩山。
今年战事真吃紧，
自从森布那老臣，
返回本土之后起，
好似热铁浇上水，
生出许多乱子来。
九眼查瓦罗刹魔，
手下赞吉亚美将，
带齐手下所部兵，

便向我方扑将来。
玉拉手下姜部兵，
天竺贝嘎所部兵，
攻破我方之哨卡。
好似阎罗行地上，
战与不战都一样；
就像熊熊火焰上，
稀疏火焰无甚用；
山上落下巨石时，
地平与否不管用。

森布大臣亚美将，
魔将确实很威猛，
业障好似浓雾罩，
食肉红舌在摇晃，
抵达岭营之边界。
岭国先头之部队，
天竺贝嘎将打头，
带领五百员兵丁，
去战森布为先锋。
贝嘎和那森布将，

对战约有一盏茶，
首先用刀来比试，
其次又用枪比试，
最后换作比箭法。
贝嘎射出之一箭，
射中森布之心窝，
热血从那心上喷。
魔将实乃泰让身，
未死反而勃然怒，
将那大刀挥起后，
只将贝嘎左肩卸。
姜子登时心胆寒，
立时前去救贝嘎，
真是遇见相当敌，
长短兵刃互比试，
最终用我手中刀，
取下亚美之首级。

随即发生不幸事，
森布亚美之副将，
怒极冲向贝嘎将，

用那长枪刺贝嘎，

登时取了贝嘎命。

我方玉拉托久将，

伤心冲向达玛将，

只在空中挥一刀，

便即取了达玛命。

随即姜域所部兵，

冲向森布阵营中，

好似鹞鹰扑小鸟。

用那刀枪和弓箭，

杀敌无数尸满谷，

宝刀之刃俱是血。

今日虽是取胜利，

但却损失贝嘎将，

实乃此战之憾事。

不过遗憾亦无用，

死者亦无生还理。

还请格萨尔上师，

为那贝嘎办后事，

超度亡魂引路途，

将他引至极乐土，

让他避免堕恶途，

还请君臣记心间。

姜子玉赤贡温一唱完，便回到自己的位子上坐下。此时达戎超同心想：门姜二部的这些人平日里最喜欢逞勇示威，今日却丢了贝嘎大臣的性命。更不知羞耻的是，这些门姜的将领冲到已被贝嘎之箭射伤、奄奄一息的森布将身前，在将死之人的身上砍了几刀，便敢妄称取了大胜，如此之事如何能称为大胜？于是便作不悦状，还露出窃笑之声，环顾岭国众臣。姜部二将见超同如此表情，本不高兴，但是想着如今还未取全胜，不可先自己乱了阵脚，加上不想惹恼格萨尔王和神子扎拉，便缄口不语地坐在了自己的位子上。

此时，右手席首的银座上，通体洁白如雪、好似雄狮挺立般的神子扎拉孜杰环视众臣后，将论功行赏的歌用神韵六颤的曲调唱道：

唵嘛呢叭咪吽！

阿拉塔拉塔拉歌，

上师佛法僧三宝，

礼敬自是心中起。

上请天界仙境里，

白梵天王诸神知；

中请年神帐房里，

百千山川叠嶂间，

念青古拉格佐知，

今日请做岭国友，

将那森布国消灭；
下请龙王宫殿里，
顶宝龙王能知晓，
施予珍宝和成就。

如若不识此地方，
荒原小域之里面，
索日山峰之下部，
实乃岭国扎营地，
在我岭国营帐里。

如若不识我辈人，
要说从前之历史，
岭国初成之时代，
汉藏两地之交界，
黄金血脉之后裔，
嘉擦霞嘎是吾父。
汉地和那天竺地，
泥婆罗及雪域藏，
守护四方之将军。
后来霍尔之魔王，

将我父亲嘉擦杀，
父死之后独留我，
好似街头之弃儿，
扎拉孜杰是吾名，
格萨尔王是吾叔，
我乃岭军之统领。

今年森岭之战役，
若说要用一比喻：
天上未起乌云前，
冰雹已经落满地，
四季哪能不紊乱？
江河还未涨潮前，
河水已将桥冲毁，
岗哨哪能不丢失？
岭军还未到敌境，
森布猛将已先至，
战事哪能不猛烈？

岭国君臣众将军，
虽说勇猛无人敌，

但是今日战役中，
上方神界下凡子，
天竺大臣贝嘎将，
实乃慧识锁匙人，
岭国军中之猛将，
其勇堪比九万兵，
今日损折真憾事。
如今悔恨亦无用，
生死早有天注定，
日月亦不能幸免。
金刚石有毁坏日，
此乃世间之真理，
谁人能保不死身？
如今猛将死沙场，
美名自会留地上，
是否如此众君臣？
贝嘎遇难身后事，
白色遗体法之身，
红色火焰中火化，
其身所留之舍利，
立刻送回岭国去。

为了超度其亡魂，
诵念经文须无数，
日夜不停供神佛，
除此之外别无法。
纳塘原野下边地，
三水汇聚之地方，
虽说黑白法不同，
但是魂灵都相同，
遗体全部抛河中，
莫让死尸遍山野，
到时会引阎罗来。
若让尸腐味传播，
活人就会得病疫，
草木也会难生长。

岭国君臣听我言：
在这森隆纳塘地，
不可久留是非地，
时运会低岂不知？
不如早早离此地，
前往森布食肉宗，

黑暗也能早日散，
让那血海早干涸。
此乃扎拉之想法，
不止如此还须说：
此次岭国先头兵，
姜子玉赤贡杰将，
姜域玉拉托久将，
斩得魔臣三首级。
为了赏赐其功劳，
一袍一甲一骏马，
外加金币各五十。

岭国众将还须知：
从前已战敌无数，
还需战者亦无穷。
对敌还须智来取，
若是一味去蛮战，
最后损失是己命。
森布君臣之兵马，
像是剧毒刺蒺藜，
顷刻就能取人命，

众将还须多小心。

岭国众将听我令，

再留此地战无果，

早早前往食肉宗，

去取魔国之珍宝，

去引世界往乐土，

完成岭国之大业。

听懂耳中之甘露，

不懂歌亦不解释。

闻听此曲，众人均觉得王子扎拉言之有理，都连连称是。丹玛强查说道：森布国虽国小兵寡，但森布魔臣们都是亡命之徒，所以岭将们还需像鹞鹰一样机敏，方能获大胜。众将都称谨遵丹玛的命令，随即各自返回营帐。

此时，森布国的残兵败将们也回到了森布国宫殿中，将战事失利的事情禀告了国王。君臣们听闻此言都捶胸顿足、长吁短叹，发誓要尽快报此大仇。正当森布群臣你一言我一语地叫着要上战场时，从左席上首站起了魔臣雍仲扎巴，在众君臣面前唱了一支誓取胜利的歌：

唵嘛呢叭咪吽！

黑色阿拉魔之歌，

塔拉食肉父之声。

要唱黑色九全歌，

祈望将那敌消灭。

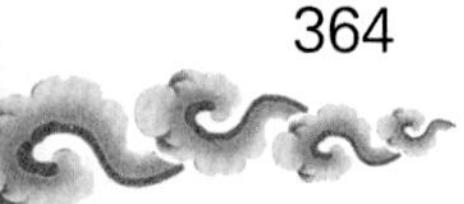

食肉地神红面知，
祭上血肉之供品，
一敬二敬再二敬：
一敬嘎热护法神，
如若不敬嘎热神，
头颅身体依止谁？
二敬玛扎如扎神，
若是不敬玛扎神，
危难时刻谁来救？
三敬哈拉黑毒神，
若是不敬哈拉神，
谁来保你有肉食？
魔神护佑请勿小，
今次请将岭国敌，
不留一人全消灭！
祈望我方森布地，
能比从前更昌盛。

如若不识此地方，
森布国王天之宗，
紫色食肉之宗堡，

森布王臣及土地，
就像空中日月星。

如若不识我辈人，
西方食肉宗堡中，
三万兵将之首领，
雍仲扎巴是吾名。

好似天上之彩云，
实乃落雨之根本；
好似温暖之太阳，
草木生长之根本；
好似山顶之积雪，
大河奔流之根本。
九眼查瓦吾之王，
九顶头盔之盔缨，
一摇世界也震动；
若将九双手伸出，
能将高山全移平；
九头九口触天地，
一口能将海水涸。

九眼魔王之武艺，
加上本人之计谋，
能将世界转方向。
在我森布国度里，
勇猛之臣有廿五，
其中五人钢铁身。
边地觉如乞儿兵，
虽然猖狂无大用，
我等无需惧怕他！
明日黎明之时分，
我便带领一万兵，
前往森隆那塘地。
明日一日时间内，
将那岭国之军队，
搅成血海成红色！
将与觉如相比试，
力争取他之首级！
若是不行擒戎擦，
将那老朽用索缚，
拴到此地如小犬！
丹玛噶德辛巴将，

姜子玉拉巴姆等，
遇见哪个斩哪个！

世上谚语早有云：
饿狼常在草原行，
渐知如何赶羊群；
鳄鱼常在湖中游，
渐知如何吃小鱼；
鹞鹰常在空中飞，
渐知如何擒小鸟。
吾将亦是照此谚，
从前搅动岭营帐，
便知岭军之本事。
诸位君臣勿担心。
阿玛大臣之大仇，
若是明日不能报，
雍仲扎巴非吾名！

听懂君臣记心间，
不懂歌亦无二遍。

雍仲扎巴唱完这支歌后，捋起袖子，咬牙切齿地坐在那儿。魔王九眼查瓦说道："明日你雍仲扎巴先行出发，我带着军队殿后，要让他觉如全军覆没。他岭军就算再威猛，兵马就算再多，我也能一口吞掉，一手捏死，一脚踩死！"说完，九眼查瓦随即用青龙怒吼曲唱道：

嗡嘛呢叭咪吽！
黑色阿拉魔之歌，
塔拉食肉父之声，
森布不变本乡音。

礼敬嘎热护法神，
如若不敬嘎热神，
谁来护佑森布地？
玛扎如扎哈拉神，
实乃森布父系神；
天印中印和地印，
实乃森布命运神，
请将敌人全消灭。
岭国猖狂之部队，
全部将他祭风中！

如若不识此地方，
紫色森布食肉宗，
尸骨血肉所铸宫，

宫顶便有三铁角，
外有十三钢铁角，
内有十三钢铁墙，
森布父祖之宫殿。

如若不识我辈人，
南瞻部洲之地方，
九眼查瓦势威猛，
将那汉地用手抓，
将那天竺踩脚下，
藏地便在手脚间。
世上万千诸国家，
全部被我收治下，
未有一敌曾放过。
十八武艺全齐备，
要说谁猛我最猛，
岭国于我算什么？
觉如未放我眼中。

在座大臣听我言：
明日黎明之时分，

达玛扎巴为其一，
雍仲扎巴为其二，
辛吉扎巴为其三，
多丹扎巴为其四，
四将各带三万兵，
从那东西南北方，
将那岭营团团围。
取出刀枪斩敌将，
残兵用那双脚踩，
一要岭营变血海，
二要尸骨遍山野，
不然不是森布将！
大臣以及诸将领，
速速安排行军事，
君王口中无戏言，
山上落石无法挡，
奔腾河水无法阻，
一人不可来推诿！
明日到了天明时，
好似虎狼众大臣，
要似猛虎出洞般，

疾风一样往岭营，
闪电一般摧岭营，
众臣还请记心间！

魔王九眼查瓦唱完这支鼓励军心、安排行军布阵的歌后，森布国的老少众臣们也觉得若是自己的国王御驾亲征，定能让岭营像糌粑粉一样被吹向风中，让岭国众人粉身碎骨，让岭地血流成河。众人便开始饮宴，欣赏歌舞。

次日黎明时分，四位名唤扎巴的魔将共带领十二万兵马早早出发。魔王九眼查瓦也带着一万兵马殿后，状似空中乌云密布、亦像火势燎原，浩浩荡荡地往岭国行进。这天，岭营的四周也升起彩虹，天空中响起阵阵雷声。岭国众人皆说："自从到了森布之地，没见过如此之景，不知是何预兆。"于是，众人便都抬头望向天空。此时，在白云和彩虹之间出现了姑母南曼杰姆，只见——人形云彩引路途，青龙在那后方扶，左边有十万战神，右边有十万空行母。姑母不变头上发髻高耸，不变之足莲花千瓣，胸前有空行母之宝镜，颈上是琉璃串，口中梵音袅袅。她右手拿鼓，左手持铃，慢慢地从空中来到格萨尔王神帐见者解脱上方，用神韵六颤的曲调向格萨尔王唱了一支语言之歌：

唵嘛呢叭咪吽！
阿拉从那空中唱，
天空漫无边际歌，
塔拉在那大地唱，
佛法加持无边歌。

上请诸位空行知，

敬请三千佛祖知。

如若不识此地方，
高高空旷天空上，
白云层叠之中央，
实乃彩虹神仙地。

如若不识我辈人，
实乃空行母之首，
南曼杰姆是吾名。
预言未知之事者，
指引未见之途者，
格萨尔王守护神。

众人还请听我言，
我所要说紧要事：
昨日晨间之时候，
森布食肉宗堡里，
森布君臣商大计，
森布九眼查瓦王，
召唤扎巴四将领，

每人各带三万兵，
围住岭营之四方。
要将岭国之营帐，
搅成血海无安宁；
要将人儿全吃掉，
使那尸骨漫山野。
气势汹汹五君臣，
带着十三万兵马，
今日黎明之时分，
将那三械携身上，
胯下马儿脚步齐，
不久即会抵岭营。
森布国王蛮横儿，
嘎热护法之化身，
得到金刚不坏身。
若在空中摇晃头，
能将日月光辉遮；
双手空中摇晃时，
即使大山也颤抖；
取出三械一挥动，
能将繁星全搅乱。

比那鲁赞萨当王，
更为凶残君须知。
凶猛魔军到来时，
若无神明来护佑，
恐对战事会不利。
九眼查瓦魔王前，
威玛战神去抵挡；
名唤扎巴四魔将，
四位山神去抵挡；
还有十二万魔兵，
下界龙妖中年神，
以及神兵去包围。
随后岭国众英豪，
牛奶加护之海螺，
今日去战如鳄敌；
鲜血供奉之赞神，
今日要与恶敌战；
多年喂养之战马，
今日到了驰骋时。
平日供奉上师物，
希望度化免堕狱；

平日礼敬执法官，
希望黑白能辨别。

岭国叔父兄弟们，
今生注定上战场，
遇敌之时莫坏事。
今次打头第一阵，
对阵森布做先锋，
噶德曲迥贝纳将，
大力神威降敌人；
抵挡森布右军者，
擦香丹玛玉威将，
将那法力示敌前；
抵挡森布左军者，
岭国巴拉僧达将，
用那宝刀戮敌人；
镇守中军营帐者，
雄狮大王格萨尔；
守护神帐之将军，
姜域玉拉托久将；
除障辛巴梅乳孜，

女杰阿达鲁姆将，
共同拱卫金刚身。

森布九眼查瓦魔，
嘎热护法之化身，
黑方罗刹之核心，
食肉恶业主谋人，
岭国不共戴天敌，
阻挡佛法罪孽人。
神子岭王格萨尔，
神龙年神将来助，
今日若不降魔国，
来日再战不容易。

听懂国王心间记，
之后还会有预言。

姑母南曼杰姆说完预言后，便沿着虹路返回到天上。格萨尔王心想：今日这魔王当是来势甚为凶猛，我们若不及早排兵布阵做好准备，恐会坏了大事。大王遂将岭国的叔父兄弟们召集到了自己的营帐中。但见格萨尔王周身发着白莲一般的光亮，面庞白里透着一点红润，他环视四周之后，将姑母南曼杰姆所说森布五君臣带领十二万兵马来犯的预言用神韵六颤的曲调唱道：

唵嘛呢叭咪吽！

阿拉从那空中唱，

不变空性如雨下。

塔拉在那净土唱，

祈望众生到极乐，

抵达天堂获法身！

天空彩虹帐房里，

高山峰顶再往上，

三十三天宫殿中，

神佛梵音多动听！

神威法力最强者，

白梵天王敬请知，

今日请引我歌头！

头上所裹白色巾，

不变法身披白甲，

右手持刀左手枪，

护心镜前有盾牌，

周围十万龙兵绕，

白色龙王敬请知，

今日来助岭军力！

头顶金色之发髻，
不变法身披金甲，
战斧在右钩在左，
周围十万年兵围，
念青古拉格佐知，
今日来做岭军友！

如若不识此地方，
黑方森布之故土，
红岩山下食肉原，
三径汇合交界地。
岭国营帐之中央，
我军神帐之内里，
白色神垫是上方，
君臣相聚之席首。

如若不识我辈人，
从前我之第一世，
不是如今凡人身，
实乃白梵天王子。
为救黎民护众生，

下得凡来投凡胎，
威猛将那魔王灭，
慈悲之心扶弱小。
贵重金银和财宝，
黑白牛羊等牲畜，
凡是黎民所需物，
尽数引到藏地来。
此乃从前所做事，
到得如今之时日，
我乃岭国统兵帅，
众人唤作桑钦王。
世界形成之原初，
佛法传扬之根本，
能化世上诸业障，
能辨黑白与善恶。

岭国神兵听我言：
今年吉祥时日里，
岭国军队至此地，
来战森布魔之国。
互相对战已数次，

虽说损失不算重，
但亦损折两大将，
董迥达拉赤噶将，
以及天竺贝嘎将。
今年对阵森布战，
已有一年还四月，
虽说未能获全胜，
所损锐气也算少。
若是在这森布地，
久留恐会生变故，
出征之人心自苦，
留守之人亦担忧。
我乃千佛之佛子，
若是不能救黎民，
贤人之名不符实。
岭国诸位英雄将，
若不灭敌非英雄，
若无计谋非叔父。
森布九眼查瓦魔，
带领凶猛森布兵，
共那四名扎巴将，

不久即会到岭营。
对阵此敌先锋将，
英雄丹玛玉威将，
噶德曲迥贝纳将，
巴拉僧达阿冬将，
勇冠三军之猛将，
来引岭军做先头。
姜子玉赤贡杰将，
姜域玉拉托久将，
霍尔辛巴梅乳孜，
日西阿达鲁姆将，
来做四军四大将，
岭军本部之营地，
莫有一寸失敌手。

当有饿狼进犯时，
要用利箭来阻挡；
江河波涛涌来时，
要用砂石来阻挡；
狂风冰雹袭来时，
要用咒语来阻挡。

我和超同及噶德，

将会共念御敌咒，

对敌征战之事宜，

还须仰赖拉鲁年。

在那魔王伏诛前，

莫要逞勇独自战，

莫要蛮力去拼斗，

须用计谋去擒敌，

好似羊群赶入圈，

又似小鸟落巢中。

神明预言君王旨，

莫要更改须谨遵，

若是有违君主意，

事后不可再诿过。

听懂君臣记心间，

不懂歌亦不解释。

格萨尔王唱完这支神明预言之歌后，岭国的大小将军、叔父兄弟们都牢牢记下了预示的内容。众将臣心想：今年遇到的妖魔国虽不大，但异常凶猛，已经接连有许多岭国的大将和士卒死于非命。如再不加小心，也不知会发生什么事儿。若按照神明的预言及国王的旨意，上界神明、中界年神、下界龙神、威玛战神等都会护佑我岭国军队。加上萨尔王的神力，我军必然能守住自己的营帐，继而克敌制胜。如此想罢，于是众将臣都纷纷回到自己的营帐，开始备战。

不多会儿，阳光开始照在山顶的时候，魔王九眼查瓦及四位名叫扎巴的将军开始像疾风一般朝岭营冲来。只见那魔王身材异常高大，他的头颅好似能触着天，双手能像纺棉花一般拨弄日月，双脚好像能把高山踢碎。魔王骑着罗刹马从岭营的东北方而来，马蹄卷起一阵阵狂沙。上界神明、中界年神、下界龙神从各处射出如雨般的箭矢，刺出流星般的枪矛，挥动火虎般的刀剑，试图挡住魔王的去路。但因九眼查瓦魔王身上有嘎热护法独一无二的神力，拉鲁年神竟奈何他不得，他离岭营越来越近了。噶德曲迥贝纳把贝纳护法的十八般刀枪甲胄披挂在身上，左手持三尖天杖，右手将火焰弯刀挥向空中，威猛地挡在魔王九眼查瓦面前。九眼查瓦见状心想：面前这身材高大、须鬓乌黑、善施巫咒、威风凛凛的大汉应是岭国噶德。便咬牙咂舌，把巨长的手臂伸向空中，将满是业障的曲子用食肉饮血的曲调唱道：

唵嘛呢叭咪吽！
黑色阿拉魔之歌，
不变食肉饮血曲。
黑色塔拉森布音，
不变森布故土歌。

敬请嘎热大神知，
祈望血肉无穷尽，
祈望尽灭敌人威。

极速玛扎如扎神，
请速助我一臂力。
哈拉红色赞魔神，
今日来助我魔王。

如若不识此地方，
三顶雪山西边地，
森布食肉红岩宗，
实乃森布王国都。

黑鬃之人听我言：
乌云在那空中飘，
好似毒水欲滴下，
穿着不伦亦不类，
对面来人究是谁？
你之历史是如何？

如若不识我辈人，
西方之财富宝藏，
食肉红岩森布宗，
实乃瞻洲西方王。

苍穹实乃我之帽，
将那红日攥手中，
将那大地穿身上，
手指便将山颠倒。
我乃雪山之雄狮，
将那银鬃炫空中，
百兽俯身威势下；
我乃大鹏鸟之王，
双翼能将三界遮，
狂风卷集羽翼下；
我乃深林斑斓虎，
身上花纹震百兽，
利爪将那野兽役。
西方食肉罗刹王，
法力将那世界转，
威名震彻世间土，
九眼查瓦是吾名。

你这黑面扫把星，
身材高大似山峰，
大地震动你先倒。

空名好似那青龙，
狂风一来刮倒你。
此谚今口现你身，
你之寿数已到头，
黑面本就似阎罗，
黑马地狱之使者，
今日你便堕地狱！
我手所持罗刹刀，
实乃黑白花泰让，
用那生魂铁锻造，
一刀能将岩石劈，
一捅能让大地漏，
今日便要砍你身。
恰如指甲掐小虫，
鲜血在我指尖淌，
虽说似你真可怜，
但是此乃天注定！

古人谚语曾有云：
寿尽之人喜走动，
乞儿讨饭喜奔忙，

妙龄女子喜新人，
无力马儿喜试蹄，
无勇男子自视高，
此谚所说岭国儿。
九眼查瓦罗刹王，
身携三械上战场，
将那日月用手抓，
将那大地用脚踩。
岭国军队只一掌，
便能被我抓掌中，
放入嘴中用牙咬。
岭国匪首觉如儿，
拴在黑套索之上，
随即将那身体裂，
心儿剁成九块瓣。
岭国三十匪盗将，
一一将他全活捉，
将那红心用手掏，
血债血偿自然理，
随后就会见分晓！

听懂还请记耳中，

不懂心上成疙瘩。

魔王九眼查瓦唱完这支歌后，张开獠牙气势汹汹地准备向噶德扑来，此时噶德说道：“你这森布魔王，你虽自忖高强，我亦是一员猛将。你觉得自己勇猛异常，但我岭国众将也不是无胆匪类。先来听我唱一唱，然后你我再比试。”噶德说完，斜坐在马上，右手从腰间取出黑咒毒蛇索，然后用母虎怒吼的曲调唱道：

唵嘛呢叭咪吽！

阿拉从那空中唱，

阿拉实乃法之源。

塔拉在那大地唱，

指引众生往极乐。

礼敬佛法僧三宝，

敬请三宝能知悉。

三十三天天界上，

彩虹密布帐房里，

不变银色之发髻，

不变法身着白绸。

右手所持霹雳剑，

左手所持比杜热[1]，

1 比杜热：梵文，意为金刚。

琉璃宝镜挂胸前，
万千神仙身边围，
敬请白梵天王知，
今日来做噶德友！
中部年神土地上，
高山顶上宫堡中，
头颅之上红黄巾，
不变法身水纹衣，
金箭在右金弓左，
白螺宝镜挂胸前，
周围万千战神围，
马头万千威玛引，
念青古拉格佐知，
今日来做英雄友！
下部大海龙宫中，
在那蓝色宫殿内，
不变头颅裹头巾，
右边枪缨一簇簇，
左边旗蔓阵阵飘，
颈上珍宝串成串，
胸前挂上护心镜，

世间宝物之主人，
敬请顶宝龙王知，
今日来做噶德友！
威玛战神及索多，
以及岭国护法神，
危难时刻来相助！

如若不识此地方，
边地森布之故土。
南瞻部洲诸方土，
早已成为安乐地，
唯有森布仍魔域。

如若不识我辈人，
我乃红日之伴友，
银光闪闪一盘月，
能知半夜时几许。
我乃高山之伴友，
雪山之上一雄狮，
能将百兽震威下。
在与汉地交界土，

多康岭国中间地，
玛杰奔热之前方，
不变土地嘎隆土，
不变姓氏是噶朱，
贝纳护法之化身，
噶德贝纳是吾名！
我乃鹞雕狼之一，
三十猛将中一员，
巫咒之术都精通。
威力能将日月擒，
力大能将高山扛。

若说从前之历史：
玛杰奔热本在西，
为了抵挡汉地军，
将它移到东边去；
日玛旺秀本在东，
为了藏地法门开，
将它移到西边去；
戎拉坚赞本在北，
为了五谷能丰登，

将它移到南边去；

念青唐拉本在南，

为了藏地近年域，

将它移到北边去。

四座神山之根本，

俱在噶德我之身。

森布九眼查瓦魔，

好似饿狼行山野，

露出爪牙炫世人，

一日落入陷阱中，

即使凶猛无处逃！

狐狸毛绒几亮丽，

在那荆棘中往来，

一日遇那捕兽夹，

其祸正自毛绒起！

森布国度众君臣，

南瞻部洲随处行，

食人肉来饮人血，

今日大声放厥词，

还说要灭我岭国！

深林猿猴手臂长，

闪转腾挪树木间，
一日大树被斧砍，
再来后悔亦无用；
鹦鹉巧舌善学语，
在那竹枝说人话，
一日落入罗网中，
再来后悔亦无用。
雄鹿头顶大犄角，
高山之上爱行走，
一日猎人砍其角，
山林只能暗流泪。

西方妖魔九头子，
胆敢世上逞威风，
如今遇上岭国将，
眼泪将会满你眼。
莫要再来费口舌，
若是英雄便来战，
将你甲胄捏手中，
若是不敌你魔王，
噶德之名是空名，

护法之名是妄语！

就在今日之时间，

将你高高抛空中，

让那红日来炙烤。

再来将你摔地上，

一摔使你心脏碎，

二摔让你脑浆裂，

三摔让你双目落，

若不如此非噶德！

贝纳护法快附体，

结果妖魔霍玛呀！

噶德唱完这一支取敌之命的歌后，把贝纳金刚橛抛向空中，扑到魔王身前。魔王九眼查瓦大怒，鼻中喷出阵阵青烟，嘴中左右两边的獠牙露出，往噶德头顶抓去。噶德曲迥贝纳也用双手抓住九眼查瓦的头和颈，二人在马上打斗了三盏茶的工夫也不分胜负。二人又打斗一阵之后，因九眼查瓦确实威力无穷，噶德开始处于下风。玛杰奔热见状，便化作贝纳护法的人形，前来襄助噶德。玛杰奔热抓住九眼查瓦身体两端，开始左右摇晃，九眼查瓦在马上摇摇欲坠。此时，神龙年神及岭国诸护法神像百川朝海一般迅速汇集，将九眼查瓦慢慢地从马上抬起。噶德曲迥贝纳也像犹如神助一般将九眼查瓦抛向空中，又将他狠狠地摔在地上。这一摔，九眼查瓦魔的肺差点从口中吐出，肝差点从屁股下掉出，口鼻都难以呼吸。九眼查瓦一时胆怯，向后方撤去。

此刻，目睹此景的达戎超同心想：黑鬃噶德今日得到拉鲁年神相助，将九眼查瓦魔打得半死。我乃红色马头明王的化身，擅长巫咒之术，南瞻部洲罕有敌手。今日应当取得九眼查瓦的首级，让自己的声名震彻南瞻部洲，让上界神明知晓，完成岭国之大业，让后代世世颂扬。于是，超同头戴罗刹盔，身披罗刹甲，将罗刹弓箭戴在左右，罗刹刀系在腰间。九结发辫之上绑上九层金刚，红黄相间的须发上装饰着金色宝镜。超同骑在古古若宗罗刹马上，迅疾地来到九眼查瓦身前，用母虎怒吼的曲调唱道：

唵嘛呢叭咪吽！
一吽巫咒猛烈歌，
二吽诛灭宿敌歌，
三吽妖魔祭风中，
吽吽吽来啪啪啪，
来唱吽死啪倒[1]歌。

祈望胜利尽归我，
红色马头明王知，
敬请红虎年神知，
雍仲苯教上师知，
将那敌人全降伏！

如若不识此地方，
南瞻部洲森布土，

1　吽死啪倒：“吽”与“啪”是格萨尔叔父超同惯用的两个咒语。依据史诗，“吽”与“啪”同为咒语，前者一念诵，便能置对方于死地；后者一念诵，便能置对方于倒地。

黑岩宗堡之下方，
河水像是肠弯曲，
鲜血像是湖泊般。

如若不识我辈人，
高山之上白色岩，
不变山顶满积雪，
雄狮栖息之根本。
紫色面庞之老人，
族脉好似珍珠串，
岭国大计之根本。
马头明王之化身，
岭国财宝宝藏地，
有我乌鸦心之宗，
叔父超同是吾名，
岭国叔父我居首。
一母乳汁不能饱，
二母乳汁也不够，
三母乳汁还嫌少，
四母乳汁喂养我，
能将四方来操纵，

能将世界收治下。
格萨尔王之叔父，
岭国子侄之祖父。

在那从前时日里，
漫天繁星点点中，
二十八宿谁不识？
在那大海之深处，
鳄鱼威猛有神力，
大海岂会不知晓？
南瞻部洲东边地，
四母长官是超同，
黑头藏人谁不识？
就在今日时间里，
你这魔王虽张狂，
绝不让你逃一寸。
今日早晨之先锋，
噶德曲迥贝纳将，
比试未分胜和负。
我乃马头明王身，
世上无人可敌我，

片刻便可见分晓。

听懂魔干记心间，

不懂性命亦难逃！

一曲唱毕，超同便气势汹汹地跳向魔王。魔王心想：从前听过东方岭国叔父超同，时而有形，时而无形，有形时似狐狸，狡猾之极。今日没碰上觉如，倒是碰上了超同！魔王大怒之余将火光跳闪索用风火之力催动，往叔父超同身上套去。叔父超同因被套索套住了脖子，情急之下，竟忘了施展法术，发出的哭喊之声犹如狼嚎狐吼，但魔王九眼查瓦哪有丝毫怜悯，将叔父超同从马上拉到地下。此时，森布扎巴亚美乘机如闪电般朝着格萨尔王的神帐进发，擦香丹玛强查连续射出三箭，射死森布兵二十余名。扎巴亚美英勇地站在丹玛身前，毫不畏惧地唱道：

唵嘛呢叭咪吽！

黑色阿鲁魔之声，

不变塔鲁父族音。

上请嘎热护法知，

中请玛扎如扎知，

下请食肉火焰知，

祈望能将宿敌降，

祈望罗刹运日高，

祈望佛法速速亡！

如若不识此地方，
森隆山脉之北方，
实乃森隆大原野。
如若不识我辈人，
东方十二万户里，
赞玛扎巴乃统领，
手下统领三万兵，
前来襄助森布王！
红色火焰燃烧时，
须有风儿来助力；
雪水融化流动时，
亦有细雨来相伴。
九眼查瓦罗刹我，
有我扎巴来襄助，
谁来敌我嫌命长！

蛮横之子听我言，
若是在此比一谚：
麦浪滚滚之田野，
被那霜雹霹雳摧。

对面所立蛮横人，
今日扎巴将你灭。
岭国之兵如狐子，
让我森布满兵祸，
还来杀害英雄汉，
并来抢夺我财富，
所行皆是不义事。
你我两国间大仇，
今日由我扎巴报，
转动长短之兵刃，
最终丹玛和扎巴，
只有一个留世上。
你若勇猛向前冲，
你我或可比刀法；
你若胆怯可退后，
再来比试枪矛法。

听懂就在耳中留，
不懂歌亦无意义。

扎巴亚美歌一唱毕，便挥起黑刃罗刹刀像疾风一般砍向丹玛，一刀砍在丹玛的右肩之上，却只是砍断了他甲胄上的几根线，因丹玛有威玛战神和护法神护佑，故而没能伤及分毫。丹玛急忙抽出长柄宝刀，说道："我丹玛征战无数，从不跟懦夫交手。你当不是游戏小儿吧？你当不是纺线的女子吧？男儿虽说勇猛，但是若没有计策，便没有多大用处。一母所生的姐妹，各自用胭脂涂抹面容，若是不能勾住男儿之心，涂与不涂也是一样。你还是不要着急，先放宽心吧。锅里煮的牛肉，既要等它熟，也要等它凉。善跑马儿的步伐，既要能行，也要能停。两个男儿对阵时，既要能说，也要能听。先等我唱完这一曲，再看看谁的武艺高强。"说完，丹玛用塔拉六变的曲调唱道：

唵嘛呢呗咪吽！
阿拉塔拉塔拉歌，
上师僧侣本尊神，
礼敬佛法僧三宝。

上请白梵天王知，
请用神力护佑我。
中请念青古拉知，
请来辅助岭国兵。
下请顶宝龙王知，
还请护佑不要小。

如若不识此地方，
黑方妖魔之国度，
森布食肉之地方，

流水俱是鲜血色，
尸骨垒成山峰高。

如若不识我辈人，
在那从前时代里，
萨霍国王之族脉，
萨热哈巴之化身，
下得凡来投凡胎，
丹玛哈热宗堡里，
实乃得道之子嗣，
丹玛强查便是我。
格萨尔王殿下臣，
既辅政来又传法，
神子扎拉之义父，
鹞雕狼三将其一。
岭国大军之首领，
何处扎营由我定，
降伏强敌亦有我。

天上下起细雨时，
大地若是不湿润，
风大风小都一样。

富家子嗣之家财，
饥荒之时若无用，
积多积少都一样；
供奉上师求平安，
堕地狱时若无用，
是僧是俗都一样；
威震三界之君王，
执法若是不公正，
位高位低都一样；
英雄身上携三械，
对敌之时若无用，
凶不凶猛都一样；
灵丹妙药之功效，
若是治病时不显，
价高价低都一样；
骏马疾驰迅如风，
若是步伐不迅疾，
毛色好坏都一样。
老狗扎巴就如此，
叫声好似看门狗，
若是看见棍棒来，

哭嚎之声满山野。
身携三械来逞勇，
今日便是命休时！

在我腰间之刀鞘，
纹有吉祥八宝图，
鞘中蓝色之宝刀，
好似青龙出湖泊。
我将宝刀挥向天，
将那繁星全搅乱；
我将宝刀向雪峰，
将那狮鬃全砍断；
我将宝刀向湖泊，
湖泊将会变石滩。
银色长柄之宝刀，
萨热哈巴之神力，
是由岭国格萨尔，
取自金刚之伏藏，
实乃取敌性命者，
今日我便砍向你。
你若向后退三步，

便是拖尾之老狗；
我若向后退三步，
岭国兄弟之笑柄。
霹雳神力之宝刀，
一挥便似流星飞，
须臾便能取首级，
将那灵魂引乐土，
首级带回岭营去。

听懂耳中之甘露，
不懂歌亦无二遍。

丹玛曲一唱毕，两人就挺着刀剑打斗在一起。起先，扎巴亚美挥了几刀砍断了丹玛甲胄上的几条带子。丹玛大怒，只一刀便将扎巴亚美从头到脚劈成了两半且落下马来。随即，丹玛捡起赞玛扎巴的盔甲挂在自己的马上，又冲入森布军中，像是饿狼冲进羊群，豺狗追逐着山羊，百鸟被鹞鹰驱散，稻田被大水冲刷一般。丹玛一连杀了一百多个森布兵，余下的兵丁见已无胜算，便四散逃走。

七

此时，在霍尔营帐附近，达贵扎巴骑着一匹青龙似的战马，带着黑盔军像黑色毒雾一般到来。巴拉僧达身带三械，其势威猛到即使阎罗看到也会胆颤。巴拉僧达挡住了达贵扎巴的去路，达贵扎巴怒极，想来人必是岭国一员虎将。达贵扎巴思量着先将眼前的白衣白甲人擒住，然后再像恶狼赶羊一般，斩杀岭国之兵。于是，达贵扎巴在离巴拉僧达一箭之遥的地方勒住马，右手摸着刀鞘中的九段毒刀，唱道：

嗡嘛呢叭咪吽！
黑色阿拉魔之歌，
不变森布父之音。

上请蓝色苍穹中，
嘎热护法上师知，
祈望森布运日高。
中请玛扎如扎知，
祈望魔法日昌隆。
下请黑色哈拉知，
将那岭敌全消灭，
将那天竺法门毁，

将那汉地律门毁，
若是不能非神佛，
若是不能非英雄！

如若不识此地方，
花色岩神之下方，
实乃抵御敌之门。
如若不识我辈人，
北方三万户首领，
达贵扎巴是吾名。
今年森岭起战事，
我即显示我武力，
将那岭营变血海，
所遇岭将抛空中，
我之勇猛即如是，
岭国众人应当知！

你这白衣白甲人，
头上戴着银白盔，
暴雨来时能挡否？
白甲像是女子裙，

狂风来时耐寒否？
刀剑像是纺线物，
纤细杨柳能劈否？
你这白衣白马人，
骄蛮比那山还高，
若要在此比一谚：
雄鹿头上美犄角，
顶着犄角四处炫，
被人擒杀方知悔；
白肚鱼儿游水中，
乘风破浪江河中，
鱼钩擒住方知悔；
斑斓猛虎在深林，
怒吼一声震山林，
引来猎人方知悔。
岭国军队营帐里，
非男非女白衣人，
逞勇上得战场来，
不幸遇见我达贵，
若不将你擒来杀，
吾名便不叫达贵！

在那从前之时日，
森布一方安乐土，
从无敌人似岭国，
派来岭兵起战事，
无辜人儿取性命，
地方全部成血海。
边地无度之盗匪，
勿要欺辱鞘中刀，
勿要欺辱小马蹄，
勿要欺辱森布军。
身携三械即英雄，
来到岭营胆气粗，
此非空话顷刻知！
今日你我遇此地，
且看胜利由谁夺。
我乃达贵扎巴将，
此前取胜无计数，
今日若是输于你，
便可将我放妇列，
将我兵刃交妇手，
胯下骏马是毛驴！

你这白衣白马人，
你身来自哪部族？
父族姓氏是如何？
以前战绩是如何？
勿瞒还须快快说！

听懂你就记心间，
不懂歌亦无二遍。

达贵扎巴唱完这一支显示自己威力的歌之后，在马上候了片刻，巴拉僧达说道："你说的也颇有些道理，不能答话是哑巴，宴无回请是骗子。"于是，巴拉僧达便将回答的话语用勇士豪迈的曲调唱道：

唵嘛呢叭咪吽！
阿拉塔拉塔拉歌，
上师佛法僧三宝，
敬请三宝能知晓，
礼敬自是在心中，
今日来做巴拉友，
勿使仇敌能脱逃！

如若不识此地方，
森布地方紫色宗，
此地满是死尸味，

昼夜皆有雾气绕，
所有鬼魅聚集地。

如若不识我辈人，
多康岭国之上部，
故土达域富饶地。
山头皆是白经幡，
财富成就之标志；
山腰草滩与砾地，
好似勇士携三械，
战神勇武之标志。
在我达域之地方，
不变宫堡扎叶坚，
有人亦唤银色宫。
宫顶实乃神明位，
神明自来无需呼。
中间实乃年神位，
征战自会来护佑。
下部便是龙宫位，
珍宝财富无穷尽。
达域十二万户中，

格萨尔王之法臣，
巴拉僧达是吾名，
南瞻部洲威名扬。
头上所戴之白盔，
实乃上方神所赐，
漫说天上下暴雨，
霹雳袭来亦无恙。
天宗吉祥之白甲，
实乃中部年神赐，
漫说空中起狂风，
即使刀剑也能挡。

你这妖魔听我言：
骐骥骏马善奔跑，
敢与狂内比速度；
巴拉神勇胆气粗，
敢与阎罗比高低；
笔直弓所射出箭，
敢与冰雹比密集；
我所挥之百刃刀，
敢与死神比夺命！

在我岭国众将中，
威名震彻有三人：
巴拉僧达为其一，
丹玛玉杰为其二，
噶德大将为其三，
南瞻部洲无人敌。
不止如此还需知：
日西阿达鲁姆将，
勇士辛巴梅乳孜，
姜域玉拉托久将，
对待敌人似雷电，
俱是世上罕逢将，
你这妖魔算什么？
若有遗言速速留！
上方苍穹是空空，
将你送至日月旁，
将你魂魄祭风中。
下方大地是空空，
血肉全部喂野狗。
我之宝刀一挥起，
你若还能活世上，

巴拉僧达非吾名！

听懂歌儿留耳中，

不懂歌亦不解释。

唱完，巴拉僧达便在空中挥起银光闪闪的宝刀，往达贵扎巴头上砍去，只一刀，便砍碎达贵扎巴的头盔，头颅脑浆四溅。不过因他有妖魔护体，竟没有死去，反而朝着巴拉僧达连砍了三刀，将巴拉僧达甲胄上的带子齐齐砍断，而巴拉僧达也有威玛战神护体，所以也丝毫无恙。达贵扎巴得知兵刃不能奈何巴拉僧达，便收刀入鞘，右手抓住巴拉僧达的胸口，左手来掰其肩头。巴拉僧达也连忙抓住达贵，二人在马上犹如牛儿互相顶角一般互相拉扯了一盏茶的工夫。

此时，岭将尼玛赤姜前来助战，向达贵扎巴连刺两枪，第二枪刺到他胸部，一时血流如注。达贵登时力乏，巴拉僧达再用力一扯，二人便一同落下马来。但因达贵是泰让的化身，所以运用魔力将巴拉僧达按在身下，达贵的血将巴拉僧达的甲胄全部染红。巴拉僧达无法从达贵身下站起，便将腰刀抽出，往达贵肋下连刺数刀，将达贵的五脏六腑全部刺穿。达贵的口鼻汩汩地往外流血，当场丧命。巴拉取下达贵的首级后，又冲入森布军中杀死百余人，随即听到鸣金收兵的号令，便返回了自己的营帐。

此时，岭国营帐北边，森布大将玉珠扎巴带领着黑盔军浩浩荡荡地往岭营行进。噶伦丹玛骑着马拦住了玉珠扎巴的去路，玉珠扎巴急忙勒住胯下的风翼马，将衣袖捋起后唱道：

唵嘛呢呗咪吽！

黑色阿拉魔之歌，

塔拉森布父族语。

敬请嘎热护法知，
今日来做勇士友。
敬请玛扎如扎神，
请将岭国全降伏！

如若不识此地方，
索日山之山脚下，
白岩沟乡之左方，
实乃战场血海地。

如若不识我辈人，
西方七万户首领，
玉珠扎巴是吾名。
风云之间青龙现，
冰雹侵袭庄稼地，
小犬悲鸣真可怜；
在那大红珊瑚前，
小小松石真可怜；
在那大鹏翱翔地，
黑色乌鸦真可怜；
在我森布猛将前，

岭国乞儿真可怜！

今年新岁刚过时，
边地乞儿名觉如，
无事引着兵祸至，
杀戮森布无辜将，
将我安分森布地，
黎民全部扰安乐，
抢夺毕生所蓄财。
大河波浪翻涌后，
将那河滩变陆地。
森布山峰和原野，
满山满谷俱尸首，
此事究竟何道理？
面前身骑花马者，
你若以为己威猛，
须知高高之红日，
亦有罗睺来吞食；
白肚鱼儿善游水，
亦有残暴鳄鱼食；
深林猛虎虽威猛，

还有雄狮更威猛。

岭国小子逞英雄，

须知还有森布将。

今日玉珠正怒极，

取刀岭国军中央，

你之岭将如虎豹，

我来让你血飞溅。

将你岭国之大军，

一个不剩祭风中。

我手所持之宝刀，

此乃泰让所锻造，

涂上罗刹女鲜血，

挥之万物亦可摧，

今日你命即将休！

听懂话语记耳中，

不懂歌亦无二遍。

歌一唱毕，玉珠扎巴便毫不犹豫地挥动火焰罗刹刀往丹玛头顶的光照苍穹盔砍了两刀，因丹玛有威玛战神和神龙年神的护佑，便未能伤他分毫。但因玉珠扎巴的罗刹刀威力实在是大，让丹玛在马上不由得摇晃了一下。丹玛怒极，举起宝刀也朝玉珠扎巴头上连砍了两刀。玉珠扎巴是魔神后裔，且身披泰让和嘎热护法神力加持的甲胄，也未受伤。玉珠扎巴恼羞成怒，用左手抓住丹玛的胸口，右拳朝着丹玛的心窝连击九下，使丹玛呼吸不畅，从马上跌落。此时，玛杰奔热幻化成白衣白甲的形象，身携三械出现在玉珠扎巴面前。玛杰奔热用双手将玉珠扎巴举在空中，往地上猛地一摔，玉珠扎巴疼痛难忍，好似五脏俱裂，一时昏了过去。但因他是魔神后裔，终究还是慢慢醒转。玉珠扎巴心想：杀死这丹玛是易如反掌的事情，但方才的白衣白马之人究竟是何方神圣？虽说像是凡人，但法力却似神佛，从前听说过岭国有许多神佛护佑，此言应该不虚。玉珠扎巴如此想着，便起身上马，头也不回地逃了去。此时，辛巴梅乳孜以为丹玛战死，便飞也似的从北营来到丹玛身边，将之扶起，打开身上的嘎乌，取出一粒长生丸放入丹玛口中，丹玛慢慢苏醒。辛巴将丹玛扶上马，返回了岭国的营帐。营帐中的岭国叔父兄弟们纷纷来到营帐门口迎接，丹玛强查跟君臣们告知自己无恙，让他们无须担心，君臣们方安心，回到自己的座位上。

坐定之后，格萨尔王看了看群臣，说道：“今日全赖山神护法及神龙年神的护佑，丹玛将军保全了性命，而我军也斩杀了几员森布大将，算是一次大胜利。不过叔父超同逞勇上了战场，如今不见踪影，可有谁知道他的行踪？”噶德回禀道：“我和森布大将打斗时，叔父超同大喊一声，跟随森布将身后去了。”尼玛曲杰回道：“当时，叔父超同挡在九眼查瓦魔王身前，唱了一支歌之后便不见踪影了。”总管王戎擦查根想了想，说道：“山羊和女子喜高处，妖魔和妇女口舌多。叔父超同诡计多端，有时就像妖魔一般，竟在这儿惹是生非。”总管王说完，便唱道：

嗡嘛呢呗咪吽！

阿拉法性空中唱，

福泽绵延上师知。

父亲苍穹空明歌，

高高天空无边歌；

母亲江河自涌歌，

江江奔流不息歌。

本系歌雨云密布，

智慧心性不变歌。

所唱实乃岭国事，

亦是众生之福祉。

一请白梵天王知，

二请念青古拉知，

三请顶宝龙王知。

平日便会供神明，

危急关头请护佑！

如若不识此地方，

边鄙森布之故土。

九眼查瓦是魔王，

一有震世之名声，

二有亡命之胆色，

三有险要之地势，

四有锋利之兵刃，

身上集齐此四样，

若是不用智谋取，

反会搭上自己命。

今年森岭之战事，

已然经年又累月，

岭国出征众将军，

日夜兵刃不离身，

最终自能取胜利！

如若不识我辈人，

我乃戎擦查根将，

机敏堪比那鹞鹰，

岭军当中数第一，

实乃岭国之根本。

今日我方之战事，

叔父超同若安分，

岭国之事不会难。

叔父超同若坚定，

外敌怎会入内来？

超同若是落敌手，

一来性命可堪忧，
二来影响岭国计。
岭国君臣勿再等，
若是不去救超同，
便会危及佛法业。
超同山羊不安分，
爬上宫墙毁宫殿；
超同猿猴技艺高，
想要骑到王头上；
超同小犬喜奔走，
小心鼻尖碰石头。
岭国众人听我言，
有请缨者站出来！

听懂君臣记心间，
不懂歌亦不解释。

总管王戎擦查根唱完，却没有人主动请缨。此时，从左边上首站起格萨尔王的亲属，董氏后裔，忠心不二的拉桂奔鲁。拉桂奔鲁不似人形反似神，好似神仙下凡来。他往格萨尔王面前献了一条哈达，朝总管王戎擦查根虔诚地拜了三拜，随即将自己欲前往营救父亲超同的意愿唱进歌里：

唵嘛呢叭咪吽！
阿拉塔拉塔拉歌，

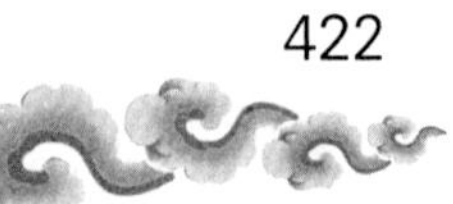

上请上界神仙地，
上师佛陀诸神知。

礼敬自是在心中，
慈悲之力赐福运，
不变空性之福运，
今日赐予我拉桂！
十方博学诸佛祖，
今日请来看顾我！

如若不识此地方，
森布地方无佛法，
人皮人肉及人血，
森布生存之根本，
除此衣食无需要。
地上不需种五谷，
天上不需下细雨，
中间不需草木生。
一生所行杀戮事，
名副其实森布地。

如若不识我辈人，

我自天生非凡间，

在那三十三天上，

实乃神仙之族裔，

白光大神便是我。

下凡投胎到岭国，

下凡投胎第一世，

岭国玛域之上部，

玛曲河水拐弯处，

左边岩来右边石，

岩山石山之中间，

红黑戎系十二部。

首领达戎之超同，

岭国十八大部中，

达戎红色之部落，

实乃岭国之根本；

南方空中之青龙，

能否落雨之根本；

达戎部落虎父子，

岭国安乐之根本。

若遇敌人携三械，

达戎父子乃勇士；

若有纠纷善调解，

达戎父子巧言词。

达戎拉桂奔鲁将，

九万兵将之首领，

实乃岭国先头军，

实乃诛灭敌人军。

今年我等到森布，

老人大难临头日，

将要殒命在边地；

老马若是再逞勇，

小心四蹄被石砸；

女子喜爱走四方，

实乃市井谣言源。

茶叶之渣为其一，

青稞酒糟为其二，

食肉剩余为其三，

无果之事为此三。

养育子女之父母，

引度众生之上师，

执法严明之长官，
实乃世间三瑰宝。
今日吾父蒙苦难，
儿子不去怎安坐？
即使舍弃吾性命，
不会丝毫有悔意。
明日黎明之时分，
不把森布夷平地，
拉桂奔鲁是空名。
叔父麾下众子侄，
若行便跟拉桂行，
若战便去魔宫战，
如若不能取胜利，
空长七尺男儿身！
是否如此请细思，
若是要去跟我行。
我等兄弟二人首，
达戎尼玛拉达将，
查雪蚌白查甲将，
恰钦嘎玛敏珠将，
恰钦香纳伦珠等，

各带五十名骑兵，
前往森布之魔宫。

古人谚语曾有云：
山上凶猛之老狼，
不是为了占宫堡，
而是眼光盯羊群，
此乃上天早注定；
雄鹰在那空中旋，
不是天生喜食肉，
吞咽众生尸腐肉，
此乃上天早注定。
达戎老父沦敌手，
小儿之心怎安乐？
父母若是染疾病，
若不设法去医治，
子女之心定会悔。
勿留速速便出发，
达戎各个部落中，
所有愿往之勇士，
一齐跟我拉桂走。

听懂就请记心间，

不懂歌亦不解释！

闻听拉桂奔鲁唱完这支歌，除了兄弟玛尼嘎热表示愿意前去救父超同外，其他岭国的勇士兄弟们略显迟疑之色，惹得拉桂大怒。拉桂奔鲁的脸色像是银月笼上一层乌云一般，霍地从座位上站起来，为大鹏风翼马备好鞍鞯便要出发。格萨尔王、神子扎拉孜杰、总管王戎擦查根、色巴尼奔达雅等众人苦劝良久却无用，方暂时返回营中。

此时，森布魔宫中，众罗刹齐聚，叔父超同被绑得结结实实，放在席末。达戎超同嘴巴发抖像是呼呼作响的风箱，身体发抖好似秋风中的落叶，连头都不敢抬起，跪在原地。座中，罗刹女梅朵拉珍起身说道："超同你这两面三刀的人，处处挑拨是非。我森布本是一片安宁，如今被搅成血海。我森布勇猛的将军们，有的被火烧，有的被刀剑捅死，今日到了复仇的时刻，我要活剥你的皮，用你的鲜血祭奠我们森布阵亡的将军们。"梅朵拉珍说完，便用罗刹女怒吼的曲调向超同唱了一支歌：

唵嘛呢叭咪吽！

黑色阿鲁魔之声，

食肉饮血罗刹音。

敬请嘎热护法知，

中请玛扎如扎知，

下请哈拉魔王知。

红岩罗刹九州地，

敬请九头魔王知，

祈望小女心事成！
父亲福运比天高，
母亲命寿比水长。
女儿好似河边花，
希望不被寒霜摧！

如若不识此地方，
实乃黑方森布地，
钢铁宫殿食肉宗，
所需财富俱齐全，
宫堡金色财宝宗，
乃有城墙二十二，
君臣好似日月升。
今年所来之岭军，
无冤无仇率军侵，
森布原本安乐地，
无奈岭国之盗匪，
使那原野满兵甲。
上到高山之顶上，
下到大海之边际，
中到山谷与平原，

俱是兵马浩荡荡，
喊杀之声震天响。

如若不识我辈人，
今年在那西北界，
纳查原野之中部，
喂养黑白花牲畜。
边地乞儿觉如贼，
派来手下三大臣，
口中所说俱妄语。
无云怎会降细雨？
无事怎会抛朵玛？
四母超同似狐狸，
不知是从何处来，
我等森布三姐妹，
被他谎言所欺骗，
随即被抓入牢狱。
但是美丽小女子，
幻化虹体飞空中，
逃脱之后得自由。
是否知晓你超同？

若知便是美女子，
不知便是食肉魔。

今日这事真好笑，
像是响鼓和鼓槌，
敲在鼓上声在外；
好似岩石和松树，
未种根却在岩上。
是否如此细细想。
就在今天时日里，
雄鹿本是喜高处，
猎人带箭至高处，
遇见猎狗是今日，
若想逃脱便得飞，
不然哪有方法逃！
金眼鱼儿游湖中，
鱼钩擒住是今日，
若想逃脱飞空中，
不然能逃是幻想！
黄鸭亦是有翅膀，
挥动小翅飞羌塘，

逃须惊人之翼力，

不然能逃是幻想！

从你岭国上部地，

名唤超同长鬃者，

自称巫咒术高强，

法力奇绝称神人，

若有法力便去飞，

若有巫咒毁宫殿，

不然也是无处逃！

今日落入森布手，

若是话语能喜人，

便不将你身体毁，

亦不将你灵魂灭。

若是所说俱虚言，

便将你投黑狱中，

血肉筑成之躯体，

不分昼夜去折磨。

若是还不说实话，

将你手脚全掰断，

将你口鼻全塞上，

如何抉择自己看！

说出实话即亲友，
虽说是俘慈如父，
不但饶恕你性命，
身上衣服口中食，
还有荣华享不尽。

勿再隐瞒如实说，
从那岭国上部地，
来到此地为何事？
岭国三十员猛将，
哪个强来哪个弱？
恶母之子觉如贼，
武力法术有几何？
耄耋老贼总管王，
帐中计策是如何？
森布国中岭国军，
排兵布阵是如何？
四母超同听我言：
今日到了生死关，
若想做我森布友，
或将觉如交予我，

或将扎拉交予我，

或将总管交予我，

若此三人能予我，

饶你性命我保证。

还可做我国王臣，

财富荣华享不尽，

赏赐尊荣之地位，

与我国王无分别，

超同自己作抉择。

听懂超同记心间，

不懂歌亦无二遍！

听罢梅朵拉珍所唱之歌，叔父超同心想：今日我落入敌手，想这森布罗刹不分善恶，没有慈悲之心。从前岭国的叔父兄弟们都说我是红色马头明王的化身，乃岭国的根本。如今却无人助我，也没有子侄来救我。我年事已高，当初何苦上这战场？不知是神的预言，还是鬼迷心窍，亦或是觉如的奸计。如今是真的落在敌手，想要逃出森布君臣的手中，实乃万难之事。想到这里，超同嘴唇发抖，身体也随之抖得像风吹的树叶。超同战战兢兢地跪下，拜了三拜，眼含泪水，双手放在胸口，颤声说道：“森布国的仙女，你就像是十五的月亮，驱散了黑暗。今日若是能饶我不死，我便全部交代。”超同说完，就用狐狸颤声的曲调唱道：

唵嘛呢呗咪吽！

阿拉塔拉塔拉歌，

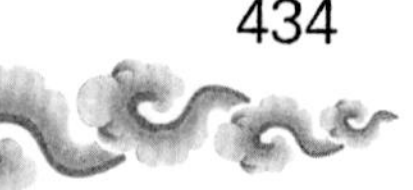

塔拉是歌之唱法。

敬请上方神明知，
上方忿怒燃烧土，
不变马头明王知。
敬请红虎年神知，
雍仲次旺仁增知，
苯教祖师辛饶知，
今日请来引歌头！

如若不识此地方，
威猛森布食肉宗，
骨肉垒起之宗堡，
实乃森布罗刹土。
地狱之名人皆知，
我想不比此地险；
众人皆知阎罗王，
我想不比罗刹王；
阎罗手下众判官，
我想不比众罗刹。
此地实乃真炼狱。

如若不识我辈人，
东方岭国玛域地，
岭国上部之地方，
董氏家族后裔中，
戎擦查根是第一，
叔父超同是第二，
僧伦卡玛是第三。
岭国长中幼三系，
达戎部落鲜红海，
叔父超同是首领。
自从觉如称了王，
与那南瞻部洲敌，
所有亲子丧敌手，
我成无子孤独人。
年老心情更悲戚，
岭国坐席无我位，
若是在此比一喻：
狐狸实乃百兽末，
杀死便是一张皮；
乌鸦实乃飞禽末，
杀死便是一尾羽；

超同实乃弱小人，
杀死也是一具尸，
怎能填饱魔王肚？

座上君臣听我言：
一为利益此方语，
二为此地能安乐，
诚心说出实言来。
若是我能饶不死，
自有甜言蜜语说。
东方岭国之地方，
哪有勇猛之英雄！
若问为何说此言，
我来同你细细说：
岭国巴拉好威猛，
号称玛杰之亲子，
细看妇手执兵刃；
再说岭国之丹玛，
号称萨霍之后裔，
细看锯角之雄鹿；
噶德号称气力大，

号称护法之化身，
细看腐朽之松树。
岭国有名此三人，
瞎子之中好眼力，
跛脚当中腿快者，
秃顶之中毛多者，
无需惧怕此三人。
还有姜子名玉拉，
其吼虽然似青龙，
细看两头之毒蛇；
再说玉赤贡杰将，
自称雪中之雄狮，
细看门口之老狗；
还有辛巴梅乳孜，
号称白帐王臣子，
但将霍尔卖岭国；
还有董迥达拉将，
阿达鲁姆女似男，
俱是觉如之仆人，
如此之将无需惧。
美艳女杰听我言，

还请饶恕我不死，
灭岭之策我来说。
戎擦实乃将死人，
自诩岭国定计人。
号称诛魔格萨尔，
虽然夸口法力高，
绝非森布之敌手。

就在昨天之时日，
九眼查瓦罗刹王，
带着四位扎巴将，
去往岭营战敌人。
岭国觉如该出战，
总管戎擦该出战，
为何二人未曾出？
只因无勇躲帐中，
此句绝非是虚言，
森布君臣也尽知。
座上森布诸君臣，
还请赐我身上衣，
以及嘴中一口食。

自从进入牢狱中，
已经过了五昼夜，
一滴水也没喝过，
一勺食物没吃过。

听懂君臣及仙女，
不懂亦勿曲解意，
若是冒犯请宽恕。

听得超同唱完，梅朵拉珍觉得还是应善待俘虏，不能虐待他，于是说道：“你超同今日所说像是实话，暂时且留下你的性命。若是你再诡计多端，别说是赏你饭食，我马上用钢锯将你劈成两半。”梅朵拉珍说完，恐吓般地往超同的屁股上踢了三下。老臣陈巴尼玛心想：岭国的格萨尔王乃世间众生之救主，这超同乃格萨尔王天定的帮手。如他死于非命，既有违于神的旨意，也将使格萨尔王不悦。如不设法营救他，那我前番在岭营做的保证，岂不是成了空话？如此想着，陈巴尼玛遂从右边上首的席位上站起，从胸前的嘎乌中取出一条哈达，献在九眼查瓦面前说道：“座上的君王，且听听老臣的心思。”陈巴尼玛随即唱了一支莫杀超同的歌：

唵嘛呢叭咪吽！
黑色阿鲁魔之歌，
不变塔鲁魔之声，
森布地方之母语。

食肉饮血森布语，

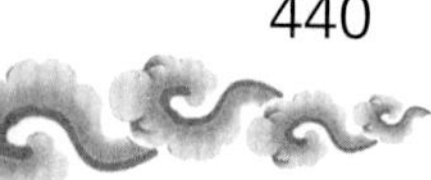

敬请嘎热护法知，
敬请马扎如扎知，
今日来引歌之头！

如若不识此地方，
实乃森布之宫殿，
宫殿威猛并挺立。
魔王好似红日升，
魔后好似那明月，
魔女好似昴宿星，
众位罗刹是繁星。

如若不识我辈人，
在那从前之时日，
父系虎豹罗刹王，
生下九眼查瓦魔，
只因多谋又足智，
都唤老朽有智臣。
鲜奶所育白净儿，
遇鳄鱼时应有用；
天竺长条之哈达，

祈求福运时有用；

重金买来之骏马，

赛马之时应有用。

如今老朽有用场，

就是今年之时候。

雪山之上雄狮子，

涉雪姿势自不同；

羌塘原野野牦牛，

磨角姿势自不同；

森布众多大臣中，

我之智谋自不同。

我之心中做此想：

方才超同所说语，

在我看来是实言。

海水深浅船夫知，

天空窄阔日月知，

村庄远近江河知，

岭国强弱老朽知。

今年我已到岭营，

见过岭国总管王，

嘴中所言俱美言。
行骗上师无道行，
身上所穿红袈裟，
实际乃为钱财来，
如此何能度来生？
无耻长官巧言舌，
欺下之时出秽语。
兄弟之间动刀剑，
钱财之事便可见。
岭国觉如喜谎言，
未战就已逃如风，
号称空性彩虹体，
近看妇女披甲胄。
岭国三十员大将，
未战之前磨刀剑，
遇见森布便逃走。
还有四母之超同，
莫杀留下问计策，
岭国虚实他皆知，
有用之人需留下。
古旧之物需留存，

陈谷老肉陈酥油，

饥荒之时有用处；

旧衣旧鞋和旧帽，

天寒之时有用处；

老父老母及叔伯，

议事之时有用处；

老驴老马老牦牛，

迁家之时有用处。

需照此谚留超同，

你等君臣请三思，

能定计谋是好汉，

能持家务是贤妇，

能守财富是富豪，

能持戒律是上师。

众位君臣及公主，

你等若是依我言，

一来最后结好果，

二来计策能稳重，

三来心诚似晴日。

老朽自能做保证，

是否如此请细思。

听懂还请记心间，

不懂歌亦无二遍，

君臣心中如此记。

老臣陈巴尼玛唱完这一支歌之后，众人都觉得叔父超同贪生怕死又诡计多端，留下对森布国或许还有用。于是，众人便决定依着老臣陈巴尼玛的意思，好吃好穿供着超同，暂且留他在魔宫中。至于如何擒住总管王、觉如贼、尼奔等人，可以慢慢从超同口中问出。

次日，东方传来一阵阵喊杀之声，天地之间狂风大起，层云之间出现十八条巨龙，降下霜雹，山尖都被雷电劈平。森布国土，在雷电和暴雨的袭击下，众多森布兵将死于非命。在天色将明未明之际，森布宫殿门口突然出现一个青龙一般的好汉，也不知是从天而降，还是从地底冒出。他胯下一匹神驹，嘴里发出震天的吼声，说道：

唵嘛呢叭咪吽！

阿拉塔拉塔拉歌，

塔拉是歌之唱法。

祈望歌曲开好头，

还望诸事都能成！

上请白梵天王知，

中请念青古拉知，

下请顶宝龙王知，

知晓还请护佑我，

今日来做我之友！

密严刹土宫殿中，
敬请大海法王知。
在那铜色吉祥山[1]，
敬请莲花大师知。
在那金刚座宫殿，
敬请释迦牟尼知。
在那毗沙门之宫，
敬请班丹拉姆知。
祈望护佑勿要小！

如若不识此地方，
北方森布食肉宗，
蛮横无比之地方，
宫殿之内垒白骨，
罪孽业障浓雾笼。
魂魄空中随处荡，
尸骨遍地垒成墙，
鲜血遍流成江河。
森布君臣皆蛮横，
不能安分守自己。

1 吉祥山：神话所说世界西南方莲花生大师的住处。

世间可食肉本多，
偏偏来食凡人肉；
世间可饮血亦多，
偏偏来饮人之血；
世间可穿衣本多，
偏偏来穿人之皮。
除了食肉饮人血，
天上所飞诸禽类，
地上行走诸蚁虫，
水中所游诸鱼类，
眼之所见均要食，
如此作为岂英雄！

如若不识我辈人，
从那汉藏交界地，
东方宫殿如苍穹，
卫藏浩瀚似卷帙，
南瞻部洲如衣饰，
下部汉地似座垫。
在那玛域之地方，
一边岩山一石山，

在那二山之中间，
坚固红岩之宫堡，
不变父王超同王，
玛尼嘎热是吾名。
格萨尔王之贵戚，
上方神明之化身，
上部岭国之上将。
胯下之马名玉鸟，
一日便可绕世界，
飞鸟可用风翼擒，
鱼虾可用马蹄踩。
骏马比那疾风快，
在这南瞻部洲地，
无马堪比玉鸟马。
玉鸟马上之大将，
达戎部落之勇士。

昨日早间之时候，
九眼查瓦罗刹魔，
带着十二万兵马，
以及四位扎巴将，

使我岭营成血海。

今日我等达戎子，

来到森布宫门口，

交出吾父超同王，

森岭或许能和解。

若是不依我之意，

我用一日之时间，

搅你森布不安宁，

一像狂风吹灰尘，

二像河水冲岸边，

三像火烧留灰烬，

如若不能非玛尼！

九眼查瓦罗刹魔，

以及森布诸大臣，

英雄便来迎门口，

如此方是真勇士，

躲在宫中似女流。

若是男儿真勇士，

身携三械来战我，

东西南北四道门，

守门勇士四猛将，

今日若是不出战，

与那死人有何异？

九眼查瓦名声大，

今日便来战本将，

若是不能敌本将，

不如早点埋土中。

听懂森布记心间。

玛尼嘎热唱完，森布众大臣一阵骚动。森布国王心想：这玛尼嘎热一张嘴说出两样话，说要交出超同，又说要和解。俗话说得好：“父死之孤儿，不得不自夸；失却财物的追债，不得不说要依照律法；死了丈夫的寡妇，不得不在半夜哭泣”。于是，魔王九眼查瓦往自己的遮天盔上插上盔旗，穿上白云甲，带好三械，来到宫殿顶上说道：“你这达戎的孤儿，你自视甚高，自忖是虎子，岂不知你只是个狗崽子！今日你若有命回去，我便不是魔王！”说完，魔王刚想冲下去，只听大臣南卡托杰说道：“我王您不需亲自前往，您座下还有许多大臣将军，如此小事，小臣前去即可。”说完，南卡托杰便身携三械打马而去。

此时，森布老臣陈巴尼玛迅速来到森布的地牢之中，放出超同，并给他指了暗道。超同逃走后，陈巴尼玛来到宫顶魔王的身旁。森布将军南卡托杰乃人身鹏头，挥着身上的双翼和爪子说道：“蓝衣蓝马之敌人，今日来到森布宫殿寿数将尽，你可知今日便是你的死期。”南卡托杰说完，将长手伸向天空，发出震天响的咂颚之声，用母虎怒吼曲唱道：

唵嘛呢叭咪吽！

阿拉塔拉塔拉歌，

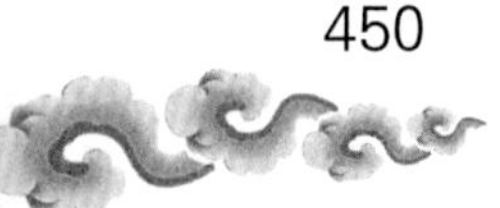

塔拉是歌之唱法。

上请嘎热护法知，
中请玛扎如扎知，
下请黑色哈拉知，
黑白花等魔神知。

如若不识此地方，
紫色食肉之宫殿，
百位妖魔相聚地，
实乃食肉啃骨地，
食肉宫名从此来。

如若不识我辈人，
蓝色苍穹之繁星，
众所周知耀天空。
雪山顶山之雄狮，
众所周知百兽王。
在这世间之地方，
号称森布皆强悍，
食肉饮血谁不知？

我乃汇集百臣力，

既是将军亦盗匪。

九眼查瓦之麾下，

共有大将二十五，

全部身怀六武艺，

我乃其中之翘楚，

南卡托杰是吾名。

曾经征战无数国，

世上应是无敌手。

今岁新年刚过时，

岭国狐子便上门。

大鹏之鸟飞行处，

哪有鹞鹰可飞翔？

在那威风雄狮前，

哪有豹子可逞威？

森布勇士出站时，

哪有岭将显威地？

今日将你全消灭，

你是好来还是坏？

你等为何来此地？

从前有何旧仇怨？

今日有何新纠葛？

不需隐瞒速速说。

听懂耳中之甘露，

不懂歌亦不解释，

蓝衣之人记心上！

闻听南卡托杰唱完，玛尼嘎热说道："我乃达戎的后裔，今日前来营救父王超同，我还有几句话要讲给你这妖魔听。"玛尼嘎热说完便唱道：

唵嘛呢叭咪吽！

阿拉塔拉塔拉歌，

塔拉是歌之唱法。

敬请三宝能知晓，

礼敬上方之神明，

本尊之神请护佑，

今日来做我之友。

如若不识此地方，

实乃森布之宫殿，

食肉宫殿之东门。

如若不识我辈人，
多康中部岭国地，
藏汉两地之交界，
一边岩山一石山，
在那两山之中间。
我等后裔似大鹏，
身有大鹏般翼力，
如何不能破苍穹？
威武雄狮银鬃盛，
如何不能御百兽？
白肚鱼儿生水中，
如何不能渡大海？
岭国达戎之部落，
对待敌人像霹雳，
如何不能降敌人？
你这红面森布魔，
我来同你说来历，
玛尼嘎热戎王子，
比起别人更勇猛，
神域岭国之首领，
格萨尔王之贵戚。

就在昨日之早晨，

父亲大人超同王，

好似小鸟被鹞捉，

若是今日不复仇，

生儿还有何用处？

今日血债血来偿，

若是血债不能偿，

号称勇猛有何用？

杀父之仇大过天，

直到未报父仇前，

留在世上有何用？

岭国虽有万千兵，

我乃单枪匹马来，

来到魔宫之门口，

心想定能取大胜。

达戎所部之兵马，

红旗像是火焰烧，

不管草木干湿地，

通通不留烧干净。

像是血海部队中，

号称勇猛森布将，

若是勇猛便来战，

看看你我谁神勇！

今日我来战森布，

无需帮手独自斗。

森布宫殿虽坚固，

但是达戎军一至，

就像雷电劈岩山，

不然达戎是空名。

我射之箭似雷电，

将你心脏劈九瓣，

将你灵魂祭风中，

再将尸首抛原野，

取你首级来炫耀，

听懂森布记心间。

玛尼嘎热说完，食肉红翎箭像雷电一样射出，一箭射中南卡托杰胸口，箭尖从其背后穿出。但南卡托杰并未死去，而是将刀抽出刀鞘，扑向玛尼嘎热。玛尼嘎热只一刀，便将南卡托杰的头颅砍落在地。随后，玛尼嘎热发出震天的吼声，在森布军中左突右冲。

此时，叔父超同已从陈巴尼玛指引的密道逃出，与达戎部队汇合。正当森布大臣们都在你争我抢地要去为南卡托杰报仇时，拉桂奔鲁已到西门，射死五百余森布兵，又向宫顶射了三箭，射落宫顶，将许多森布大臣埋在下面。一时间，灰尘漫天，空气中满是恶臭。陈巴尼玛心想：今日达戎玛尼嘎热射死了南卡托杰，若再让森布君臣知道我放走了超同，那我的性命堪忧。此时我应当到拉桂奔鲁跟前，装着说几句豪言，方能掩人耳目。于是，陈巴尼玛带好兵刃，骑上红鬃马，如闪电般来到拉桂奔鲁面前，右手从虎筒里取箭，左手从豹袋里取弓，把箭搭在弓上，唱了一支歌：

唵嘛呢叭咪吽！
黑色阿拉魔之声，
黑色塔拉森布歌。

在那上方天空中，
敬请嘎热护法知，
今日请助老朽力；
中请玛扎如扎知，
赐我勇气和威力；
下请哈拉魔王知，
祈望护佑不要小！

如若不识此地方，
森布食肉之宗堡，
实乃宫殿之右角，
实乃兵营之营首。

如若不识我辈人，

在我食肉宗堡中，
东方三万户首领，
陈巴尼玛是吾名。
祖孙三代殿下臣，
实乃三朝之元老，
大智好似红日升，
大慧好似海般广，
不变之心稳如山。
在那从前时日里，
九眼查瓦罗刹王，
殿下心腹之大臣，
守护宫殿之勇士。

你这红衣黑马人，
你从岭国兵营里，
单枪匹马来此地。
若要在此比一喻：
来此森布之地方，
就像小鸟斗鹞鹰，
是想羽毛满空中；
就像食草之羊群，

想与饿狼同嬉戏，
是想羊毛血染红。
岭国勇士一小部，
来到食肉宫门口，
杀喊之声似青龙，
兵刃好似那流星。
将我南卡托杰将，
头颅斩落马下来，
怜我英雄之性命，
比那千金还金贵，
九万户民之首领，
勇士当中之俊杰，
如若不能报此仇，
老臣便如死尸般。
我从虎筒取一箭，
此乃食肉火焰箭；
我从豹袋取一弓，
此乃食肉饮血弓。
手指放在箭筈上，
食敌肉来饮敌血！
古人谚语曾有云：

雄鹿头上美犄角，
二山之间炫世人，
暗处射来一支箭，
足够雄鹿心悲戚；
青龙吼声雷电起，
天空之中下冰雹，
凛冽好似尖刀般，
足够草木心悲戚；
岭国一撮小部兵，
来到森布送性命，
惹怒森布众君臣，
岭国定会悔不已。
你自看那左右军，
我国森布之军队，
源源不断无穷尽。

听懂耳中之甘露，
不懂歌亦不解释，
红面之人如此记。

听着老臣陈巴尼玛唱完歌后，拉桂奔鲁略思片刻，心想：这老将虽说出言不逊，但他救了父亲的性命，我又如何能加害于他？我且在唱曲的同时，假装射他一箭，不然会惹其他人疑心。拉桂奔鲁思至此，便唱道：

唵嘛呢呗咪吽！
阿拉塔拉塔拉歌，
雍仲苯教诸神知，
敬请慈悲来看顾。

祈望岭国战神军，
能将敌人俱降伏。
祈望能够占魔宫，
森布国中八大宝。
祈望能够到藏地，
还望岭国事能成。
我之金刚护体身，
希望如影伴身边。

如若不识此地方，
森布森严血之宗，
实乃英雄相遇地。
蛮横老者听我言：
就在今日之早晨，
我便来到魔宫口，

实乃为了报父仇，
血债还需血来偿。
九眼查瓦罗刹魔，
是死抑或病倒了，
九层食肉宫殿里，
为何躲起不出门？

如若不识我辈人，
左边岩山右石山，
在那岩石鹏形地，
便是达戎之部落。
我部坚固之宗堡，
名唤乌鸦心之宗，
岭国之中属第一。
在那从前时日里，
亚康羌域霍尔国，
萨当姜域阿扎国，
大食国及天竺邦，
均由岭国大军征，
将那魔域收治下，
哪有敌人不能胜？

拉桂奔鲁戎王子，
格萨尔王之贵戚，
岗巴藏地之精华，
岭国军中之猛将，
千佛座下之神子，
上方神灵化身子。

就在今日之早晨，
天色将明未明时，
从那岭国军中来，
身携三械骑骏马，
三日之内到森布，
实乃为了报大仇。
你等森域蛮横子，
好像威势比天高，
想用双手揽日月，
若是真有如此威，
岭国勇士到来时，
为何不敢来出战？
森布国中已无人，
派一老人来出战，

我若杀他罪孽重。
盗匪虽然爱掠马，
但是不会掠毛驴；
富户虽然爱财富，
不会去拿穷人财。
你且想想上述理，
还是安分回本位，
对敌逞勇身必死，
骏马喜跑自身垮，
女子招摇害自己，
多嘴男子难成事。
若是不能安于位，
老朽临死上战场，
尸首送到天葬台，
其肉不能饱鹫肚，
骨头只能抛原野，
是否如此细细想。
就在今日之时间，
右边虎筒中神箭，
今日不想射向你。
手中大块闪电刀，

不挥收入刀鞘中。

右边环形宝套索，

即使日月也能收，

今日偏不抛向你。

你这老朽将死人，

速速回宫可活命，

如何抉择自己看。

听懂就请留耳中，

不懂歌亦无二遍，

老朽心中如此记。

唱完，拉桂奔鲁手中不执兵刃，作势往前冲了一段后，便引兵撤到边上。陈巴尼玛等森布将领继续追赶，拉桂奔鲁和玛尼嘎热让本部兵马在左右埋伏。森布大将雍仲扎巴心想：我在四名扎巴大将中为首，今日决不能让达戎父子脱逃半步。于是，雍仲扎巴从右边取出饮血罗刹箭，从左边拿出白藤罗刹弓，唱了一支英雄曲：

唵嘛呢呗咪吽！

阿拉诸天神明中，

嘎热在那空中看。

塔拉请做勇士友，

祈望能够取大胜。

敬请如扎军神知，
看顾雍仲扎巴将，
护佑请像母护子，
像是高山落大石。
敬请黑色哈拉知，
好似疾风吹空中。

如若不识此地方，
实乃草山之交界，
色莫玉措之内里。
如若不识我辈人，
西南森布之故土，
十万兵将之首领，
在那母虎挺立宗，
雍仲扎巴勇士名。
玛扎上师之神子，
巫咒之术自精通，
既可从天降冰雹，
亦可地上催狂风，
还可将那海水翻，
亦是巫术高强人，

我乃位高之勇士。
森布九眼查瓦王，
座下勇士二十五，
名唤扎巴有八人，
其中便有我雍仲。
像是燃烧之火焰，
不似凡马似神马，
不似凡人似神人。

今日你且听我言：
在这军马之右边，
就在今日之晨间，
森布宫殿之东门，
好似从天而降般，
又似地底冒出般，
出现小队岭国兵。
说是小偷稍显多，
说是强盗稍显少，
共有五十员骑兵，
来向我军逞威风，
空言好似雷声响，

射出箭来似雷电，
差点将我宫墙毁。
森布大臣心大怒，
身携三械来复仇。
四母老朽超同贼，
活蹦乱跳似猿猴，
多行不义之后果，
变成无毛海中鱼，
无饮无食似饿鬼，
如今仍在牢狱中。
若说为何有此报，
在那前段时间里，
森布宠爱三女子，
被那超同老贼骗，
如今生死还未知。
今日岭军上门来，
不是坏事是好事，
在此生死之关口，
同看性命之短长。

你这红面之人儿，

姓甚名谁报上来，

今日对阵我国将，

未及交战便逃脱，

还敢妄称是猛将！

今日决难再脱逃，

因为遇上森布将！

今日我所射出箭，

实乃食肉之毒箭。

我手所持之神弓，

乃由白藤竹所制。

今日射你红面人，

让你头脚都颠倒。

听懂还请耳中留，

不懂歌亦无二遍，

红面人儿心中记。

雍仲扎巴唱说完便射出了一支箭，拉桂奔鲁在马上略一挡，箭便从拉桂奔鲁的右边射向了副将达玛多钦的胸口，达玛多钦登时从马上跌落。拉桂奔鲁大怒，将千斩青龙刀举在空中说道：“森布雍仲扎巴，你这妖魔射死我的副将，若是我不能报此大仇，便不要叫我拉桂奔鲁的名字。”说完，拉挂奔鲁便唱了一支短小英雄曲：

唵嘛呢叭咪吽！

阿拉塔拉塔拉歌，
塔拉是歌之唱法。

安乐口中之唱法，
六字真言口中念。
上请白梵天王知，
还请护佑不要小；
中请念青古拉知，
赐我勇气与威力；
下请顶宝龙王知，
今日请来做我友。
岭国威玛诸战神，
请来襄助我拉桂。

如若不识此地方，
实乃高高之草山，
花花山口之右方。
如若不识我辈人，
玛域乐土达塘地，
大千世界之中心，
方圆土地之上面，

一边岩山一石山，
草地岩地及石地，
三地交界之地方，
是我乌鸦心之宗。
岭国达戎部落中，
拉桂奔鲁达戎子，
上方神明之神子，
岭国军中之翘楚，
格萨尔王之贵戚，
岗巴藏地之至宝。
昨日清晨之时间，
来到森布宫门口，
非是小撮之窃贼，
非是大队之强盗，
实乃岭国众军中，
精挑良兵及猛将，
来到森布宫门口。
青龙吼声震天响，
耳中不闻是聋子；
狂风自在大地起，
眼中不见是瞎子。

小部兵将至宫门，
称我盗匪是疯子。
若是来战拉桂将，
托杰即是你下场。
美丽孔雀之翎毛，
华美自是世无双，
可以装饰青龙吼；
雪山雄狮之银鬃，
威风凛凛世无双，
高高雪山之精华；
金眼白腹之鱼儿，
水中自可畅快游，
蓝色大海之精华；
拉桂奔鲁达戎子，
智勇双全世无双，
格萨尔王之贵戚。

从这今日早晨起，
直到太阳落山前，
你及手下之兵马，
好似吹散风中沙，

又如小童摘花草，
好似屠场宰羊群，
若是不行非拉桂。
你这空言蛮横人，
天空之中狂风起，
吹向高山顶上时，
小狮心中自欢喜；
大地上面之骏马，
四蹄使那尘土扬，
土地心中自欢喜。
森布雍仲蛮横子，
好似要来报血仇，
其实是乱拉桂心。
无财乞儿说富语，
只怕扰乱三夜梦；
无道上师来讲法，
小心未来堕地狱；
毛驴原上试马蹄，
无端扬起许多灰；
无勇男子蛮横语，
实乃丢人又现眼。

你这无智雍仲贼，
看我山后岭国军，
红面好似阎罗者。
达戎叔父超同王，
精通巫术法力高，
实乃拉桂之亲父，
岭国众臣中居长，
投入狱中是大仇。

古代藏人谚有云：
带着大军来报仇，
岂可无功就回返？
未报父仇之儿子，
怎能如此就回返？
我之腰间所系刀，
实乃苍穹黎明刀，
你若看往刀尖时，
好似七彩彩虹现，
实乃度至乐土兆；
再看刀身之纹理，
黑白花纹相间生，

实乃善恶分明兆；
再看宝刀之刀背，
好似黎明天渐亮，
神明福运日高兆；
再看宝刀之刀刃，
紫色暗调渐明朗，
实乃业障消除兆；
再看宝刀之刀柄，
好似上师戴黄冠，
众生度出地狱兆。
刀头三圣之怙主，
实乃三子战劲敌，
食肉剜心之征兆。

今日达戎之父子，
实乃出征先锋将，
就在今日一天内，
将你森布之兵将，
像那草垛用火烧，
再将骨灰吹风中，
若办不到非拉桂。

刀头神明请助我，

刀刃战神请助我，

刀背空行母助我，

刀身班丹拉姆助，

祈望将那敌军灭，

将那敌心剜出来。

拉桂奔鲁唱完，将苍穹黎明刀往雍仲扎巴头顶砍去，只一刀便将雍仲扎巴劈为两半，从战马两旁落在地上。四母超同想将森布兵将一个不留全部杀尽，便取出霹雳金刚橛，万道雷电般射向森布兵将，将他们诛戮殆尽。随后，超同父子二人带着两个森布大将的首级回营，放在岭国众人齐聚的帐中。此时，身着五彩锦缎的拉桂奔鲁从那火山般花纹的座位上站起来，将此战的经过用父系喜吼曲的曲调唱道：

唵嘛呢叭咪吽！

阿拉塔拉塔拉歌，

塔拉是歌之唱法。

上请上方神明知，

中请诸位年神知，

下请白贡龙王知，

诸位威玛战神知，

将那敌人全消灭，

祈望心想事能成！

如若不识此地方，
森布魔域边鄙地，
血肉尸骨之故土，
食肉饮血之地方，
没有黑白及善恶。

如若不识我辈人，
岭国众臣聚集地，
我之勇猛敌百人，
拉桂奔鲁便是我。
空中狂风起乌云，
细雨绵绵落地下。
拉桂身携三械时，
威名自是震世间，
此非空言须知晓。

就在昨日一日内，
来到森布宫东门，
面对敌人三万兵，
只有我兄弟二人，
以及三名副将官，

带着骑兵五十余。
好似一人同出战，
好似一马同出蹄，
好似一心同战敌，
好似一刀同出鞘。
喊杀之声震天响，
所射之箭如雷电，
将那宫顶用箭毁。
森布玛恰追纳臣，
乃由玛尼嘎热灭，
所杀兵丁计无数。
森布雍仲及多赞，
森布臣中勇猛者，
被我拉桂所斩杀。
吾父四母超同王，
在那山顶重相逢，
像是信众遇上师，
像是孤儿遇母亲。
我所带之五十骑，
只有少数有折损。
陈巴尼玛老大臣，

救我父亲出牢中，
故此与他空对歌，
作势要与他来战，
随即假装要逃走。
森布兵将一百八，
身后穷追不舍弃，
吾父超同施法术，
将那森布尽数灭。
随后我等返岭营，
森布敌臣三首级，
实乃取胜之标志，
如今悬在帐门前。

拉桂心中做此想：
我等应当攻魔宫，
森布宫中之君臣，
虽是有点小聪明，
但是绝非岭国敌，
是否如此君臣想。

听懂就请放耳中，

不懂歌亦无二遍，

君臣还请如此记。

听拉桂奔鲁唱完，岭国的叔父兄弟们都说拉桂奔鲁是真英雄，应当重重赏赐。巴拉、丹玛、噶德等将领起身向拉桂奔鲁、玛尼嘎热二兄弟献上哈达。左边上首的色巴尼奔达雅坐在座位上，其状似神不似人，他从胸前的嘎乌中取出一条哈达，对拉桂奔鲁唱了一支论功行赏的歌：

唵嘛呢叭咪吽！

阿拉塔拉塔拉歌，

塔拉是歌之唱法。

塔拉祈望得解脱，

请来指引众生途，

上师佛法僧三宝，

礼敬祈望赐福力。

如若不识此地方，

森布纳瓦查列地，

白色神帐之中央，

兄弟齐聚欢乐地。

如若不识我辈人，

岭国坛城土地上，

左右都被雄狮绕，

长系色巴如红日，
达奔好似神化身，
实乃黄金之族裔。
上方神灵下凡子，
实乃黑头之勇士。
在那从前时日里，
长系色巴八部中，
黄金族裔如串生，
父子同样俱勇猛。
今日幸福之岁月，
锦毛猛虎斑斓纹，
一生均在深林中，
毛发自是更斑斓；
在那海底之龙宫，
生有银翼之神虫，
自能对付那鳄鱼。
岭国猛将如云中，
达戎拉桂二兄弟，
昨日去往森布宫，
取得森布三首级，
还令叔父超同王，

安然无恙返岭国。
如此才是大功劳，
如此才是真英雄！
达戎拉桂二兄弟，
赏赐自是不能少。
达戎拉桂奔鲁将，
一马一鞍并一甲，
还赏金币一百枚。
达戎玛尼嘎热将，
一马一鞍并一甲，
同赏金币一百枚。
其余两位副将官，
亦有五十枚金币，
此乃英雄之犒赏。
随后岭国之大军，
是进是退需商议，
还请君臣速速议。

听懂君臣记心间，
不懂就请抛脑后，
君臣心中如此记。

尼奔达雅唱完这支犒赏的歌之后，岭国众将均说，达戎拉桂奔鲁和玛尼嘎热二兄弟只身深入森布腹地，斩了森布将，毁了森布宫，救出叔父超同，真乃神人。众人都连连称赞二兄弟。此时总管王戎擦查根心想：今日达戎父子取胜虽较为容易，但要攻下魔宫城堡却是不易。我岭军既不知前往的路径，且森布国中均是亡命之徒，所以现在不好攻下魔宫，还是让兵马先休养七日再说。总管王于是说道："岭国的兄弟勇士们，老臣觉得我军还是应该先休养七日，再从长计议。去往森布魔宫的山路狭窄，岔路又多，且地势险要，不能贸然出兵。但七日之内，也要把守好自己的营寨。"总管王说完，众人就各自散去。

八

此时，森布国的君臣们也聚齐在魔宫中。众人都说：“昨日达戎超同的两个儿子毁我宫墙，杀我大将，杀我兵丁，超同也依靠法术逃回了岭营。只有拉桂奔鲁等几人前来，就有如此威力，若岭军全军来犯，该如何是好？正当森布众人都惊异于拉桂奔鲁的勇猛无敌时，九眼查瓦大怒道：“马儿为何有快慢？全看饲料之好坏；睡梦还分好与坏；勇士为何有强弱？全看时运之高低，时运不分前与后。”九眼查瓦坐在人皮宝垫上，捋着须鬓。朝天的须鬓仿佛能威震三界一般，他用青龙怒吼的曲调唱了一支排兵布阵的歌：

唵嘛呢叭咪吽！
阿拉食肉森布曲，
食肉饮血森布歌，
来唱取命断气歌，
来唱食肉饮血曲。

敬请嘎热护法知，
护佑于我勿分心。
敬请玛扎如扎知，
请来护佑森布土。

敬请黑色魔神知，
共同来护森布国。
今年请将岭军降，
森布时运望日高。

如若不识此地方，
森布国土食肉邦，
鲜血如那江河流，
骨肉所垒之宫墙，
森布黑铁珍珠宗，
嘎热大神之宫殿。

如若不识我辈人，
热霍国王之使者，
森布食肉之君王，
名唤九眼查瓦王。
在这南瞻部洲地，
没有君王强过我，
没有国邦固如我。

大臣王妃听我言，

听听是否此道理，

计谋还需智慧辨。

黑云布满天空中，

青龙吼声震三界，

但是细雨未落地，

雷电将那岩石劈，

你等说是何道理？

吾本居住本国土，

敌人无故上门来，

杀戮无辜之国民，

使我国土成血海。

边地觉如阿卡玛[1]，

南瞻部洲祸之源，

所行皆是盗匪事，

珍贵财宝俱靠夺，

抢完财物还逞凶。

若是在此比一喻：

食肉饿狼真蛮横，

吃完羊肉还哭嚎；

山上盗匪蛮横儿，

1　阿卡玛：无用之人。

抢完财物还行凶；
岭国蛮横觉如儿，
扰乱南瞻部洲地，
将那恶业全做完，
还说所行是善事。
无耻男儿话语蛮，
无耻女子不感恩，
无耻长官法纪乱，
岭国兵马即此谚。

今年边地之魔军，
好似空中之暴雨，
必然落在大地上；
好似江河上桥梁，
必然经受旅人踩。
我国森布国土中，
自有兵将万千计，
勇猛将领似雷电，
日夜都在敬嘎热，
神明哪会不护佑？
但是祸事接连来，

岭国只用小部兵，
连斩我国几大将，
杀戮兵将计百余，
将我财宝武力夺，
用箭毁我魔宫墙，
众臣觉得是如何？
我之心中如此想：
不能在此再安坐，
达贵扎巴为其一，
尼玛夏森为其二，
带着两万余兵马，
守我东宫不许失；
西边红岩森布宗，
龙玛雅美阎罗将，
独眼乌鸦森布将，
带着两万余兵马，
守我西宫莫要失；
南边虎眼松石宗，
玉杰仲拉赞布将，
勇士尼玛夏森将，
带着两万余兵马，

守我南宗莫要失；
再看北边之宗堡，
嘉雪奔图森布将，
达贵亚美森布将，
带着两万余兵马，
守我北宗莫要失。
森布宫殿之内外，
再派十万兵把守，
达玛玉杰为其一，
食肉阿南为其二，
饮血达玉为其三，
尼玛扎巴为其四，
龙色亚美为其五，
共同保证守魔宫。
我自前往岭营去，
且看能否捉觉如，
或看能否擒超同。
恶贼超同如狐狸，
像是无耻两面女，
今日之话明日忘，
像是市井之奸商，

是否犹记立重誓。
今日已断和议念，
绝不降服岭国下，
虽说森布是魔国，
我看岭国真魔域。
森布诸将称魔将，
岭国诸将才是魔。

今日无法再安坐，
明日天色微明时，
驾驭天上之青龙，
一有雷电黑铁水，
二有红色飓风暴，
三有剧毒之火舌，
四有自燃之套索，
还有降雹之青铁，
看我操纵这三界，
如若不然非森布！
明日太阳未落前，
一是老朽总管王，
二是狡猾之超同，

三是边地觉如贼，
取此三人之首级，
若是不能成此事，
誓死不会再回返。

听懂耳中之甘露，
不懂歌亦无二遍，
众臣心中如此记。

森布九眼查瓦唱完这支勇猛的歌之后，决定次日天亮时便出发前往岭营，众臣皆不敢回话，垂下头来。魔后红面阿夏心想：明日我得同国王一同前往，一同行乐如红日东升，一同受苦如黑暗降临，粥同食，衣同穿。以前，我森布国的祖先们建立森布国，富贵堪比龙宫，武艺似天上的雷电，威势堪比阎罗。今日，边地觉如贼杀死我许多大将，毁我宫墙，乱我河山。若不能报此仇，我森姆活在世上又有何用？她越想越气，咬牙切齿，眼中流出血泪来，气势汹汹地决定与魔王一同前往。

到岭军休养的第六日黎明时分，天空突然升起彩虹帐房，层云叠嶂，下起绵绵细雨。云中突然出现姑母南曼杰姆所幻化成的一只金翅蜜蜂，在格萨尔王头顶转了三圈之后，唱了一支预言之歌：

唵嘛呢呗咪吽！
阿拉法性空中唱，
天空无边之征兆，
祈望能得大安乐。

敬请十二护法知，

法身释迦牟尼知，

报身无量光佛知，

化身莲花大师知。

天空神明帐房里，

敬请十万仙女知，

煨起桑烟袅袅飘，

仙女梵音似龙吼，

空行母来引歌头。

中间彩虹帐房里，

黄色彩虹在飘动，

黄马喘气急促促，

十万年兵周围绕，

今日请来助君王。

大地坛城起风暴，

在那雨云之中间，

红臂木里玉琼神，

周围万千青蓝围，

青盔青甲光粼粼，

青马气喘急促促，

周围十万龙兵围，

今日请做岭国友。

如若不识此地方，
天空之中风云起，
十万仙女寄魂湖，
围绕汉藏之地方。

如若不识我辈人，
天竺泥婆罗交界，
在那深蓝湖泊边，
十万食肉空行母，
实乃告知预言人，
实乃指引未知人，
南曼杰姆姑母名。

我之侄儿格萨尔，
上方神明派下凡，
自能预知未来事，
不降妖魔非岭王，
不伏敌人非勇士。
云中细雨落大地，

大地自能变湿润，
五谷自然能丰收，
地方自能得安乐。
岭国君臣众叔父，
南瞻部洲之主人，
能使黑头俱安乐，
如此停留难救民。

昨日晨间之时候，
从那花花魔宫里，
森布君臣共集会，
商议过后定计策。
九眼查瓦罗刹王，
红面阿夏罗刹后，
会同森布三勇士，
催动水火风之力，
不久即会到此地。
敌未至前穿甲胄，
病未至前需预防，
水患之前筑堤坝。
国王需记此三谚，

森布魔王到来时，
须由岭王来阻挡，
神龙年神将襄助。
就在明日之早晨，
将与魔王面对面，
若不降敌非岭王。
魔王麾下三猛将，
鹞雕狼将来抵挡，
不许放走一敌人。
时至今日九眼魔，
要说勇猛也泛泛，
胯下所骑森布马，
要说极速也泛泛。
红面阿夏前来时，
空中即会起大风，
能催雷电火水下。
要说抵敌巫咒术，
一有戎擦总管王，
二有异教之上师，
三有叔父超同将，
将那巫咒施敌身，

水火风等俱失效。

持法之王格萨尔，
若是想度地狱众，
今日便是好时候。
威震三界宝座上，
黑头藏王坐其位，
今日便是好时候。

商议对战之计谋，
才智大小需施展，
若有计谋今日说。
岭国勇士战神兵，
一生征战计无数，
降伏森布魔国日，
武艺如何看今日。

听懂君王记心间，
不懂歌亦无二遍，
格萨尔王心中记。

姑母南曼杰姆唱完，便沿着白色的虹路返回空中。格萨尔王霎时惊醒，吩咐左右之人迅速传令让岭国的勇士们速速聚齐。米琼和唐孜即刻挥起令旗，擂起法鼓，传令岭国勇士速到神帐议事。岭国上中下三部很快聚集到格萨尔王的白色神帐里，各自坐在了自己的位子上。格萨尔王便将神明的预言用金刚道歌的曲调唱道：

唵嘛呢叭咪吽！
阿拉塔拉塔拉歌，
不变阿声法性曲，
塔拉是歌之唱法。

祈望六道皆得法，
祈望众生皆安乐。
上请白梵天王知，
今日请做凡人友；
中请念青古拉知，
今日请看勇士威，
望能斩落敌首级，
望岭斩断敌魔根；
望能黑头破黑暗。
下请顶宝龙王知，
祈望衣食成就足。

如若不识此地方，

北方土地森布国，
黑面罗刹吾之敌，
实乃血肉遍布地。
若要与那森布敌，
须有不死金刚身，
若无很难胜敌人；
飞鸟森布罗刹马，
须有如风战马比，
若无决难能赶上；
降伏森布众罗刹，
须有岭国八十贤，
若无很难去抵敌。
在那从前时日里，
已经争斗一年余，
至今尚未有结果。
从那以前到今日，
本人所为皆佛法，
为那黑头安乐战。
对于众生黎民说，
吾国岭地即父母；
对于妖魔敌人说，

吾国岭地即雷电。

我从神域岭地来，
从那桑珠宫殿来，
实乃神明下凡子。
一为普度六道众，
二为黑头藏人福，
三为地狱扬佛法，
使那魔域变安乐。
我乃千佛之佛子，
诸空行母之眼眸，
桑钦人中之红日。
今年来到森布地，
森布恶毒之口舌，
用那神药来治疗，
疾病怎能治不好？

在座众臣听我言：
昨夜我在梦中时，
突闻阵阵微风起，
梵音渺渺似蜂鸣，

在那深蓝湖泊边，
姑母南曼杰姆现，
前来预言未知事。
黑方森布食肉宗，
九眼查瓦罗刹魔，
红面阿夏罗刹后，
以及手下三大臣，
必带森军到岭地。
若不早早定计谋，
唯恐岭国会失利。
明天一日时间里，
吾国岭地之诸军，
须像一条长哈达，
不能被那风吹跑。
明日之计是如此：
对阵森布之魔王，
由我亲自去抵敌，
此乃天意早注定；
对阵红面阿夏后，
需是阿达鲁姆将，
班丹拉姆之化身，

援军辛巴梅乳孜，
勇士巴拉僧达将，
带齐八十余骑兵。
杂隆白云之山口，
守住山口莫放敌。
森布王后三大臣，
突破五行自由身，
若是想要降强敌，
需懂巫咒之强人。
四母超同为其一，
门隅阿尼霍根二，
姜域南拉托北三，
霍尔摩玛童果四，
岭国达奔上师五，
此五得道之上师，
即可前往山顶上，
施展神幻之法术，
将那敌人首级取。
噶德曲迥贝纳将，
达域僧达阿冬将，
擦香丹玛强查将，

一齐来助岭王我，
力战三位魔大臣，
遇见谁人战谁人。
三头虎眼罗刹魔，
如扎魔神之化身，
九眼查瓦之亲弟，
世上罕逢其敌手，
若是噶德不能胜，
亦无其他人能胜。
哈拉火焰罗刹魔，
黑色姆扎之族裔，
世上罕逢其敌手，
僧达阿冬前去战。
纳卡龙妖罗刹魔，
能够转动箭方向，
能让地上雷电闪，
若非丹玛不可敌。
岭国诸位勇猛将，
各自注定一敌人，
火镰火刀及火石，
三样齐全起火焰。

我骑胯下之坐骑，

天亮时分即出发，

此乃前生早注定，

话不多说要速行，

众臣心中如此记。

格萨尔王唱完，总管王戎擦查根、尼奔达雅、文布玉杰、姜子玉赤贡温、姜域玉拉托久、霍尔辛巴梅乳孜、日西阿达鲁姆等众将都认为：神明的预言及国王的旨意怎会有错？我等众将皆是神明下凡，死有何憾？众人来到格萨尔王座前，求赐长生丸、甘露神水、佛陀之发、七大婆罗门之肉以及御敌的咒语等物，之后便各自返回自己的营帐。

次日黎明前夕，岭军擂起战鼓，挥起战旗，拔寨启程。且看这格萨尔王上身神纹，下身龙纹，中部年纹，周身有百万拉鲁年神围绕。不似凡人而似神，像是白色大神从天降，像是大鹏飞空中，像是雄鹰展羽翼。上身披能挡火烧之红色护心甲，腰间着刀枪不入的黄色甲胄，下身乃水渗不进去的蓝色水纹袍。格萨尔王将那白藤三节鞭挥在空中，脚上穿三层虹纹威震百兽靴，金色脚镫好似能将诸魔灭，头戴法王坛城白盔好似空中太阳升，身后战旗飘扬，前后左右拉鲁年神护佑，毫不犹疑地前往战森布。

但见从森布食肉九层宫殿的方向，森布君臣们正像饿狼扑肉般向着岭营进发。魔后红面阿夏引着右军，魔王九眼查瓦引着左军。一时间，空中狂风骤起，中间火焰升腾，下面波涛翻滚。魔王手触着天，舌头在空中挥舞，此状即使阎罗见了也不免胆颤。格萨尔王毫不犹豫地拦在九眼查瓦面前。九眼查瓦勒住马，心里盘算着先唱支歌，再挥动刀枪剑戟将对方灭掉，于是便说道：“你这人是无形还是有形？拦在我魔王面前。今日我想食你的肉，啃你的骨，剥你的皮来做衣裳。看我森布的威力如何猛！森布的战马如何快！”九眼查瓦说完，便用森布业障曲的曲调唱道：

嗡嘛呢叭咪吽！
一声从那空中唱，
天空漫无边际歌；
二声在那半空唱，
疾风速行之歌曲；
三声降伏敌人曲，
敌之生肉我来食；
四声在这大地唱，
让这大地满尸首；
五声在那江河唱，
江河波涛变血色；
六声凶猛森布曲，
实乃食肉凶猛曲；
七声取敌首级歌，
对敌比那雷电猛；
八声收伏敌方曲，
比我威猛还有谁？

黄衣之人听我言。
如若不识此地方，

嘎热护法之宫殿，
上部空中辽阔地，
玛扎如扎之故土，
杀戮黑头藏人地，
羌域边鄙魔之地。

如若不识我辈人，
森布九眼查瓦魔，
唯肉方能饱我肚，
唯血方能止我渴。
生食人肉男森布，
身披人皮女森姆。
当我势力正盛时，
转动南瞻部洲地。

黄甲之人听我言：
你这非神非人者，
若是凡人血肉躯，
今日便同我来斗，
我来尝尝肉之味，
我来看看你之勇。

九眼查瓦真勇士，
战我需食肉饮血。
我向空中张开口，
飞禽俱入我口中；
舌头搅动山之顶，
山顶走兽无去处；
再向大海张开口，
海中鱼虾无活路，
森布之名由此来。
与我对战必失败，
你若还有小法术，
就像彩虹般消失，
若迟再无逃脱路。

此乃吾所说实言，
听懂就放在心上，
不懂歌亦无二遍。

闻听九眼查瓦心所唱的这支歌，格萨尔王心想：这九眼查瓦虽说魔力高强，前番几战都未能取胜，如今我方又有许多神佛护佑，最后的胜利必属我。于是，格萨尔王决定先不碰刀枪，而是做父系战神收伏八方状，用金刚道歌的曲调唱道：

唵嘛呢叭咪吽！

阿拉拉姆阿拉歌，
阿拉从那空中唱。
法性心中空空歌，
三声塔拉口中唱，
将那众生引空性。

礼敬佛法僧三宝，
祷祀五明智慧神。
战胜自身之坛城，
实乃空性之法身，
三身自能胜敌人。
智慧空性之虹体，
哪会不能胜魔女？

如若不识此地方，
高高天空之帐房，
实乃层云叠嶂处，
飞向空中之翼力，
且看胯下追风马。
脚下风轮之护法，
实乃白梵天王子，

威震三界之战神，
在我岭国之地方。

如若不识我辈人。
森布魔王听我言，
虽说吾言非天命，
说话有理便天命。
在那过去时间里，
居住玛麦魔之域，
帮助妖魔和罗刹，
人称骗子觉如贼，
玛麦地方食地鼠。
之后实乃占堆将，
实乃降伏敌魔者，
魔域变成佛邦者。
最后实乃三世佛，
度那地狱扬佛法，
指引众生解脱者，
释迦牟尼之护法，
莲花大师之使者，
岗巴藏地之支柱，

世界形成之根本。
命定之人今日至，
所栽之树今长成；
三十三天之宫殿，
所派之人今有用；
用那神奇之大弓，
射出之箭今有用。
宝刀银枪及套索，
智慧道法之兵刃，
能将彩虹也斩断。

你这蛮横之老贼，
须知老鹰羽翼健，
但若盘旋不自量，
半空之中凛冽风，
将你羽毛全吹落。
勿要不威来装威，
小心岩石被雷劈；
水中鱼儿莫乱动，
乱动被那鱼钩擒，
白肚鱼儿无处逃。

莫要轻战森布王，
格萨尔王神威力，
让你森域变空城，
再将尸首抛原野。
你虽拥有钢铁身，
上界神明中界年，
实乃取命之天锤。
世间宝物之主人，
一边是那阎罗王，
一边是我格萨尔。
上神中年下界龙，
有形无形之魔神，
岭国八十员大将，
世上罕有其敌手。
空性法之七彩虹，
锋利刀剑砍不断；
在那半空虹路上，
白云不能用手抓；
要渡不变之大海，
无船如何能渡过？
若想得救念三宝，

若想解脱呼莲师，

今日你心若念我，

便可饶恕不杀你。

五无间恶十不善，

马上保证要摒弃，

可将森布还予你，

如若不然是宿敌！

一双银翼之雄鹰，

空中狂风大起时，

雄鹰无地去盘旋；

银顶金翅大鹏鸟，

想在高山顶上落，

大地之上俱陷阱，

金翅大鹏无处落；

食肉森布蛮横儿，

想将世界转方向，

今日岭国君臣围，

便是想逃也不能。

你等森布之君臣，

若是想战便来战，

若是想逃早点逃。
我方岭国之军队，
将会把你魔宫围。
森布地方之军队，
若是还不前来降，
三顶红岩之魔宫，
若不从那顶上毁，
鲁年神等不是神。
高高山上之流水，
不在三岔路口汇，
那便不是雪山水。
岭国君臣之大部，
若是不能灭森布，
岭国诸神无法力。
今日之前时日里，
杀我岭国诸多将，
就像毁掉金宗堡。
今日便要报此仇，
森布与我格萨尔，
好似响鼓和鼓槌，
像是松树与岩石，

注定相遇躲不掉。
松多两面浪荡女，
出去世间走一圈，
回来染得一身病。
岭国君臣等众人，
转遍南瞻部洲地，
若是黑头不安乐，
我之下凡无意义。
北方森布国度里，
兵马多到似繁星，
夜里有而白天无。
你之颜色似彩虹，
实乃伴随雨云来，
雨停之后无踪影。
财宝好似草上露，
早上有来晚上无。
若是想与黄金比，
黄色老铜可不行；
若是想与岭国比，
森布老贼可不行。
若是投诚便拜我。

听懂歌儿耳中留，

不懂歌亦无二遍。

格萨尔王一唱完这支收伏三界的歌之后，九眼查瓦魔王就像黑色的毒树长出狂妄的刺一般，周身皆被恶业的浓雾所围绕。被五毒攻心的森布九眼查瓦说道："你这食地鼠的恶母之子觉如贼，黑色的魔王，今日你竟敢来欺我吓我！你身虽然是虹体，我也超出五行外。你之心脏是钢铁铸成，那我的便是金刚石。今日你我在此相遇正是时候。觉如贼与罗刹王，好似武艺一般高，好似福运一般高，今日刚好可以看看是不是一般高。"九眼查瓦说完，从右边取出食肉罗刹箭，从左边拿出大弯霹雳罗刹弓，用威震三界的曲调唱道：

唵嘛呢叭咪吽！

阿鲁塔鲁魔之声，

嘎热不变父系音。

礼敬嘎热护法神，

今日需是护佑时。

玛扎如扎魔之神，

武艺高强兼神速，

似那闪电快快至。

黑色哈拉魔之子，

极速前来取敌命，

将那佛法全消灭，

佛僧全部埋地下，
从此梵音不入耳。
黑色嘎热魔之神，
祈望道法比天高，
燃起食肉魔火焰！

如若不识此地方，
嘎热魔神之故土，
亦是魔王之故乡。
如若不识我辈人，
创世之初祖先人，
亚夏虎眼之族脉，
继承父业之子孙。
森布食肉宫殿里，
威势食肉天之宗，
统领十二万兵马，
九眼查瓦威名扬。

古人谚语曾有云：
黎明之时需起身，
天上红日在催促；

雄鹿岩山上奔走，

猎狗身后在追赶；

斑斓猛虎出林来，

只因林中有大火。

无敌九眼查瓦王，

不得携带三械来，

只因觉如欺上门。

敌人兵马满国境，

此时怎能不显威？

你这觉如恶母子，

你我今日在此遇，

就像日月同相遇，

谁弱谁强今日知；

好似阎罗两勇士，

胜利属谁今日知。

同是慈母之子女，

福运谁高今日知；

同是良马之马驹，

谁快谁慢今日知；

同样勇猛之勇士，

命长命短今日知。

莫要向后逃一步！
我手所持之宝刀，
天铁地铁及石铁，
三样钢铁所锻造。
天泰中泰和地泰，
泰让兄弟为工匠。
刀尖好似那闪电，
刀背好似是翎眼，
刀刃能将岩石劈。
往上挥在天空上，
将那日月星辰搅；
中间挥在半空中，
将那青龙拍地上；
往下挥在大地上，
岩石河流齐腰斩。
若挥此刀难活命。
山后阎罗太岁爷，
传说之中几威猛，
事实当是幼儿戏；
手下凶猛之判官，
传说凶猛俱虚言，

事实当是如妇女。

恶母之子觉如贼，

号称世上能称王，

今日遇我你命休，

到时莫要来惨叫。

将你用那宝刀劈，

宝刀怎会劈不开？

流出鲜血汇成河，

尸首分给众森布，

若做不到非森布。

听懂你就留耳中，

不懂歌亦无二遍。

九眼查瓦唱完，便将刀举至头顶向格萨尔王砍了三下，第一下被下部龙神化解，第二刀被中界年神化解，第三刀被上界神明化解。九眼查瓦所斩的三刀便像斩在了空气中一般，没能伤到格萨尔王分毫。随后，格萨尔王眼望天空，双手举在半空中，双脚执镫坐在白鼻马上作空性不动状说道："就像你自己所说，虽说上师都讲法，但是度人法不同；虽说都是坐王位，公正严明有不同；一母所生之兄弟，福运也会有不同。你我二人相遇时，你这懦夫先出手，挥出刀来犹如劈石头，真是羞煞旁人。"格萨尔王说完将那空性伏魔刀抽出刀鞘，将手指深入刀环中，往坐骑身上擦了几下之后唱了一支取得敌命的歌：

唵嘛呢叭咪吽！

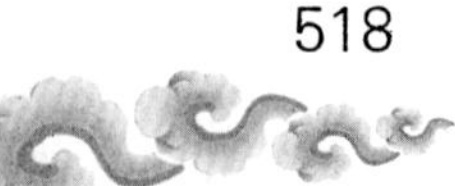

阿拉法性空中唱，
慈悲彩虹满半空。
塔拉实乃解脱曲，
慈悲将那众生度。

在那三界净土中，
日光彩虹一同升，
正法百位神佛子，
今日请做君王友。
上界白梵天王知，
胯下所骑银色马，
双翼好似空中火，
今日请做贤人友；
中界年神帐房里，
年军父神有万千，
威玛战神及诸年，
今日请将森布降。
大地坛城起风暴，
财宝龙宫之上方，
敬请顶宝龙王知，
财富成就之主人，

实乃岭国之财神，
黑色魔王之克星，
今日请做国王友！

如若不识此地方，
彩虹升起在天空，
使这天空色斑斓，
实乃日月之路途，
昼夜不停转世界。
在那山脉之顶峰，
冈底斯山之宗堡，
四季飘雪不停歇，
雄狮鬃毛必繁盛。
流下蓝色江河水，
是那雪水所消融，
最后汇入大海中。
森布故土之岭军，
会像火焰速蔓延，
会像大河决堤般，
将那森布扫除尽。
九眼查瓦罗刹魔，

在那从前时日里，
善业传说你所无，
六字真言你所无，
所行诸事非善业。
所做恶业高如山，
将那江河变血海，
在这充满恶障地，
黑暗已然笼此洲。

今年将是天明时，
岭国君臣日月星，
一齐转这森布地。
释迦佛陀之灵物，
分予世上所有人。
罗刹魔王似阎罗，
收伏罗刹魔王者，
格萨尔王下凡来，
定能收伏罗刹魔。
你这九眼查瓦魔，
若是心中能向佛，
我便引你至乐土，

森布地方变佛域。

孰好孰坏自己想，

世界之王手中刀，

实乃神明所锻造，

中界年神来淬火，

从那龙王海中得，

实乃藏地之所需。

会看实乃智慧刀，

不会屠夫之屠刀。

刀尖虹印指天上，

将你魂魄引乐土。

刀身指向岩石尖，

将你魂魄祭风中。

九眼查瓦可听到？

富户之财无定数，

今日有来明日无。

佛陀之法有定数，

慈悲之心无际涯。

听懂话儿耳中留，

不懂歌亦不解释。

格萨尔王唱完，便举起手中闪着道道火纹的宝刀朝着九眼查瓦砍去，

因宝刀上附有拉鲁年神、威玛战神及诸护法神空行母的神力，一下将九眼查瓦的头盔砍碎，并击碎了魔王的头盖骨，魔王顿时觉得昏昏沉沉。但因九眼查瓦魔王有嘎热护法、玛扎如扎及诸泰让护体，一时间并没倒下，但也因疼痛难忍，便朝后逃去。格萨尔王心想：根据神明的预言，今日是消灭魔王的时辰，如让他逃了去，便如何是好？于是，格萨尔王便在九眼查瓦身后追赶。格萨尔王追赶着九眼查瓦到了纳塘原野的一处断岩，此时黑白黄等三色泰让突然催起狂风，一时间乌云遮天蔽日，连道路也看不清楚。格萨尔王心想：在这偏僻的森布国度真是妖魔和罗刹共行，黑暗与混沌共存。今日虽说是伤了这森布魔王，但因他有这许多泰让妖魔相助，今日竟逃了去。格萨尔王下马坐在草甸之上，往四周的山谷张望探视。他的坐骑白鼻马在一旁嘶鸣了几声，用马声嘶鸣的曲调唱了一支指点方法的歌：

唵嘛呢叭咪吽！
阿拉塔拉塔拉歌，
阿拉法性空中唱，
不变法理自称诀。
塔拉解脱道途曲，
敬请三宝能知晓。

至高无形佛法地，
无量光佛敬请知，
指引众生得解脱。
中界吉祥园地里，
白色护法战神知。

辽阔大地之中央，
白嘴野驴法王知，
西方大乐宝马知，
诸神知晓并护佑。

如若不识此地方，
南方黑暗之山口，
上看半空俱是云，
黑云弥漫眼不见。
左看半空风声响，
岩山被那乌云罩。
下看大海在翻滚，
海上笼罩鲜血气。

如若不识我神马，
外表食草之牲畜，
内里佛陀千种身，
无量光佛之化身。
需行比那闪电快，
天空之上自由行。
天上雄鹰几威猛，

展开双翼破苍穹，
四蹄白鼻之骏马，
虽无双翼亦能飞，
半空之中扬四蹄，
除我白鼻无他马。

格萨尔王听我言：
九眼查瓦罗刹魔，
上师教诲听不进，
对那善业心厌恶，
佛法梵音不入耳。
就在今日时间里，
被我主人用刀斩，
身受重伤逃遁走，
如今魔王无踪影。
再请眼观下方土，
乌云笼罩之大洲，
像是十八层地狱；
江河之色似鲜血，
像是地狱之河水；
高山尖尖似枪头，

好似阎罗手中刀；
原野之色亦鲜红，
好似地狱之平原；
陡峭奇险之道路，
像是地狱间小径。

莫要再停留此地，
凶恶黑嘴罗刹魔，
要将佛法来消灭，
要将黑头藏地收，
将那天竺法门阻，
将那汉地律门毁，
将那藏地视作仇。
恶孽缠身之躯体，
没有空性慈悲心，
不敬上方之神明，
需行何途皆不识。
若是不能收森布，
我军大事怎能成？
从前取得之胜利，
像是沙子撒风中。

格萨尔王骑我身，

今晚就要去魔宫，

在那食肉宫殿里，

自生红铁并火堆，

还有红铜五百轮，

你我需得一一过。

若是不取森布命，

岭国将会无安乐，

此事关乎众生事，

岭王还请记心间。

等白鼻马唱完，三圣怙主的化身、白梵天王之子、岭国的支柱、所有男儿的战神、拥有极净法身的格萨尔王诺布占堆立即进入大慈悲禅定，观想千万佛祖。过了一会儿，天上开始出现彩虹帐房，落下花瓣雨，山腰的浓雾也渐渐散去，红日也升上天空，清晰的前路也开始出现在格萨尔王面前。格萨尔王即刻上马继续追赶九眼查瓦，到了红岩原野的垭口，看见九眼查瓦因头上开始流出脑浆，正艰难地踽踽前行。而上界天神、中界年神、下界龙神等从四面八方拦住了九眼查瓦的去路。九眼查瓦一回头，正看见格萨尔王显忿怒之相，朝着自己走来。森布九眼查瓦心想：今日逃是无处逃，去战又受了伤，去降则丢了我森布国的脸面。九眼查瓦如此思忖着，转过马头，将刀箭同时拿出，把箭搭在弓上，用母虎怒吼的曲调唱道：

唵嘛呢叭咪吽！

阿通塔通女通曲，

阿通女通魔之音，

食肉妖魔之母语。

敬请嘎热护法知，
中请玛扎如扎知，
下请哈拉黑魔知，
诸神知晓并护佑，
今日请护我魔王。
食肉红色魔神知，
请像疾风快快来，
将那恶母觉如贼，
勾走魂魄剜红心！

如若不识此地方，
实乃金刚般埡口，
通途实乃岩石径，
除了飞禽无法行。
红岩天宗之地方，
只有鸱鸮能通行；
九层岩石所铺路，
只有野牦牛通行。
行在岩石如平地，

除了森布还有谁？

你这食鼠觉如贼，
竖起耳朵听我言：
太阳升空转四方，
身后九头罗睺赶，
霎时世界便黑暗，
以为自己能永恒；
雄鹿头上美犄角，
草原之上开路途，
猎狗已在身后追，
不知鹿角快要失，
还想翻山并越岭；
海中白肚金眼鱼，
无底大海水中游，
鳄鱼在那身后追，
想着将那大海渡。
你这觉如老贼人，
想要来战森布王，
小心头颅被我斩。
黄冠得道之上师，

若不践行佛陀法，
岂能度人脱地狱？
叔父长官占高位，
若是执法不公正，
岂能辨别黑与白？
少女珊瑚来装饰，
到了出嫁之时候，
若是不能笑迎人，
怎能知道处世法？
斑斓猛虎居深林，
将那斑纹展世人，
到得大火烧林时，
不会是否会悲嚎？
我本自守食肉宫，
觉如无端上门来，
本无嫌隙成仇敌，
金刚石上开出路。
今日英雄在此遇，
是生是死今日定。
南瞻部洲本和谐，
是你觉如搅血海。

格萨尔王真无耻，
自称上师应羞愧。
无勇汉子刀柄长，
最终宝刀掉地上；
莽撞马儿不善跑，
最终四蹄落石上。
将死觉如听我言：
我之金色罗刹弓，
实乃嘎热护法弓，
野牦牛角所制成；
白藤所制之箭身，
实乃泰让之神箭，
射出穿透金刚石。
今日此箭射向你，
将你心脏全射穿，
再将鲜血用嘴饮。
所说你要记在心！

九眼查瓦唱完，嗖地一声射出了食肉长羽罗刹箭，格萨尔王在马上往右稍一侧身，箭便射到了右后方一块牦牛大小的石头上，石头瞬间被击碎。人中红日格萨尔王在马上如山峰般岿然不动，右手取出阎罗王见了也胆颤的霹雳手擒神索，说道："你这食肉森布儿，九种恶业之根本，心中哪知因果理！不分黑白与善恶，一生所行皆恶业，今日报应在你身。曾经自视比天高，如今便落在地上。格萨尔王是上师，若是虔诚拜三拜，还可将你命饶恕；若是还在此顽抗，神索抛出在你颈，活活将你埋地下。”格萨尔王说完，用威取魔命的曲调唱道：

唵嘛呢叭咪吽！
阿拉塔拉塔拉歌，
一声从那法门唱，
小嗡嘛呢叭咪吽，
引至智慧之净土。
三声塔拉从上唱，
将那众生引乐土，
祈望解脱得大乐。

一请白梵天王知，
头顶银白之发髻，
守护善方之佛法，
白色琉璃耀光芒，
引来善方诸神明，
白色好似奶之海。
佛陀善法无止境，
将那众生用法度，
将那强敌俱降伏，
今日正是显圣时，

请来分辨善与恶。

在那金色宫殿中，

好似万条金色绫，

好似日光照草上，

敬请念青古拉知，

请助我去灭敌人。

在那蓝色深水中，

龙宫财宝之主人，

昼夜享受取不尽，

法性之果众人得，

顶宝龙王敬请知，

还望护佑勿要小。

如若不识此地方，

西南森布之地方，

森布黑暗之大洲，

业障浓雾弥漫处。

地上不见有路途，

实乃岩石之故乡，

罗刹行路之路径，

玛扎如扎所幻化。

黑方罗刹听我言：
还需依止诸神明，
白身白心几哈达，
需得祈求三白齐，
心若善良路易行。
赞赏白方之诸神，
业障孽障从根除。
世上不同之教派，
可行不同之路径，
抉择权利在你手。
你这凶恶罗刹魔，
今年年已四十九，
在那从前时日里，
食肉饮血取人命，
所取人命无计数，
所做之事须忏悔。
杀生习惯速摒弃，
余生与那佛法伴，
是否如此细思量。
此生已到此田地，
想逃自有阎罗追，

想躲护法都迅疾，
想藏日月能知晓，
今日你已无路走。
更需依止诸神明，
做我格萨尔弟子，
一心皈依修佛法。

白肚金眼小鱼儿，
莫要转湖守本窝，
小心被那鱼钩擒；
天上银翼之雄鹰，
莫要乱飞守岩巢，
若是天上再乱飞，
小心狂风刮羽翼；
猛虎若是处深林，
小心虎纹染鲜血。
北方罗刹国魔王，
想与我战是疯癫，
还是莫战敬神明，
若是祈福还得法，
或能将你引乐土。

若我挥起手中刀，
砍向你这老魔王，
一切剖开你胸膛，
尸首随处抛原野，
灵魂自去黑暗洲。
魔王你自细细想，
南瞻部洲多国家，
格萨尔王数第一，
若是诚心归于我，
你之魂魄虽寂灭，
可留全尸不摧毁。

听懂魔王留耳中，
不懂你便抛脑后，
你之心中如此记。

格萨尔王唱完，便将带着拉鲁年神和威玛赞神神力的神索抛向了九眼查瓦，九眼查瓦躲避不及，就像被鱼钩钓住的鱼一般被套索擒住。魔王九眼查瓦自忖自己是嘎热护法及玛扎如扎的化身，料想觉如的套索也奈何不得他，便想用蛮力去挣脱神索，但发现想往上跳脚不离地，想往下钻又被金刚橛挡住，一时间竟动弹不得。不一会儿，九眼查瓦气力减弱，精神颓丧，身体抖得像风中的落叶，嘴颤得像烧开的沸水，双脚在地上竟站立不住。最终他因体力实在不支，便跪倒在了格萨尔王面前。格萨尔王说道：

“以前你认为我是取命的屠夫，如今能知道我是度人的上师，已然很好。今日你身上所受的痛苦，是因为你之前杀戮了太多生灵的缘故。如今你若能忏悔从前犯下的罪孽，今后摒弃所有恶业，一心向佛的话，我格萨尔乃佛子化身，慈悲的上师，定能保你免堕地狱，并将你度至妙喜世界。”说完，格萨尔王朝九眼查瓦的额上摸了一下，之后便唱了一支无比慈悲的歌：

嗡嘛呢叭咪吽！
阿拉请那上师知，
敬请三宝能护佑，
将我之心引佛法。
塔拉祈望得解脱，
三界俱成佛法地。

如若不识此地方，
九层红岩似金刚，
此地实乃森布宗。
森布地方寄魂山，
山顶与那白云齐，
好似青龙一魔王，
好似雄狮众罗刹。

我之胯下之神马，
乃有划破苍穹力，

想去之时自能去，
南瞻部洲一日转。
觉如岭王格萨尔，
乍看像是屠命人，
实则实乃佛法身，
慈悲之心像红日，
能让众生得安乐。
法力收伏世界土，
将那六道之众生，
全部引至佛法途。
若是不将妖魔除，
不能慈悲度众生，
中阴之道不显现。
妖魔若不用计除，
上师怎能入禅定？
上师若不入禅定，
哪能生出慈悲心？
若是没有慈悲心，
世间便是满嫉恨，
哪会有那坦途走。
世界便成黑暗洲，

业障之宫有万千。

你做恶业之报应，
便似劲风吹经幡，
心里空空如苍穹。
身上无毛似鱼儿，
心中孤冷似海底。
出名富户之子嗣，
有食不吃都积蓄，
有衣不穿打补丁，
实乃自己找苦吃。
你这九眼查瓦魔，
威势收伏周围国，
神力要将天地转，
手下兵马猛如火，
业障迷雾脑后绕。
今日孤身无援兵，
心要禅定莫分心，
在那半空虹路中，
却有解脱之恶体。
若是能够观想佛，

能保不堕地狱途；
若是观想四大洲，
可保魂魄不游荡；
从那头顶始观想，
要念天界十方佛，
能保生在极乐土；
若是心观五部佛，
能保得道四方土；
白色盔甲似岩山，
观想阎罗勿分心，
能保清净之法体，
生在不变之净土；
六字真言口中诵，
在那呼吸吐纳间，
心中须念我佛陀，
能保不堕地狱途。
大慈大悲观世音，
不变十一面观音，
千手千眼观世音，
坐在不变莲花台，
不变普度众生苦，

不变法身是白色。
不变法身红黄色，
实乃无量光佛祖，
不变蓝色头发髻，
不变金刚跏趺坐。
身上所穿佛祖衣，
日出光芒彩虹出，
观想自能至乐土。

此外你还须知晓：
东胜神洲人俊秀，
非因族裔血脉好，
前世所种之善果；
南瞻部洲富饶地，
不是因为积蓄来，
而是笃信佛法故；
西牛贺州成就高，
非是因为财力雄，
乃因前世施舍多；
北俱芦洲地宽广，
不是因为善行走，

实乃传法之善果。

到此四地乃大乐，

身体康健乃大乐，

心中安闲乃大乐，

衣食富足乃大乐，

莫要忘记记心中。

头戴黄帽之上师，

指引森布勿分心。

西方铜色吉祥山，

顶礼莲花生大师，

不变发髻及须鬃，

身边千万空行母，

口中道歌声悠悠，

不变之心金刚心，

今日指引森布魔。

听懂森布放耳中，

不懂口中念真言。

格萨尔王一曲唱毕，念了三声“吽啪”之后，将森布的魂魄引到了西方极乐世界铜色吉祥山的莲花生大师座前。格萨尔王用手一触跪在原地的九眼查瓦的尸首，尸首便倒在地上。随后，格萨尔王唤来南瞻部洲所有喜欢食肉饮血的饿鬼、非人，以及喜欢食妖魔肉的威玛战神和诸空行母，将九眼查瓦的尸首献予了他们。将森布九眼查瓦的首级埋在岩石之下，并祈祷能斩断森布所有的恶缘。将森布身上所披的人皮铺在原野之上，并在四周安上杵橛，此地现在叫做森布原野。又将森布的头发撒在了南边，此地现如今成为了郁郁葱葱的大洲。

此时，魔后红面阿夏正在哭嚎着寻找自己的夫君，那哭声似老狼的哀嚎，哀嚎之声在天地间久久不能散去。岭营中众人都因格萨尔王未返而担心，尤其是扎拉孜杰在银座上坐立难安，身携三械，备好战马，准备前往寻找格萨尔王。扎拉孜杰用狂风乱舞的曲调唱了一支寻访国王的歌：

唵嘛呢叭咪吽！
阿拉塔拉塔拉歌，
塔拉是歌之唱法。

膜拜大海般佛王，
礼敬上方之仙界，
礼敬中界之年神，
礼敬下界之龙神。

如若不识此地方，
森布纳塘大原野，
实乃岭营之中央，
实乃神帐之内里。

如若不识我辈人，

我乃君王之侄儿，
十万岭军之首领，
扎拉孜杰是吾名。
天上红日之辅援，
有那十五之月亮，
破除夜晚之黑暗。
格萨尔王之辅弼，
是我扎拉小雄狮，
鬃毛繁盛是自然。
叔父岭王似丛林，
我乃林中一猛虎，
猛虎之爪显神威；
叔父岭王是雪山，
我是山中小雄狮，
震慑百兽之根本，
我乃岭国之至宝。

就在昨夜睡梦里，
梦见繁星之右方，
一轮红日耀光芒，
照亮大千之世界，

罗睺曜星在后撤；
梦见纳塘原野上，
斑斓锦毛之猛虎，
遇见雪山小雄狮，
斑斓猛虎殒其命；
梦见森布红岩上，
雪狮怒吼向四方，
最终四蹄皆是血。
梦见银鬃挥半空，
梦见海水变蓝色，
梦见鱼虾自在游。
我心之中本所想，
昨夜梦中之所见，
国王当是在返途，
还需众人去相迎。
欢迎君王之队伍，
须有岭国七贤人，
并那殿前三大臣，
我等十人共前往，
勿停速速去出发。

听懂还请留耳中，

不懂歌亦无二遍。

扎拉孜杰一唱完这支前往欢迎格萨尔王的歌之后，众人连连称是，当即做了决定。于是，各人骑上自己的马，浩浩荡荡地出发了。到了森布杂查的右方时，他们正好与格萨尔王相遇，丹玛带头迎接格萨尔王。在待君臣们坐定之后，格萨尔王开始陈说详细的经过。达奔说："今日格萨尔王灭了森布罗刹魔，使世界归于和平，佛法得以传扬，我等君臣应当一同煨桑，这样便能心想事成，速获大胜。"格萨尔王称是，并带着众人来到了开满野花的草甸之上，随从们有的去捡柴火生火煮茶，有的去捡拾散发香味的松枝堆在格萨尔王面前，以作煨桑之用。尼奔说道："今日之胜利实是值得庆贺，亦是一个大好兆头。当有岭国勇士之冠、萨热哈巴的化身擦香丹玛强查来唱一支煨桑的歌。但见这丹玛强查坐在蓝色宝垫上，不似人形似青龙，像是青龙飞天。头戴蓝盔，身披蓝甲，胸口是一块蓝色的护心镜，手中拿着一条五彩的箭旗，用六变塔拉的曲调唱了一支给拉鲁年神煨桑的歌：

唵嘛呢叭咪吽！

阿拉塔拉塔拉歌，

塔拉不变丹玛曲。

若无三声塔拉曲，

美妙之词不入耳；

天上若不降细雨，

大地便不生草木；

大地若不生草木，

众生怎能有安乐？

塔拉实乃丹玛曲，
江河流动塔拉拉，
密云聚集之根本；
天降细雨塔拉拉，
草木藏盛之根本；
江河奔涌塔拉拉，
大海汪洋之根本；
上师说法塔拉拉，
解救众生之根本；
长官律法塔拉拉，
拯救黎民之根本；
叔父之言塔拉拉，
胜出纠纷之根本；
勇士吼声塔拉拉，
获取大胜之根本；
女子唱歌塔拉拉，
持家有道之根本。
塔拉六变九变曲，
敬请三宝能知晓，
密严刹土宫殿里，
根本上师能知晓。

从那极乐世界里，
佛陀释迦牟尼知。
东方度母刹土上，
观音菩萨无量寿，
礼敬上方长寿佛。
南方大宝生之地，
宝生空行母围绕，
礼敬宝生空行母。
西方莲花光印土，
比卢遮那佛宫中，
北方诸神能知晓，
祈望知晓并护佑！

如若不识此地方，
金刚岩石之下方，
牦牛山石之下方，
黑蛇大河之上方，
从那岭国扎营地，
紫色神灶之右方。

如若不识我辈人，

好似雄鹰之丹玛，

心中并无故乡念，

岩石险处即故乡；

在那松树成林处，

丹玛即是杜鹃鸟，

丹玛本就无故乡，

常青松枝是故乡；

在那安稳宫殿里，

丹玛本就无父母，

恩深上师即父母。

萨霍国王之族裔，

丹玛王嘉是我名，

咯咯咯来嗦嗦嗦，

若是不唤三声咯，

上界大神听不到；

若是不唤三声嗦，

上界大神不护佑，

咯嗦实乃唤神明。

一敬在那天空上，

白云层叠帐房里，

三十三天宫殿中，

不变头上银色髻，

不变法身着白衣，

右手拿着琉璃剑，

左手托着甘露瓶，

护心镜前是金盾，

身着华服在飘扬，

枪旗箭旗皆竖起，

白梵天王上界神，

周围十万天兵围，

还请来做丹玛友。

在那高山之顶上，

头顶金色华盖飘，

身上金甲威凛凛，

右手所持枪箭旗，

左手军旗挥空中，

周围千万年神围，

念青古拉格佐神，

边上十万年兵围，

今日请做丹玛友。

在那大海龙宫中，

蓝色宫殿之中央，

不变头颅戴蓝盔，

不变法身披蓝甲，

手托蓝色聚宝盆，

周围十万龙兵围，

财宝享受无穷尽，

所想细雨绵绵下，

今日请做丹玛友。

拉鲁年神做辅弼，

功业不小上界神，

煨桑供奉必不少，

唤来上方之大神，

唤来中界之年神，

唤来下界之龙神，

煨桑祈愿胜敌兵。

今日所煨之桑烟，

六种名药之芳香，

白昼所长松树香，

黑夜所长杜鹃花，

昼夜之间野蒿香，

檀香树木之香味，

还有神水供洗涤。

上界神明中界年，

下界龙神诸战神，

以及所有守山神，

均要供奉无分别。

桑烟如云飘空中，

像那云层敬神明，

要使诸神均满意。

威玛战神护法神，

以及山神土地等，

今日煨桑来供奉，

祈望诸事皆能成。

岭国君臣及部队，

去往何处战何人，

均请护佑莫忘怀。

擦香丹玛强查唱完这一支煨桑祈求神明的歌之后，岭国众将均站起身转了三圈，向威玛战神、山神护法等致意。随即他们来到神灶周围，开始享用美食，格萨尔王又谈起战胜九眼查瓦的经过，大部队缓慢行进，终于在天黑时分到达了营寨。岭国君臣叔父们都甚感喜悦，于是便开始唱歌跳舞，享用着美酒佳肴。此时，格萨尔王满面红光地在座上环视众人，将对战的经过及如何取胜等情形唱了一支歌：

唵嘛呢叭咪吽！

阿拉法性中央唱，

礼敬精深之佛法。

塔拉指引众生曲，

祈望消灭强大敌，

祈望森布变佛域！

如若不识此地方，

森布紫色之原野。

如若不识我辈人，

岭国富饶神仙地，

格萨尔王便是我，

黑头藏人守护神，

岭国男儿之战神，

岭国众将之首领。

众位官兵听我言：

从那红日升空处，

繁星光芒被遮盖，

雪中雄狮几威猛，

将那百兽全震服；

大鹏金翅所飞处，
其他鸟儿难伸翼，
格萨尔王一出征，
便将魔王消灭尽。

君臣敬请听我言，
且听是否此道理：
路途遥远为其一，
魔国威猛为其二，
地理不熟为其三，
此三一齐难取胜。
但是岭国之君臣，
跋山涉水到此地，
依靠拉鲁年神力，
将那魔王消灭掉，
岭国君臣几欢喜！
佛法将会永流传，
众生福祉有依归，
喜乐之情从心起。
岭国君臣大部军，
战事一时未结束，

我等不能再等待，
事关众生之福祉，
事关佛法之兴衰。
食肉森布之魔王，
身形高大满半空，
将那白云用手抓，
伸手能将众星揽，
跺脚世界便震动，
大海之水一口饮，
叫声好似青龙吼，
号称史上无敌手。
我乃岭国格萨尔，
引来神龙做友伴，
红虎年神及战神，
将那火焰烧空中，
威玛索多等勇士，
将那大海也搅动。
拉鲁年神来相助，
魔王之刀难伤我，
射出之箭如草根。
当他手足无措时，

我用空性智慧刀，
借助神明之力量，
将那头骨全击碎。
魔王未死还在逃，
在那金刚红岩处，
忽然不见其踪影。
只有我同白鼻马，
黑暗大洲垭口上，
上方云层往下落，
下方水汽往上升，
半空烟雾几缭绕。
正当无计可施时，
白鼻马说预示言，
好似青龙阵阵吼，
为我指明其方向。
于是我便入禅定，
最终迷雾都散去，
路途自在眼前现。
金刚岩石垭口处，
九眼查瓦罗刹魔，
逃跑途中力不支，

当我到他面前时，
垂死还要来挣扎，
欲做殊死之搏斗，
口中继续说妄言。
战之最后之时间，
空性珍宝神套索，
擒来像是擒飞鸟，
像是饿狼擒绵羊，
像是小鸟被鹞擒。
最终悔恨所造业，
皈依于我格萨尔，
齐心将要向佛法。
九眼查瓦罗刹魔，
行年已是四十九，
今年即是被降时，
注定上师便是我，
我亦度他至乐土。
骨肉尸首及鲜血，
祭祀上方诸战神，
魂魄引至极乐土。

岭国诸将听我言，
如果再在此地待，
要将森布黑暗洲，
变成佛域似天明。
一在山顶挂经幡，
二在水上架金桥，
三在山下建佛塔，
若是不行如上事，
岭国此行为何来？
森布黑色三魔头，
凶猛堪比那火焰，
要将三人全消灭。
还有红面罗刹后，
实乃泰让之化身，
便由超同来降伏。
明日后日大后日，
尚未剿杀之恶魔，
每位英雄一对一。
三日全军作休养，
待到三日期满后，
便是出兵之时辰，

迅速将那魔宫围，

东西南北四宗堡，

四位大将一一围。

听懂还请记心间，

不懂歌亦无二边，

岭臣心中如此记。

听格萨尔王唱完，众人皆称大王言之有理，一边享用美酒佳肴，一边就出兵事宜详细商议。此时，森布食肉宫殿中的魔后红面阿夏已经知道了九眼查瓦落入敌手，悲伤地捶着胸口，哭得像狼嚎一般，随即召集众罗刹到宫中议事。红面阿夏坐在王座上，眼中噙着血泪，流下的血泪又与口水混在一起，长吁短叹地说道："我国如日中天的国王去了岭国，至今还没有回返，必是在岭营丢了性命。我森布国如今只剩下孤儿寡母和残兵败将，还如何能抵挡住岭兵？如何报君父之仇？"魔后说完便伤心地坐在王座上。此时，右手边的魔臣哈拉火焰听到国王殒命的消息，怒火中烧，血脉偾张，咬牙切齿地从人皮垫上霍地站起，拉了拉红面阿夏的手之后，用黑风翻滚的曲调唱了一支速取敌首的歌：

唵嘛呢呗咪吽！

阿鲁塔鲁塔鲁歌，

不变塔鲁森布曲。

嘎热护法兵之王，

玛扎如扎魔之神，

请来助我一臂力！

如若不识此地方，
实乃紫色食肉宫，
地基由那骨肉垒，
凡人鲜血似海洋，
凡人尸骨满山谷。
今年必是一凶年，
所遇之事俱坏事。
火镰之上之火星，
被那寒霜所夺走；
秋天收获季节里，
稻谷全被寒霜摧。

如若不识我辈人，
东北虎宗高山上，
三万兵马之统领，
哈拉火焰是吾名。
哈拉名声虽不大，
但在天上似青龙，
地上也似大江流，

在那半空似狂风。
哈拉之名扬世界，
像那天空之青龙，
雷电自有我来劈，
将那稻田全摧毁。
在那江河流经处，
沙堆自是水冲走，
最终汇入大海中；
狂风大作之时日，
草木灰尘皆随风。
哈拉火焰气盛时，
岭国兵马摔地上！

还请魔后听我言：
失去丈夫之寡妇，
如何能够不痛哭？
虽说痛苦是难忍，
但亦要往宽处想。
森布红面阿夏后，
已然超出五行外。
哈拉火焰之麾下，

辅弼副将有三人：
一为达姆赤尊将，
二为赞贵贾让将，
三为阿玛东扎将，
一人带上三万兵，
去往东方战岭军。
觉如超同总管王，
丹玛巴拉及噶德，
尼奔拉杰及尼宗，
岭国之中九恶人，
一人不留全杀尽，
将我威名留世上，
不成哈拉非吾名。
其余森布之大臣，
还请留下守宫殿，
身上三械勿离身。
高高山上大鹏鸟，
不得不飞至峰顶；
滩涂边上之鱼儿，
不得不去找水活。
哈拉心中如此想，

君王已被岭军害，
岭军虽是异常猛，
但若不去战一番，
活在世上亦无用。
除去首恶之九人，
其余岭国众兵将，
也要用那三械敌。
你等需守吾宫殿，
不让一人来入侵，
对敌当须似火焰，
若是不能舍命战，
委曲求全是懦夫。
君臣心中如此记。

听懂耳中之甘露，
不懂歌亦无二遍。

一曲唱毕，哈拉火焰的歌让无勇之人生出了勇气，懦夫也开始有了雄心。魔众纷纷表示，虽然森布魔宫已然危在旦夕，但还是要誓死与岭军血战到底。老臣陈巴尼玛却想：若战争再打下去，我军的损失只会越来越大，没有其他任何益处。就像俗语所说“久病在床是恶疾，干旱若久必饥荒，行路若久鞋底穿”。岭国的格萨尔王法力高强，岭国众将又是勇猛无敌，但愿能尽快收伏森布国。让森布国的孤儿寡母、残兵弱小早日脱离苦海，有饱饭吃，有暖衣穿。于是，陈巴尼玛从胸前的嘎乌中取出一条九光黑绫献在魔后红面阿夏前说道：“如今恩情深重的是王后，老臣心系的是森布国的社稷。俗话说，‘心里话不向父说向谁说？手中食物不给母亲要给谁人？’如今国王仙逝，王后执掌国事，我必须要挺身而出了。不过听不听老臣的建议，还是全凭王后决断。王后心中悲苦，只能日渐消瘦，对国事无益。还是先不要悲伤，听我唱完这一支歌。”老臣陈巴尼玛说完便唱道：

唵嘛呢叭咪吽！
阿拉在那空中唱，
塔拉大地中央唱。

敬请嘎热护法知，
今日请来护老臣。
敬请玛扎如扎知，
请念森布社稷事。
下请哈拉泰让知。

如若不识此地方，
黑水魔宫紫色宗，
食肉宫殿尸骨垒，
三顶魔宫直向天，
实乃森布王故土。

如若不识我辈人，

森布国土半空中，

细雨冰雹随意下，

雪水融化成江河，

金鱼河中爱嬉戏。

在那冬夏之时节，

啼声悠扬是杜鹃。

共事祖孙三代君，

实乃三朝之老臣，

陈巴尼玛是吾名。

我乃九眼查瓦王，

倚作股肱心腹臣，

常为国君定计谋，

自与国君共甘苦。

三朝臣子之精华，

所出谋划为社稷。

今年年初对君王，

所说话语虽诤言，

却像酥油抹石头，

未能浸润到肌里；

像是河水过村庄，
不能清澈无污浊，
我之所说俱水泡。
所走皆是偏僻路，
所蓄财宝落敌手，
称勇之人俱被斩，
毕生所积之财富，
一朝散如风吹沙。
白岭国家之军队，
世上无敌众所知。
森布长臂臣子们，
像是饿狼扑肉食，
没有前瞻与后顾，
天空鹞鹰去觅食，
无论小鸟与骨肉，
能饱其肚便觉可。
森布地方众勇士，
勇猛好似滚烫水，
且看如何保己命。
森布国都众君臣，
已像掌中炒青稞，
一捏便能全碎掉；

好似风中之黄沙，
被风吹起没办法；
好似草中之夏花，
秋风起时失颜色，
我国森布即如此。

在那从前之时日，
森王携刃为其一，
争先恐后为其二，
自大自狂为其三，
此三一齐脑发热，
将我诤言抛脑后，
将我老臣视作敌。
我未出战守宫殿，
软硬话语均说出，
想与岭国来和解，
止息干戈民安乐，
但是无人听我言。
森布国王真勇猛，
自己衣食与财物，
若失必得去夺回。
无衣鱼儿居湖中，

若冷必须要游动；
食肉饿狼翻九山，
为了觅食必须行；
无父孤儿游边地，
心觉凄苦必悲咽；
长官欺压之贱民，
不得不远走他乡。
国中若是无君王，
臣子怎能保社稷？
王后老臣王子女，
不留速速去边地。
六山莲花宫殿里，
莲花大师真神奇，
上师具有慈悲心，
若是依止便是好，
须将格萨当挚友，
二地和解便是好，
森布便能获自由。

失去君王之王后，
还须自己定计谋。

死了男人之妇女，
家计还须自己持；
失夫故土之子孙，
口齿伶俐方能活。
还请王后听我言：
或是跟我去岭营，
据说岭王心慈悲，
若是投诚必不杀。
依止便免杀身祸，
谨遵父言一生美，
谨遵医嘱疾病消，
执法公正官位稳。
将那生铁用锤敲，
话语想要劝恶人，
想要掠取他人财，
此三决难成其事。
是否如此请细想，
若觉有理快出声。
老臣王后与公主，
若是能生一起生，
若去边地一起行，

若是投诚一起去，
若是殒命一起殒。

不变老臣之歌曲，
还请王后能三思，
不懂歌亦无二遍，
王后心中如此记。

听老臣陈巴尼玛一曲唱毕，王后心想：若是国王还在世，或可考虑投降的建议。但如今已知岭国毫无悲悯之心，若是投降，我森布国的君臣必死无疑。王后于是说道："老臣之言固然是一番好意，但那觉如实在是一个喜欢杀戮的屠夫，到处招惹是非的人。投降于他，莫说是安居乐业，怕是我森布国的人小命难保。"王后说完唱道：

唵嘛呢叭咪吽！
阿鲁辽阔天空曲，
塔鲁坦途速行歌。

礼敬吾方诸神明，
上请嘎热护法知，
中请玛扎如扎神，
下请哈拉魔神知。
食肉饮血及杀生，
所喜神明请护佑，

上方神明开眼看。

前生幸福之时日，
如今被这乌云遮，
红日已是无处寻，
余生再要如何过？
夏花生在草地上，
当做草料喂羊群，
绵羊赶入羊圈中，
黑白牛羊成一群，
如今再难做夏花。
森布君臣及子女，
在我紫色食肉宗，
食肉饮血多欢乐，
怎奈边地岭国军，
好似风将鸡毛吹。
看我森布悲惨运，
如何还能度余生？

陈巴尼玛老臣子，
从前所说俱诤言。

国王王后及大臣，
口中美食一同吃，
身上暖衣一同穿，
美言美语一同说，
亲如一家之兄弟，
所居宫殿一同住，
心中所想各不同。
一是国王好争斗，
二是王后喜杀生，
三是臣子喜拖延，
计谋未能想一处。
食肉饿狼上山顶，
想猎东南之羊群，
岂会饶过绵羊命？
鹞鹰在那空中飞，
半空之中擒小鸟，
岂会不拔鸟羽毛？
白肚鱼儿水里游，
蓝色鱼钩周围绕，
岂会不被斩鱼鳍？
岭国勇士诸君臣，
让那兵将满山谷，

失去国王之王后，

失去父母之孤儿，

失去君王之大臣，

只会斩杀难饶恕。

岭贼不信因果理，

夺人钱财之骗子，

所说无耻蛮横语。

老狗饱后将骨头，

抛向鸟儿之口中；

惦记钱财之长官，

软硬兼施用尽法；

没有道行之上师，

只说空话不践行。

如何还能再信他？

老臣还请听我言，

我之心中如此想：

即从今日算起后，

七日之内返战场，

去探君王之生死，

若是君王还在世，

我等从长再计议；

若是君王已身殁，

寡妇日夜难安心，

孤儿如何能自立？

我等君臣共三人，

逃亡边地有何用？

死了丈夫之寡妇，

炫耀发辫有何用？

没有父母之孤儿，

大哭大喊有何用？

不善奔跑之骏马，

铁鞭再催有何用？

没有技艺之铁匠，

即使勤力有何用？

没有智慧之母姨，

家财万贯有何用？

森布母子即如此，

夫死留下之寡妇，

虽说生为女儿身，

逼不得已上战场，

若是不能战沙场，

红面阿夏是死尸。

王后公主俩女子，

身携三械上战场，

要将岭国全降伏，

若遇魔王走边地，

不遇便去拼性命，

此身何处不能抛？

从这今日之后起，

王后公主及大臣，

若能保命是上乘，

不保随处可埋身。

对那恶母觉如儿，

绝不卑躬屈膝求。

听懂君臣记心间，

不懂歌亦无二遍。

唱完这一支表示决心的歌，王后的抽噎声似牦牛吽叫，又似沸水滚烫之声。只见她上半张脸像是乌云笼罩下的石山，下半张脸像是阴面山坡不见天日。因太过悲戚，她竟晕倒在了宝座上。大臣和侍从连忙给王后喂了异教上师的灵丹，并煨了桑烟后，王后才醒了过来，但七日时间口中说不出话来。众人请教上师后，上师算出是因为王后被夺了魂魄，需要将魂魄勾回。众人便又去红岩马山的森布上部宗迎请泰让九头上师、大力仙人及黑方异教上师，用七日时间做法事勾魂魄。

九

在七月十五日晚，天将暗未暗，斜阳还未照在湖上时，空中飘起白云，架起了七色的彩虹。从彩虹上走来白梵天王，胯下骑白鹅神马，身上披白甲，手上拿着神器，飞到正进入禅定的格萨尔王上方，说道："人中之王格萨尔，如何在此再安坐？为父之子快起身，我有三句预示言。"白梵天王说完，用神韵六颤曲的曲调唱道：

唵嘛呢叭咪吽！
阿拉阿妈上师曲，
敬请莲花大师知。

法身报身化身知，
三身万事能透彻，
三界魔域俱收伏。
在那空性之净土，
敬请观音菩萨知，
请观世上藏人土。

如若不识我辈人，
实乃白梵天王神。

从前在那天界时，
三十三天宫殿中，
一有莲花生大师，
二有释迦牟尼佛，
来到天界宫殿里，
叫我派子来下凡，
派下神子救上师。
我求诸神有预言，
莲生大师之加持，
释迦佛祖之神谕，
若有便能领命去。
吾子孤身往魔域，
其时岁数刚十五，
少男刚能拉开弓，
少女刚能出阁时，
骏马正当年之时，
赛马之时取胜利。

星障业障罗睺障，
此三实乃凡人障，
一旦照到神明身，

预示智慧被遮蔽。
六根不净凡间苦，
罪孽深重森域苦，
不分因果叔父苦，
此三苦中之至极。
神子被那黑暗遮，
若不教授灭魔咒，
如何能够得正果？

吾子莫睡快快起，
将那三械绕身上，
三山三水三石处，
在这三地交界处，
将你兵营安此处，
宫殿城墙四周围，
望去可见森布宫，
岭国兵马胜在望。
明日天色稍早时，
兵分前中后三部，
先头当为达戎部，
其后噶德之兵马，

中部辛巴及巴拉，
以及丹玛玉杰部，
后部当由吾儿来，
率兵前往森布地，
军营驻扎森布地，
将那魔宫当箭靶，
要将森布祭风中。
森布无辜诸信众，
免死使其得安乐，
食肉森布地方魔，
南瞻部洲大屠夫，
不杀世间难安乐。
红面阿夏魔王后，
以及麾下众魔臣，
十恶不赦之妖魔，
对战气焰日益高，
食肉欲望日益盛。
红日照耀四洲时，
明月来助恩情重，
此乃昼夜之交替；
狂风吹到大地时，

细雨降下恩情重，
此乃云风之交替。
岭国君臣至森布，
陈巴尼玛会来降，
将会谨遵君王旨，
日后定能占森布。

昨日之前时日里，
哈拉火焰大魔臣，
以及红面阿夏后，
傲慢想要飞空中，
翼力要与飞禽比；
魔后想要钻水中，
荡波要与鳄鱼比；
魔后想要钻岩中，
岩石之门渐渐合。
森布魔后及诸魔，
像是无地之孤魂，
大火烧至树林时，
草场岂能安无恙？
雷电劈至田地时，

村庄岂能安无恙?

盗匪光顾村庄时,

富户岂能安无恙?

森布即是照此谚。

速往森布莫迟疑,

叔父施咒降雷电,

将那森布用火烧,

将那岩石用雷劈。

从此宜居又宜行,

灾病良药自能愈,

此地无灾得安乐,

将那盗匪律法惩,

吾儿心中如此记!

白梵天王唱毕,便沿着天上的彩虹回到了上神宫殿之中。格萨尔王心想:父王白梵天王的预言又岂会有谬误!便先自做了祈祷。等出了禅定,金刚跏趺坐定后将九尖金刚杵往身前的桌上连敲了三下。米琼卡德随即从右边的金壶中倒出香茶,从左手的银壶中倒出美酒,格萨尔王便让他俩传令岭国诸将迅速集结。岭国的叔父兄弟及诸位猛将很快来到神帐之中,在前后左右自己的座席上坐定,享用美酒佳肴,互道家常。但见格萨尔王着白绸衣端坐在金座上,环视众人后将白梵天王的预言及行军布阵之法用威震八方的曲调唱道:

唵嘛呢呗咪吽!

阿拉法性空中唱,

塔拉自得解脱法。

天空之上宫殿里，
三十三天神仙地，
白梵天王帝释天，
今日助我一臂力。
空性法理之净土，
所有空行母之主，
得到空性之虹身，
金刚佛陀敬请知。
空性之处燃火焰，
今日到得灭敌时，
今日助我一臂力。
大地微风之帐房，
忿相观世音菩萨，
以及诸位空行母，
今日请做吾之友。
人之身体马之头，
战神马头明王知，
今日请做吾之友。

如若不识此地方，

北方森布之原野，

凶猛血海翻涌地，

猛烈雷电阵阵劈，

罪孽浓雾满空中，

食肉之声叭叭响，

啃骨之声咔咔响，

哭嚎之声漫原野，

实乃无乐苦之地，

罪孽森布之故土。

黑色魔宫之边界，

红色岩山之内里，

原野由那人皮铺，

人肉好似山峰形，

人骨垒成岩山高，

鲜血横流似大海，

五无间罪十不善，

实乃恶业生长地。

如若不识我辈人，

东方神仙净土中，

白梵天王之神子，
引度不净之上师，
解救弱小之父母，
战胜无敌之宿敌，
释迦佛陀之护法，
岗巴藏人之支柱，
为这三界之安定，
岭国众人听我言，
叔父好似伟岸山，
麾下众将似狮虎，
殿下群臣似日月。

昨日梦中见父王，
白梵天王高耸髻，
哈达飘动天地间，
彩虹层云叠嶂间。
吾父白梵天王神，
对我说出预示言：
北方森布血宫殿，
红面阿夏森布后，
哈拉火焰森布臣，

亚美多丹琼杰将，
九头食肉森布魔，
在那森布宫殿中，
争先恐后要出征，
要来侵我岭军营。
陈巴尼玛老臣出，
与那君臣共商议，
说道不可妄动兵，
还需从长去计议。
最终森布宫殿中，
九头泰让之上师，
多丹长老等诸人，
十不善之上师聚。
现时正在齐做法，
企图勾我之魂魄。

法力高强众将领，
需速出发勿迟疑。
我方善咒之人儿，
叔父超同为其一，
噶德曲迥为其二，

贡钦丁增为其三，
上师达奔为其四，
贡嘎晋美为其五，
西热顿巴热赛等，
佛苯二教八上师，
显密诸法了如掌，
快快使出巫咒术，
毁那森布之宫殿，
森布不善十上师，
全部将他祭风中。

今日之后时日里，
曾经蛮横森布国，
将会变得贫弱小；
曾经横流之血海，
将会重变清亮色；
森布食肉之宫堡，
将会变成神之宫；
黑暗森布之大洲，
将会重现光明日。
根本佛法将传扬，

黑头藏人将安乐。

岭国君臣勿迟疑，
明日天色尚早时，
身携三械似一人，
步伐整齐似一马。
扎西雍仲之地方，
莲花相对之原野，
石山岩山及深林，
不翻三山无去处。
红山金刚岩石上，
如何行事叔父想，
叔父定要助侄儿，
岭军叔父来打头，
叔父计谋叔父定。
四母叔父超同王，
像是无穷之宝藏，
成就宝藏无穷竭；
叔父岭国之核心，
神奇法术叔父晓，
巫咒诸法叔父行，

请将森布之宗堡，

雷电催逼成铁水，

君臣心中如此记。

格萨尔王唱完这支以表神明的预言及行军之法的歌后，众将连连称是，各自返回自己的营帐。次日天明时分，岭军营中响起战鼓之声，众人皆食饱饮足，整装待发。随即螺声阵阵，岭军众将上马出征，马蹄齐整如一人。其状似大河奔流，见者皆会感叹其气势如虹。

此时，森布国中十个不善上师正齐聚食肉宫中，做法使那王后回魂，用黑猪肉、黑马肉、黑鸡肉、黑蛇肉、黑狐肉等九种黑色肉来祭祀嘎热护法及玛扎如扎神。在宫殿顶端竖起一支耸入云端的金刚橛，上面系上黑猪尾、黑蛇尾、黑狐尾等，森布王后及所有森布魔子聚齐在金刚橛前后左右接受十上师的洗礼。正当这时，叔父超同及岭国的上师们来到红岩山的垭口，往森布方向远眺时，闻见一股血祭的味道，层层云雾笼罩着森布宫殿。当叔父超同听见森布方向传来众森布上师做法念咒之声后，便迅速摆出十八个抹着血肉的大红朵玛，祈佑左战神、右威玛、后方护法神。随后岭国的上师达奔、噶德、超同、达拉美巴每人手持一个大红三角朵玛，系上丝线及铁带，上方分别用红黑花黄等打上九个结。叔父超同手中举起一个着起火焰的朵玛，开始呼唤神明及龙神。超同将朵玛的尖部对准森布魔宫，将十不善上师锉骨扬灰的歌用吽死啪倒的曲调唱道：

唵嘛呢呗咪吽！

黑色阿拉唱给敌，

将那黑方妖魔降。

塔拉使其变尘土，

将那妖魔祭风中。

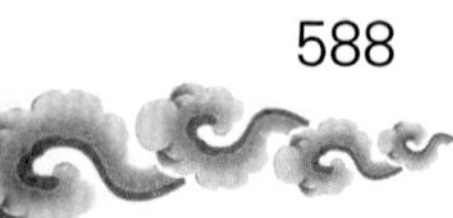

一敬马头明王神，

火山燃烧之土地，

周围红黑万兵绕，

火堆燃烧尘土扬，

天摇地动海翻涌，

将那敌军变尘埃。

礼敬红虎年之神，

以及苯教之诸神，

三界黑旗云摇动，

黑色闪电雷声响。

吽声向那敌人吼，

无智敌人心神乱。

二吽阎王夺命牌，

三吽魔神收治下，

异教妖魔全绝种。

中请中界赞拉知，

巴瓦七子赞之王，

红色扎杰赞之王，

多吉赞杰赞之王，

赞姆赤赞赞之王，

东赞骡马赞之王，

戎赞卡瓦赞之王，

多康玉龙赞之王，

藏地赞神之众神，

十二丹玛之部众，

勿要迟疑来此地，

使敌灰飞并湮灭！

天空层云帐房里，

青龙吼声一阵阵，

雷电火光一道道，

霹雳降至敌人头。

马头明王之神咒，

将那魔宫从底毁。

东方金刚众神知，

周围十万白神围。

白绸发髻白色人，

白色骏马善奔跑，

身着白色之绸衣，

右边白色之箭旗，

左边白色之枪旗，

颈上骷髅之项链，

右手所持琉璃剑，
左手所持银尖枪。
金刚白鹅大神知，
请将异教宫殿毁，
去将那魔后降伏。

我所呼唤一神明，
南方蓝色湖水中，
胯下所骑一青龙，
周围十万风神围，
青龙吼声一阵阵，
南方如意众神知。
头顶红黄之发髻，
周围十万色巴围，
顶饰缀满黄丝绦，
黄枪黄箭全齐备，
黑帽黑索执手中，
右手所持莲花剑，
左手拿着几卷经，
将那宿敌尽降伏。

大自在天文殊身，
随侍自是有千万，
将那魔宫用火焚，
妖魔灰飞并湮灭。
西方莲花法座上，
大鹏神鸟展翼力，
吉祥铜色之神山，
法身红黄彩虹色，
右手所持三尖枪，
左手所持骷髅串，
双足踏在日月上，
周围雌雄英杰围，
头顶发髻朝空中，
金刚霹雳往左劈，
将那森布尽消灭。
深蓝湖泊及土地，
风神神母周围绕，
右手蓝色珍奇药，
左手无尽宝物盒，
周围十万财神围，
今日请将魔兵灭。

中部须弥山之中，
佛祖中之空行母，
周围威玛战神围，
法身红白光芒耀，
今日请将敌人灭。
红黄二色赞之神，
热霍鹞神行前头，
蛇头黑衣黑马者，
各种法术顶上绕，
利爪者和持钩者，
手持套索铁带者，
今日请来做我友，
将那妖魔尽消灭。

黑色九层之魔宫，
燃烧之后成灰烬，
一看火烧草声响，
二看魔宫变岩石，
三看森布尽数灭，
且看叔父超同王，
今日来护藏家地。

速速出发似流星，
施展武艺似风雷，
低从大海平面上，
高到雪山之顶上，
所有森布妖魔类，
但凡阻碍佛法者，
但凡残害生灵者，
但凡毁灭藏地者，
须臾让他变平地。
释迦佛法之公敌，
全体僧众之公敌，
根本上师之宿敌，
达戎超同之私敌，
所有森布之妖魔，
一个不留尽数灭。

根本上师还请知，
白玛旺扎本尊知，
喜怒百尊神请知，
杂日白贡护法知，
常日供奉诸神知，

今日请将魔宫毁，

森布故土变空城，

祈佑森布传佛法，

祈佑功德能自成，

祈佑佛祖真言成，

祈佑罪孽全消弭，

所有世上之众生，

最终心均向佛法，

吽吽吽及啪啪啪。

唱完歌后，超同王及众法师将朵玛一齐抛出，拉鲁年神、威玛战神及诸护法神将朵玛引向了森布的异教上师。此时朵玛均变成了岩石大小的火球，呼呼响着落在了森布魔宫之上，一时间，魔宫中哭嚎之声响彻天地。异教巫咒上师像大鸟一般从西方的窗户逃走了，其余的巫师及红面阿夏魔后等就像鸟羽被火烧一般，连灰都不剩了。

随后，叔父超同及噶德曲迥贝纳等人从山上来到平地，岭国的兵马及步兵浩浩荡荡地渡过森布河，扎下了如满天繁星般的营寨。次日天明时分，神帐见者解脱门口擂起法鼓，竖起法旗，法螺之声召集岭国众将来到帐中，并各自落座。只见檀香座上垫着虎皮垫子，叔父超同身着威风凛凛的十八战衣端坐其上。叔父超同的发辫金黄，左边山羊结，右边绵羊结，中间的须鬃上戴了一面金色的宝镜。他抚摸着自己的须鬃，两眼在岭国众将身上打量许久之后，将自己破了魔宫的经历用母虎怒吼的曲调唱道：

唵嘛呢叭咪吽！

阿拉是歌之唱法，

塔拉是事之结果。

礼敬上方无辨神，
三世空行福力深，
上请三宝能知晓，
宿敌森布尽数灭，
祈佑众生得安乐！

如若不识此地方，
纳玛岩土六道地，
岭国营帐之中央。
如若不识我辈人，
色巴长系之族脉，
有何本事众人知；
叔父人中之龙凤，
福寿如何众人知；
叔父以及吾子孙，
智识如何岭国知。
南瞻部洲之法橛，
释迦佛法之支柱，
岗巴藏地之依靠，

东方岭国之珍宝，
解救弱小之父母，
衣食富足之福泽，
兵强马壮之威力，
岭国大军之虎胆，
格萨尔王之辅弼，
我乃岭国之奇珍。
我乃十金之宝盒，
宝盒之中珍稀宝，
柏树枝头之杜鹃，
叫声耳中几悦耳，
细雨降下之根本，
分开夏冬之人儿。
白色雄狮百兽王，
高山之顶是白雪，
银鬃日盛是雄狮，
叔父岭国之英雄，
所有劲敌尽数灭，
斩掉魔敌之首级！

故此叔父干系重，

我之所言非空话，
今岁新年之后起，
所取胜利无计数。
起先最初之时候，
出战虽非叔父愿，
怎奈明王有预言，
便即前往战森布。
上有大鸟飞空中，
下有大石抛地上，
中间遭遇石鸟飞，
叔父超同落敌手。
叔父若未沦敌手，
拉桂岂会来援助？
拉桂若是不来援，
森布玛恰岂能灭？
森布魔宫岂能破？

在那森布大原野，
齐集一百八十兵，
敌似麦麸随风飘，
我军好似霜雹降，

一万余兵赶水中。

除却叔父有何人?

除却达戎有哪部?

除却拉桂有谁人?

在我岭国诸军中,

谁能取得此大胜?

又在前阵之时日,

一为神明之预言,

二为国王之旨意,

三为叔父之己愿,

前日清晨之时分,

西方红岩山垭口,

岭国叔父七巫师,

好似青龙般聚齐,

红色闪电劈岩石,

火焰燃烧搅铁水,

异教上师祭风中,

火烧之后无灰烬,

水漫之后滩上晒,

森布尸首漫山野。

达戎叔父所施咒,

闪电铁水满天空，
消灭森布狂妄国，
美名传扬天地间。

好似大鹏之超同，
顶上珍宝之主人；
好似猛虎之超同，
斑斓花纹日渐繁；
好似夏雨之法术，
像是江河波涛涌。
岭国众人无需疑，
我等岭国七咒师，
将那森布变死域，
本想乘胜破魔宫，
但是谚语曾有云：
马有分寸乃良马，
食有分寸乃贤妇，
战有分寸乃英豪，
法有分寸乃上师，
律有分寸乃长官，
故此思后返本营。

慈悲爱子之父母，
左右侍奉有几许？
度得地狱之上师，
褒奖供奉有几许？
君臣莫要将此忘，
老臣还有话要讲：
无妖叔父不能降，
无桥不能渡过客，
无幡不能随风飘。
南方忿怒马头王，
巫咒之术俱高强。

听懂君臣记心间，
不懂就请抛耳后！

叔父超同唱完这一支邀功请赏的歌之后，岭国老臣们都看着叔父的脸，笑而不语。达戎部落的将领们心想：我们这叔父超同一得意就开始趾高气扬，就像狗儿吃饱了开始乱吠，女人吃饱了在市井游荡一般。姜王子看了叔父超同一眼，超同登时大怒，双眼瞪圆，发出咂颚之声，面露不悦之色。米琼穿梭在众人之间，为岭国格萨尔王等众君臣添茶倒酒。当米琼走到叔父超同面前时，将茶酒泼到地上，叔父超同的脸登时红得像猴屁股一般。此时，坐在中间的总管王戎擦查根虽须发皆白，形容枯槁，但仍不失威严。他慢慢从座位上站起，从嘎乌中取出一条哈达，献在叔父超同面前，并用慢行不变长调曲的曲调唱了一支赞扬叔父超同的歌：

唵嘛呢叭咪吽！
阿拉拉姆阿拉歌，
阿拉须从空中唱，
唱支福乐共聚歌，
塔拉雄鹰盘旋曲，
唱支雄鹰展翅歌。

极乐无量光之佛，
祈望指引勿要小，
将那魔业尽消灭，
佛法善业日益盛。
虽要斩那妖魔命，
还请一念慈悲心，
敬请神明上师知，
福泽似雾来笼罩。
祈望地狱变佛国，
祈望岭国大业成，
祈望世间皆富足，
此乃老人之期盼！

如若不识此地方，

森布拉如唐雄地，

黄沙滩之近边上，

蛇水河畔之渡口。

北方边地之历史，

老朽心中自明了。

森布未占此地前，

初为天竺之北端，

红色西土之边界，

自从落入魔手后，

想到此地是难事。

三界诸法之上师，

若不祈佑难解脱；

勇士之军喜战斗，

若无妙计难取胜；

乞儿之子喜积蓄，

想吃却要省着吃，

吞咽口水亦无用。

去年今岁之时间，

山高水远到此地，

或是窃贼来觅财，

或是乞儿来讨食，
今日安乐终于至。

如若不识我辈人，
在座君臣自知晓，
世界土地之中央，
汉藏国土之边界，
三江汇流之地方，
紫色董氏之后裔，
创世之初之老人。
地福宝福及财福，
三福聚齐之大地，
宝福宝藏珍宝物，
世间财宝之分配，
分配之权在我手。
讲法之地福泽厚，
三界上师福更厚，
此乃前世早注定。
我乃戎擦查根王，
君臣俱是恩情深，
今年老朽技艺痒。

叔父武艺日渐强，
猛士勇气日渐盛。
此非巧言如簧者，
言语行事之方向，
计谋行军之方向，
如何行止及战斗，
时时落在老臣身。

昨日天色尚早时，
福禄像是额上纹，
所积财富似神赐，
成就实乃前世福，
去往何方皆得宝。
岭国猛将七贤人，
来到此地是甚好，
何能想到不取胜。
福泽薄雾及雨水，
对那众生恩情深。
森隆宫殿异教宗，
用那巫咒夷平地，
魔宫之中妖魔兵，

都像尘土扬空中！

今日之前时日里，
富户若是走动多，
小心牛羊从圈跑；
猴崽若是乱蹦跳，
小心套索套脖颈；
喜欢招摇之女子，
小心颜面全扫地；
心无正念之长官，
小心权力终归人；
不能度人之上师，
己身可能堕地狱，
此乃应当悔恨事。
无耻上师为其一，
无族叔父为其二，
下作少女为其三，
无教孤儿为其四，
实乃凡人之耻辱。
所言虽然有戏言，
戏言实乃言语饰。

戏谑乡土之装饰，
礼供神佛之装饰，
草木山坡之装饰。
为了犒赏并赞誉，
达戎超同为首者，
法力高强七上师，
作为犒劳所赏物，
一马一甲一披风，
还有一袭长哈达，
并赏一人五十金。

今日围那森布宗，
四大部众四将军，
行军还按原先法，
须在三日时间里，
取那四方之宗堡，
让那魔地变佛域，
在那垭口及江边，
建上庙宇及金桥，
完成方可返故乡。

听懂君臣记心间，

不懂歌亦无二遍。

总管王唱完这支犒赏三军的歌之后，岭国长中幼三系都深以为然，共同享用着美味佳肴，谈论着行军之事。此时，叔父超同心想：此次捣毁魔宫全靠我一人的巫咒之术，总管王却不分青红皂白地赏赐所有人，显然是挟私报复于我。于是，超同便咬牙跺脚，吹着口哨，露出不满的神情。但众君臣却未理会叔父超同，决定按照总管王的命令，明日带领兵马围攻魔宫。

次日天明时分，岭国军队像奔流的河水和阵阵狂风，来到魔宫脚下。魔宫中剩下的森布臣子们聚齐到魔宫顶上，看着四方汹涌而至的岭国军队，皆大惊不已。因老臣陈巴尼玛曾到过岭营，臣子们便询问老臣可知这四方军旗和甲胄颜色不一的军队来自岭国何部。老臣陈巴尼玛说道："前番到达岭营时，虽未看见岭军。但从前也听说过岭军的情形，且待我一一来辨别。"老臣陈巴尼玛说完便唱道：

唵嘛呢呗咪吽！

阿拉在那空中唱，

黑魔之法扬空中。

塔拉在那原野唱，

泰让森布祈兴盛。

敬请嘎热大神知，

敬请玛扎如扎知，

森布百八大神知。

从前食肉及饮血，

皆因森布兴盛恩，
如今血肉日稀少，
还恐性命都难保。
森布神明在何处？
若有还请速速至！

如若不识此地方，
森布三尖之九宫，
黑旗黑铁比山高，
森布紫色钢铁宗。
人肉堆成山般高，
白骨垒成岩山般，
鲜血四流似湖泊，
此乃前生早注定。
今年新年刚过时，
东方之敌唤岭国，
从前未曾犯他境，
往日无怨近无仇，
如今打到魔宫下，
此事从前未想过。

如若不识我辈人，

实乃从前之老人，

实乃三朝之老臣，

陈巴尼玛是吾名。

在我十三岁之时，

已是马眼魔王臣，

见识像那红日光，

心胸宽广似大海。

在我从前时光里，

九眼查瓦森布王，

红面阿夏森布后，

不分高低曾服侍，

不分尊卑共商议，

此乃森域所共知。

如今之事真是衰，

高到天上之日月，

低到地上之大海，

中间皑皑之雪山，

所谓自知自由者，

像是彩虹骤消失，

像是被那风吹走，
像是河水成石滩。
岭国党如真蛮横，
森布满是岭国兵，
我军未曾有胜绩，
诸多英豪抛原野。
黑帽上师圆寂后，
庙中小僧均失戒。
为首君王已不在，
护佑之臣智已失，
属民被那恶棍欺。
父母均已赴坟场，
无主孤儿饥难耐，
身之温饱靠谁人？
没有上师庙舍苦，
没有长官属民苦，
没有父母孤儿苦，
没有主人牲畜苦。
不止如此还须知，
无牙便用颚嚼骨，
无鸡驴来辨天明，

无男女子出计谋，
无官婢女讲律法。
坚岩白日落鸥鸮，
水深鱼儿挥鳍游，
城坚女子挥三械，
以上谚语俱是实。

如今真是下下策，
漫说对敌取胜利，
森布地方亦将失，
是否如此看岭军。
且将眼来看前方，
衮衮而至之骑兵，
白顶好似白云飘，
白色马儿善奔驰，
白衣白光一道道，
枪旗箭旗一簇簇，
好似白色风云般，
实乃岭国奔巴兵，
领头奔巴扎拉将，
胯下蓝色鹏翼马。

其后所至白色部，

实乃木江部落兵，

木江仁钦达鲁将，

木江号称虎狼师，

像是白云往北方，

像是雄鹰降原野。

若人能战快来战，

不战早日去投诚，

如何行事众臣思。

其后跟着蓝色兵，

蓝人蓝马几威武，

好似青龙展双翼，

好似要将大海翻，

好似青苗初露芽，

像是蓝天出红日。

蓝色盔旗飒飒飘，

蓝衣将军几威猛，

蓝色骏马善奔袭，

似是紫色姜域兵，

领头玉拉托久将，

胯下蓝色苍穹马。

随后黑色之兵马，

黑色男面女身将，

黑旗黑盔漫天际，

好似黑岩里翻外，

好似乌云漫天空，

九样黑色所围者，

北方阿达鲁姆兵，

胯下马似黑牦牛。

随后红色之兵马，

像是血海要决口，

像是大火烧山林，

红色马儿似红云，

红面将军似阎罗，

霍尔辛巴梅乳孜，

胯下黑尾豺狼马。

其后所跟黄色兵，

好似黄云从南起，

好似黄旗空中飘，

好似黄鸟天上飞，

黄色湖水漫原野，

黄缨雪中太阳般，
九样黄色所围者，
色巴尼奔达雅将，
所部岭国色巴兵，
胯下黄卵蓝翼马。
其后所跟之人儿，
像是红日升空中，
好似十五之月光，
形似银鬃之雄狮，
当是岭国格萨尔，
胯下所骑白鼻马，
拉鲁年神均围绕。

一众军马走在前，
其后步兵衮衮来，
森布地方俱岭兵。
若是英雄来战敌，
若是懦夫速速逃，
若有智谋去议和，
或是准备去投降，
除此已是无路走，

如何行事众臣思。

听懂耳中之甘露，

不懂亦不再赘言。

闻听老臣陈巴尼玛将自己所知唱完后，罗刹哈拉火焰心想：正像老臣所言，今日到了决定是战是逃的节骨眼上，虽说岭军勇猛，我方必败无疑。但与其投降，还不如拼死一战，如此方不负此男儿身。于是，哈拉火焰便向魔宫四方的森布部众唱了一支排兵布阵的歌：

唵嘛呢叭咪吽！

阿拉塔拉塔拉歌，

塔拉是歌之唱法。

敬请嘎热护法知，

今日为我引歌头。

半空广阔宫殿中，

玛扎如扎战之王，

今日护佑我部兵。

毒物蔓延大地上，

取命哈拉魔王知，

需要之时请显灵。

如若不识此地方，

实乃紫色钢铁宗。
在那从前时日里，
森布魔王几威猛，
大地皆以宝物饰，
江河东流成妙果，
宫殿也被宝装满。
福禄势力强盛时，
食肉饮血喜恶业，
将那大地作衣裳，
南瞻部洲当坐垫。
如今已过三年余，
福运日衰为其一，
君臣不和为其二，
觉如强大为其三，
如此厄运似黑夜。
尤其今年之时日，
每过一日运日衰，
衰运好似暗云至。

如若不识我辈人，
九眼查瓦之部下，

百名壮士之核心，
哈拉火焰是吾名，
五万兵马之首领。
上宗下宗中部宗，
将那三宗统领者，
勇士哈拉火焰将，
大臣鲁堆纳卡将，
技高虎眼九头将，
勇士之中冠绝者，
今日不勇有何用？
土地被那饥馑覆，
幅员辽阔有何用？
土地若是满敌兵，
城池坚固有何用？
雪山之顶日光晒，
原野被那波涛洗，
桥梁虽高有何用？

不能再来如此等，
哈拉火焰即出发，
将我天马备好鞍，

三械战旗背身后，

誓将敌人全消灭！

岭国边地乞儿兵，

将似霜雹摧野草，

将似饿狼赶羊群，

将似豺狗捕家畜，

若不如此非哈拉！

余下森布之众臣，

将那基业好生护，

我身所携之三械，

何能不取大胜回！

看似大智老臣心，

说出话来像狼嚎，

怯懦之心穷毕现，

还说投降于岭国。

就在今夜时日里，

誓让岭国觉如贼，

从此消失大地上。

所有守城之将领，

速将战马备马鞍，

身上迅速携三械。

大力尼玛拉奔将，

率领五百之兵马，

守住西宗勿要失。

达拉多吉美巴将，

守住北宗勿要失。

我虽战死身无憾，

众臣还须护性命。

听懂还请放耳中，

不懂歌亦无二遍。

罗刹哈拉火焰唱完歌，便往风翼黑马背上备好马鞍，往黑铁盔上插了一支黑猪尾的旗子，黑甲胄上装饰黑蛇毒牙，全身上下均是黑铁围绕。罗刹哈拉火焰带领着森布大臣多钦和杂钦及九百森布兵马，雄赳赳气昂昂地从南门虎宗出发，恰与岭军的先头部队遭遇，遂受到阻击。哈拉火焰毫不犹豫地冲向扎拉孜杰及辛巴梅乳孜军前，在离他们一箭之遥的地方勒住战马，威风凛凛地说道："你这汉子面似女儿，究竟姓名唤作甚？族脉是从何处？我乃哈拉火焰将，如今无君之孤儿，还有大仇未能报。今日你我需一战，谁更勇猛看刀剑，若是不能取胜利，哈拉便像是死尸！"哈拉火焰说完便唱了一支勇猛的歌：

阿拉塔拉塔拉歌，

要唱就唱狂风歌，

来唱生啖敌肉曲。

敬请嘎热护法知，

上请玛扎如扎知，

敬请哈拉魔神知。

森布红岩天之宗，

食肉饮血为主者，

异教魔之上师知。

黑马琉璃龙之宗，

异教白骡上师知，

食敌肉来饮敌血！

如若不识此地方，

红色草甸六道原，

沙砾滩之此畔边，

森布河水拐弯处。

如若不识我辈人，

森布黑暗大洲中，

百人之中出众者，

千人中间之首领。

去时发号施令将，

返时自是殿后军。

一有鲁堆纳卡将，
二有虎眼九头将，
还有哈拉火焰将，
均为皇亲及贵胄，
勇猛不分上与下。
九眼查瓦吾之王，
兄弟皆有智与勇。

在这今年时日里，
未去进犯反被侵，
未有旧怨添新仇。
天上雄鹰之双翼，
若是空中起狂风，
翼力或许被折断；
锦毛斑斓之猛虎，
深林之中怒吼声，
若是深林起大火，
猛虎或许不能活；
大鹏鸟王善飞翔，
跨越山峰极迅疾，
若是不能安分点，

小心被那飞弩射。
岭国之王觉如贼，
将那别国均当敌，
要去医那无病人，
要去嘲笑无关人，
无辜人儿投牢狱，
弱小国家去奴役。
觉如招惹天下人，
最终已命成活靶！

前方所立白色人，
白盔白甲白战马，
你是岭国之谁人？
今日你命即要休。
青年眼光甚是高，
不懂打仗携三械，
今日你命即要休。
还是如实报上名，
今日休想逃半步，
若是不搅岭国军，
我便不是哈拉将。

听懂还请放耳中，

不懂歌亦无二遍。

哈拉火焰唱完，扎拉孜杰答道：“你我相遇正是时候，在此撞上正是好。就像你所说的，今日且看谁之刀剑更锋利，谁人更勇猛。我扎拉一怒似阎罗，世上自是无人敌，所持兵刃似繁星，休想有人能逃脱！”扎拉孜杰说完，便用白色六变曲唱道：

唵嘛呢呗咪吽！

阿拉塔拉塔拉歌，

塔拉是歌之唱法。

上请白梵天王知，

神明福运与天齐，

请将敌人全诛灭；

中请古拉格佐知，

勇武请将敌命取；

下请顶宝龙王知，

勇武不绝福运高。

敬请九万战神知，

岭国三位战神知，

今日请做勇士友。

如若不识此地方，

实乃森布偏僻地，

河乃红色森布水，

北方荒茫戈壁地，

山顶岩石皆白色，

实乃森布恶业地。

如若不识我辈人，

请君抬头往上看，

黄白虹间落细雨，

大地瞬时变湿润，

万物生长之根本；

福泽不减之法身，

端坐金座之上师，

传释道法之根本。

羊群遍地白幡扬，

属下民众百千万，

被那长官慈悲护，

好似父母重因果。

我乃岭国一勇士，

扎拉孜杰是吾名，

你虽眼中未得见，

耳中一定曾听闻。
青龙在那空中吼，
若未听见耳已聋；
霜雹落在大地时，
若未看见眼已瞎；
三春杜鹃啼鸣时，
不觉悦耳是魔域；
上师身着鹅黄袍，
若觉难看是冤鬼；
岭国兵马满世间，
若说无勇非实言。

北边蛮横森布子，
将我南瞻部洲搅，
钱财全用武力夺，
性命用那刀剑取。
岭国雪山有三顶，
雄狮围绕之宗堡。
格萨尔王似阎罗，
将那妖魔投地狱。
天上降下冰雹时，

若是不能毁田地，

青龙吼声有何用？

红色火焰声势大，

若是不能烧树林，

狂风再刮有何用？

岭国叔父众勇士，

若是不能降妖魔，

妄称勇士该羞耻！

今日天色将晚时，

我方岭国之大军，

要将魔宫四方围，

三日之内破宗堡。

或是哈拉来投降，

或是将你性命取，

若留活口是奇事。

你若逃走似亡犬，

我若要逃非扎拉。

听懂还请放耳中，

不懂歌亦无二遍。

扎拉孜杰一曲唱完，森布哈拉火焰便射出一支凶猛食肉箭，刚好射在扎拉胸前的护心镜上，护心镜登时裂成两瓣。因内里有战神的护身符及金刚长寿衣，故扎拉孜杰未曾受伤。扎拉孜杰随即从鞘中抽出银星剑，大喊三声，骑着坐骑冲向哈拉火焰，一剑砍向他的左肩，立时便从其左肩上砍下一块肉来。哈拉火焰的身上血流如注，能看见胸中心肺在跳动，但未能毙命。哈拉火焰从头上取下黑猪鬃毛包扎肩上伤口，随后将刀收入鞘中后，空手跳向了扎拉孜杰。他右手抓住扎拉孜杰的盔尖，左手攥住扎拉孜杰的甲胄，扎拉孜杰也抓住哈拉火焰，双方扭打在一起像是双龙缠斗，一时不分上下。正当二人斗得难分难解之际，辛巴梅乳孜从后方前来施以援手，只一刀便将哈拉火焰从肩膀砍到了肋下，哈拉火焰登时落马殒命。扎拉和辛巴取了哈拉的首级，继续冲入森布军中。森布大臣南卡巴增见岭军杀死了主帅，怒不可遏，毫不犹豫地冲向扎拉孜杰。木江仁钦达鲁见状，拦在中间。南卡巴增将自己刀上的血往战马的身上擦了三下，说道：“你这蛮横的白甲之人，暂且留你性命，我先有几句话说！”南卡巴增说完便唱道：

唵嘛呢叭咪吽！
黑色阿鲁魔之歌，
迅疾塔鲁森布曲，
食肉饮血森布曲，
哈声呼声魔之音。

敬请湿婆大神知，
今日助我一臂力，
将那敌人首级取。

敬请如扎玛扎知，
食敌肉来饮敌血！
地上泰让吹火筒，
请将岭军祭风中！

如若不识此地方，
森布实乃鲜血地，
萨茹白塘血原野，
沙砾滩之下部地。

如若不识我辈人，
东部母虎宗山上，
两万兵马之首领，
我乃森布之大臣。
王兄哈拉火焰将，
九万兵马中挑选，
实乃朱杰之父王。
无父之子靠自己，
只能游荡在世间；
无君之臣执律法，
不能不管属下民。

今日晨间之时候，
本营之中七将领，
刀剑甲胄俱齐全。
反击岭国狐辈儿，
心中愤怒是前缘。
你这白甲短命儿，
在我南卡愤怒时，
就像饿狼入羊群，
使那羊血浸羊毛，
要让羊毛满天飞，
若不做到非森布！
荆棘丛中之鸟群，
光天化日爱乱飞，
要让鸟羽满天飞，
再将鸟巢祭风中，
后将鸟肉皆吞食，
若不做到非鹞鹰！
三个臣子齐一心，
立下军令带军马，
要让岭国之部众，
尸首遍野为其一，

血流成河为其二，

家人悲愤为其三，

若不做到非森布！

你这白甲白马人，

小鸟飞向天空日，

会被狂风所卷走；

骏马原野奔跑时，

四蹄会被石头绊；

白甲身携三械时，

己命会被别人取！

若不能胜非吾将，

你若后悔非男儿，

今日将你性命取，

将你尸首抛水中。

听懂就请放耳中，

不懂歌亦无二遍。

南卡巴增唱完心想：我森布国在南瞻部洲也算是声名远扬，今日若是先下手为强，恐遭人耻笑。于是，南卡巴增便安坐马上。此时，木江仁钦达鲁立在蓝翼追风马上，右手握刀，唱道：

唵嘛呢叭咪吽！

阿拉塔拉塔拉歌，
塔拉实乃解脱曲。

世间诸位护法神，
敬请知晓并护持。
上请白梵天王知，
白色神兵几威武。
中请念青格佐知，
红色年兵几威武。
下请顶宝龙王知，
蓝色龙兵几威武。
东方玛杰奔热神，
实乃九万战神首，
将那敌心用手剜！

如若不识此地方，
红色狭长原野上，
沙砾滩涂之下首。
如若不识我辈人，
岭国上中下三部，
岭国长中幼三系。

幼系奔巴部族中，

我乃扎拉之副将，

亦是一军之首领，

幼系之中木江氏，

仁钦达鲁是吾名。

勇士之中名靠前，

敌人面前展神勇，

要将敌心用手挖。

格萨尔王座下臣，

实乃降伏妖魔者，

解救弱小之父母！

你这红面食肉魔，

今日之前时日里，

蔑视佛陀之道法，

对那僧众去辱骂，

阻断藏地之福祉。

就在今日之晨间，

到你掘墓自葬时。

我部岭军似大海，

区区细沙岂能掩？

我部好似那大火，

你似树林岂能躲？

利箭好似那霹雳，

即使岩石也能劈？

战马好似风火轮，

便是插翅亦难逃！

你从城堡出发时，

大话空话说不断，

不料遭遇我岭将，

今日你我在此遇，

到了风吹羽毛时，

到了阻断江河时。

你且垂死再挣扎，

还想与我岭国敌！

此刻你我便交手，

将你性命登时取，

若非不是木江氏！

听懂还请放耳间，

不懂歌亦无解释。

木江仁钦达鲁唱毕，便举起霹雳琉璃剑，跳向了南卡巴增。南卡巴增反应迅疾，立刻挥刀往仁钦达鲁头顶砍去，一刀将盔旗斩断。虽说这一刀不致伤及性命，但因势大力沉，仁钦达鲁头晕眼花。仁钦达鲁用手中的琉璃剑往南卡巴增的左肩上砍去，一剑砍穿了甲胄，但因南卡巴增是森布的化身，并未能伤他分毫。南卡巴增反身挥刀往仁钦达鲁胸前砍去，达鲁胸口顿时血流如注，跌落马下。

扎拉孜杰和辛巴梅乳孜见仁钦达鲁身受重伤，便冲向南卡巴增，南卡巴增抵挡不住，往后退去。扎拉和辛巴扶起仁钦达鲁，替他包扎伤口。扎拉孜杰怒不可遏，让辛巴先将仁钦达鲁送回岭帐，自己要去为他报仇，等不及辛巴回答，便拍马风一般奔驰而去。扎拉孜杰来到河水拐弯处时，被南卡巴增的援军达杰和米纳拦住了去路，扎拉孜杰将来人一刀一个斩于马下。南卡巴增见状大怒，冲向扎拉，扎拉坐在马上说道："你这胆小如鼠之辈，今日即使长了翅膀也飞不走，即使长了爪子也遁不了地，今日不是你死就是我亡！"扎拉孜杰说完，用白色悠扬的曲调唱道：

唵嘛呢呗咪吽！
阿拉塔拉塔拉歌，
塔拉是歌之唱法。

上请白梵天王知，
中请念青古拉知，
下请顶宝龙王知，
剜敌心来取敌命。
玛杰奔热军之王，
今日请做岭国友，

威玛战神岭国神，
今日勿让敌逃走！

如若不识此地方，
黑色森布松多地，
雅玛岩山河水边，
黑蛇河水拐弯处，
长城所围天之宗。
将那魔宫用雷劈，
除却岭国还有谁？

如若不识我辈人，
岭国长中幼三部：
岭国长系似湖面，
结冰湖面稳且坚；
岭国中系似繁花，
繁花开放似盛夏；
幼系檀香林之山，
本巴族系似猛虎！

今日之事真是奇，

白色雄狮之银鬃，
犬儿也想去染指，
我看犬儿快疯癫，
小心沦落狮爪下。
国王似那红日升，
大臣好似银月亮，
若是光芒不照世，
岂能称为太阳乎？

就在今日之晨间，
岭国神子我扎拉，
实乃岭军领头将，
实乃围困城池人。
你这南卡巴增魔，
战我麾下达鲁将。
你这染血之凶手，
以为力大能摸天，
其实乃就一懦夫；
口气甚大想吞天，
其实性命成活靶。

就在今日之晨间，

你这小鱼亮鱼鳍，

想要将那大海绕，

怎奈海边银沟围，

你之性命怎能逃？

你斩我之麾下将，

我若让你逃一步，

扎拉便是似死尸，

绝不苟活在世上！

我手所持之宝刀，

取自铁铜铝三金，

精打细磨所铸成，

得自天竺吉祥门，

释迦佛陀法之刀；

得自汉地吉祥门，

执律长官之宝刀。

拉本长官所赠予，

嘉擦父王所赐刀，

雅思繁星是刀名，

挥刀好似天色明，

刀背好似黎明到，

刀刃好似敛黑暗。
宝刀之柄几亮丽，
福泽深厚似彩虹，
妙果殊胜如虹升！

你这魔将命将休，
你自号称武艺高，
言似海中之水泡，
行动垂尾之狐狸，
不与我战似狐逃，
被狗撵时无处遁。
将我心腹之大将，
砍下头颅性命休，
决不让你逃半步！
知情速将佛经诵，
默念六字之真言，
天路可逃是定局！
用你之血祭战神，
将你灵魂度极乐，
刀刃来祭威玛神，
刀背来祭护法神，

诸位护法祭刀背，

敌人之心到我手。

听懂你就留耳中，

不懂歌亦无二遍。

扎拉孜杰唱完，抽出宝剑在空中使威玛战神和诸护法神的神力迅速聚集在剑尖上，剑尖燃起了熊熊火焰，挥剑一斩，便将南卡巴增从头颅砍成两半，落在马的两边。扎拉孜杰高喊咯嗦，取了南卡巴增的首级。随后，扎拉孜杰又冲入森布军中，好似饿狼冲入羊群，鹞鹰飞入鸟群，斩杀森布兵马无以数计。余下的森布兵马不敢恋战，有的潜入水中，有的藏在岩后，有的缴械投降，于是扎拉孜杰便返回了岭营。

岭国的诸位勇士聚齐在神帐中，只见仁钦达鲁躺在莲花宝座上。格萨尔王、总管王戎擦查根、达戎叔父超同等将他围在中间。岭国的贡嘎上师等十三位上师在左右为仁钦达鲁进行疗伤，但因仁钦达鲁伤势太重，不见起效。格萨尔王心想：这真是让人痛心，从前在与大食国的战役中失去了文布部的大将阿努巴僧，如今与森布的战役又失去了木江部的仁钦达鲁。想到此处，格萨尔王不禁流下泪来。仁钦达鲁的副将内臣巴僧尼玛达奔往格萨尔王座前献了一条哈达，拜了三拜后说道：“岭国的叔父勇士们，今日请听我说几句。”巴僧尼玛达奔便将战事的来龙去脉唱道：

唵嘛呢叭咪吽！

阿拉请看上师知，

塔拉请将魔国毁。

敬请三位神佛知，
悲悯六道众生灵，
还请知晓并护佑。
大神年神及龙神，
岭国三位命运神，
诸位威玛及战神，
今日护佑岭国兵，
祈望所想事能成。

如若不识此地方，
安平砂砾玉雄地，
黑河蛇水拐弯处，
森布河水之渡口，
达隆森布之沟口，
将那森布全诛灭，
还将宝物纳囊中。
今年新岁之时节，
森布黑毒魔方敌，
杀我岭国几员将，
此事原因究是何？

如若不识我辈人，
尼玛达奔便是我，
达鲁将军之副将，
安坐前方虎垫者。
岭国八十虎将中，
我乃敢拼勇力者。
奔巴四部兵马中，
便有为首四员将，
我乃其中一员将，
此非空言众所知。
上师座前之法臣，
践行佛法脱彼岸，
能够共度来世苦；
智谋深远之大臣，
能与君王共定计。

就在今日晨间时，
岭国大军征战时，
虽有神明曾预言，
但未密语亲示下；
岭国军队虽神勇，

未有自告奋勇者；
邻国勇士虽长寿，
但是未有先锋将。
在我木江四部中，
仁钦达鲁是首领，
我这达鲁之副将，
也曾对战诸魔将。
今早已斗五盏茶，
虽说争斗占上风，
他那黑面神力者，
蛮横好像那黑熊，
用那利刃砍达鲁，
达鲁伤势甚是重。
我未后撤仍力战，
心想身死亦无憾，
只想拼死去一战。
此时扎拉来相援，
敌人便似狐般逃，
扎拉王子具神眼，
行动迅疾似大鹏，
将那魔将首级斩，

现时便在帐门外。

当时小部森布兵，

从那水上逃两处，

扎拉王子便下令，

所逃魔兵亦生灵，

放他一条生路去。

为报木江之大仇，

所遇之敌均诛杀，

森布偌大之地方，

人尸马尸遍地上。

达鲁将军若殒命，

达奔何能苟活世？

上师若是不传法，

僧聚扎仓[1]又如何？

君王若是命不久，

大臣何能苟活世？

若是达鲁命不久，

木江部落谁领头？

对敌之时谁出战？

佛陀之法谁来传？

1　扎仓即寺院中的一个单位。

听懂还请记耳中，

不懂歌亦无解释，

君臣如此记心间！

闻听巴僧尼玛达奔此曲，岭国君臣叔父兄弟们深感巴僧尼玛达奔所言甚是，心想：如若木江仁钦达鲁就此殒命，岭国六部如何安宁？岭王的宏图大业又如何完成？如此想着，众人纷纷落下泪来，皆不知所措。平时智谋深远的大臣们，此时也气急败坏，一时想不出办法，岭营一时像是被乌云笼罩一般。

十

此时，木江仁钦达鲁慢慢坐了起来，尼玛达奔连忙从左右搀扶。格萨尔王、总管王戎擦查根、扎拉孜杰、色巴尼奔达雅等均说：“这森布魔敌像是毒荆棘的叶子一般，杀死了我众多将军，如今决战在即，也不知前途如何。”众君臣皆忧心忡忡之际，木江仁钦达鲁心想：如今自己是命不久矣，要快说几句鼓励己方士气的话。于是，木江仁钦达鲁便道：“岭国的叔父君臣们，你们大可不必伤心，我岭国众将天命则是降妖除魔，怎能没有死伤？如今我身死疆场，死后立于上师佛尊之前，也算此生无悔了。”仁钦达鲁说完，便将自己的遗言用白色梵音的曲调唱道：

唵嘛呢叭咪吽！
阿拉自那空性唱，
希望道法结硕果，
塔拉自是解脱曲。

法身化身及报身，
顶礼三身并供奉，
一并供奉本尊神，
祈望岭国能克敌，
祈望藏地佛法扬，

祈望佛陀福运高，

将那妖魔全诛灭！

神明请佑勿分心，

敬请上师能示现，

还请父母能同心。

敬请三宝能护佑，

三样能够如影随。

敬请金刚本尊知，

敬请阎罗君王知，

静怒百尊请知晓，

四十九身众神灵，

今日还请做我友！

在那顶宝大乐宫，

法身无量光佛知；

在那佛音法宫里，

报身大悲佛陀知；

神明秘境地方中，

化身莲花大师知，

还请将我引乐土！

如若不识此地方，

紫色森布宫殿东，

戈壁滩涂之下部，

实乃同敌血战地，

亦是岭军扎营地。

在此岭营中心地，

在这神帐之内里，

格萨尔王宝座前，

叔父兄弟齐聚地。

古人谚语曾有云，

名副其实有三种：

上师若要名副实，

便要致力度众生，

度出地狱名副实；

长官执掌地方时，

要将黎民记心间，

因果谨记名副实；

衣食富足富家子，

需得礼敬三宝佛，

还得施舍众乞儿，

做到如此名副实。

百战将军有一死，

得道老僧有一死，
执法长官有一死，
此乃世间之至理。

岭国叔父兄弟们，
我乃仁钦达鲁将，
奔巴部落之将领，
出征之时先锋将，
回撤之时殿后军，
此前死命效君王，
魔军之前拼性命，
今日不幸中魔刀，
一命呜呼在眼前。
身携三械之勇士，
要死亦为岭国死，
但是我亦无悔恨。
森布魔敌无穷尽，
岭国神兵无敌手，
但在之后战事里，
君臣当须要齐心，
官兵当须要勇猛，

岭王当须要威严，

君臣若是能齐心，

胜果实乃囊中物。

颈上嘎乌戴身上，

便是金刚护身符，

只要不吝啬财富，

便解饿鬼之饥痛，

六道众生得幸福。

岭国部众请细想，

心中无需有可惜，

生死实乃平常事，

日月亦是不能免，

金刚岩石亦会碎。

病榻落地与亡地，

实乃阎罗打闹处，

路人留人床上人，

实乃世间碌碌人，

君臣以此来思虑。

我死之后需做法，

之者死后手空空，

若无做法更悲痛。

我虽死也心无憾，

但愿后事能圆满，

英雄就应死疆场，

财宝就应礼敬佛，

心怀向善之意愿。

古人谚语曾有云：

骏马就应死跑场，

勇士就应为谋死，

英雄就应死疆场，

今日正是为国死！

众将无需再悲伤，

莫要为我再落泪。

如今大胜已在望，

还需歌舞来相庆，

森布即将变佛域，

我虽会死亦祈福，

君臣还请记心间！

木江仁钦达鲁唱毕，便望向天空，死时毫无痛苦，其灵魂像是空性法身一般往生神佛净土。左右众人均口念六字真言，天空示现七彩帐房，下起了花瓣雨，四周响起鼓声及乐曲，而仁钦达鲁的法体也安然到达净土。此时，从中部坐席站起一人，额上爬满皱纹，白发苍苍，身形佝偻，此人乃总管王戎擦查根，他说道：“岭国的叔父兄弟们，如今再悲伤亦是无用，莫不如快点发兵森布，将森布变作佛域！”总管王说完便唱道：

唵嘛呢叭咪吽！
阿拉塔拉塔拉歌，
礼敬三宝祈平安，
要让六道皆向法。

上请白梵天王知，
祈望岭国大事成；
中请念青古拉知，
祈望勇士愈发勇；
下请顶宝龙王知，
祈望能得财宝物！

如若不识此地方，
森布羌塘狭长地，
实乃戈壁之下部，
黑蛇之水拐弯处，
红色森曲之渡口。
此地实乃岭军营，
军营中部之神帐。

如若不识我辈人，

在那高高苍穹上，

还有何物暖如日？

解救南瞻部洲者，

除我总管还有谁？

玛杂色莫之山岗，

藏汉两地之交界，

方正地方之中央，

唤作查堆之垭口。

雄性鹞鹰咯咯叫，

雌性鹞鹰嗦嗦叫，

小小鹞鹰学翼力。

在那世界初创时，

能将天空当衣裳，

能将大地作垫子。

在那天与地之间，

天竺帽与汉地靴，

卫藏腰带身上戴，

董氏鲁平之父子，

戎擦查根是吾名，

所知渊博似太阳，

心胸坚定如山峰，
伟岸好似是山峰，
此非虚言是实话。

去年前年之时间，
岭国大军到森布，
若是在此做一喻：
河水东流向边地，
江聚之日起迷雾，
实乃要下细雨时，
青龙自在云中卧，
东南天空聚乌云，
落下霜雹之根本；
老僧践行持戒法，
慈悲来度世众生，
乃度地狱之根本。
岭国君臣到边地，
将那魔敌全诛灭，
南瞻部洲得安乐，
释迦佛陀福运高，
将那强敌尽降伏，

将那弱小全扶助！

今年森岭之战役，
一来战事频又猛，
二来时机恰为好，
三来不悲亦不嘉，
四来无有因与果，
在这四事齐聚时，
岭国几员大将损。
其中木江之神子，
像是三春之花朵，
夏季未到被霜摧；
精心灌溉之稻田，
秋收之前冰雹毁。
岭国六部之战将，
今日便损敌人手，
虽说是我岭国憾，
但是伤怀亦无用。
久跑马儿腿发颤，
多食之人肚皮痛。
就在今年时日里，

神明不是无预言，

在我兵马出战时，

神明未说无损伤，

诸事皆是天注定。

木江达鲁尼玛他，

格萨尔王在凡间，

霍尔到我玛域地，

神宫从那连根除。

珠姆亦被抢掠去，

也曾心怀不善念，

如若岭王不返还，

达鲁定将把命丢，

如若珠姆被夺回，

达鲁也会死非命，

恶岔如今结恶果。

今日达鲁寿数尽，

人死之后难复生，

日落西山难回返，

僧侣还俗难回头，

此乃世间三样难。

勿要伤心众勇士，
在那森布宫殿里，
还有几员凶猛魔，
岭将虽然皆勇猛，
但也以智来取胜，
木江仁青达鲁他，
并非轻敌去力战，
若是不用性命拼，
岭国亦会有危险！
此后还会有猛将，
战死沙场亦难说。

达鲁虽然死沙场，
岭国君臣之统领，
以及男儿所成事，
佛祖释迦之宗法，
诸事依然如日盛！
若以比喻来说明：
拴着恶狗之洞前，
英雄也要躲一躲；
得了瘟疫病人前，

医生也要躲一躲；
死神行走道路前，
神灵也要躲一躲。
诸位要以此谚行，
黑色森布魔宫前，
岭将也须多谨慎，
如若只用蛮力拼，
非但无益送性命，
懂得吃喝成富翁，
懂得打扮是美女，
懂得奔驰是骏马，
岭国官兵请切记。

就在明日之时间，
北方孔雀挺立宗，
门隅达拉赤噶将，
姜子玉赤贡杰将，
玉拉托久等三人，
攻打北宗夺其城，
将那守卫之魔将，
头颅斩首滚地下。

西方红色挺立宗，

辛巴将军为其一，

阿达鲁姆为其一，

阿奴青温为其三，

各自率领本部兵，

将那西宗占领下，

守护城池之魔将，

取其性命勿使逃。

南方母虎挺立宗，

霞嘎丹巴为其一，

拉奔尼玛为其二，

玛尼嘎热为其三，

从那南方母虎宗，

守城魔将取首级，

将那南宗占领之。

东方乌鸦挺立宗，

居有猛士三兄弟，

实乃守城三勇士，

攻打东方宗堡者，

擦香丹玛强查将，

达杰巴拉僧达将，

噶德曲迥贝纳将，
带领十万之兵马，
将那东宗攻占之！
内里守城三魔头，
勿使一人逃脱走！
老朽我同桑钦王，
以及扎拉孜杰将，
色巴尼奔达雅将，
守住本营勿让失。
当在十日时间里，
大获全胜当可期，
森布魔头之地方，
亦会转变成佛域。

听懂君臣记心间，
不懂歌亦无解释！

听总管王唱完说明排兵布阵之法的歌后，君臣接着商议，将木江仁钦达鲁的遗体火化，收藏好骨灰，并决定日后班师时带回岭国。次日黎明，鼓声响起，众人纷纷起身，享用早餐。等法螺之声响起时，众将已然披挂整齐，整装待发。随即岭军便朝着森布国东西南北四个宗的方向挺进，只见马军似霜雹滚滚，步兵似漫天飞沙，蓝军似大河奔流，红军似火焰燎原，黑军似乌云满天。守在东宗的森布兵见岭军浩浩荡荡来袭，心想大事不妙，众皆胆战心惊。森布大臣阿贵心想：这金甲金马之人当是噶德曲迥贝纳，今日我便与他一决雌雄。于是，阿贵将黑铁锻造的甲胄披挂身上，戴上黑铁头盔，插上黑猪尾毛，从右边取出黑铁弓，从左边拿出黑铁箭，将箭搭在弓上，唱道：

喻嘛呢叭咪吽！
阿拉塔拉塔拉歌，
三声塔拉森布歌，
敬请黑色魔神知。

上请嘎热护法知，
今日请来护佑我；
中请玛扎如扎知，
今日请引曲之头，
将那黑魔全诛灭。

如若不识此地方，
东方乌鸦心之宗，
金刚母虎之宗堡。
外人莫有能入者，
因有九层之铁门；
内部莫有外逃者，
皆因律法似火严，

实乃黑魔之故土。
钢铁宗堡之东门，
东洲好似天初亮，
十万魔兵在卫城。

如若不识我辈人，
九层铁角宫堡里，
红色铁水肉宗中，
黑色妖魔森布子，
降魔阿贵是吾名，
有人唤我如扎子，
亦有唤我哈拉子，
还有唤作鲁堆子，
实乃夺取胜利人。
我乃百中挑一者，
我所射出之利箭，
箭声似那青龙吼，
像是闪电和沸水，
将那敌血洒原野。
骏马疾驰之路途，
像是鸟儿飞空中。

将我宝刀挥头上，
像是阎罗之牌柄，
一甩日月摔地上，
将那岩山拦腰斩。
上挥挥至天之际，
将那龙翼斩落来；
中挥挥至山之巅，
将那大鹏羽翼斩；
下挥挥至大地上，
即使阎罗亦取命。
无敌大海漫滩涂，
莫说凡人难活命，
即使鬼神也难逃，
有形无形俱一样。

你这白甲白马人，
白色盔旗随风飘，
狂风吹到空中时，
云层再厚亦无用。
且看顿纳之身边，
左有亚美米贵将，

又有赞玛亚美将，
岂是你等能抵挡？

你这白衣白甲人，
白色实乃不祥色，
其中缘由听我说：
白旗竖在半空中，
惹来狂风吹不停，
自是被那狂风毁；
白云在那空中飘，
惹来青龙绕其间，
将那天空蓝色扰；
白面女子游市井，
惹来男子生孽子，
之后自是恶名扬。
你之身上携三械，
实乃无勇之征兆，
无勇之男面皮白，
无锋之刀铁皮白，
无智之女脸皮白，
故此白色不好看。

身携三械逞勇者，

遇敌顷刻便投降；

注重外皮好看者，

遇敌反而剑入鞘，

此谚说的便是你。

今日我所射之箭，

此非一箭乃闪电，

闪电将那岩山毁，

将你骨肉宫堡拆，

再将内里灯火灭，

兵马似那鸟羽拔，

若不做到非顿纳。

听懂就请留耳中，

不懂歌亦无二遍。

阿贵唱毕，便将箭雷电般地射出，刚好射在巴拉达杰僧达胸前的护心镜上，护心镜登时被击碎。因里面有威玛战神及格萨尔王的战衣残片、杰姆的护身符庇佑，故此安然无恙。箭又从巴拉达杰僧达的右边飞过，射中其身后的巴僧尼玛，致使他受了重伤。巴拉达杰僧达大怒道："你这顿纳老妖，高楼之上的逞勇之语，到了平地便无用处。你即使像杜鹃一般啼鸣，若是细雨不落下，也是枉然。"巴拉达杰僧达说完从右边镶有金丝龙纹的虎袋中取出威猛食肉箭，从左边斑斓白光豹袋中取出三界夺命弓，箭搭在弓上后大吼："射箭便需如此射，射箭需似雷电劈，漫说骨肉凡人躯，即使岩石也粉碎。"巴拉达杰僧达说完便唱出三句英雄曲：

喃嘛呢呗咪吽！
阿拉天上空性曲，
塔拉六道得解脱，
所唱之曲无阻滞。

敬请三宝上师佑，
勿离在我头顶聚，
聚齐赐予我福力，
今日便是灭敌时。
今日吉祥之时日，
拉鲁年神顾念我，
将那勇力赐予我！

如若不识此地方，
在这食肉之宗堡，
你这顿纳森布魔，
虽说从前城池固，
如今不得不出来。
黑风顿纳无勇儿，

无勇空话似水沸，
实际不敢当面战，
躲在城头放冷箭。
无力箭儿飞空中，
像是女子手中勺，
如此之箭该羞愧。
巴拉之心似金刚，
白甲之带永不断，
想要杀我是妄想。
你这似风逞勇语，
风从远吹至近处；
你之吼声似青龙，
青龙吼声遁空中。
只会逞勇无实际，
像是妇孺口中语。

我乃巴拉僧达将，
无需多说许多话。
南方深林檀香木，
猛虎岂能不识它？
高高雪山流雪水，

雄狮岂能不识它？
无底大海之底部，
鱼儿岂能未见过？
森布之臣有无勇，
岭国君臣俱知晓！

我乃巴拉僧达将，
多人挑战莫能敌；
珍贵金刚之套索，
多人挑战莫能敌；
看着白色之神马，
多人挑战莫能胜。
今日所射之此箭，
玛杰奔热幻化箭，
食肉火焰能自燃，
火舌能将敌人灭，
取自格萨尔王宝，
实乃巴拉之神箭，
能将天地都翻转。
若是不能取敌命，
你将巴拉当女子；

若是有人能逃命，

玛杰奔热便无用；

若是不能取魔宫，

便算岭王非神明。

飞吧上方神明箭，

红尖神箭去取命，

今日将敌全诛灭！

今日天色未暗前，

将那顿纳之命取！

巴拉达杰僧达唱完，便射出了箭，玛杰奔热暗中在箭上发力，射中阿贵心口。虽说阿贵有黑白花三色泰让及魔神嘎热护佑，但终究小命不保，一命呜呼像是火烧鸟羽一般。东方魔宫中，森布大臣琼纳额玛见状大怒，像是毒蛇被蒺藜扎到一般，朝着岭军便冲将过来。巴拉僧达阿冬赶紧连射两箭，第一箭射毁了东边宫殿城墙上的城门，第二箭像雷电一般毁掉了宫城一角。巴拉僧达阿冬随即跳到森布军里，将刀左挥似霜摧野草，将刀右砍似镰刀砍稻穗一般斩杀了百余名魔兵后进入魔宫之中。

魔臣琼纳额玛心想：他岭国巴拉毁我城墙，坏我宫宇，斩杀诸多将士，还杀进宫来，我岂能在此坐视不理？当去取他首级，名扬森布。思及此，魔臣琼纳额玛便毫不迟疑地扑向巴拉僧达阿冬，还来不及唱出一首歌，便往巴拉左肩上砍了一刀，砍断了甲胄上的几条带子。因内里有战神护佑，并未伤及巴拉的身体。巴拉也勃然大怒，用刀砍到琼纳额玛的脖子上，虽血流如注，但魔将丝毫不惧，用手来抓巴拉胸口。这琼纳额玛臂力惊人，将巴拉举向空中，转了三圈欲摔向地上时，擦香丹玛强查拍马赶到。擦香丹玛强查将绿色长柄刀往琼纳额玛身上一砍，便卸下了他的右肩，随即丹玛和巴拉合力取了琼纳额玛的性命。魔宫里的魔臣达贵扎巴此时已像嗜血的黑熊一般，连杀了丹玛手下的十余名兵将，丹玛大怒，调转马头冲向达贵扎巴。达贵扎巴从马后抛出羊肚大小的人猿肋石，刚好砸在丹玛胸口，丹玛登时落马。丹玛正欲起身挥刀再战，只见盛怒的噶德曲迥贝纳右手抓住了魔将的腰际，左手抓住魔将的后脑勺，将他举在空中转了三圈后，往地上一摔，达贵扎巴七窍流血，五脏俱裂，登时毙命。岭国的鹞雕狼三将斩杀了两个魔臣后，将森布兵马驱赶四散，像是饿狼驱羊一般。森布兵马哪里还有反抗之力？只得献城投降。岭国便夺得了森布东宫。

此时，西方红色挺立宗中，森布魔臣达姆赤杰坐在马上，挥刀便朝岭军阵中冲去，一连杀了日西阿达鲁姆手下七八名兵将。日西阿达鲁姆从右边取出雷电火焰箭，从左边拿出牛角弓，挡住了达姆赤杰的去路。达姆赤杰立在马上，威风凛凛地说道："你这红眼的魔女，眼虽未见耳听闻，说是岭国营帐中，有一个鲁赞王遗留的孤儿，唤作日西阿达鲁姆。今天你算是撞在我手里，我向来不杀女流之辈，且看我用套索擒狗一般将你擒住。"达姆赤杰说完，将套索从腰间解开后，用母虎食肉曲的曲调唱道：

唵嘛呢叭咪吽！
阿鲁塔鲁塔鲁歌，
迅疾塔鲁魔之歌。

食肉森布之母语，
唱支迅疾之乐曲。
身无六艺非英雄，
不取首级非赤杰，

敬请嘎热护法知，
如扎军神敬请知，
黑色哈拉魔王知！

如若不识此地方，
黑色铁宫之右角，
英雄施展六艺地，
懦弱狐子悲咽地；
红柄魔刀挥舞处，
骨肉粉碎血流地。

蛮横女子听我言：
面上满是孽障纹，
当是鲁赞之子嗣；
面下灿然之牙齿，
叛国之女定无疑；
身着白甲戴毡帽，
恶母之女无需疑；
所骑非驴亦非马，
不男不女定无疑。
非人非妖之身形，

男子死光女子来。

昨日清晨之时日，
森布魔臣去战敌，
取了许多岭兵命。
今日所遇你魔女，
需思从前所做事，
便知今日何下场，
绝不放你逃半步。
我手所持之宝刀，
挥出绝无生路走。

听懂魔女留耳中，
不懂歌亦无二遍。

听得魔将达姆赤杰唱完歌，日西阿达鲁姆稍忖片刻后说道：“你所说的也有些道理，今日我们算是撞上了，撞得正是时候。正所谓煮了野牦牛的肉，要等得它熟，也要等得它凉。两雄相遇战场的时候，要等得他说，也要等得他唱。晨间太阳升起，夜晚太阳落下，雪水不断融化，母虎睡了又起。究是如何？且听我道来。”阿达鲁姆说完便唱道：

唵嘛呢呗咪吽！
一声二声三声呜，
三声之后唱出曲，

实乃不变北地音。

青龙在那天地游，
若是不能降霜雹，
即使大吼亦无用；
大鹏宝顶之神鸟，
羽翼若未遮住山，
空有巨翼有何用？
森布见我心惊惧，
实乃城池沦陷兆。
森布国王自忖勇，
如今性命已不保，
王后已然被火焚，
上师法洞埋地下。
你作勇状真好笑，
母牛肩骨脱落前，
便与公牛比角力；
上师背弃佛法前，
先会厌恶其扎仓；
森布兵丁殒命前，
必来挑衅我岭军。

本想扬名南瞻洲，
不自量力战岭国，
结果必是风吹散。

我从箭筒取一箭，
此乃神箭射百牛，
从那头壳到眉眼，
未有一箭射不中。
将你魂魄祭风中，
将你躯壳抛地上，
若是观想念怙主，
若是悔恨念众生，
心中若念法报化，
保你不至堕地狱。

阿达鲁姆一曲唱毕，便射出一支疾风一般的箭，一箭射在魔将达姆赤杰双眼之间，魔将头盖骨登时碎裂。随即，岭军将森布军队左追右赶，斩杀百余之众。辛巴亦随同巴姆左右冲杀，斩杀无数森布兵。此时，阿贵奔那阿沁心想：若不速速结果那红甲之人的性命，恐森布大军不保。于是，阿贵奔那阿沁骑上黑云风翼马，冲到辛巴面前，唱了一支短小英雄曲：

唵嘛呢叭咪吽！
阿鲁塔鲁塔鲁歌，
塔鲁凶猛魔方曲，

不变食肉父祖音。

礼敬上方诸魔神，
在那红岩枪尖地，
敬请多吉杰布知，
诸位嘎热护法知，
如扎黑魔何威猛，
今日请来助奔那！

如若不识此地方，
南方青龙挺立宗，
达隆查姆出口地，
本是安分守己地，
怎奈敌人欺上门。

如若不识我辈人，
南方守军之统领，
阿贵奔那是吾名。
国王要定计策时，
会问阿贵在与否；
我方要与敌战时，

会问阿贵在与否。

古人谚语曾有云：
青龙在那空中吼，
用那雷电劈岩石，
若未能将岩变灰，
吼声大小无分别；
大鹏神鸟飞空中，
若是未能飞山顶，
飞天大鹏乃空名；
雪山之上雄狮里，
若是不能降百兽，
名唤雄狮是空谈；
身携战神之三械，
未获胜前说大话，
若是不能保己命，
身携三械有何用？
王之臣子照此谚，
你这红甲红马人，
眼虽未见耳听闻，
应是岭国辛巴将。

你这无耻之小儿，
将那祖业全送人；
你这无脑狗头儿，
将你君王换富贵，
如今沦为觉如奴。
水中游走之鱼人，
必知水之深与浅；
草原觅食之雄鹰，
是药是毒必然知；
空中飞游之青龙，
是雪是雹自然知。
就在今日晨间时，
如若不能取你命，
奔那阿沁非吾名！
我之箭儿喷毒雾，
放上白色森布弓，
此箭只要射出后，
日月也能被射下，
大山也能拦腰断，
大海之水亦能阻。
箭与雷电无区别，

辛巴手中之草箭，

与我手中之毒箭，

你我二人手中箭，

今日便来比高下，

辛巴心中如此记！

阿贵奔那阿沁唱完歌，便将雷电一般的箭射向辛巴，辛巴稍一闪身，躲过毒箭，不想却射死了他身后的副将南卡晋美。辛巴见状大怒，将宝刀从鞘中抽出，说道："你这恶魔先别着急，着急之人无用场。英雄相见之时，言语需说亦需听。现在为时还尚早，胜负还未能分别。"辛巴说完，便唱道：

唵嘛呢叭咪吽！

阿鲁塔鲁塔鲁歌，

阿鲁阿钦霍尔音。

上请霍尔天印知，

还请护佑莫要小；

中请中印大神知，

今日辅弼我岭军；

下请黑色地印知，

请将敌人全诛灭。

格萨尔王威玛众，

九十九万战神知，

食敌肉来剜敌心，

最终胜利属我方！

如若不识此地方，
森布狭长达隆地，
懦夫说出空言地。
铁链拴住之老狗，
在那铁链未解前，
晃头晃脑装猛虎。
你这魔臣狐狸子，
空话像是龙吼声，
作势要将霜雹降，
最后只是空手回。
备上好鞍之骏马，
要在百马中赛跑，
若是不能夺头魁，
毛色艳丽有何用？
男儿将那三械挂，
若是不能胜敌人，
光说空话有何用？

阿贵奔那听我言：

我乃来自北方土，
斩妖辛巴梅乳孜。
汉地所产之茶叶，
羌塘所产之白盐，
以及藏地之酥油，
所说未曾商量过，
相聚自是在壶中；
天竺所产之昙花，
卡切所产藏红花，
汉地所产诸草药，
虽说生长地不同，
相聚是在药囊中，
解救难症之良药；
羌域之地巴姆女，
霍尔之地辛巴将，
姜域玉拉托久将，
虽说生在不同地，
相聚格萨尔座前。

黑色毒蛇真狂妄，
还想与那青龙战，

虽说形体有相似，
风火之翼自不同；
混世乞儿真狂妄，
想要拥有富家财，
各人福运自不同；
阿贵奔那真狂妄，
想与辛巴比高低，
你我虽说都为将，
本领大小自不同。
你我勇士较短长，
刀枪剑戟通通上，
比试之后见分晓。

听懂还请记心间，
不懂歌亦无二遍。

辛巴唱完，便挥出宝刀一砍，将阿贵头盔上的翎羽斩断，使阿贵受了重伤。阿贵乃魔子，丝毫不惧，反而怒极抽出森巴刀砍了辛巴两刀。但因辛巴身上有战神兵器、金刚护身符、佛陀法衣等护身，故丝毫未受伤。辛巴反身用刀砍向阿贵肋下，斩断了阿贵两根肋骨，阿贵登时落马。阿贵此时也生惧意，跑往森布军中，辛巴好似猎犬追鹿般追去，但因森布兵甚多，阿贵逃得没了踪影。阿贵歇息片刻后用黑色战衣包扎好伤口，又向辛巴冲来。连刺三枪不中，阿贵遂用双手抓住辛巴胸口用力拉扯，致使二人双双落马。

巴姆催动胯下的白马，用手中班丹拉姆神枪刺中阿贵，枪尖从其胸膛处明晃晃露出，随即便取了他的首级。霍尔众兵马见主帅获胜，发出漫天“咯嗦”之声，斩杀了百余名森布士兵。

辛巴和巴姆来到森布宫堡外，用枪捅开了内外两道大门。霍尔众军冲入宫内，驱赶森布兵马好似饿狼追赶羊群一般。森布兵士有的从宫殿顶上跳下，有的躲在大铁锅中，有的冲出围墙跑进树林。其余大部分森布士兵，纷纷举手投降。此时，阿贵的副将加纳朱杰挡在辛巴面前说道：“你这红面阎罗将，面上升腾起毒雾，红面好似赞神后裔，且说你父祖是何人？你之名号又是啥？”加纳朱杰说完，便唱出一曲：

唵嘛呢呗咪吽！
阿鲁塔鲁塔鲁歌，
迅疾塔鲁森布音，
食肉饮血森布神。
上请嘎热为首者，
如扎军中国王知。
天印中印和地印，
还请三位护佑我。

如若不识此地方，
实乃铁宫之内里，
上部龙宗钢铁城。
如若不识我辈人，
钢铁宗堡之内里，

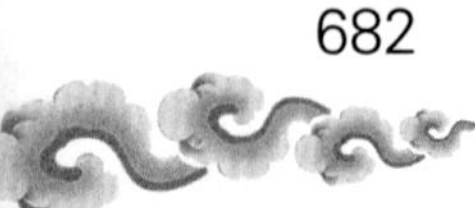

在那百千将领中，
尤其勇猛便是我，
加纳朱杰是吾名，
三万兵马之首领。

如今主将已然死，
我亦赴死有何憾！
若是能成大王业，
大臣身死何足惜！
国王王后与大臣，
对我恩情重如山。
从前我做王之臣，
好酒好肉曾享受，
身上所披俱良毛，
胯下所骑皆良马，
手上所执皆利器，
让那三界归乐土。
就在今年之时日，
岭国狐狸之军马，
未曾出征来入侵，
让我森布满兵戈，

屠戮无辜几许多，

如今若是不力战，

保住命实损英名。

故土全部沦敌手，

空保己命有何用？

对面红面之人儿，

你是何处流浪心？

你有何话要说道？

如今两强在此遇，

先唱一曲道事情，

之后再来拼本事。

听懂还需记耳中，

不懂歌亦无二遍。

听完加纳朱杰所唱此歌后，辛巴大笑道：“哈哈，你这狐子老贼听我道来，看之前死于我刀下之人也，就知道你今天的下场！”辛巴说完，擦拭着自己手中的宝刀，唱道：

唵嘛呢叭咪吽！

阿拉是歌之唱法，

塔拉是曲之韵律，

不变霍尔父族音。

白色天印大神知，
花色中印大神知，
黑色地印大神知，
今日请引歌之头。
骏马疾驰之四蹄，
到了广旷原野时，
勿要慢跑须快跑；
虎父之子战敌人，
与其夸夸说空言，
不如实战能取胜；
女子施饭之恩情，
与其拖延许多年，
不如尽快去回报；
熊熊燃烧之火焰，
遇到潮湿之桑草，
不如快快燃烧尽。
霍尔辛巴梅乳孜，
今日来到魔宫里，
不想再与你争辩，
只想速速夺魔宫。

你这空话连篇者，
像是狐狸进洞窟，
被那烟火逼出时，
情急将那獠牙露，
此时性命已堪忧。
小鸟叫声何其美，
空中被那鹞鹰追，
鸟羽散落勿需疑；
小鱼白肚金色鳍，
游到湖边落渔网，
丢掉性命不需疑；
你这黑铁般魔子，
无勇躲在魔宫中，
无勇还要说空话。
我这三界凶猛刀，
名唤火焰毒蛇刀，
能将高山拦腰斩。
霍尔辛巴梅乳孜，
毒蛇刀与赤色马，
世上无敌人皆知。
你之所言有道理，

再说闲言费时间，

还是一决雌与雄。

听懂还请留耳中，

不懂歌亦无二遍。

辛巴唱完，只一刀便将魔将的头颅斩下马，随即冲入魔宫之中，将森布兵士杀了个一干二净；将魔宫的王旗连根拔起，插上了岭国的国旗，森布国的西宗被辛巴梅乳孜率领的岭军全部占领。

此时，北面孔雀挺立宗下的姜子玉拉托久、董迥达拉赤噶、玉赤贡杰等将领带着五万兵马开始攻城。森布的守城将领达姆多杰头戴黑盔，身披黑甲，骑在一匹黑马之上说道："你这白衣白马之人，是从哪儿流浪来的？近日来到此地，自是来枉送小命！"达姆多杰说完，对着董迥达拉赤噶唱道：

唵嘛呢叭咪吽！

阿拉威势森布曲，

塔拉凶猛罪孽歌，

食肉饮血英雄音。

上请嘎热护法知，

中请玛扎如扎知，

还请森布诸神知。

红岩枪尖宗堡上，

森布黑色堆瓦知，

今日请做英雄友！

如若不识此地方，
北面孔雀宗堡门。
如若不识我辈人，
达姆多杰是吾名，
我乃十万兵首领。
本将达姆似猛虎，
你便似那小狐狸。
在我宫墙之门口，
虽有小犬在哭咽，
与我虎威有何碍？
在那高高雪山上，
野猪虽然随处屙，
雄狮之威有何碍？
岭军虽然几勇猛，
达姆将军有何惧？
虽说铅块与白银，
重量相等价不同。
达姆虎威一展时，
白衣之人自可怜。

你这短命之小儿，

究竟是从何处来？

小小名号唤作啥？

还需实话与我说。

听懂你就留耳中，

不懂歌亦不解释。

等达姆多杰唱完这支威吓的歌后，董迥达拉赤噶说道：“你说的有道理，我是远道而来的客人，你怎么不迎接呢？”董迥达拉赤噶说完便唱道：

唵嘛呢叭咪吽！

一声二声和三声，

三声之后唱一曲，

南方不变父祖音。

迅疾六艺像阵风，

空中飞鸟展翼力，

小鸟心里自惊惧！

猛虎深林一声吼，

狐狸心里自惊惧！

此地森布北面宗，

达姆多杰父祖宗。
你若不知我来历，
且听我来慢慢道：
在那从前之时日，
洛隆甲日天之宗，
董氏白色九曲部，
父祖赤都之后裔，
实乃十万兵首领，
董迥达拉赤噶将。
从前征战几十回，
保得自身性命安，
完成格萨尔大业，
诛灭许多魔国敌，
列入岭国法臣位。
格萨尔王殿下臣，
我乃拱卫佛法者，
我乃增持福运者，
我乃施予安乐者。
得道上师之弟子，
国王得力之大臣，
若说为了佛法故，

可将自己性命抛。

今年岭国众兵马，
来到北方森布国，
食肉饮血森布魔，
今日到了诛灭时。
黑色森布魔之域，
变成佛域之时候，
此是吾来此地故。
岭国八十位勇士，
达姆小儿怎能敌！
戎地毛驴之叫声，
勿叫可能招风沙；
小小狐狸之悲咽，
可能会招猛虎来；
无勇男子之豪言，
勿说恐会招灾祸。

今日董迥达拉将，
右边箭筒取一箭，
名唤火舌毒之箭；

左边豹袋取一弓，

白藤圆环大弯弓。

只要此箭一射出，

森布妖魔无处逃。

白色四翎之神箭，

格萨尔王之威力，

实乃克敌制胜箭，

还需魔头记心上。

董迥达拉赤噶唱毕此曲，便射出火舌一般的利箭，一箭射在达姆多杰胸口上。达姆多杰身上虽有泰让法器及玛扎如扎护身符却未能保命，箭直接从其后背穿出，达姆多杰登时落马殒命。森布哈日纳布见达姆多杰被杀，心中不忍，挥起黑旗，用三尖枪往董迥的右腿刺去。董迥受了重伤，调转马头，往后撤去。哈日纳布顺势在岭军中左冲右突，随意斩杀。董迥正欲返身厮杀，只听玉拉托久说道："你且歇息一阵，看我如何取胜！"玉拉托久说完，挥起手中的姜域古斯黎明宝刀，对着哈日纳布唱了一首威吓的歌：

唵嘛呢叭咪吽！

阿觉米觉拉觉声，

不变之歌姜域曲。

上请天印大神知，

中请花色中印知，

下请黑色地印知，

将那异教宿敌诛。
诸位威玛战之神，
护佑岭国卫佛法，
祈望众生得安乐！

如若不识此地方，
北面孔雀挺立宗，
血海奔腾之城墙。
森布食肉诸兵马，
今日性命即将休。
惯常偷盗之盗匪，
终有一日入牢狱；
猎杀白羊之饿狼，
有朝一日入陷阱；
杀人无数之恶魔，
最终死在豪杰手。
善用旁门左道者，
善使巫妖之术人，
取人性命无数者，
实乃森布之君臣。
平日礼敬诸魔王，

心中厌弃佛陀法，
一腔热血向魔业，
如今便是命丧时。

你这蛮横老犬儿，
若是不能用刀斩，
古斯黎明非宝刀；
若是不用绳索擒，
玉拉托久非吾名。
你能诛杀岭国兵，
玉拉却非你能敌；
雄鹰能将骨肉啖，
对那狂风无奈何；
盗匪能将平民欺，
但又怎敢欺长官？
森布哈日纳布臣，
往来厮杀为其一，
善使妖法为其二，
罪孽深重为其三，
与岭为敌为其四，
上述所犯四种事，

今日便是报应时!

你且放眼往外看,
好似层云密布者,
达杰僧达之兵马;
好似双龙戏珠者,
辛巴将军之兵马。
你这北面森布宫,
莫若不再插王旗。
无草干涸之滩涂,
怎能再聚鱼虾獭?

如今食肉森布众,
今日太阳未落前,
一个不留祭风中,
好似灰尘吹空中。
森布宗堡之财宝,
全部归我岭国有。
你这疯癫哈日魔,
是该喜来还是忧,
你会妖法便飞遁,

你会巫术便隐身，

如若不然难逃命。

听懂留在你耳中，

不懂歌亦无二遍。

玉拉托久唱完，便挥起古斯黎明宝刀往哈日纳布的头顶砍去，因哈日纳布有邪教祖师的护身符护体，竟安然无恙。但因宝刀劈下的力道太猛，砸得哈日纳布脑袋昏昏沉沉，竟晕了过去。亦因魔神护佑，哈日纳布慢慢醒转，向玉拉托久抛出十八寸黑色毒蛇索，玉拉托久用宝刀连砍三刀也未能砍断。玉赤贡杰见状，举起姜域萨当王的黑毒威猛宝刀，只一刀便将毒蛇索斩断。又一刀，砍在哈日纳布的左肩之上，登时血流如注。随后，虽有玉拉托久与玉赤贡杰夹击，仍未能战胜哈日纳布。此时，门隅达瓦查赞心想：此人巫咒之术极其了得，若不早点解决，恐后患无穷。于是，达瓦查赞便连念三声“格萨尔王护佑”，抛出神索，刚好套在了哈日纳布的脖子上。达瓦查赞用力一拉，便将哈日纳布拉下马来。玉拉托久见状，抓住哈日纳布的右手，玉赤贡杰抓住左手，在身后牢牢缚住，并戳瞎了他的眼睛。攻破大门之后，岭军斩杀无数白玉森布兵士，对于所有的投降者，均饶恕了他们性命。宫殿顶端升起了门姜的青龙旗。

再看南方的母虎宗，大食将军霞嘎丹巴已围住城池。森布大臣姜母玉珠骑在蓝色凤鸟马上，拦在霞嘎丹巴面前，唱了一支威吓的歌：

唵嘛呢呗咪吽！

阿觉塔觉米觉声，

变化乃在天空间，

时而变作天空色，

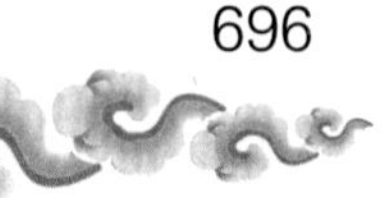

时而变作白螺色，
时而变红似火焰，
如此变化乃天理。

如若不识此地方，
强隆纳玛多扎地，
迷蒙原野之上部，
大水滩涂有六道，
神仙地方赛塘原。

如若不识我辈人，
九大部军之首领，
姜母玉珠是吾名，
亦唤达姆雍仲将。
威猛本事似母虎，
聪明慧智似母狼，
武艺堪比那青龙。
要说姜母玉珠将，
世上堪称无敌手。
施舍财物不可惜，
说明此乃富家子；

勇士绝不单独行，

实乃森布兵士俗。

独来独往是雍仲，

独行实乃凤鸟马；

手中所持森布刀，

射出之箭森布箭。

懦夫越少越是好，

无勇兵器少点好，

无貌装饰少点好，

此话真是有道理。

无法度人之上师，

所行仪轨虽甚多，

但于众生是无用；

泰让供品虽然多，

怎奈生灵无益处；

没有福运之长官，

虽说口中极夸耀，

不抚子民甚可耻；

没有勇力之兵士，

虽说手上兵刃多，

不能取胜有何用？

你这蛮横岭国子，
就像崖边之草木，
我像狂风一吹过，
一个不留全吹散；
岭国号称勇士众，
好似水边之沙堆，
我像流水一冲刷，
便让你等无痕迹；
岭国兵马似草盛，
我便似那燎原火，
烧得你等成灰烬。
我即如此之勇士，
用餐之后须有痕，
话语说完需明义，
战敌之后需胜果。
你勿要逃来战我，
将你性命用刀斩，
将你尸首喂野狗。
就在今天时日里，
将你岭国先锋将，
拖拽至我军营中，

好似一条哈巴狗。

听懂还请记耳中，
不懂歌亦无二遍。

姜母玉珠唱完，威风凛凛地骑在马上看着霞嘎丹巴。霞嘎丹巴怒极，心想：这魔头也是狂妄之极，在这世上，名唤霞嘎的也只有三人而已。于是，霞嘎丹巴便说道："你说的也是，无貌女子戴天珠，难免扰了市井。无勇男子蛮横行，便是挑衅真勇士。"霞嘎丹巴手中握着宝刀，唱出一曲：

唵嘛呢叭咪吽！
阿拉塔拉塔拉歌，
塔拉是歌之唱法。

上请宗拉大神知，
次里嗦嘎山神知，
还请虎神护佑我，
以及威玛战神众，
均来助我一臂力。
礼敬上方九大神，
护佑来自上方神，
中部年神亦会佑，
还请赐予雷电力，
地印大神几威猛，

请将宿敌全消灭，
今日请做霞嘎友！

雍仲魔子听我言。
如若不识此地方，
实乃小河水边滩，
有勇便可放豪言，
无勇懦夫哀嚎处；
乌铁城墙之角落，
实乃老狼哭咽处，
最后狼皮亦被剥；
实乃滔滔大河中，
小小鱼儿戏游处，
最被捉至河岸处。
在这北方森布地，
逞能被杀尸成墙，
最终成为无人地。
是否惊奇森布魔？
不自量力森布魔，
如果没有此番勇，
枉在世上走一遭！

如若不识我辈人，

实乃大鹏之后裔，

须知翼力甚惊人；

实乃雄狮之后裔，

须知银鬃何凛凛；

实乃猛虎之后裔，

须知锦纹何斑斓。

在那大食财宝宗，

我乃霞嘎丹巴将，

须知武艺甚高强。

古人谚语曾有云：

能够游遍世间者，

实乃天上之日月。

所有罪恶之妖魔，

收伏之任在岭国。

能将蓝天做被子，

能将大地当坐垫，

诸国作为腰带者，

除了岭国众君臣，

还有谁人能胜任？

上述之言有来历，

三十三天宫殿里，
上方大神九万四，
无神能在梵天上；
中部年神之地方，
年神亦有千千万，
无神能在格佐上；
下方龙宫乐土里，
还有龙神千千万，
无神能在龙王上。
岭国之主格萨尔，
梵天大神之神子，
转动世界之方向，
黑方魔头征服者。
从前所取之财宝，
实是难以来计数。
今年轮到森布宫，
降伏此地是天意，
此地实乃魔王地，
屠戮无辜诸生灵，
岂能如此饶过你？

不知善恶之妖魔，

不计因果之妖魔，
今遇岭国必定败，
一会便能见分晓。
右手所持之神索，
实乃九曲神仙索，
格萨尔王所加持，
实乃上方神明赐。
今日将索抛向你，
你虽非狗似狗拴，
你虽非鸟似鸟擒，
你虽非鱼用钩抓。
你之性命今日休，
是否如此细细想。

听懂就要留耳中，
不懂歌亦无二遍。

唱完歌，霞嘎丹巴便抛出神索，铁钩勾住了姜母玉珠的右肩。姜母玉珠反应迅疾，将黑色魔索向霞嘎丹巴抛出，霞嘎丹巴腰间亦被勾住。随即二人互相拉扯，但因霞嘎丹巴占了先手，将姜母玉珠拖下马来。霞嘎丹巴的副将多杰仁钦扎巴朝他连抛三块羊肚儿大小的人猿肋石，姜母玉珠口中登时鲜血迸流。随即岭国三员将军将姜母玉珠里三层、外三层地捆了个结实后，绑回了大食军营。

十一

在岭军营帐门口，立了四根六岁孩童般高的橛子，将姜母玉珠绑在上面。森布大臣伦纳粗斜见状，心中不忍，骑着乌禽马，须臾之间来到大食营帐之外，左冲右突杀了三十余名大食士兵 。达伦多杰仁钦扎巴挡住他的去路，伦纳粗斜在马上用长手擎着天，发出震天般响的咂颚声，唱了一支青龙怒吼的歌：

唵嘛呢叭咪吽！
阿鲁塔鲁塔鲁歌，
塔鲁迅疾魔之曲，
不变食肉父祖音。

礼敬魔神敬请知，
敬请嘎热大神知，
中请多吉年神知，
下请黑色地印知。
风马岩石之右近，
马头大小宗堡里，
森布食肉饮血魔，
三九森布诸神知。

如若不识此地方，
是那森布狼穴沟，
圆形山坡之下方，
六道红林之原野，
实乃森布北宗门。

如若不识我辈人，
我乃五万兵首领，
伦纳粗斜是吾名。
大地狂风谁能追？
天降大雨谁能阻？
天上青龙岂会老？
伦纳粗斜谁能敌？
我乃出征军首领，
我乃回撤殿后将，
即使阎罗亦要斩。
在我森布之腹地，
如我猛将二十五，
都有万夫不当勇。

就在昨日之清晨，

宗堡之下布满兵，
杀喊之声震天响。
驴子想要逞威时，
骏马怎能不疾驰？
你等岭国无耻儿，
今日欺上我宫门，
伦纳粗斜极气愤。

你这白衣白马人，
自忖勇猛来抵挡，
一入此间无处逃。
若是你再不安分，
我之铁钩自无情。
岭国马儿展蹄力，
若不抓紧你缰绳，
小心四足全失陷。
黑风马儿快快跑，
挥起手中森布刀，
去报杀我同胞仇，
去解毁我宫门恨，
今日伦纳便要报。

听懂你就留耳中，

不懂歌亦无二遍。

等伦纳粗斜唱完片刻之后，多杰仁钦扎巴方说道："男儿之间的争斗，既要等来也要说。煮牦牛肉吃时，要等它熟来等它凉。你且不要心慌，且听我唱一曲。"多杰仁钦扎巴说完，便唱道：

唵嘛呢呗咪吽！

阿拉塔拉塔拉歌。

上请梵天大神知，

中请念青古拉知，

下请宝顶龙王知。

还请威玛战神众，

护佑辅弼勿要小，

平时勤勤敬神明，

关键时刻请护佑！

如若不识此地方，

羌域六道深林地，

实乃钢铁宗北门。

你且自看真奇绝，

满山满谷死人尸，

均是森布之兵将。

不念因果为其一，

不知善恶为其二，
今日自己尝苦果。
岭国虽然戒罪孽，
斩杀恶人不得已，
从前斩杀有千万，
今后还将斩千万！
直至妖魔皆尽除！

如若不识我辈人，
在那大食青色原，
实乃六畜兴旺地，
水中所流皆乳汁，
黑白两畜极兴旺，
财宝自是无穷竭。
我乃大食国之将，
多杰扎巴是吾名，
我乃降伏妖魔人，
霞嘎丹巴之副将，
我乃斩杀宿敌者。
格萨尔王属下将，
七万大军之首领。

今年年初之时候，

已将警钟敲森布，

你等冥顽不灵故，

如今尸首遍山野。

在此之前之时日，

从那天上之小鸟，

到那水中之鱼虫，

中间山中之野兽，

黑头人和四脚畜，

无不成为森布食，

饿鬼岂有止渴时？

更是难有饱肚日。

还有比喻要来做：

黄眼之鸟猫头鹰，

白天不出夜晚出，

铁爪耀武天空上，

扰乱百鸟之心绪；

无道上师贪钱财，

难度人亦难自度，

等到堕入地狱时，

自己灵魂尚难保；

无勇无耻号英雄，
威吓之言满山岗，
真正遇到豪杰时，
自己性命实难保。
是否如此请细想。

会刮黑风森布将，
听闻你像黑风般，
在来看看有多快；
听闻武艺比青龙，
叫喊一声来听听；
听闻有着不死命，
看看是否真不死！
遇到岭国神兵马，
不似一般之兵马。
身体虽然无病灾，
吃了毒药照样死，
将那毒药当良药，
必将会把自己害。
此谚说予森布儿，
还请仔细来听好：

无耻男儿来挑战，
一生忙于纠纷中；
无耻女子四处游，
最终自将苦果食，
此番比喻是世业。

就在今日清晨里，
若是不能取你命，
多杰扎巴非吾名，
不是大食之英雄。
我手所持之宝刀，
红柄斩断三界刀，
好似屠夫手中刀，
从前斩杀已千万，
今后斩杀亦千万。

听懂你就耳中留，
不懂歌亦不解释。

多杰仁钦扎巴唱完，与伦纳粗斜俩人便开始比刀，仁钦扎巴只一刀便砍在对方的脖子上，砍下了他的头颅。伦纳粗斜无头的身体在马上晃了几晃，随即跌落下马。仁钦扎巴取了敌将首级之后，又斩杀了许多森布兵士。森布大臣陈巴尼玛心想：若不再想个办法，恐我森布军会全军覆没。于是，陈巴尼玛急忙跑到宫顶，升起了一面层云般的白色大旗。森布兵士们见主将已死，也觉得抵抗无用，纷纷弃械投降。这日天黑前，岭国众将已然攻陷森布四宗，皆欢天喜地地返回了岭军营帐。玉拉托久将哈日纳布用绳索绑在营帐大门之上。大食霞嘎丹巴、巴拉僧达等将领也将自己缴获的战利品及森布将领的头颅摆在了帐前。随后众人开始饮宴。

此时，森布老臣陈巴尼玛带着梅朵拉珍及百余仆从，将数以万计的琥珀、绿松石、珍珠等财宝带到岭国大营，献给格萨尔王。他又拿出森布国的钢铁杵、铁镜等物放在身前，朝格萨尔王拜了九拜，唱了一支歌：

唵嘛呢叭咪吽！
阿鲁可怜魔之音，
塔鲁恶业森布曲。

上请嘎热护法知，
中请玛扎如扎知，
下请哈拉老妖知。
从前实乃父系神，
今日从心来祈求，
护佑森布众黎民。

如若不识此地方，
实乃森布之国度，
我乃森布之老臣，

陈巴尼玛是吾名。

格萨尔王听我言：
在那从前时日里，
食肉饮血森布地，
无善恶来无黑白，
尽皆喜欢杀戮业。
黑色森布魔之域，
实乃黑暗之大洲，
心中所喜饮血业。
今日老朽如此想：
森布岭国之战役，
实乃黑白间战役，
如今结果是安乐。
可怜森布众君臣，
心中全部中魔障，
想与岭国做敌人，
且看今日之后果，
白日梦般随风散。
可怜森布之黎民，
如今便像是孤儿，

无边森布之原野，
变成阎罗之血泊，
无法躲藏早已定。

岭国之王格萨尔，
实乃在世之佛陀，
慈悲宽广似天空，
法术高强无人敌。
森岭还未起衅前，
不是未进劝谏言，
怎奈国王莽如牛，
好胜之心迷他眼。
今日之后年月里，
可怜余下森布民，
均要投降于岭国。
岭国同我森布国，
从前水火不相容，
水乳交融今日愿。
森布可怜黎民众，
可喜得遇格萨尔，
从今礼敬三宝佛，

心中谨念格萨尔。

森布国中诸财宝，

献于岭国众勇士。

听懂君臣记心间，

不懂歌亦无二遍。

格萨尔王闻言老臣陈巴尼玛所唱之歌后心想：即使是森布恶魔也有皈依佛法的一天。从前，别说念一句经文了，心智被五毒遮蔽的森布魔们，六道众生都是他们所食血肉的来源。每杀了一人，取了一命，就心生欢喜。不念善恶，真是造了许多孽。格萨尔王思及此，不禁落下了两行泪。总管王戎擦查根说道："你陈巴尼玛原就是个心向佛法的人，对格萨尔王更是极为钦慕。今日又率众投诚，以前的事情就既往不咎。你就带着众王妃公主，驻在森布宫，切勿生反叛之心。"

哈日纳布因对那异端邪教极其虔诚，是故不愿在格萨尔王前下跪，翻着白眼，发出咂颚之声。丹玛心中不快，说道："哈日纳布，再世佛陀在你眼前，你不说礼敬虔诚，还在这儿耀武扬威。格萨尔王乃六道众生的父母，三圣怙主的化身。你自当痛改前非，倾心向佛。若再执迷不悔，小心你的性命像那烛火被风吹灭。"哈日纳布说道："与其投降于他恶母之子觉如，还不如一天死上他九回。"哈日纳布说完，便唱道：

唵嘛呢叭咪吽！

黑色呼钦魔之音，

呼琼外道苯教语，

嗜肉饮血本命主，

今日护佑莫要小。
嘎热护法大将军，
速来享用血肉宴，
请将恶贼觉如降。

如若不识此地方，
本乡实乃一宝地，
亦是饿鬼之故土。
金鱼安闲游水中，
鳄鱼蛮横来搅扰；
田野五谷将成熟，
乌云霜雹来摧残；
弱小安居在故土，
安分享用自家财，
无奈盗匪来洗劫，
将那财物强行夺，
杀戮无辜亲近人。

国王王后及大臣，
祖时父时和现在，
自居自地无争吵，

本来争吵就无因。
你喜天界居天界，
我喜魔界居魔界。
鱼虾自居大海中，
与你老蛙有何干？
鹰鹫筑巢悬崖边，
与你乌鸦有何干？
骏马食草原野上，
与你毛驴有何干？
雪山雄狮占己地，
与你犬儿有何干？

此地实乃魔之地，
诸位神佛无需喜，
你虽来自神佛地，
无需将我当仇敌。
各自居住各自地，
抢夺他地无必要。
世界形成历史中，
岩石自在山之顶，
滩石自在水之底，

各自有那居住地，
无事怎能相欺侮？

如若不识我辈人，
在那前世之时候，
天竺地方之边界，
查隆雅玛山洞中，
曾立红帽古如法，
修习噶当善之法，
心净亦能持戒律，
所食实乃三净食。
忽有一日灾祸至，
佛殿当中顶梁柱，
被那火焰全烧毁，
最后罪责推于我。
措钦殿上之住持，
说要重重责罚我，
将我双眼用手挖。
死前我便下诅咒，
咒那佛业受阻滞，
咒那僧侣全死去，

咒那众生不安宁。
咒完我便殒性命，
之后投胎森布国。
修习魔神之巫术，
夺取敌命之根本，
诱骗敌人之根本。
黑色大鹏之头颅，
乃为修炼妖幻术，
黑色药丸共九颗，
服下长生金刚身，
法术谁堪我敌手？
哈日之名众皆传。

恶母贼子觉如儿，
有何武艺和法术？
号称善方之护法，
善业佛法我最嫌，
一见黄毛之僧侣，
心里就像被刺扎；
一见身穿袈裟者，
就像看见血腥物。

你这善方觉如贼，
法衣之下藏毒箭，
僧帽之下是铁盔，
手中握着毒舌箭，
花花心肠诓人心。
似你哪是得道师，
我看实是大屠夫。
你说森布是魔国，
你从遥远岭国来，
带着岭国十万兵，
路遇之人皆杀戮，
难道此端非罪孽？
我看魔王正是你，
恶业全由觉如造，
今日祸事来找你，
我看自是恶业罩。
觉如之福自会减，
英雄之运自会衰，
三十狐子乃屠夫，
玛域实乃盗匪乡，
一生所转他人地，

毕生所抢他人财。

古时藏人谚有云：
蛮横刀锋抢财物，
还将恶语说失主；
无道上师骗钱财，
还说能将魂灵度；
无法官长收钱财，
装作要讲严明法。
今日晨间之时候，
鸟儿被拴怎能飞？
脚有锁链怎能走？
觉如身上三兵绕，
哈日今为阶下囚，
言语已然有尊卑，
若非如此可比试。
今日小命落你手，
要杀要剐请随意，
若要让我降觉如，
不如再去死九次。

哈日纳布唱完，眼睛里滴出血来，咬牙切齿，心中念着嘎热护法和玛扎如扎，一时间魔神附体后，魔力大增，挣脱了绳索。岭国的达奔上师将手中的念珠抛向空中，待上方神明、中界年神、下方龙神等神力聚齐后，将念珠放在哈日纳布头上说道：“你这冥顽不灵的恶魔、佛法的宿敌，你若是心中再不念格萨尔王，定让你灰飞烟灭！”达奔上师说完便唱道：

唵嘛呢叭咪吽！
阿拉天上神明知，
塔拉中界年神知，
歌头请那龙界引。

拉鲁年神诸界神，
实乃岭国父系神，
重要时刻定护佑。

如若不识此地方，
实乃九种恐怖地，
黑色魔宫之右邻，
实乃鲜血横流地，
实乃魂魄飞散地，
实乃尸横遍野地，
实乃恶魔之故土。
岭国神兵至此地，
好似光明照此地，

有些引其向佛法，
有些度他能解脱，
有些就需取其命。
哈日纳布瞎眼贼，
勿要分心听我言，
巫术神力一施出，
即使妖法有多强，
你是肯定无处躲。

如若不识我辈人，
日夜均在禅定中，
精深佛法心中记，
实乃空性慈悲心。
清晨所杀诸生灵，
夜晚即可度乐土。
森布征战虽极多，
留在中阴无一人，
未有一人堕地狱。
格萨尔王为其一，
吉美上师为其二，
达奔上师为其三，

禅定法师为其四，
均是天界下凡来。

哈日自忖道行深，
上师道行更加深；
哈日若是想飞天，
上师本有飞天翼，
自在飞翔天地间；
你之上师能飞天，
岭师自有风之术，
格萨尔王似狂风；
你之上师入层云，
岭国上师自青龙，
刺破层云不消说；
你之上师入水中，
岭国本就是龙宫，
岭国上师似金鱼，
你便想逃无处逃。
黑魔所施幻化术，
佛陀法身幻化术，
虽然都是幻化法，

所为事情有不同。

岭国君王格萨尔，
梵天大神之神子，
下得凡来诛恶魔，
若是不能诛杀你，
如何降伏十八宗？
森布妖魔及非人，
一个不留全收伏，
三十三天宫殿上，
已经领下神旨意，
四万八千乐土上，
幻化之术悉数备。
骑上白鼻风翼马，
一天即能转世间。
今日沦为阶下囚，
还不祈求能多福。
你所造下恶业多，
将堕恶道五百回。
你若还是不悔悟，
小心魂魄无归处。

铁轮自在空中转，
头顶不能对天空，
身亦不能飞天上，
于是只能求菩萨。
中阴之地极狭窄，
生死之间之界限，
每过一日渐狭窄，
如若想要脱中阴，
便要心中念诸神，
能助你免堕地狱。

若说极乐之净土，
日夜彩虹皆升起，
能兴善业持慧智，
须得祈求生此地。
东方普陀之仙境，
实乃观音之道场，
能生此地是至乐。
无量寿佛之道场，
红黄之光照法身，
遍地俱是花草原。

岭国诺布占堆王，

南瞻部洲之支柱，

莲花大师之门生，

迅疾念出吽啪声，

能将你引极乐土，

吽吽吽和啪啪啪。

达奔上师一曲唱毕，岭国身怀巫咒之术，能预知未来的菩提上师们一同作法，捣毁了哈日纳布魂魄，但也仍未断气，身体还在动弹。于是，格萨尔王及上师们迅速用巫咒之术，结果了哈日纳布的性命。

过了七日，格萨尔王觉得森布所有君臣已然被消灭干净，于是便传令森布上中下三部所有余下的民众三日之内到开满吉祥雍仲花朵的园子里聚齐。令旨中还言明，现今所有的森布魔王及魔臣已死，森布国的属民们从此也需要心向佛法。三日后，森布国的民众身着各种动物的皮毛，或骑马，或步行，聚齐在了吉祥雍仲园。因森布国的民众从前俱喜欢食肉饮血，所以周身散发出血肉的恶臭，使拉鲁年神都睁不开眼。

此时，在五彩祥云上响起鼓铃声，传出法号声，下起了花瓣雨，青龙在左右盘旋。只见莲花生大师端坐其间，周身散发红黄之光，长长的发辫垂在身后。左手持一笛，右手持一法器。上中下三界的神明、年神、龙神、威玛战神、空行母等聚齐在他的周围。格萨尔王也金刚跏趺端坐在空中。随即，莲花生大士将如何使森布变作佛域的旨意，用神韵六颤曲的曲调唱道：

唵嘛呢叭咪吽！

阿拉自那空中唱，

无阿佛法无意义，

无吽佛法无源流。

白色阿声神明现，
蓝色嗡声龙宫现，
红色释声乐土现。
敬请诸位上师知，
法身无量光之佛，
报身大悲菩萨知，
化身实乃莲花生，
黄帽红帽花帽知，
拱卫佛法上师知，
本尊金刚忿怒知，
佛陀胜乐黑如噶。
在那至乐净土上，
礼敬观世音菩萨，
佛法教言转轮里，
上师当巴桑杰知。

藏地三尊护法神，
实乃拱卫佛法者，
实乃降伏强敌者，

实乃拨开云雾者，

实乃指引路途者。

森布地方魔之邦，

心智全被魔障迷。

若说投胎之好坏，

全看祈福之多寡，

还看生辰之时日。

若说福运高与低，

实乃前生早注定。

要说善业和恶业，

还看本生菩提心，

若然能够诚心悔，

便能播下善业种。

天明之时勤礼拜，

天黑之时勤诵经，

将那因果记在心。

若说礼敬神明时，

自身持戒须严明，

心中若是不怜惜，

所有施舍皆功德。

若是昏睡如猪般，

身上自是染恶臭，
哪里再能得解脱？
财富好似草上露，
早间虽有晚即无，
再看世间之草木，
夏季生来冬季枯，
貌美如花又如何？
早年有来晚年败，
诸事皆是无常事。
若是慈心向佛法，
善果自会在来生；
若是此生多功德，
来世投胎必人间。

是否明白众森布？
我说呗扎格如咒，
念经须从嗡啊声，
重要好似人之眼，
若是无眼不明理。
口中一同诵佛法，
祈望早日至净土。

就在早前之时候，
曾经寻衅白岭国，
阻挡佛法之传扬，
喜做杀戮之恶业，
如今自身食恶果。
诸事传遍神之界，
浓雾笼罩上方界，
亦传年界及龙宫。
若要消除诸罪孽，
大水之上修桥梁，
高山之上挂经幡，
三岔路口建佛塔，
山腰之间筑山洞。
若能做到上述事，
跛子也能快快走，
聋子也能用耳听，
瞎子也能用眼看。
想要如此须立誓，
并非立誓不吃肉，
而是随意不杀生。

森布众人听我言，
此前所作皆恶业，
自从今日之后起，
南瞻部洲无仇敌，
祈望森布得安乐，
祈望佛法久传扬。
你等森布之子民，
恩深岭国之君臣，
将你魔域变佛邦，
祈望岭将无罪孽，
祈望森布仍富足，
唵嘛呢叭咪吽！

莲花生大师唱完，空中又响起隆隆鼓声及美妙的乐曲，拉鲁年神恭送莲花生大师消失在云端。岭国君臣们均双手合十开始祈福，并在森布的山顶上煨桑，做起了隆重的法事，还山腰上建了供修行人住的洞窟，山下建了佛塔，水上也架起了金桥。

如此七日之间，岭国众人广兴佛业，森布老少均从格萨尔王处得到了祈福及福力。又依照老臣陈巴尼玛的请求，岭国的格萨尔王将祈福的众多经文传给了森布国的男女老少，使得森布国中被恶孽遮蔽住双眼和双耳的瞎子和聋子们，重新看到以及听到了这个大乐世界。三日里，众人载歌载舞，欢歌笑语回荡在森布国上空。

一日，岭国的叔父兄弟们聚齐在格萨尔王的见者解脱神帐中。右首坐着以陈巴尼玛为首的森布国臣子。格萨尔王被岭国众将围住，森布国属民们再围在外圈。金灿灿的宝座上，格萨尔王将取得的森布国宝藏分配事宜及如何治理森布国民众的计划，用神韵六颤曲的曲调唱道：

嗡嘛呢叭咪吽！
阿拉塔拉塔拉歌，
阿拉自那空性唱，
塔拉指引解脱曲。

三十三天宫殿里，
不变银色之发髻，
右手琉璃之宝剑，
左手拿着聚宝盆，
双足踩住世上魔，
双眼观看藏家地，
周围十万神兵绕。
敬请梵天大神知，
在那高高山脉上，
右手持一金色枪，
左手纛旗在飞扬，
周围十万年兵围，
双眼请观岭国地，
敬请念青格佐知。

在那大海龙宫中，
不变蓝色之头巾，
财宝取用不会竭，
今日请来援助我。

如若不识此地方，
森布黑暗之大洲。
我所祈福第一事，
祈望世间变佛域。

如若不识我辈人，
前生三十三天上，
梵天大神之神子，
智美推噶是其名。
从前我在仙界时，
莲生大师有神谕，
说要让我下凡间，
如此投胎至岭国。
就在行年十三时，
赛马登位做岭王；
到得行年十五时，

一箭射死鲁赞王；
二十五岁年纪时，
征服霍尔白帐王；
三十七岁年纪时，
毒酒鸩死萨当王；
四十九岁之年纪，
杀死门隅辛赤王；
今年来到森布国，
降伏魔头森布王。
森布国中之宝藏，
通通留在森布国，
南瞻部洲诸山神，
亦要各个去供奉。
从此森布行佛法，
播撒善业之种子，
森布国中众属民，
从此山顶挂经幡，
山腰处要修佛塔，
大水之上修金桥，
从此广兴佛法业。

森布老臣听我言：
你是自小在森布，
究竟宝藏在何处？
其间守卫有几何？
森布肉宗之财宝，
并非岭国想要夺，
实乃世间所共有。
森布所传八样宝，
以及山神之灵塔，
森布霹雳九层甲，
森布自生霹雳盔，
上述之物在何处？
勿要隐瞒须实说，
还有森布众属民，
狱中三个扎巴魔，
若是诚心来投降，
或可慈悲免其罪，
还能衣食保无忧。
若是执迷仍不悔，
便要带他回岭国，
如何处置再思量。

岭国几位噶伦臣，

速速去到牢狱中，

去问究竟意如何。

还有梅朵拉珍女，

曾经幻术几威风，

还须取得宝藏匙。

格萨尔王唱完，便让手下将梅朵拉珍唤进帐来。梅朵拉珍进入帐内，在格萨尔王面前，双手合十，拜了三拜，随即将一条哈达及开启森布宝藏不可或缺的几样物品敬献在格萨尔王座前，唱道：

唵嘛呢叭咪吽！

上座君王敬请知，

三声阿后唱支歌。

空中听闻龙吼声，

必是落雨之征兆；

天上光灿之太阳，

温暖大地之根本；

威猛无敌格萨尔，

解救众生之父母。

上请父系神明知，

嘎热护法玛扎知，

黑色哈拉热霍曜，

实乃父母命运神，
今日还请共唱曲。

如若不识此地方，
六道白色森布原，
实乃森布宫殿角，
如今岭将汇聚地。
森布可知如今福，
人生在世福不止，
身死哪还有福气？
若无佛法福日衰。
小女命中所注定，
父亲被那罗睺遮，
母亲似月落地上，
而我流落戈壁滩，
像是乞儿游世间，
不信佛法无人度，
无主牲畜谁人理？
此谚便是小女子。
肚饥只能饮水饱，
身寒只能靠岩石，

伤心亦是无处诉。
如今岭国恩情深，
慈悲之心度大地，
仿似红日格萨尔，
照化高山之雪水，
拨开云雾见天日。

要说宝藏在何处，
翻过森布三山后，
在那雪山山脚下，
白岩之上流乳汁，
日夜光芒夺人眼。
东边金门洞开处，
实乃嘎热大神宫，
宫中所藏之宝物，
金铸佛像似小儿，
松石缀满双牛角。
琉璃珍宝无计数，
珍珠制成之大盆，
还有霹雳九结杵，
热霍杰布在守护。

但是森布土地上，
一是山神善妒忌，
二是道路多险阻，
凡人真是难通过。
只要通过金色门，
绫罗以及六牲畜，
应有尽有尽可取，
守护之人一女子，
阿雅宗丹是她名。
岭王犹如我父母，
所说句句肺腑言，
没有一句隐瞒语。

听懂还请留耳中，
若有冒犯乞恕罪，
君臣还请记心间。

听完梅朵拉珍所唱之歌，格萨尔王觉得梅朵拉珍所说的话就像是水里的石头一般，当是说出了心里的实话，于是道："既是这样，你明日天明时分，就带着我们前往宝藏之地！"随即，格萨尔王又赏赐给梅朵拉珍许多食物、绸缎及有殊胜成就的护身符。三日后，岭国众将聚齐，格萨尔王提出要寻找森布宝藏，并将派兵遣将的内容用威震八方的曲调唱道：

嗡嘛呢叭咪吽！

阿拉塔拉塔拉歌，
塔拉是歌之唱法。

乐曲法性空中唱，
礼敬上方三宝佛。
在那净土宫殿里，
礼敬上方度母神。

如若不识此地方，
实乃森布之故土，
妖魔兴风作浪地，
泰让杀戮人命地，
森布黑暗之大洲，
不分善恶及因果。
就在今年之时日，
一为上天之神谕，
二为岭国之福祉，
三为前世早注定，
森布国度满兵戈。
森布君臣福衰日，
森布属民向佛法，

口中诵念六字言，
在那高山挂经幡，
在那山脚修佛塔，
众皆跪拜释迦佛。

如若不识我辈人，
射箭要射魔之面，
骑马也知山之险，
所说之话有轻重，
所施之法有福力，
此乃前世早注定。
岭国众人可知福，
凡世之间早已定，
有人喜来有人忧，
此乃人生之常数，
无法忧上更加忧。
梅朵拉珍是一苦，
岭国死去之将领，
说来也是苦中苦。
上师实乃度众生，
度得众生脱地狱；

长官实乃执律法，
执法严明须公正；
勇士乃要上战场，
首先保护自己命。
今日森布变佛域，
世间一件大事成。
森布矿门一开启，
首先礼敬上方神，
其次礼敬诸年神，
最后礼敬诸龙神。

勿停明日天明时，
天上之星暗自合，
吉日时辰也相合。
在那嘎雅山之下，
有那自生之乳水，
生有各种草木花，
好似大乐之净土，
此地便有宝藏门，
所需尽可取岭国，
亦要留存在森布，

如若贪婪全取尽，
实乃盗匪之所为，
切莫如此岭国子。
打开宝藏之大门，
财宝属于世间人，
此乃本王之初衷。
岭国三十位勇士，
以及岭国七贤人，
还有鹞雕狼三将，
各自从你本部中，
挑选一将十兵士，
共同礼敬上方神，
并将魔方威风堕。

听懂众臣记心间，
不懂就请抛脑后。

一听到格萨尔王的旨意，大将们立即各自从本部中挑选了十名兵士，派往寻宝队伍中。次日天明时分，陈巴尼玛和梅朵拉珍带着二十名兵士作为向导，先行出发。随后，格萨尔王和总管戎擦查根在众多部众的簇拥下，如潮水般涌向森布国深处。森布国深处繁花似锦，在层层薄雾之中，有蓝白两色的清泉。白色清泉旁有一个如马般大小的石头，格萨尔王将马拴在了石头上，说道："陈巴尼玛和梅朵拉珍，就在这白色岩石脚下，先行供奉森布国的山神们。”二人遂在山脚下搭了一顶黑色的帐篷，里面放好黑猪黑狗等九样黑色的供品，并献上蛇、骆驼、猪狗等动物的血，之后将血肉骨头等物往岩石上一泼，登时恶臭遍野。老臣陈巴尼玛将手中的钢铁橛往岩石上敲了三下，唱了一支祈求岩石开启的歌：

喃嘛呢叭咪吽！
阿拉塔拉塔拉歌，
塔拉是歌之唱法，
阿拉来引歌之头。

敬请上方神明知，
唱曲在那空中唱。
天空上面之路途，
黑色九层之宫殿，
从那钢铁向阳窗，
黑猪旗帜之下方，
嘎热护法战之神，
速速为我开岩门。
狂风刮过之宝殿，
烟雾迷蒙罩其间，
焚烧羊油之地方，
玛扎如扎森布神，
今日请将岩门启。

大地石山山洞里，

红色宫殿牦牛角，

黑色牛皮之毡房，

敬请地印大神知，

今日请将岩门启。

父王森布魔之王，

如今派上用场时。

岭敌已然到我土，

一请消灭佛陀法，

二请夺那众僧福，

三请诛杀岭国军，

三样均是紧要事。

黑色九结金刚石，

自能造出黑色像。

好似霹雳般男儿，

自是钢铁般将军。

今日便是灭岭时，

请那神明速开门。

今日若是不开门，

我这森布之地方，

怕是难敌岭国军；
森布国中众黎民，
怕是难有安宁日。
在这紧要之关头，
护佑勿小森布神。
黑方之法比天高，
九样红色之供奉，
九种肉食来供奉，
九种黑皮来供奉，
此乃礼敬上方物，
请将敌人全消灭。
请将矿门速打开，
将那福矿置我手，
余者留待日后用。

咯咯咯和嗦嗦嗦，
咯嗦之声唤神明，
黑色食肉之魔神，
还请英勇来现身；
黑色饮血之魔神，
还请伴着狂风来；

此间山神土地神，
今日还请到此地，
还请助我开矿门。
金色铁制之钥匙，
银色门上之门环，
东边之门东边开，
西边之门西边开，
南边之门南边开，
北边之门北边开。
若是矿门不开启，
森布君后及大臣，
怕是便到危亡时，
还请护佑不要小。

听懂还请记在心，
不懂歌亦无二遍。

陈巴尼玛唱了几句之后，从东西南北四个方向的岩层间各掉出了由白螺、珊瑚、松石、珍珠制成的四把钥匙。格萨尔王、总管王戎擦查根、叔父超同、色巴尼奔达雅四人各捡起一把钥匙往岩石上敲了三下，岩石四面便都开出了一道门。等岭国君臣们进了门，只见守卫宝藏的赞玛萨热多丹被许多鲁堆、赞堆及红百花三色的泰让围绕。放哨的赞堆见来人并不像是森布国的人，于是举起霹雳刀，唱了一支歌：

唵嘛呢叭咪吽！
一敬单脚之黑鸟，
二敬嘎热护法将，
三敬玛扎如扎神，
黑色魔神请护佑，
请将敌人全诛灭！

如若不识此地方，
实乃森姆岩石宗，
右边石山神仙宗，
左边玛扎如扎宗，
后面哈拉热霍宗。
森布财宝之宗堡，
天空虽宽山顶高，
大地虽窄山上宽，
实乃森布繁衍地。
宗堡全是鲜血满，
骨肉满山并满谷，
实乃九头森布宫。
花马花狗花色人，
实乃赞神生魂记。

花猪花蛇花狐狸，
黑方诸魔魂安处。

一为白色乳宝藏，
二为白色乳汁水，
三为湖海乳汁色，
三样均是神之水，
天印大神之神水。
沿着乳水寻上来，
便是森布宝藏门，
金色花纹之大门，
嘎热大神宝藏门，
还是打消开门念；
东门白螺柱石者，
天印大神宝藏门，
还是打消开门念；
西边珊瑚巴扎门，
达玛泰让宝藏门，
还是打消开门念；
南边松石之大门，
巴泰查瓦宝藏门，

切勿轻易去开启。
巴泰查瓦极迅猛，
狂风俱是自己生。
黑白花等三泰让，
实乃森布之化身，
解救一世父系神，
实乃此地之主人，
亦是宝藏之主人。
江河下流森姆占，
三尖岩石森姆占，
草甸之山森姆占，
切勿前来此三地。

今到此地之客人，
究竟是从神界来？
还是人间何国度？
或是龙界何处来？
我等赞堆及泰让，
以及土地及山神，
一直以来守此地。
你这蛮横披盔甲，

来到此地为何事？
赞堆秉性似狂风，
火烧性命不曾少；
鲁堆秉性似大水，
河流奔腾势迅猛，
带走性命不曾少。
你来此地不善也，
还有你这黄马人，
你是有形或无形？
长相不似森布人，
头上铁盔几坚固，
蓝色自生钢铁盔，
心口三角护心镜，
射出彩虹般光芒。
上身白色金刚甲，
戴着岩石腰箍带，
下身绸缎之袍子，
好似能将世界遮。
黑铁两刃之宝刀，
乃有自生金刀柄，
扁长银色之箭矢，

乃有松石般翎羽。

金色毒蛇绕套索，

能将三界全部拴。

你等奇怪之客人，

快将实言速速说，

此处宝藏守卫多，

赞堆乃有风之翼，

若飞空中满翼声，

一挥能将岩石碎。

听懂就要留耳中，

不懂歌亦不解释。

听完赞堆所唱此歌，格萨尔王便在心中观想大悲菩萨、金刚手菩萨及文殊菩萨，随即空中出现了诸多空行母及威玛战神。赞堆见此情景，暗自思忖：这到底是从天上掉下来的，还是从地底钻出来的，或者是从岩石里蹦出来的？这世上哪还有比我厉害的山神土地，今日真是太过奇怪了。于是，赞堆眼珠骨碌碌地盯着格萨尔王看。格萨尔王取出缀满宝物的幻化三界白色神索，往天上一抛，说道："不管你是山神土地，还是赞堆鲁堆，若不听命于我，我便将你的翅膀和利爪全部齐齐斩断。"格萨尔王说罢，用金刚化身将伏服鲁堆及赞堆的歌用金刚道歌的曲调唱道：

唵嘛呢呗咪吽！

阿拉从那空中唱，

祈望成就法之身，

三声塔拉原上唱，

敬请三圣怙主知。

三十三天宫殿中，

敬请梵天大神知，

不变银色之发髻，

右手持着琉璃剑，

左手拿着聚宝盆，

身后金色之糠秕，

枪旗箭旗一簇簇，

白缎衣衫几华美，

黑铁寒光粼粼闪，

今日请做吾之友！

高高宽广天空中，

高山南杰宫殿里，

头顶金色之发髻，

身着金色之袈裟，

右手宝剑左手斧，

左边天杖右头骨，

身边十万色巴围，

念青古拉格佐知，
今日请做吾之友！
还请打开宝藏门，
双眼请观藏家土。
大海深处之龙宫，
波涛汹涌浪花声，
鱼儿水中畅快游，
头顶蓝色之发髻，
右手甘露聚宝瓶，
左手帝释青之宝，
身边十万龙兵围，
宝顶龙王敬请知，
今日请做吾之友！
在那汉地五台山，
慧识五佛齐聚集，
释迦佛祖真传子，
祈愿护佑藏家地，
还请来做众生友！
在那玛隆无量宫，
玛杰奔热守护神，
百位念青中居首，

上身哈达空中飘，
白甲箭旗琉璃镜，
身边十万战神围，
白甲白马风翼者，
今日请做吾之友！
朵康四水六岗地，
新旧噶当诸上师，
智慧之眼看此地。
永宁地母十二尊，
快来此地似疾风。
上部阿里三围里，
善方诸神有千万，
无可计数似雨下，
今日请将妖魔灭，
今日还请做吾友！

如若不识此地方，
黑色森布之地方，
白岩大鹏之宗堡，
白色好似狮挺立，
红岩鸥鸮父祖宗。

森布森姆之故乡，
食肉饮血富裕地，
实乃骨肉天之宗，
鲜血像那江河流，
人肉骨头堆成山，
人肉腐烂传恶臭，
欺凌弱小是常事，
自忖威猛欺弱小。
互相噬肉之恶性，
除却此方何处有？
父母之恩不图报，
长成还要吃父母，
此地实乃如斯地。

如若不识我辈人，
从那上方神仙界，
梵天大神之神子，
智美推噶是吾名。
一有佛陀之旨意，
二有莲花生法力，
三有释迦之佛法，

每当妖魔祸人间，
为了诛灭世间魔，
于是投胎来凡间。
一生四处与敌战，
早将他乡作故乡，
与人交多秉性改，
算计他人失己财，
灭完外敌内敌起。
在那从前时日里，
自从身携三兵起，
心无一刻是安乐，
夜晚枕在石上睡，
再将大地席身下，
饥渴均有河水解，
心中所念是神明，
只有骏马与我伴。
眼之所见昴宿星，
祈佑之心寄日月，
礼敬上天祈护佑，
舍弃自己为他人，
所想皆为世太平。

从无一刻可安闲，
从无一日心安乐，
悲苦变成心常态。
有时战胜魔王时，
自忖无敌心自满；
有时臣子死敌手，
心中又会生悔意；
有时军队损失重，
想到地狱心灰暗。
此心哪有安乐时？
此身哪有安逸时？
冷时心中念炉火，
饿时禅定解饿意，
无路之时念虹路，
不敌之时念空性。

格萨所做到头来，
就像沙子盖房屋，
一边砌时一边倒，
还有何事比此难？
心生悔意有何用？

今日红岩森隆地，
黑方魔神全聚齐，
有的卷起狂风来，
有的烧起大火来，
有的降下雷电来，
有的吹起黄沙来。
在这森布之故土，
诸般恶业全聚齐，
若有神明启黎明，
若有龙王助岭国，
若是不能灭我敌，
拉鲁年神亦我敌。
诸天拉鲁年之神，
勿要分心速至此，
将那魔国守门人，
勿放半步速速擒。
一将身体捆如球，
二将心中怨念熄，
三将魔子投狱中，
如若不然非格萨。

你这红色鲁赞魔，
真是如斯之蛮横，
你虽自忖能比我，
你我之间无法比。
若说其中之因由：
修法上师入禅定，
将那恶魔全诛灭；
法王手中之明镜，
无处遁逃全不同。
有人用财做善事，
有人吝啬全积蓄，
你说二者可相同？
雪山之巅红日光，
同那屋中炉火光，
虽有相似实不同；
狮子头上之银鬃，
和那小犬之杂毛，
看来相似实不同；
斑斓猛虎之花纹，
同那狐狸之纹路，
看来相似实不同。

乞儿日食重负担，

富儿家中万贯财，

你说怎可相比拟？

上师慈悲之心灵，

同那虚假道学者，

你说怎可相比拟？

故此你我不能比，

若说其中之根本：

我有威玛战神佑，

还有上方拉鲁神[1]，

念青格佐护佑我，

红岩宝藏门自开，

宝藏之主便是我。

若说为何出此言，

在那从前之时日，

释迦佛陀出生前，

卧松佛祖之时候，

每地均有一宝藏，

一山均有一矿门，

一泉便有一龙门，

1 鲁神：在通常情况下，“鲁神”指“龙神”。

实乃上天早注定。

自能遍布大地上，

自能被天全遮蔽，

自有大地来承载。

释迦佛陀之旨意，

本尊神明之神器，

护法诸神之誓词，

今日已到显灵时。

黑方恶业魔之子，

今日便要全诛灭，

若想活命速速降。

抬眼去看神之界，

上方神界无路遁；

再看空中年之界，

中方年界无路遁；

往下看那龙之界，

下方龙界无处遁。

即使想逃无处遁，

若是再行不义事，

将你骨肉灵塔毁，

将你心中烛火熄。

我乃桑钦格萨尔，
我乃佛陀之护法，
我乃妖魔之克星，
我乃众生之救星，
如此威猛便是我。
勿要妄动速投降，
矿主财富及成就，
速速献于我之前。

听懂赞堆记心间，
不懂歌亦不解释。

赞堆闻听格萨尔王唱完，看着满天神佛及威玛战神、年神龙神，一时失了神。岭国诸神诸将的宝剑及神索等兵器将黑方的神明们打得如被霜摧毁的稻田，像是被鹞鹰追赶的小鸟一般，所有黑方魔神被困在了右边形似大鹏头颅的山下。其余守护宝藏的山神们，也一一跪在格萨尔王面前投降。格萨尔王在岩石山上转了几转，心知要想取得集南瞻部洲精华的各类宝藏，非有莲花生大师相助不可。于是，格萨尔王便进入禅定开始祈求莲花生大师显灵。他将三尖霹雳剑往森布岩宗上一扔，东方落下青铜制成的金刚手菩萨像及广目天王像，南方落下松石制成的观世音菩萨像及珊瑚制成的无量光佛像、黄金制成的释迦佛陀像。一众佛像均你争我抢地要前往藏地，转动法轮。岭国的叔父兄弟们大喜，将佛像用哈达包好放入宝盒之中，守卫们又将人皮华盖、安智尼理、七件聚福至宝、挥斩三界罗刹刀等宝物敬献在格萨尔王座前。格萨尔王道："你等将诸般宝物敬献予我虽是好意，但此地的宝物还是要归有福之人，其余人等不能染指。这些宝物既不能飞天，也不能入地，将在此地万世长存，你等众人须好好守护。”众宝藏的守卫山神均立誓要好生看守。

此后，格萨尔王及岭国大臣们来到岩石外面，东西南北四道门又全部重新合上。格萨尔王便用茶酒及浓香的桑烟等，为山中守护的赞堆鲁堆祈福。至此，森布国所有守卫宝藏的赞堆鲁堆们都虔诚地信奉了佛法，君臣们一同来到了三眼泉水处。格萨尔王对着被俘的森布魔兵们说道：“当我们到达岭国的时候，你们也要带着财宝到达岭国达塘查姆。”格萨尔王说完唱了一支颁布圣旨的歌：

唵嘛呢叭咪吽！
阿拉从那苍穹唱，
塔拉在那半空唱，
唱那无阻金刚曲。

上师三宝本尊神，
法身报身及化身，
五体投地去顶礼。
上方苍穹之宫殿，
八万四千乐土上，
三十三天宫殿中，
头顶银白之发髻，
不变白甲银光粼；
右边银箭齐在鞘，

左边银色大弯弓，
右手银白琉璃剑，
左手赞巴拉宝盆，
身边十万神兵绕。
白色衣裾随风飘，
白色华幢刺苍穹，
白色纛旗扬空中，
追风神马蹄矫健，
脚下好似野火生。
此乃白梵天王神，
实乃藏地命运神，
三十三天主位神，
八万四千之魂灵，
今日请做凡人友。

白云温暖之右边，
山脉深处之帐房，
开出花草遍山野，
层云彩虹在其上。
红云好似火焰烧，
黄云好似薄雾笼，

黄色冠帽闪金光，

头上黄色头巾系。

右边金箭在鞘中，

左边大弯金色弓，

右手金色之天杖，

左手金制之曼扎，

面前三界坛城建，

黄色纛旗刺苍穹。

念青古拉格佐神，

十万年兵身边绕，

今日请做凡人友。

蓝色江河奔流下，

流入无底之大海，

海底龙宫乐土中，

黄色金及白色银，

绿色松石及宝石，

无所不有宫殿中，

不变头顶银色髻，

右边银箭在鞘中，

左边大弯银色弓，

蓝色衣裾在飘荡，

银白纛旗扬空中，

此乃顶宝龙王神。

龙宫宝物无穷竭，

宝物成就之宝藏，

所需尽皆予藏地，

宝物依靠及根基，

藏地所需依靠处，

佛法兴盛靠此地，

财富成就之主人。

寿数福运及成就，

能让三物如雨下，

今日来做吾之友。

天竺纯净之乐土，

金刚坛城之宫殿，

不变身边彩虹绕，

不变头顶绿松石，

右手骷髅之法器，

左手曼扎之经籍，

不变头顶佛之冠，

不变身上着法衣，
身边十万比丘绕，
实乃释迦如来佛，
实乃藏地救世主，
无量慈悲菩提心，
今日请做凡人友。

净土齐天宫殿里，
敬请智慧怙主知，
敬请金刚菩萨知，
左边能够震三界，
右边能够阻敌人，
今日请做凡人友。

东方贝叶之净土，
不变银白琉璃色，
不变头颅有十一，
不变眼手有千万，
身边十万菩萨绕，
无边慈悲照大地，
菩提之心度众生，

三界六道得安乐，
今日请做凡人友。

松石遍地之乐土，
在那银白之垫上，
无量度母敬请知，
一脚在外一脚内，
身边十万度母绕，
还有千万空行母，
还有智慧空行母，
今日请做吾之友。

多吉森巴在东方，
仁钦炯乃在南方，
无量光佛在西方，
顿玉珠巴在北方，
释迦佛陀在中央，
今日请做凡人友。

藏地诸天神佛多，
无法一一呼其名。

念青唐拉为其一，
穆尼拉赞为其二，
拉杰平措为其三，
觉钦东热为其四，
麻杰奔热为其五，
汉地五台为其六，
汉地峨眉为其七，
朱拉坚赞为其八，
以及格佐年布等，
周边还有十万神，
还有大神百零八，
千万年神在中间，
亿万龙神在其下。
世界新城之诸神，
辨别黑白明镜神，
因果循环轮回神，
救与不救祈求神，
今日请做凡人友。

诸神手中求神水，
年神手中求圣品，

龙神手中求灵瑞，

将那众生之业障，

须臾之间全消解。

咯咯嗦嗦呼神明，

今日礼供煨桑烟，

桑烟气味本清香。

若说供奉桑烟理，

一为山顶之神明，

二为岩间之年神，

三为水中之龙神，

祈望福力比天高，

祈望时运日日高。

首个桑烟之供礼，

一为阳面之柏树，

二为阴面冬青子，

阴阳之间之松树，

气味清香之白蒿，

泥婆罗国藏红花，

擦瓦戎地之神树，

枝繁叶茂诸树种，

气味清香诸草药，
更兼牛奶之营养，
并有羌塘盐碱味，
万般元素均齐全。

恩深上师之头发，
诸天神佛之袈裟，
伏藏上师之神水，
今日一同供桑烟，
祈望拉鲁及年神，
能将祈愿全实现，
世间佛法久传扬，
所有业障恶气除。
如此供奉广布后，
既能涤净自己心，
还有贵贱诸生灵，
都能享得桑烟气。
就像小鸟嬉戏水，
遍及所有不遗漏。
拉鲁以及诸山神，
今日从这森布地，

将这世间珍奇宝，
部分运到藏地去，
其余还需留此地。
乡土以及水精华，
福力以及风马运，
旨意以及所发誓，
还需各自保原样。
吾国所需之珍宝，
待我格萨尔回返，
到达岭国之境时，
此间迅疾守护神，
需得送到达塘地。

听懂拉鲁记心间，
不懂歌亦无解释。

格萨尔王唱毕，岭国众将按大王的旨意安置好森布守护及被擒的妖魔后，便返回了原先与森布对敌时的营帐。岭军在斩杀了冥顽不灵的森布妖魔后，打开了宝藏之门并将森布地方的山神们封为善方的山神土地。格萨尔王在二十一天的时间里，同其他上师一同进入禅定，随即欲在森布地方广施佛法，便将岭国众将、陈巴尼玛及梅朵拉珍唤到神帐之中。

众人来到神帐，在各自的座位上坐好后，格萨尔王说道："岭国众将听着，我们已经征服了森布之地，如今便要教化森布国的男女老少心向佛法，要将六字真言、菩提心的修法及佛法的要义一一传予他们。在所有雪山和岩山上竖起经幡，山脚建好佛殿与佛塔，水上均要架起金桥。”岭国众将及森布大臣们都深以为然，如此二十一日后，佛法已然在森布大地上传播开来。

随后，岭臣将牢狱中的三个森布大臣带到格萨尔王面前。格萨尔王说道：“饶你三人性命，留在森布地方亦可。但须痛改前非，一切听从陈巴尼玛和梅朵拉珍的号令。如若不然我只要稍一施法，便可以取你等性命。”三人连连跪拜，点头答应。于是格萨尔王给森布国上下民众赐予福力及六字真言，明示佛法奥义，并赐祈福的神水等物，将其中奥秘用威震大众的曲调唱道：

唵嘛呢叭咪吽！
阿拉塔拉塔拉歌，
塔拉是歌的唱法。

唱出此曲不得已，
呼唤神明亦无奈。
敬请上方神明知，
祈望护佑不离身。
上请白梵天王知，
中请念青古拉知，
下请顶宝龙王知，
还请同来护佑吾。

如若不识此地方，

在那从前时日里，
实乃森布血肉宫，
善业恶业相混淆，
无知无觉魂癫狂，
无悲无喜森布地，
喜爱杀戮取性命，
处处业障浓雾罩。
自从岭国君臣至，
拨开森布之黑暗。
头戴黄冠之上师，
身披袈裟之僧侣，
化现虹身空行母，
实乃岭国命运神。
父神战神威玛神，
实乃岭军之护佑，
对敌征战三年多，
将那雌雄众森布，
智取强攻均降伏，
还将森布变佛域。
跛足走在平坦路，
盲眼亦能看世界，

哑巴也能开口说，
魔国真正变佛国。
我非说我恩情深，
既是佛法守护人，
将那善恶黑白辨，
妖魔尽皆被降伏。

在这黑白之分界，
往上白色之净土，
往下恶业之地狱，
抉择何处是自由？
如今上师之旨意，
一需全将恶业除，
二将恶誓全消净，
三需守住杀生戒，
需要戒除此三样。
恩深官长之教诲，
一是偷盗抢掠事，
二是山间狩猎事，
三乃水中网渔事，
休要再做三样事。

恩深双亲之教诲，
恶[1]战子孙为其一，
争强好胜为其二，
损人利己为其三，
履行不义为其四，
不听不信为其五，
不做不敢为其六，
此六双亲所不喜。
格萨尔王照此谚，
非为取暖游他乡，
非为钱财到此地，
非因避仇到边地。
我所为者天下事，
若问究竟为佛法，
若论私心为藏地。

岭国君臣及勇士，
乃从上方神界来，
出生玛域下部地，
冰凉大地席身下，

1 恶：在此做“嫌恶”之意，读音为 wù。

石头做我之枕头，
心中所想乃敌方。
今天太阳升起后，
到那夜晚日落间，
君臣日夜在奔忙，
所做皆为天下事，
敢问藏地可感恩？
无知森布众属民，
须知上师菩提心，
乃为自成佛法身，
若从处处是坦途，
衣食无忧是自然。
不许猎杀深林兽，
不许捕杀水中鱼，
天上所飞之飞鸟，
不许随意去射杀，
不许侵犯无辜地，
不许随意启战端，
此乃君王之旨意。
森布从此便安乐，
智者治理此地人，

陈巴尼玛正合适，
老臣若需商议人，
梅朵拉珍来辅助。
老臣治国之方略，
全靠女子来施行，
未来森布之国度，
财源不断赞巴拉，
食饮不断比龙宫，
享用不尽富饶地，
若是福运能不辍，
财如朝露日日有。

森布国度诸地方，
今起一年时间里，
岭国诸位将领中，
董迥达拉赤噶将，
姜地霞嘎姜察将，
各带五百之兵丁，
在这森布安定前，
驻扎边界守岭地。
其余森布驻地方，

山顶俱竖风马旗，
山腰建造佛像殿，
山下筑桥造佛塔。
为了佛法久传扬，
建造佛寺铸万像，
誓将森布变佛域。

岭国君臣听吾言，
勿待此地返故乡，
明日实乃二五日，
罗睺曜星照故乡，
正是岭军回返时。
军队回返路程中，
遇见庄户及人家，
不许恶言对乡人，
不许动手打乡人，
不许擅闯乡人家。
岭军行军路途中，
勿拿东西小至针。
岭国好似长哈达，
时时需要保洁白。

白色铁角公犏牛，

耕作黑色田土时，

需得五谷均丰登。

岭国上师格萨尔，

对待仇敌似利刃，

对待子民似棉软，

若有抗命必严惩，

不论谁人均不恕，

是否如此众君臣。

听懂众人记心间，

不懂还请抛耳后。

岭国众君臣、长中幼三系的所有战将英豪听完格萨尔王所言，皆连连称是，有道是“上师之命徒子遵，父母之命子女遵，君王之命属民遵”，众人皆立下谨遵君命的誓言。次日，便是岭军启程返乡之时，以老臣陈巴尼玛为首的森布国民从森布宫四面八方聚齐，煨起各种桑烟，供奉拉鲁年神及威玛战神。岭将以巴拉达杰僧达为首，骑着战马，绕了桑炉三圈，随即其余岭将及森布国民也绕了三圈。时至临别，梅朵拉珍从金瓶中倒出美酒，从银瓶中倒出香茶，献给桑钦格萨尔王，并唱了一支送别的歌：

唵嘛呢叭咪吽！

阿拉塔拉塔拉歌，

塔拉是歌之唱法。

敬请上方诸神知，
森布红岩枪尖山，
达惹九眼赞玛知，
敬请诸位山神知，
礼敬父母命运神，
守护神及山神知，
祈望心想事能成。

森布妖魔之地方，
自从今日向佛法，
祈望诸事能顺遂。
咯咯咯及嗦嗦嗦，
礼敬梵天大神嗦，
念青古拉格佐嗦，
龙界宝顶龙王嗦，
咯嗦之声引神明，
唤出威玛战神众，
唤出藏地命运神，
唤出唐东杰布来，
唤出上师达奔来，
唤出上师贡嘎来，

敬请莲花大师知，
祈望心与佛法同，
祈望诸事往正途。

如若不识此地方，
从前森布是魔域，
实乃食肉饮血地，
实乃你杀我喊地，
实乃不分善恶地，
实乃恶障丛生地，
实乃边鄙蛮荒地。
今日欢喜时日到，
岭国君臣如日升，
森布各地似繁星。
从那辽阔天空中，
即可共同游四洲。
山顶同是积白雪，
实乃银鬃雄狮地，
山腰自是岩石地，
牦牛在此比试角，
山脚自是草甸地，

牛羊嬉戏几欢乐。
深深大海之内里，
实乃鱼虾畅游地。
森布子民有福气，
得遇岭国诸君臣，
从此森布脱恶障。
格萨尔王赐福力，
变作白色佛之域，
此地唤作扎西塘，
实乃送别君臣地。

如若不识小女子，
在那前世之时候，
羌地木里之地方，
东嘎措姆是吾名，
阿斯嘉木之公主，
投胎之时未祈福，
降生不是好时辰，
前半生时作恶业，
幸喜后半生幸福。
今年行年三十二，

吉日之时要祈福，

随即记起先贤语，

转经之时思法音。

起床盼望见岭君，

睡时盼望见岭君，

将那神意预兆示，

梵天大神之神子，

超度地狱之上师，

解救人世之父母，

心中早生皈依意，

如今心想事已成，

森布众人可知福。

还有岭国众大臣，

身着白色绫罗衣，

我等森布众属民，

必为你等来祈福。

必定勤来做法事，

还要多多去布施，

必让此心向佛法。

今日已是离别时，

小女心中实悲戚，

格萨之威无远近，
岭军威名永不堕，
祈望不远再见期。
祈望福运勿要衰，
福力自有上师佑。

此地森布魔之域，
从前满是尸臭味，
如今药香满山间，
从此佛法广传扬，
从此变作富饶地，
身穿之衣能保暖，
所食之物皆美味，
所饮之水皆甘甜。
上方神明降甘霖，
中部年神佑安福，
下部龙神赐财富，
岭国之主格萨尔，
祈望常常能相见。

白日吉祥之哈达，

红日升天之金币，
明月皎洁之银币，
以及诸样奇珍宝，
毫无吝惜献予你。
祈望福运能日高，
祈望极乐乐土至，
祈望心想事皆成。
远行之人能安康，
留此之人亦安康，
君臣心中如此记。

闻听梅朵拉珍唱完这支吉祥的送别之曲后，格萨尔王满心欢喜地戴上了梅朵拉珍献上的哈达。岭国将金银财宝全部留给森布国，希望森布国从此之后远离饥饿，远离战争，生活富足。随后，格萨尔王又赐予森布国的女子们长生结和圣物，女子们瞬时变得体香四溢，婀娜多姿。森布国所有地方都受到格萨尔王福力的加持，所有国民皆大欢喜，似孔雀听到了青龙之声一般。老臣陈巴尼玛等将岭国众人一直送了两天的路程，才依依惜别。从此，森布上中下诸部的人们过上了富足快乐的生活。

整理者说明

《森布肉宗》这部格萨尔王故事乃1991年录音，2003年由雅卓老师记录成文字，2004年经《格萨尔》项目组编辑整理，并应出版要求多次校对之后，方有了如今的面貌。

因这则故事主体是由说唱艺人口述而成，故事的内容、发展过程乃至正反人物的来源历史均靠说唱艺人的记忆，故并不能像其他文学作品般严丝合缝，连接紧密。尤其是当说唱艺人口述的录音被记录成文字时，也会因为记录人对说唱人语言的掌握及对格萨尔王故事的了解程度有所影响。基于以上原因，这一部本也有故事前后逻辑不通、多处反复、累赘之词篇幅较多、故事中更有人物背景交代不甚明确的歌曲、首尾不全的歌曲等诸多问题。编辑整理小组虽然一边请教说唱艺人，一边自行审阅校对，想要弥补上述错失之处，但因水平有限，仍有许多未知未解之处，望广大读者能够给予批评指正！

译后记

从遥远的阿里高原到广袤的安多大地，在藏民族繁衍生息的大部分地区，都流传着格萨尔王的故事。格萨尔王是藏族人民口口相传的超级英雄，他的故事世世代代流传在雪域的田间巷陌、湖泊山川之间。

格萨尔王的故事跟世界上其他民族的英雄故事相比，有一个独特的地方：它的来源不同于神话传说、小说演义等其他文学，它来源于神秘的讲述者——说唱艺人。据传这些格萨尔王说唱艺人大多是出自“神授”，他们在因缘际会下掌握了说唱格萨尔王的故事的技艺。他们中的大部分人可能连自己的名字都写不好，但至少都能说唱出十几部格萨尔王的故事。

解放前，格萨尔王的故事是散落在民间的瑰宝，并没有被系统地收集和整理。经过几代人的努力，格萨尔研究者已经陆续录音整理、出版了众多关于格萨尔王的书籍。知名学者降边嘉措老师也编撰了《格萨尔王传》（汉文版）。这无疑是广大内地朋友了解藏民族伟大史诗的一个极好的媒介。

自古诸伟大的文明，绝少有故步自封，画地为牢者。海纳百川，兼容并蓄，应当是每一个伟大文明共通之特点。藏族文明之发展进程，也是在自身根基之上，不断汲取各民族文明养分的过程。而从贝若杂纳开始的一代代译师，就为藏族文明之生生不息，提供了源源不断的养分。另外，如今不单只是其他民族，即使藏族人民自身，亦因各种原因，藏文阅读能力有所降低，同时欠缺对本民族传统文化的学习，这样的译著可以为他们打开一扇了解本民族文化的窗户。每一种文化被发扬光大，能为世界上其他国家、其他民族的人们所熟知，都离不开翻译者的辛勤付出。

之前翻译完本系列丛书之《曲木里赤财宝宗》，幸得次仁平措老师信任，得以翻译此本《森布肉宗》。比起《曲木里赤财宝宗》，在这本书的翻译过程中虽也遇到许多困难，但是比前次顺利了一些。翻译过程中，我父亲也将原文从头至尾向我进行了解释，因原文是说唱艺人口述，所以难免有拖沓重复之处。对文中一些重复拖沓之处，父亲也帮我进行了必要的删减。这对我的工作提供了很大的帮助。

本书的故事也是一个比较新的版本，并未有其他汉译版本可供参考。对其中出现的曲木里赤国的人名、地名等，我们进行了较为接近口述的音译，而对于岭国或其他已经规范的人名、地名，均按照规范术语进行翻译。

本书的翻译工程十分浩大，对于刚刚涉足学术领域的我来说，是一次机遇，也是一次挑战。在此感谢给予我这次机会的次仁平措所长、拉巴泽仁教授、白玛扎西老师以及所有在此过程中帮助过我的老师、家人、朋友们。我也将再接再厉，砥砺前行。

同时，因本人水平有限，书中难免会有谬误之处，也希望前辈学者、专家老师、热心读者们批评指正。